# 桃花扇

孔尚任　著
陳美林
皋于厚　校注

# 桃花扇總目

# 引言

陳美林

## 一

歷時「十餘年」，「三易稿而書成」（桃花扇本末）之桃花扇，實為孔尚任「一句一字，抉心嘔成」（桃花扇小引）創作出來的。此書之主旨何在？孔尚任在先聲齣中借老贊禮之口表明，無非是「借離合之情，寓興亡之感」。具體說來，即借復社文人侯方域與秦淮名妓李香君悲歡離合的愛情故事，以反映明王朝特別是南明王朝的覆滅過程。在桃花扇小引中，孔尚任又稱：

> 桃花扇一劇，皆南朝新事，父老猶有存者。場上歌舞，局外指點，知三百年之基業，隳於何人？敗於何事？消於何年？歇於何地？不獨令觀者感慨涕零，亦可懲創人心，為末世之一救矣。

從劇本的情節安排來考察，可以印證孔氏此言。桃花扇全劇四十四齣，正劇四十齣，其中正面敘寫侯、李愛情的篇幅約占十五齣，即聽稗、傳歌、訪翠、眠香、卻奩、鬧榭、辭院、拒媒、守樓、寄扇、罵筵、逢舟、題畫、棲真、入道，但這十五齣與其餘二十五齣相互滲透、緊密串聯，也就是將侯、李愛情故事與南明王朝覆滅過程交織在一起，正如孔氏在桃花扇小識中所說：

桃花扇何奇乎？其不奇而奇者，扇面之桃花也；桃花者，美人之血痕也；血痕者，守貞待字，碎首淋漓不肯辱於權奸者也；權奸者，魏閹之餘孽也；餘孽者，進聲色，羅貨利，結黨復仇，隳三百年之帝基者也。帝基不存，權奸安在？惟美人之血痕，扇面之桃花，嘖嘖在口，歷歷在目，此則事之不奇而奇，不必傳而可傳者也。

從其自述，也可看出孔氏借侯、李愛情故事敘寫「帝基不存」的意圖。

孔尚任此一創作意圖不僅如上述在情節安排上表現出來，而且在情節發展中也充分顯示出來。在孔氏筆下，侯、李故事始於崇禎十六年（一六四三），活動於明朝南都金陵（今江蘇南京）。此際，距朱明之亡，不足一年，清軍連連入侵，義兵紛紛揭竿，崇禎朱由檢自縊煤山。雖然外禍內亂頻仍，但南都金陵依然一片歌舞昇平，請看桃花扇中之描繪：

孫楚樓邊，莫愁湖上，又添幾樹垂楊。偏是江山勝處，酒賣斜陽，勾引遊人醉賞，學金粉南朝模樣。暗思想，鶯顛燕狂，那些關甚興亡！（聽稗）

深畫眉，不把紅樓閉。長板橋頭垂楊細，絲絲牽惹遊人騎。將箏絃緊繫，把笙囊巧製。（傳歌）

新詞細寫烏絲闌，都是金淘沙揀。簪花美女心情慢，又逗出烟慵雲懶。……這燕子啣春未殘，怕的楊花白，人鬢斑。（偵戲）

秦淮烟月無新舊，脂香粉膩滿東流，夜夜春情散不收。（眠香）

滿城士紳，醉生夢死，聽歌拍曲，尋花問柳，沉浸在聲色犬馬之中，又有誰人關心天下興亡、百姓苦難？作者通過左良玉自述予以譴責：

你看中原豺虎亂如麻，都窺伺龍樓鳳闕帝王家。有何人勤王報主，肯把義旗拏。那督師無老將，選士皆嬌娃。卻教俺自撐達，卻教俺自撐達。正騰騰殺氣，這軍糧又早缺乏。（撫兵）

兵缺糧，民遭殃，在投轅齣中，一士兵唱道：「殺賊拾賊囊，救民佔民房。當差領官倉，一兵喫三糧。」另一士兵立即加以糾正，說目前情況已有變化，應該這樣唱：「賊凶少棄囊，民逃賸空房。官窮不開倉，千兵無一糧。」而中原大地也確實是一幅「雞犬寂寥，人烟慘淡，市井蕭條」的景象。面對如此局面，中樞大臣爭於內，邊防武將鬨於外。朝中大臣為擁立誰為人主，結黨營私，相互爭鬥。鳳陽督撫馬士英與閹黨餘孽阮大鋮勾結江北四鎮武將，擁立昏庸之福王朱由崧。但由崧即位後，並未勵精圖治，相反，為「無有聲色自奉」感到愁悶，阮大鋮極力迎合，投其所好，「恨不能腮描粉墨，也情願懷抱琵琶。但博得歌筵前垂一顧，舞裀邊受寸賞，御酒龍茶，三生僥倖，萬世榮華。這便是為臣經濟，報主功閥。」並盡心盡意地揀選歌兒舞女，以供奉這個自稱「無愁天子」的昏君（選優）。至於擁立有功之臣，則「論功敘賞」，鳳陽督撫馬士英，功居第一，升任內閣大學士兼兵部尚書，四鎮武將黃得功、高傑、劉澤清、劉良佐皆進封侯爵，一時之間個個「趾高氣揚」，連阮大鋮也隨著馬士英混入閣中幫忙（設朝）。但朝廷內外並未從此平息爭端，文武大臣也未能同寅協恭、一體謀國。閹黨餘孽阮大鋮依附權奸馬士英終於復官，重新掌權後，隨即對復社文人「公報私讐」，「日日羅織正人」，「傳緹騎重興獄囚」，「奉命今將逆黨搜，須得你蔓引株求」（逮社）。堅持抗擊清兵的史可法，雖與馬士英一同入閣，但被排擠在中樞之外，「又令督師江北，這分明有外之之意」。至於江北四鎮奪地盤、爭地位，互相不服氣，「一箇眼睜睜同室操戈盾，一箇怒沖沖平地起波濤。沒見陣上逞威風，早已窩裏相爭鬧，笑中興封了一夥小兒曹」（爭位）。在清兵壓境之下，他們又聽從馬士英、阮大鋮調遣，「移鎮上江，堵截左（良玉）兵，丟下黃河一帶，千里空營」（誓師）。在內鬨不已形勢下，「誰知河北人馬，乘虛渡淮，目下圍住揚州。史可法連夜告急，人心皇皇，都無守志」。揚州城破以後，在清兵壓境形勢下，「馬士英、阮大鋮，躲的有影無蹤」，弘光皇帝終於明白「中興寶位，也坐不穩了」，於是「千計萬計，走為上計」，逃出南京（逃難）。軍兵則「望風便生降」，以致「萬姓奔逃」（劫寶），南明終於覆滅。桃花扇一劇正是如此形象地描繪出一幅「昏君亂相」的生動圖景，深刻地揭示了南明王朝覆滅之原因。傳說康熙帝玄燁讀此劇至設朝、選優等齣時，不禁皺眉頓足，嘆道：「弘光，弘光，雖欲不亡，其可得乎？」（蟫廬曲談）此亦可證明此劇確實能起到「不獨令觀者感慨涕零，亦可懲創人心」之功用。

## 二

孔尚任借桃花扇一劇所抒發之「興亡」之感是通過侯方域與李香君之「離合」之情表現出來的。

侯方域身為復社四公子之一，是當時與閹黨魏忠賢餘孽進行鬥爭的士人領袖。在孔尚任筆下，他的是非觀念還是分明的，態度也是明朗的。當陳貞慧、吳應箕二人邀他去聽柳敬亭說書時，他不禁勃然大怒道：

那柳麻子新做了閹兒阮鬍子的門客，這樣人說書，不聽也罷了。

當吳應箕說明柳敬亭見了「留都防亂揭帖」以後，知道阮大鋮是「崔魏逆黨，不待曲終，拂衣散盡」。柳也已離開阮鬍子。侯方域知道錯怪了柳敬亭，態度立刻大變，肅然起敬地表示：「阿呀！竟不知此輩中也有豪傑，該去物色的！」（聽稗）當他聞知左良玉欲率兵就食南京，「人心驚慌」時（撫兵），他也能答允兵部尚書熊明遇之請，代父修書，勸阻左良玉不要東下南京，而在原地駐紮，其書云：

老夫愚不揣，勸將軍自忖裁，旌旗且慢來。兵出無名道路猜。高帝留都陵樹在，誰敢輕將馬足躧。乏糧柴，善安排，一片忠心窮莫改。（修札）

當馬士英勸說史可法擁立福王時，他則指出福王有「三大罪」（謀害太子，欲行自立；偷劫內府財寶，竟不捨一文助餉；父死不葬，且納民妻女），千萬不可立。史可法被他說服，乃從其議，未允馬士英之請（阻奸）。雖然最後他們並未能阻止福王即位，但在這場爭議中，也表現出侯方域清醒之識見和鮮明之立場。此後又為史可法設謀以調和四鎮武將的矛盾，並隨高傑移防河南。高傑一介武夫，不聽從他的勸告，以致被許定國所害（賺將），他也因此而無「面目再見史公」，便買舟東下，「且到南京」去「看看香君」（逢舟）。豈知在南京蔡益所書店被新升兵部侍郎、閹黨餘孽、復社對頭阮大鋮所逮，因此入獄（逮社）。不久，清兵直逼南京，城中大亂，他方始從獄中逃出，前往棲霞山，從此「跳入蓬壺似夢中」（棲真）。

侯方域畢竟是出身於仕宦之家的士子，入清以後雖未出仕，但曾參加過順治辛卯八年（一六五一）

鄉試，且為榜首。在他身上也難免沒有舊時文人的雙重性格。在「鶯顛燕狂，那些關甚興亡」（聽稗）局面下，他也曾寄情山水、尋花問柳，「金粉未消亡，聞得六朝香，滿天涯烟草斷人腸。怕催花信緊，風風雨雨，誤了春光」（訪翠）。並且，為留戀「春光」幾乎連性命也不顧，當阮大鋮以他曾與左良玉「有舊」並有書信往來、「將為內應」的罪名，欲加害於他時，有人勸他遠走高飛，以避其禍，他卻感到「燕爾新婚，如何捨得」，倒是李香君「正色」告誡他：「官人素以豪傑自命，為何學兒女子態？」（辭院）在李香君勸告下，他方始出走。從這些表現來看，侯方域與出自下層的李香君、柳敬亭、蘇崑生相比較，性格要軟弱得多。

李香君雖是秦淮名妓，但素為復社文士所敬重，當時東南士人領袖如張溥（天如）、夏允彝（彝仲）等人之所以對她「都有題贈」（傳歌），乃是因她極其崇尚氣節。當侯方域在阮大鋮以貨利相結納、不無動搖時，她卻義正辭嚴地責問：

官人是何說話？阮大鋮趨附權奸，廉恥喪盡，婦人女子，無不唾罵。他人攻之，官人救之，官人自處於何等也？

官人之意，不過因他助我妝奩，便要徇私廢公。那知道這幾件釵釧衣裙，原放不到我香君眼裏。

並且立即「拔簪脫衣」，表示「脫裙衫，窮不妨；布荊人，名自香」（卻奩）。她的作為，立刻促使侯方域自責，並且更加敬重她，「平康巷，他能將名節講」，「偏是咱學校朝堂，混賢奸不問青黃」。

正因為李香君堅決反對閹黨餘孽，因此阮大鋮得勢後，便挑唆馬士英加害於她，一再說：「這都是侯朝宗教壞的，前番辱的晚生也不淺。」「田漕臺（仰）是老師相的鄉親，被他羞辱，所關不小。」「這還便益了他。想起前番，就處死這奴才，難洩我恨。」（媚座）馬士英聽從阮大鋮之言，便強迫香君出嫁給田仰做妾。李香君誓死不從，撞頭出血，不肯下樓。在這種情況下，李貞麗只得以身替代，香君方免此難（守樓）。但不久，又被強行拉出去為馬士英侑酒，她乃趁機痛斥這班權奸：

> 堂堂列公，半邊南朝，望你崢嶸。出身希貴寵，創業選聲容，後庭花又添幾種。把俺胡撮弄，對寒風雪海冰山，苦陪觴詠。

同時，她又面對權奸公然讚美復社文士：

> 東林伯仲，俺青樓皆知敬重。乾兒義子從新用，絕不了魏家種。

並且表示抵死不懼磨難，「冰肌雪腸原自同，鐵心石腹何愁凍。」（罵筵）充分表現了極其高尚的氣節。但從此被困大內，直到清兵逼近南京時，才逃出宮中。在師父蘇崑生攙扶之下，前往棲霞山尋找侯方域（逃難）。雖然，在追薦祭壇上，終於與日夜思念的侯方域邂逅，但張道士卻對他們予以當頭棒喝：

> 你們絮絮叨叨，說的俱是那裏話？當此地覆天翻，還戀情根慾種，豈不可笑！阿呸！兩箇癡蟲。你看國在那裏，家在那裏，君在那裏，父在那裏？偏是這點花月情根，割他不斷麼？

這番話語如醍醐灌頂，說得侯、李二人「如夢忽醒」，雙雙入道，「你看他兩分襟，不把臨去秋波掉」，終於在家國興亡中結束個人情戀，所謂「白骨青灰長艾蕭，桃花扇底送南朝。不因重做興亡夢，兒女濃情何處消」（入道）。他們的情戀始終與南明王朝的興亡糾纏在一起，或者說通過他們相戀相愛、分離重見、又復分開的過程，反映出南明王朝的最終衰亡。

## 三

桃花扇中侯、李愛情題材是與南明王朝興亡密切相關聯的。以侯方域為代表的復社文人與以阮大鋮為代表的閹黨餘孽之間的鬥爭，其實是明季萬曆、天啟以來統治階級內部派系矛盾的繼續，而在朱由檢自縊煤山、清兵入關之後，這一矛盾則集中地表現在擁立朱明王朝哪一個皇子皇孫為小朝廷的主子問題上。當時可擁立者有福王朱由崧和潞王朱常淓。以皇室宗牒而言，福王親、潞王疏；但福王驕奢淫逸，頗有物議，而潞王仁厚精明，人望所歸。閹黨餘孽阮大鋮推出馬士英並勾結四鎮武將擁立福王，復社文人所支持的史可法、左良玉等人雖然竭力反對，也無濟於事。侯方域曾向史可法進言，說福王除有「三大罪」之外，還有「五不可立」的緣故（阻奸）。而從福王即位後的種種表現來看，侯方域所言並無虛誣之處。他上臺未及一年，即為缺少聲色之樂而煩悶不已，且看他自供：

> 寡人登極御宇，將近一年，幸虧四鎮阻當，流賊不能南下。雖有叛臣倡議欲立潞藩，昨已捕拏下獄。目今外侮不來，內患不生，正在采選淑女，冊立正宮。這也都算小事，只是朕獨享帝王之尊，

無多聲色之奉，端居高拱，好不悶也。

正因他有聲色之癖，阮大鋮輩方得有進身之階，表示「臣敢不鞠躬盡瘁，以報主知」（選優）。

阮大鋮又是何許人？用他自己的話來說，他原也是「詞章才子，科第名家」，「正做著光祿吟詩」，其人極其擅長填詞製曲，頗有「白雪聲名」，但卻「身家念重，勢利情多」，因此不惜投入客氏、魏閹懷抱，成為閹黨門人，當年也是「權飛烈焰」，顯赫一時，豈知「勢敗寒灰」之時，不免被「人人唾罵，處處擊攻」。他雖然一時也曾「愧悔交加」，但又不肯洗面革心，而是到處鑽營，意圖東山再起。為此，他教了一批歌兒舞女，「有當事朝紳，肯來納交的，不惜物力，加倍趨迎」，「若是天道好還，死灰有復燃之日」，他便「索性要倒行逆施」，狠予報復了（偵戲）。當他為馬士英擁立福王四處活動得逞之後，馬士英官拜內閣大學士、兵部尚書，入閣辦事，權傾一時，他便再三請求馬士英「莫忘辛勤老陪堂」，甚至不惜「權當班役」，混進內閣幫助馬士英處理公事（設朝）。此後又改籍冒充馬士英同鄉以求討得歡心（媚座）。由於他積極營求、一心諛附，終於獲得一官半職。當他重新得勢後，果然迫害李香君、緝拿侯方域，「報復夙怨」（逮社），無所不用其極。當馬士英向他討教如何審問「那些東林、復社」，他則十分乾脆地答覆：「這班人天生是我們冤對，豈可容情。切莫剪草留芽，但搜來盡殺。」（拜壇）。更其可恨的是，他不但極擅於屠內，而且更處心積慮地準備降外，他建議馬士英抽調鎮守江北的兵馬去堵截「清君側」的左良玉，馬士英還曾想到「儻若北兵渡河，叫誰迎敵？」他卻無恥地表示「北兵一到，還要迎敵麼？」並更進一步向馬士英建議或「跑」或「降」，馬士英在他慫慂下果然表示「寧可叩北兵之馬，不可試南賊之刀」（拜壇），抽兵東去，以致「黃河一帶，千里空營」，繼而「北兵殺過江來，皇帝夜間偷走」（逃難），南明小朝廷傾覆，真是奸邪誤國！

南明王朝也並非全無忠貞之士，只是在君主昏庸、權臣操持的局面下，無法施展忠君報國的熱忱，獨木難支業已傾斜的大廈。孔尚任在桃花扇一劇中所塑造的史可法形象，即為此類人物。他的處境極其困難，在馬士英、阮大鋮擁立福王得逞之後，「鳳陽督撫馬士英，倡議迎立，功居第一，即陞補內閣大學士，兼兵部尚書，入閣辦事」，而原任兵部尚書史可法，雖也升補大學士，仍兼本銜，但卻令他「督師江北」（設朝），實際上是奪去兵部大權，而由「入閣辦事」的馬士英接掌。侯方域也看出此舉「分明有外之之意」，但「史公卻全不介意，反以操兵勦賊為喜，如此忠肝義膽，人所難能也」（爭位），不過，他「督師」也難有功，因為四鎮武將不和，「早已窩裏相爭鬧」，儘管史可法「憂國事，不顧殘軀」；但也深感「將難調，北賊易討」，除了「已拚一死，更無他法」（爭位）。「那黃、劉三鎮，皆聽馬、阮指使」，自己「本標食糧之人，不足三千」，而且這些兵將「降字兒橫胸，守字兒難成」，「人心俱瓦崩」，獨力實難「支撐」這「闌珊殘局」（誓師）。果然，在「力盡糧絕，外援不至」的困境下，揚州失守，他原也準備自盡，但「想起明朝三百年社稷」，還靠他「一身撐持」，乃「縋下南城，直奔儀真」，渡江南下，在南京城外，聞知「皇帝老子逃去兩三日了」，「滿城大亂」。他不禁放聲大哭，痛感「累死英雄，到此日，看江山換主，無可留戀」，便投江而死。至此，「長江一線，吳頭楚尾路三千，盡歸別姓」（沉江）。

總之，孔尚任在桃花扇中形象地總結了南明小朝廷內部派系之爭，未能團結禦侮，以致朱明王朝終於徹底崩潰。雖然，崇禎十七年（一六四四）起義軍攻破北京，清軍在吳三桂勾引下大舉入關，朱由檢自縊煤山，黃河以北大部淪陷，但弘光朱由崧在南京繼位，如能緩和內部派系之爭，以淮揚之繁富，江浙之殷盛，東南之魚鹽，西南之土產，以及江北高、黃、劉、劉四鎮，鄭芝龍、左良玉、袁繼咸、何騰蛟等所部不下百萬之眾，君臣上下，和衷共濟，劃江而守，任賢用能，遠佞斥邪，徐圖恢復中原之計，未始不能重振國威，收復失地。然而，朱由崧即位後，一味享樂，任憑奸邪排斥異己，大興黨禍，捕捉忠貞之士，置壓境之清兵於不顧，乃不期年而亡。夏完淳在續幸存錄中總結南明覆滅之原因，有云：「朝堂與外鎮不和，朝堂與朝堂不和，外鎮與外鎮不和，朋黨勢成，門戶大起，虜寇之事，置之蔑聞。」孔尚任之見解顯然與此相似，拜壇齣眉批云：「私君、私臣、私恩、私仇，南明無一非私，焉得不亡！」孔尚任所揭櫫的南明覆滅的原因，無疑是十分深刻的。

# 四

桃花扇雖被譽為信史，作者也以此自許，在桃花扇凡例中說：「朝政得失，文人聚散，皆確考時地，全無假借。」但又說：「至於兒女鍾情，賓客解嘲，雖稍有點染，亦非烏有子虛之比。」在孤吟齣中又借老贊禮之口說道：「司馬遷作史筆，東方朔上場人。只怕世事含黏八九件，人情遮蓋兩三分。」均表明傳奇桃花扇對於「世事」、「人情」等等也有所「點染」、「含黏」和「遮蓋」，因此，我們不可處處以歷史實事來比照，歷史劇畢竟不是歷史。例如史可法也曾參與迎立福王，但桃花扇中卻未曾敘及，此是作者不欲以此減輕馬士英、阮大鋮的罪孽。又如左良玉原本是病歿九江，但桃花扇中卻是被其子氣死，並讓他斥責其子說：「做出此事，陷我為反叛之臣」云云，這又表明作者認為左良玉其罪固大，但並非誠心反叛，等等。可見桃花扇一劇，不過借助一段史實，寫出作者對南明王朝傾覆原因的見解而已。但一些細節、科諢，卻又有所本，近人吳梅在顧曲塵談中羅舉頗多，不贅引。其實，孔尚任總結南明覆亡之原因，也具有一定局限，將南明王朝之所以傾覆，全歸罪於派系之一方——馬士英、阮大鋮等，而對另一方——侯方域、吳應箕、陳貞慧等卻全無批評；似亦欠公允。東林、復社文人自居「清流」，意氣用事，在政局危急狀況下，不能團結而禦外，而絕人太甚，以致彼此形成水火，令人遺憾。此外，這些文士出身世家，頗染紈袴習氣，實際也並無力挽救將傾之大廈，卻有心流連於風花雪月，也不足稱道。

桃花扇結構嚴密，正如吳梅所云「通體布局，無懈可擊」（戲曲概論卷下）。孔尚任亦自詡：「每齣脈絡聯貫，不可更移，不可減少。」（桃花扇凡例）以此對照劇作，也確實如此，前後情節，無不彼此呼應。而作者自許道：「全本四十齣，其上本首試一齣，末閏一齣，下本首加一齣，末續一齣，又全本四十齣之始終條理也。有始有卒，氣足神完，且脫去離合悲歡之熟徑，謂之戲文，不亦可乎？」（桃花扇凡例）對這一創制，評價不一，梁啟超加以首肯，說「桃花扇卷首之先聲一齣，卷末之餘韻一齣，皆云亭創格，前此所未有，亦後人所不能學也。一部極哀豔極忙亂之書，而以極太平起，以極閒靜極空曠結，真有華嚴鏡影之觀，非有道之士，不能做此結構」（曲海揚波卷一所引）。而梁廷柟則持不同態度，認為增加的幾齣，「是為蛇足，總屬閒文」（曲話卷三）。考察全本，這四齣戲也不能完全視做「閒文」，除閒話外，其餘三齣先聲、孤吟、餘韻，均以老贊禮為主角，由其串聯前後情節，作者亦借其口抒發難於通過劇中人物所表達的哀愁、沉痛之情，這幾齣戲自有其功用。

桃花扇的關目安排也極機巧，作者在桃花扇凡例首條中即點明：「劇名桃花扇，則桃花扇譬則珠也，作桃花扇之筆譬則龍也。穿雲入霧，或正或側，而龍睛龍爪，總不離乎珠，觀者當用巨眼。」此言非虛。整部傳奇的複雜情節全賴這柄桃花扇串聯，由「贈扇」到「濺扇」，再到「畫扇」、「寄扇」，直至最後「扯扇」，貫穿侯、李定情以至最終情分的整個過程，同時也織進民族矛盾、階級矛盾以及統治階級內部派系之爭，而李香君的性格也在這一過程中得以展現和發展。這柄桃花扇確為情節之「珠」，而孔尚任之巨筆也的確是「龍」，自始至終，「總不離乎珠」。至於一些細節的安排，亦處處體現出作者的深意，甚至正、反兩類人物的姓名首次出現，孔尚任也是精心安排的，例如復社領袖人物陳定生、吳次尾的姓名，由同是復社翹楚的侯方域口中提及（聽稗），而馬士英、阮大鋮的名字則是由鴇妓李貞麗口中說及（傳歌），分別予以褒貶。又如正反兩類人物的首次出場，也是耐人尋思的。吳應箕與復社諸人，是在「楹鼓逢逢將曙天」之際，在「杏壇」之前「瞻聖賢」而出場的；阮大鋮則是「淨洗含羞面」，挨身「混入几筵邊」，混進文廟來「觀盛典」而被吳應箕等人發現，責斥他「唐突先師，玷辱斯文」，而將其打將出去的（鬨丁）。凡此，也當用「巨眼」細心觀之。

桃花扇的詞曲說白，雖極典雅而有欠當行，但作者於此還是著意經營的。在桃花扇凡例中，首先區分詞曲與說白之不同：

> 詞曲皆非浪填，凡胸中情不可說，眼前景不能見者，則借詞曲以詠之。又一事再述，前已有說白者，此則以詞曲代之。若應作說白者，但入詞曲，聽者不解，而前後間斷矣。其已有說白者，又奚必重入詞曲哉。

孔尚任也確實如此創作桃花扇，凡敘述情節、交代事實，用說白；凡抒情、繪景，則用詞曲。如沉江齣中，揚州城破、史可法「直奔」儀真、南京，南京城內「皇帝老子」逃走，「滿城大亂」情景，全由史可法自述及與老贊禮對話中表述出來，而錦纏道、普天樂二支詞曲則用以抒發史可法於此困境、前後失據、決心一死的沉痛心情。

孔尚任在桃花扇凡例中還分別對詞曲與說白的寫作提出不同要求。於詞曲「全以詞意明亮為主」，反對「艱澀扭挪」；於說白，則須「詳備」，且「抑揚鏗鏘，語句整練」。檢閱全書，作者確善於此，以詞曲而言，哭主、沉江分別敘述北朝、南朝的滅亡，感人心脾；以說白而言，閒話一齣全用說白，其餘各齣說白也較前此傳奇為夥，這就大大增強舞臺演出的效果。此外，桃花扇中亦有借用他人詞曲處，但孔尚任能使其與己作融合無間。此不一一摘指。

總之，由於此劇的思想內涵及藝術表現皆臻上乘，因而具有至深的感人力量，桃花扇本末記載當時在京華寄園演出時，於「笙歌靡麗之中，或有掩袂獨坐者，則故臣遺老也；燈炧酒闌，唏噓而散」。雖然，此劇面世時，朱明王朝覆滅已半個多世紀，儘管清政權替代明王朝是不可避免的歷史事實，儘管明王朝的遺老遺少必須在清政權統治下生活，但這種矛盾狀態必然促使人們懷舊心情的滋生，同時也確實難以找出擺脫這一困境的途徑，孔尚任在這種矛盾狀態下，選擇了讓侯、李二人「棲真」、「入道」的結局。這正是他的高明之處。更使得當時的觀眾的懷舊情結更加濃烈。而孔尚任友人顧天石將其改編為南桃花扇時，卻「令生旦當場團圞」，孔尚任顯然是不滿的，表示「予敢不避席乎」（桃花扇本末），顧天石之識見顯然不及孔尚任，南桃花扇之不為廣大讀者所知，正可見其作之失敗，也更反襯出孔作之不朽。

# 桃花扇考證

陳美林

在清代曲壇上，繼洪昇長生殿之後，又出現孔尚任的桃花扇，這兩部傳奇可算得上是中國戲曲史上的雙子星座，而兩位作者也得以相提並論，據楊恩壽詞餘叢話卷二云：

康熙時，桃花扇、長生殿先後脫稿，時有「南洪北孔」之稱。其詞氣味深厚，渾含包孕處蘊藉風流，絕無纖褻輕佻之病。

所謂「南」、「北」云云，乃因洪昇籍隸浙江錢塘（今杭州），而孔尚任乃兗州曲阜（今山東省）人氏。孔尚任字聘之，又字季重，號東塘，又號岸堂，別署云亭山人。為孔子第六十四代孫。據其出山異數記所自述，康熙二十三年（一六八四）時為三十七歲，可推知其生年為清順治五年（一六四八），也即是南明永曆二年，卒於康熙五十七年（一七一八），有年七十一。

孔尚任係聖門後裔，自幼就讀於孔廟側之四氏學宮，二十歲考取秀才，但參加鄉試卻不第。康熙十七年秋，隱居石門山，據其遊石門山記云：

余與苺垣、敬思入山，在戊午重陽後三日。

又，其告山靈文亦云：

維康熙戊午九月十二日，魯人孔尚任同兩弟倬、恪來遊石門，選勝涵峰之陰，欲結草堂三間為偕隱地，以文告山靈曰：……

戊午即康熙十七年。其出山異數記亦云：

以魯諸生，讀書石門山中。……誅茅疊石結廬其中。

然而不數年，即康熙二十二年（一六八三），便應衍聖公孔毓圻之邀，出山為其治夫人張氏之喪，繼而又任重修家譜之職。康熙二十三年（一六八四）冬，玄燁南巡北返，擬往曲阜祭孔，並指定從孔氏子弟中選拔二名儒生為其講經，孔尚任由孔毓圻之薦得膺此職。於是精心撰寫講辭，文末又復加「頌聖」之語，因此頗得玄燁歡心，指示隨從大臣云：「孔尚任等，陳書講說，克副朕衷，著不拘定例，額外議用。」以此，孔尚任被「特簡為國子監博士」。在出山異數記中，充分表示其感激之情，云：「書生遭遇，自覺非分，犬馬圖報，期諸沒齒。」雖然，他在此文之末，不無猶疑，云：「但夢寐之間，不忘故山。未卜何年重撫松桂！石門有靈，其絕我耶，其招我耶？」儘管如此，他畢竟於次年即康熙二十四年（一六八五）赴京任職。

康熙二十五年（一六八六）七月，工部侍郎孫在豐奉命疏浚下河海口，治理水災，孫令孔尚任為其佐屬，隨同前往。因此，孔尚任得以親身體驗災害給百姓造成的困境，在待漏館曉鶯堂記中有云：

今來且三年矣！淮流尚橫，海口尚塞。禾黍之種未播於野，魚鱉之游不離於室。浸沒之井灶場圃，漂蕩之零棺敗胔，且不知處所。

但卻因「與孫在豐同往修河諸員，未嘗留心河務，唯利是圖」之罪名，被九卿議決擬「撤回差往各官」（王氏東華錄卷九）。孔尚任乃從泰州返回揚州，於康熙二十八年（一六八九）冬季，離開揚州，回到故鄉曲阜。次年二月，方始回北京續任國子監博士。康熙三十四年（一六九五）轉任戶部主事。至康熙三十九年（一七〇〇）升任戶部員外郎，旋即罷官。至於何以獲譴，有謂因桃花扇內容為玄燁所忌而賈禍，但現存資料尚不足以證明此點；有謂因被誣與貪賄案有牽連而遭罷，此說亦有待進一步論定。但孔尚任罷官後，未即回鄉，仍滯留京華，意圖復官卻是事實，他的友人李塨贈其詩云：

紫陌尋春無處存，罷官堂上暮雲屯。琅玕藤老環三往，車笠人來共一尊。此日何方留聖裔？昔年遺事說忠魂。升沉今古那堪憶，只羨家君家舊石門。（東塘家居石門山，諷之速歸也）

孔尚任自己於康熙四十一年（一七〇二）所作人日新居，同余同野、金青村、王古修試筆詩中，也透露出企求復出的心情，有云「客榻又隨新舍掃，朝衫仍付舊塵封」，直到復官無望，才表示「故山今日真歸去，上馬吟鞭急一抽」（二詩均見長留集）。此際已是康熙四十一年歲暮。

孔尚任鄉居生涯雖優閒疏散，但也寂聊愁苦，在秋堂漫興詩中有所抒發。此後不久又復出遊四方，康熙四十五年（一七〇六）去真定，四十六年（一七〇七）遊平陽，四十八年（一七〇九）赴武昌，五十一年（一七一二）去東萊，在萊署秋夜詩中有「客居官署成籠鳥，事共庸人若亂絲」句，又在東萊二首詩中云：「寄食傭書原細事，那能魯史即春秋。」可見其潦倒困頓。五十三年（一七一四）又至淮南，訪老友劉廷璣。得劉之助，五十四年（一七一五）歸鄉後，於石門山建秋水亭。不數年，即康熙五十七年（一七一八），便與世長辭。

孔尚任一生，著述甚豐，既曾纂孔子世家譜、闕里新志、平陽府志、萊陽府志，又撰有出山異數記、人瑞錄、享金簿、畫林雁塔。至於詩文創作則有鱸堂集、湖海集、長留集、石門集、岸堂稿等，近人汪蔚林輯有三冊八卷之孔尚任詩文集，是目前較完備的孔氏詩文集，一九六二年由中華書局出版。在戲曲方面，孔尚任曾與顧彩合作寫有小忽雷傳奇，此後，孔氏又獨自創作出不朽傑作桃花扇傳奇。

小忽雷傳奇於康熙三十三年（一六九四）寫成，早於桃花扇五年，但付梓面世卻遲至宣統二年（一九一〇），遠較康熙四十七年（一七〇八）即已面世之桃花扇為晚。

小忽雷為一古琴，其本事載於段安節樂府雜錄及錢易南部新書。桂馥晚學集亦記其事，云：

唐文宗朝，韓滉伐蜀，得奇木，製為胡琴二，名曰大小忽雷。女官鄭中丞善其小者。以匙頭脫，送崇仁坊南趙家修理。「甘露」之變，不復問。中丞以忤旨縊投於河，權德輿舊吏梁厚本在昭應別墅援而妻之。因言小忽雷在南趙家，使厚本贖以歸，花下酒酣彈數曲。有黃門放鷂子牆外，竊聽，曰：「此鄭中丞琵琶聲也。」達上聽，宣召赦其罪。康熙辛未（三十年）孔農部東塘於燕市得之。

孔尚任於享金簿中亦自記其事云：「小忽雷，……予得之長安一舉子，因作小忽雷傳奇。」

孔尚任因自己「雖稍諳宮調，恐不諧於歌者之口」，創作小忽雷傳奇時，乃請「顧子天石代予填詞」（桃花扇本末），顧彩在為桃花扇作序時，則說：「猶記歲在甲戌（康熙三十三年），先生指署齋所懸唐朝樂器小忽雷，令余譜之。一時刻燭分箋，疊鼓競吹，覺浩浩落落，如午夜之聯詩，而性情加鬯。」可知，此劇顯係孔、顧二人合作的產物，本末所云，乃孔氏自謙之辭。其實孔尚任在致張山來札中也曾云：「小忽雷一種，乃與天石合編者。」

天石，即顧彩字。顧彩為江蘇無錫人，號補齋，又號夢鶴居士。其人擅詩文，工音律。曾出遊燕、趙、楚、粵之地，流寓曲阜。除與孔尚任合作撰製小忽雷傳奇外，還曾將孔氏之桃花扇「引而申之，改為南桃花扇」（桃花扇本末）。

梁啟超極贊小忽雷傳奇，說其「……無一餖飣之句，無一強押之韻，真如彈丸脫手，春鶯囀林，流離轉圓，令人色授魂與」（桃花扇著者略歷及其他著作），但吳梅又評其作有云「文字平庸，可讀者止一二套而已」（戲曲概論卷下）。而孔氏從創作小忽雷傳奇過程中所積累之藝術經驗，確大有助於其後桃花扇之創作。

桃花扇之作，歷經十餘年，其始於「未仕時」，作者「山居多暇，博採遺聞，入之聲律」（桃花扇小引）。後去淮揚，在河務之暇，於昭陽（江蘇興化）李清棗園中繼續撰作，據李詳藥裹慵談卷一「孔東塘桃花扇」所記：

> 孔東塘（尚任）隨孫司空（在豐）勘裏下河浚河工程，住先映碧棗園中。時譜桃花扇傳奇未畢，

更闌按拍，歌聲嗚嗚，每一齣成，輒邀映碧共賞。

但此際尚未脫稿，返京後，在至交田雯一再催索之下，「不得已，乃挑燈填詞，以塞其求；凡三易稿而書成，蓋己卯之六月也」（桃花扇本末），己卯為康熙三十八年（一六九九）。

桃花扇之作，為孔尚任贏得極大聲譽，據其桃花扇本末云：「桃花扇本成，王公薦紳，莫不借鈔，時有紙貴之譽」，玄燁亦命內侍急覓以進。此年「除夕」，友人昭陽李清之子、時官左都御史的李柟，召金斗班為其演出，正「值東塘生日，諸伶演此為壽，納東塘上座。唱至佳處，東塘為點一籌；或有小誤，則親加指授，合拍乃已，自是金斗班超躍群班之上」（李詳藥裹慵談卷一「孔東塘桃花扇」）。次年，孔尚任被罷官，但李柟仍招親友觀看桃花扇的演出，「一時翰部臺垣，群公咸集」，獨推東塘「上座」，「命諸伶更番進觴」，又邀其「品題」，座中之人無不「嘖嘖指顧」，孔氏則「頗有淩雲之氣」，可見其得意非凡的情態。

桃花扇最初刊本為康熙戊子四十七年（一七〇八）所刻，此後有蘭雪堂本、西園本、暖紅室本。吳梅以為蘭雪堂本較佳，但又云「楚園先生（即劉世珩）據諸本釐訂校勘，至為精審，已駕各本而上之」，又經其「覆勘一過，期於盡善而止」（見卷首吳梅校正識）。其實，劉氏之暖紅室匯刻傳奇乃由江蘇興化學者李詳為之校勘訂正。劉世珩原為江楚編譯官書局總辦，辛亥革命後居海上，曾聘李詳館於其舍楚園，既為其教育子女，又為其校刻古籍。李詳精於選學，為明季中極殿大學士李春芳之八世孫。其五世族祖、弘光朝大理寺左丞李清（號映碧），則為孔尚任至友。上文已敘及，孔氏曾於其棗園寫作桃花扇，並邀其聽賞。如此，李詳審定此劇，自當更有會心，吳梅之譽，實非謬獎。今即以一九七九年廣陵古籍刻印社所刻暖紅室刊本為底本，與古本戲曲叢刊五集影印北京圖書館所藏之康熙本以及蘭雪堂本、西園本互校，為照顧一般讀者，不出校記，有重要異文必須交代者，則加注說明。同時，為便於今之讀者賞讀，附有簡要注釋。

聽稗　四

暖紅室

第一齣　聽稗：　泰州柳敬亭說書最妙，侯方域、陳貞慧、吳應箕同往一聽。

第二齣　傳歌：　蘇崑生傳香君一曲玉茗堂四夢，唱與楊龍友、李貞麗指點。

第二十一齣　媚座：　天氣微寒，馬士英設宴梅花書屋，楊龍友、阮大鋮前來趨奉。

第二十二齣　守樓：　燈籠火把、轎馬人夫，田仰仗著馬士英、託著楊龍友，硬來強娶香君。

第二十三齣　寄扇：　香君一時困倦，盹睡妝臺；楊龍友、蘇崑生點畫著濺血的詩扇，化作朵朵桃花。

第二十七齣　逢舟：　侯方域買舟黃河，順流東下，不想竟遇著了李貞娘與蘇崑生，兩造隔船敘舊起來。

第二十九齣　逮社：　阮大鋮差人拿了陳、吳、侯三個秀才，蘇崑生忙地追著上來。

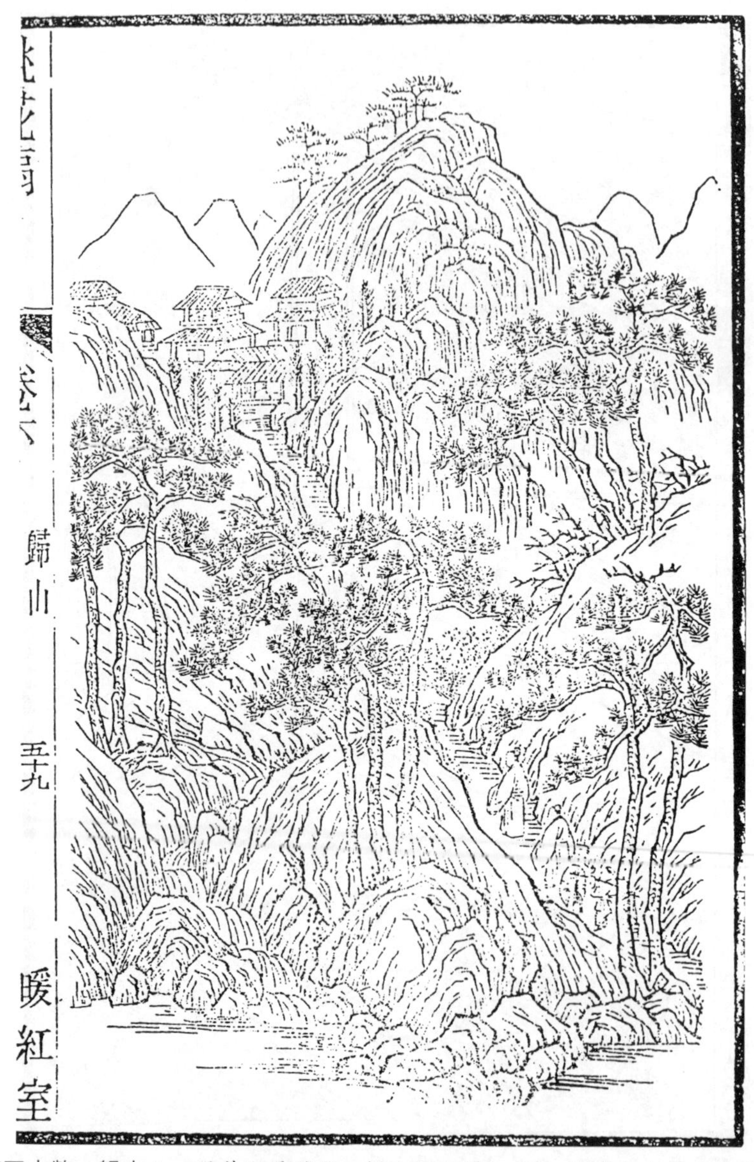


第三十齣　歸山：　張薇下馬登樓，歸山松風閣，吟道：「清泉白石人稀到，一陣松風響似濤。」

桃花扇 卷下 誓師 九十 暖紅室

第三十五齣　誓師：　史可法夜半點兵，泣血誓師，死守揚州城。

# 齣目

卷上

卷下

# 卷上

## 試一齣[1] 先聲[2]

康熙甲子[3]八月

【蝶戀花】（副末[4]氈巾、道袍、白鬚上）古董先生[5]誰似我？非玉非銅，滿面包漿[6]裹。賸魄殘魂[7]無伴夥，時人指笑何須躲。舊恨填胸一筆抹[8]，遇酒逢歌，隨處留皆可。子孝

---

[1] 齣：專指南戲、傳奇結構上的一個段落，類似元雜劇中的「折」或現代戲劇中的「場」。

[2] 先聲：傳奇首齣名稱之一種。南戲和明清傳奇在演出開始，通常由副末先登場，交代創作緣起，介紹劇情梗概，稱作「開宗」、「開演」、「標目」、「先聲」、「副末開場」、「家門始終」、「本傳開宗」等。

[3] 康熙甲子：指康熙二十三年（一六八四）。康熙，清聖祖玄燁的年號。

[4] 副末：戲曲角色名。在宋元南戲和明清傳奇中，由這一角色在演出開始時向觀眾介紹劇情梗概和全劇主旨。

[5] 古董先生：指因年齡大或固執守舊而落後於時代的人物。這裏是劇中人物的自嘲之詞。

[6] 包漿：指銅、玉、竹、木之類的古玩經過長期的把玩撫摩後滑潤而富有光澤的表面。

[7] 賸魄殘魂：猶殘年。這裏指經過歷史動盪而殘存下來的人。

[8] 一筆抹：一筆勾銷；全部取消。

**臣忠萬事妥，休思更喫人參果❾。**

日麗唐虞世❿，花開甲子年。山中無寇盜，地上總神仙。老夫原是南京太常寺⓫一箇贊禮⓬，爵位不尊，姓名可隱。最喜無禍無災，活了九十七歲，閱歷多少興亡，又到上元甲子⓭。堯舜臨軒⓮，禹皐⓯在位；處處四民安樂，年年五穀豐登。今乃康熙二十三年，見了祥瑞⓰一十二種。（內問介）⓱請問那幾種祥瑞？（屈指介）河出圖，洛出書⓲，景星明，慶雲現⓳，甘露降，膏雨零⓴，鳳凰集，麒麟遊㉑，

---

❾ 休思更喫人參果：意謂不要再有更高的期望。人參果，傳說中食之可以長生不老的仙果。

❿ 唐虞世：傳說中上古時代的兩個盛世。堯和舜分別是唐、虞兩代的賢君。

⓫ 太常寺：官署名。掌管祭祀禮儀之事。

⓬ 贊禮：官名。即贊禮郎。祭祀贊導時的司儀官。為太常寺屬員。

⓭ 上元甲子：古人將十天干（甲、乙、丙、丁、戊、己、庚、辛、壬、癸）與十二地支（子、丑、寅、卯、辰、巳、午、未、申、酉、戌、亥）依次相配，共配得六十組，用以紀年和紀日。六十組干支輪迴一遍，稱為「六十花甲子」。古人又以一百八十年為一個週期，分為上元、中元、下元。上元甲子即一百八十年中的第一個年頭。

⓮ 臨軒：指古代皇帝不在正殿而在殿前平臺上接見臣屬，處理政務。

⓯ 禹皐：大禹和皐陶。禹，傳說中的古代部落聯盟首領，曾疏通九河，治平洪水。皐陶，虞舜時代主管司法的官員。

⓰ 祥瑞：吉祥的徵兆。

⓱ 內問介：後臺內問道。內，指後臺。介，古代戲曲劇本中指示角色表演動作、表情和舞臺效果時的用語。在元雜劇中稱作「科」。

蓂莢㉒發，芝草㉓生，海無波，黃河清㉔。件件俱全，豈不可賀！老夫欣逢盛世，到處遨遊。昨在太平園中，看一本新出傳奇，名為桃花扇，就是明朝末年南京近事。借離合之情，寫興亡之感，實事實人，有憑有據。老夫不但耳聞，皆曾眼見。更可喜把老夫衰態，也拉上了排場，做了一箇副末腳色，惹的俺哭一回，笑一回，怒一回，罵一回。那滿座賓客，怎曉得我老夫就是戲中之人！（內）請問這本好戲，是何人著作？（答）列位不知，從來填詞名家，不著姓氏㉕。但看他有褒有貶，作春秋必賴

⑱河出圖二句：語出易繫辭上：「河出圖，洛出書，聖人則之。」傳說伏羲氏時，有龍馬從黃河出現，背負河圖，伏羲氏根據河圖畫成八卦。又傳說大禹治水時，有神龜從洛水出現，背有文字，有數自一至九，禹據以寫成九疇。

⑲景星明二句：比喻吉祥的徵兆。景星，又名德星。慶雲，五彩祥雲。傳說太平之世才能見到景星和慶雲。

⑳膏雨零：降下滋潤萬物的及時雨。零，降下。

㉑鳳凰集二句：古代傳說鳳凰為神鳥，麒麟為神獸，只有在政治清明的時代牠們才會出現。

㉒蓂莢：古代傳說中的一種瑞草。蓂，音ㄇㄧㄥˊ。相傳蓂莢從初一日至十五日，每日生一莢；十六日以後，每日落一莢。根據莢數的多少，便可知道日期。

㉓芝草：即靈芝，古人認為是一種象徵祥瑞的草。

㉔海無波二句：大海平靜，黃河水清。舊時常用以形容國內安定，天下太平。傳說周成王時，大海三年波浪不興。古代還傳說，黃河水千年清一次，黃河清則聖人出。

㉕從來填詞名家二句：編撰戲曲的名家，向來都不署真名。這與中國宋代以來正統文人以詩文為正宗，鄙視小說、戲曲創作的思想有關。填詞，此指戲曲創作，因為戲曲創作也和作詞一樣，必須嚴格按照格律選字用韻。

祖傳㉖；可詠可歌，正雅頌㉗豈無庭訓㉘！（內）這等說來，一定是云亭山人㉙了。（答）你道是那箇來？（內）今日冠裳雅會㉚，就要演這本傳奇。你老既係舊人，又且聽過新曲，何不把傳奇始末，預先鋪敘一番，大家洗耳？（答）有張道士㉛的滿庭芳詞，歌來請教罷：

【滿庭芳】公子侯生，秣陵㉜僑寓㉝，恰偕南國佳人。讒言暗害，鸞鳳一宵分㉞。又值天翻地覆，據江淮藩鎮紛紜。立昏主，徵歌選舞，黨禍起奸臣。良緣難再續，樓頭激烈㉟，

㉖ 作春秋必賴祖傳：意謂創作桃花扇這部反映南明歷史的傳奇，其意義如同孔子作春秋一樣，需要有撰史的家學淵源。春秋，春秋時代魯國官方編纂的史書，相傳曾經過孔子的修訂。祖傳，孔尚任是孔子的第六十四代孫，故云。

㉗ 正雅頌：此處借指嚴肅認真的戲曲創作。相傳孔子從衛國返回魯國後，對音樂已經散失錯亂的詩經進行了一番整理，使之恢復古樂的原狀，「雅頌各得其所」。雅頌，詩經按音樂的性質分為風、雅、頌三類。雅是周王朝京都地區的樂歌，即所謂朝廷正聲。頌是宗廟祭祀的樂歌。

㉘ 庭訓：指父親對兒子的教誨。據載，孔子曾立於庭中，其子孔鯉「趨而過庭」，孔子教誨他應學詩學禮。事見論語季氏。

㉙ 云亭山人：本劇作者孔尚任自號云亭山人。

㉚ 冠裳雅會：指士大夫風雅的聚會。

㉛ 張道士：名薇，字瑤星，上元（今江蘇省南京市）人。明末任錦衣衛千戶官，明亡後，隱居南京東郊棲霞山。

㉜ 秣陵：今江蘇省南京市的古稱。秦始皇時，改金陵為秣陵，三國時，孫權又改秣陵為建業。

㉝ 僑寓：在外鄉居住。

㉞ 鸞鳳一宵分：比喻夫妻或情侶頃刻間離散。

獄底沉淪㊱。卻賴蘇翁柳老㊲，解救殷勤。半夜君逃相走，望烟波誰弔忠魂？桃花扇、齋壇揉碎，我與指迷津㊳。

（內）妙，妙，只是曲調鏗鏘㊴，一時不能領會，還求總括數句。（答）待我說來：

奸馬阮中外伏長劍㊵，巧柳蘇往來牽密線㊶。

侯公子斷除花月緣㊷，張道士歸結興亡案。

道猶未了，那侯公子早已登場，列位請看。

---

㉟ 樓頭激烈：指馬士英逼迫李香君嫁給田仰，李香君誓死不從，在媚香樓上撞破頭顱、自毀容顏之事。

㊱ 獄底沉淪：指馬士英、阮大鋮在南京城內大肆搜捕復社文人、侯方域被捕入獄之事。沉淪，陷入厄運。

㊲ 蘇翁柳老：指當時著名的唱曲藝人蘇崑生和說書藝人柳敬亭。

㊳ 指迷津：點出使人迷惑的錯誤道路和方向。

㊴ 曲調鏗鏘：形容曲調響亮而有節奏。

㊵ 奸馬阮中外伏長劍：意謂馬士英、阮大鋮內外勾結，使奸作惡，迫害忠良。

㊶ 巧柳蘇往來牽密線：意謂柳敬亭和蘇崑生在侯方域與李香君之間祕密而巧妙地傳遞消息。

㊷ 花月緣：指男女之間的情緣。

# 第一齣　聽稗❶

癸未❷二月

【戀芳春】（生❸儒扮上）孫楚樓❹邊，莫愁湖❺上，又添幾樹垂楊。偏是江山勝處，酒賣斜陽，勾引遊人醉賞，學金粉南朝❻模樣。暗思想，鶯顛燕狂❼，那些關甚❽興亡！

【鷓鴣天】院靜廚❾寒睡起遲，秣陵人老看花時。城連曉雨枯陵樹，江帶春潮壞殿基。傷往事，寫新詞，客愁鄉夢亂如絲。不知烟水西村舍，燕子今年宿傍誰？小生姓侯，名方域❿，表字朝宗，中州歸

❶ 聽稗：聽說書。稗，音ㄅㄞˋ。即稗官野史，泛指小說、說唱文學等記載軼聞瑣事和街談巷議的文字。

❷ 癸未：指癸未年。即崇禎十六年（一六四三），也即明亡的前一年。癸未，一作「崇禎癸未」。

❸ 生：劇曲表演行當主要類型之一，一般用作淨、丑以外的男角色的統稱。也專指劇中的男主角。

❹ 孫楚樓：位於南京城西，靠近莫愁湖。因東晉詩人孫楚常在此樓與好友宴集而得名。

❺ 莫愁湖：位於南京城西南的水西門外，為南京著名的風景區。「莫愁烟雨」被列為「金陵四十八景」之首。

❻ 金粉南朝：指南朝貴族豪奢淫靡、醉生夢死的生活。金粉，古代婦女化妝用的鉛粉，多藉以喻指豪華綺麗的生活。南朝，指東晉、宋、齊、梁、陳等朝代，這幾個朝代都定都建康（今江蘇省南京市），偏安江南。

❼ 鶯顛燕狂：喻男女歡會。

❽ 關甚：管什麼。

❾ 廚：即紗廚，又名碧紗廚。以木為架，罩以綠紗，內可安放床位，用以避蚊蠅。

❿ 姓侯名方域：字朝宗。歸德（今河南省商邱市）人。晚明復社的重要成員，與冒襄、陳貞慧、方以智被合稱為「四公子」，有文名。入清後曾應河南鄉試，中副榜。劇中侯方域的形象是作者藝術再創造的結果，與歷史

德⓫人也。先祖太常⓬，家父司徒⓭，夷門譜牒⓮，梁苑冠裳⓯。選詩雲間⓰，徵文白下⓱。久樹東林之幟⓲，新登復社之壇⓳。蚤歲清詞⓴，吐出班香宋豔㉑；中年浩氣㉒，流成蘇海韓潮㉓。人鄰耀

---

原型不盡一致。

⓫ 中州歸德：指今河南省商邱市。中州，今河南一帶的古稱。歸德，今商邱市的古稱。

⓬ 先祖太常：侯方域祖父侯執蒲，官至太常寺卿。此句連以下七句康熙戊子刻本的語序為：「夷門譜牒，梁園冠裳。先祖太常，家父司徒，久樹東林之幟；選詩雲間，徵文白下，新登復社之壇。」

⓭ 家父司徒：侯方域的父親侯恂，官至戶部尚書，戶部尚書相當於古代的司徒。

⓮ 夷門譜牒：意謂自己是戰國時名士侯嬴的後代。夷門，借指侯嬴。侯嬴原為魏都大梁（今河南省開封市）夷門的守門小吏。魏宗室大臣信陵君魏無忌慕名往訪，親為執轡御車，迎為上賓。後秦急攻趙，趙求救於魏，信陵君用侯嬴之計，竊得魏王兵符，將兵救趙，秦兵退而趙圍解。譜牒，家譜；族譜。牒，簿冊；書籍。

⓯ 梁苑冠裳：意謂自己門第高貴，在家鄉常與上層人士交遊。梁苑，即兔園，西漢時梁孝王劉武所建，故址在今河南省商邱市東。梁孝王好賓客，曾將著名辭賦家枚乘、司馬相如等延至園中。冠裳，仕宦或士大夫的代稱。

⓰ 雲間：今上海市松江縣的古稱。

⓱ 白下：今江蘇省南京市的別稱。

⓲ 久樹東林之幟：侯方域的父親侯恂是東林黨的成員，故云。東林，即東林黨。明代後期以江南士大夫為主要成員的政治文化團體。萬曆年間，其代表人物顧憲成、高攀龍等重修無錫城東宋代理學家楊時的東林書院並講學其間，諷議朝政，裁量人物，主張廣開言路，改良政治。朝野士大夫聞風向附，被反對派稱為「東林黨」。

⓳ 新登復社之壇：侯方域是復社重要成員，故云。復社，明末清初以江南士大夫為主體的政治文化團體。崇禎年間，一些江南士大夫繼東林黨而起，紛紛聚眾講學、組織社團，抨擊閹黨罪行，主張改良政治。太倉人張

華之宮㉔，偏宜賦酒；家近洛陽之縣㉕，不願栽花。自去年壬午㉖，南闈㉗下第，便僑寓這莫愁湖畔。烽烟未靖，家信難通，不覺又是仲春時候。你看碧草粘天㉘，誰是還鄉之伴；黃塵匝地㉙，獨為避亂之人。（嘆介）莫愁，莫愁！教俺怎生不愁也！幸喜社友陳定生㉚、吳次尾㉛，寓在蔡益所㉜書坊。時

---

溥等合併諸文社，稱為「復社」。南明弘光朝復社曾遭馬士英等權奸的打擊。清初，部分復社成員參加了抗清鬥爭。順治九年（一六五二），復社被清政府明令取締。

⑳ 蚤歲清詞：意謂早年作品的風格清新華麗。杜甫戲為六絕句之五：「不薄今人愛古人，清詞麗句必為鄰。」蚤，通「早」。

㉑ 班香宋豔：指詩文華美豔麗。班指班固，東漢人，曾撰漢書。宋，宋玉，戰國時楚國人。兩人均長於辭賦，以富麗著稱。

㉒ 中年浩氣：自謂中年以後文章中有一種正大剛直之氣。

㉓ 蘇海韓潮：謂唐代韓愈和宋代蘇軾的文章如潮如海，氣勢浩大。清俞樾茶香室叢鈔韓海蘇潮：「國朝蕭墨經史管窺引李耆卿文章精義云：『韓如海，柳如泉，歐如瀾，蘇如潮。』然則今人稱『韓潮蘇海』。」

㉔ 耀華之宮：西漢梁孝王劉武所造。梁孝王召集文士在宮中飲酒作賦，鄒陽在此寫了著名的酒賦。

㉕ 洛陽之縣：西晉巨富石崇曾在洛陽建造金谷園，園內設施豪華，並廣植名貴花木。

㉖ 去年壬午：指明崇禎十五年（一六四二）。這一年為鄉試之年。

㉗ 南闈：明清兩代科舉考試時，順天府鄉試在北京舉行，稱北闈；江南鄉試在南京舉行，稱南闈。闈，試院。

㉘ 碧草粘天：即碧草連天。宋秦觀詞滿庭芳：「山抹微雲，天粘衰草，畫角聲斷譙門。」

㉙ 匝地：撲地；遍地。

㉚ 陳定生：即陳貞慧，字定山，明末宜興（今江蘇省宜興市）人，復社後期的中堅人物，明亡後隱居不仕。

㉛ 吳次尾：即吳應箕，字次尾，明末貴池（今安徽省貴池縣）人，復社後期的中堅人物。明亡後在家鄉率眾抗

常往來，頗不寂寞。今日約到冶城道院㉝，同看梅花，須索早去。

【嬾畫眉】乍暖風烟滿江鄉，花裏行廚㉞攜著玉缸㉟。笛聲吹亂客中腸，莫過烏衣巷，是別姓人家新畫梁㊱。（下）

【前腔】（末㊲、小生㊳儒扮上）王氣金陵㊴漸凋傷，鼙鼓㊵旌旗何處忙？怕隨梅柳渡春江㊶。

---

清，兵敗被執，不屈而死。

㉜ 蔡益所：明末南京的著名書商。

㉝ 冶城道院：指建立在南京冶城舊址上的道觀，明初改名為朝天宮。冶城，故址在今南京水西門內朝天宮一帶，春秋末期吳王夫差在此設有規模較大的冶鑄作坊，以鑄造吳刀吳鉤著名。三國東吳時亦在此鑄造兵器，取名冶城。東晉時宰相王導在此建西花園，後又建冶山寺。宋時在此建總明觀，元時為玄妙觀，後改永壽宮。明初，朱元璋將此地作為群臣練習朝賀禮儀的場所，改名為朝天宮。

㉞ 行廚：古代郊遊時帶著酒食到遊覽地備辦宴席。

㉟ 玉缸：玉杯；酒杯。

㊱ 莫過烏衣巷二句：語出唐人劉禹錫詩烏衣巷：「舊時王謝堂前燕，飛入尋常百姓家。」烏衣巷，南京城內巷名，位於秦淮河之南，長樂橋以東，與朱雀橋相近。三國時東吳曾於此處設立軍營，因軍士皆穿黑衣，故稱烏衣營，附近也便稱烏衣巷。東晉時為王、謝等世族豪門聚居之地。

㊲ 末：戲曲表演行當類型之一，主要扮演中年男性。在元雜劇中，末扮演正劇性男角色，其中正末為男主角。在明、清傳奇中，末常扮演社會地位比生扮演的人物低、表演上唱做並重的人物。

㊳ 小生：戲曲角色名，主要扮演青少年男子。

㊴ 王氣金陵：即金陵王氣。古人傳說金陵上空有帝王興起之處特有的祥光瑞氣，故稱。太平御覽卷一七〇引金

（末）小生宜興陳貞慧是也。（小生）小生貴池吳應箕是也。（末問介）次兄可知流寇㊷消息麼？（小生）昨見邸鈔㊸，流寇連敗官兵，漸逼京師。那寧南侯左良玉㊹還軍襄陽。中原無人，大事已不可問，我輩且看春光。（合）**無主春飄蕩，風雨梨花摧曉妝。**

（生上相見介）請了，兩位社兄，果然早到。（小生）豈敢爽約！（末）小弟已著人打掃道院，沽酒相待。（副淨㊺扮家僮忙上）節寒嫌酒冷，花好引人多。稟相公，來遲了，請回罷！（末）怎麼來遲了？（副

陵圖云：「昔楚威王見此有王氣，因埋金以鎮之，故曰金陵。秦併天下，望氣者言江東有天子氣，鑿地斷連岡，因改金陵為秣陵。」

㊵ 鼙鼓：古代軍中所用小鼓。鼙，音ㄆㄧˊ。

㊶ 梅柳渡春江：語出唐人杜審言詩和晉陵陸丞早春游望：「雲霞出海曙，梅柳渡江春。」此處暗喻北方人士為避亂而渡江南下。

㊷ 流寇：這裏指李自成統領的農民起義軍。

㊸ 邸鈔：又稱「邸報」、「朝報」。是古代抄發皇帝詔令、臣僚奏章以及其他重要政治情況的文書。始於漢代，漢唐時代由各地方駐京機構抄錄轉報給本地的行政長官。後世京城有傳抄本發賣。明崇禎年間有活字印刷本。邸，古代朝觀京師者在京城的住所。

㊹ 左良玉：字崑山，明末臨清（今山東省臨清市）人。以驍勇善戰受知於東林黨人侯恂，因軍功封寧南伯。曾與李自成作戰，敗而退守襄陽。福王立，進封寧南侯。因不滿馬士英等專權，以「清君側」為名發兵征討，至九江嘔血而死。

㊺ 副淨：戲曲角色名。俗稱「二面」、「二花臉」，在宋雜劇和金院本中，一般扮演滑稽調笑的喜劇角色；在元雜劇中，一般扮演居於次要地位的淨角；在明清傳奇中，一般扮演性格粗豪爽直的人物。

淨）魏府徐公子[46]要請客看花，一座大大道院，早已占滿了。（生）既是這等，且到秦淮水榭[47]，一訪佳麗，倒也有趣。（小生）依我說，不必遠去，兄可知道泰州柳敬亭[48]，說書最妙，曾見賞於吳橋范大司馬[49]、桐城何老相國[50]。聞他在此作寓，何不同往一聽，消遣春愁？（末）這也好。（生怒介）那柳麻子新做了闖兒阮鬍子[51]的門客，這樣人說書，不聽也罷了！（小生）兄還不知，阮鬍子漏網餘生，

---

[46] 魏府徐公子：指明代開國功臣中山王徐達的後代徐青君。徐達於洪武三年（一三七〇）被封為魏國公，其子孫歷代都襲封此爵。

[47] 秦淮水榭：建築在秦淮河邊可以觀賞風景的敞屋。秦淮，即秦淮河，其南源為今江蘇省溧水縣的東廬山，東源為江蘇省句容市的大茅山，由東向西橫貫南京城流入長江。舊傳為秦始皇南巡時所開，故名。南京城內秦淮河兩岸，甚是繁華，古代為妓女聚居之地。

[48] 柳敬亭：名逢春，一作遇春，字敬亭，俗稱柳麻子。本姓曹，年輕時因犯罪逃亡而改姓。泰州（今江蘇省泰州市）人，明末清初著名說書藝人。為人詼諧任俠，與復社人士多有交往，曾為左良玉門客，甚受推重。

[49] 吳橋范大司馬：即范景文，吳橋（屬今河北省河間市）人。曾任兵部尚書之職。兵部尚書相當於古代的大司馬。

[50] 桐城何老相國：即何如寵，桐城（今安徽省桐城縣）人。曾任禮部尚書兼大學士，入閣輔政。

[51] 闖兒阮鬍子：即阮大鋮，字集之，號圓海，又號石巢、百子山樵，懷寧（今安徽省懷寧縣）人。萬曆進士。天啟年間依附閹宦魏忠賢，並認其為父，造百官圖迫害東林黨人，升任太常寺少卿、光祿卿。魏黨失敗後流寓南京，企圖東山再起，復社人士作留都防亂揭帖攻之。南明弘光朝馬士英執政，被起用為兵部尚書兼右副都御史，專意報復東林、復社諸人。清兵南下時投降，從攻仙霞嶺而死。一說降清後為清兵所殺。長於詞曲，作有傳奇春燈謎、燕子箋等。

不肯退藏；還在這裏蓄養聲伎，結納朝紳。小弟做了一篇留都防亂的揭帖[52]，公討其罪。那班門客纔曉的他是崔魏逆黨[53]，不待曲終，拂衣散盡。這柳麻子也在其內，豈不可敬！（生驚介）阿呀！竟不知此輩中也有豪傑，該去物色的！（同行介）

**【前腔】仙院參差弄笙簧[54]，人住深深丹洞[55]旁，閒將雙眼閱滄桑[56]。**（副淨）此間是了，待我叫門。（叫介）柳麻子在家麼？（末喝介）哇[57]！他是江湖名士，稱他柳相公纔是。（副淨又叫介）柳相公開門。（丑[58]小帽、海青[59]、白髯[60]，扮柳敬亭上）**門掩青苔長，話舊樵漁來道房。**

---

[52] 留都防亂的揭帖：揭發阮大鋮等閹黨擾亂南京罪行的公告。當時在公告上署名的有顧杲、吳應箕、黃宗羲等一百四十餘人。留都，指南京。明成祖遷都北京後，以舊都南京為留都。揭帖，公告。

[53] 崔魏逆黨：指魏忠賢與崔呈秀等結成的閹黨集團。崔，指崔呈秀，薊州（今天津市薊縣）人，天啟初任御史，因貪贓枉法被革職。後投靠魏忠賢，乞為養子，被魏用為心腹，累遷至兵部尚書兼左都御史，為閹黨「五虎」之首。魏，指魏忠賢，肅寧（今河北省肅寧縣）人。萬曆中進宮，明熹宗時任司禮太監，兼管東廠，獨擅朝政，實行黑暗的專制統治，殘酷鎮壓反對派東林黨人。崇禎帝朱由檢即位後畏罪自殺。

[54] 仙院參差弄笙簧：意謂道觀裏正在演奏著洞簫和笙。仙院，即道觀。參差，古樂器名。相傳乃舜所造，形狀如同鳳翼一樣參差不齊，故名。東漢王逸楚辭章句：「參差，洞簫也。」笙簧，即笙。簧是笙中能夠振動發音的銅質薄片。

[55] 丹洞：道士煉丹的丹房。

[56] 滄桑：「滄海桑田」的縮語。比喻世事變化巨大。

[57] 哇：音ㄉㄡ。斥責聲。

[58] 丑：戲曲表演行當類型之一。為劇中的喜劇角色，俗稱「小花臉」和「三花臉」。

（見介）原來是陳、吳二位相公，老漢失迎了！（問生介）此位何人？（末）這是敝友河南侯朝宗，當今名士。久慕清談，特來領教。（丑）不敢，不敢！請坐獻茶。（坐介）（丑）相公都是讀書君子，甚麼史記、通鑑[61]，不曾看熟？倒來聽老漢的俗談。（指介）你看：

**【前腔】廢苑枯松靠著頹墻，春雨如絲宮草香，六朝[62]興廢怕思量。鼓板輕輕放，沾淚說書兒女腸。**

（生）不必過謙，就求賜教。（丑）既蒙光降，老漢也不敢推辭；只怕演義[63]盲詞[64]，難入尊耳。沒奈何，且把相公們讀的論語說一章罷！（生）這也奇了，論語如何說的？（丑笑介）相公說得，老漢就說不得？今日偏要假斯文，說他一回。（上坐敲鼓板說書介）問余何事棲碧山，笑而不答心自閒。桃花流水杳然去，別有天地非人間[65]。（拍醒木[66]說介）敢告列位，今日所說不是別的，是魯論太師摯適齊全

---

[59] 海青：戲曲服裝名。一種青色的大領、大襟的寬袖長袍。一般為家院一類的奴僕所穿，故又稱「院子服」。

[60] 白鬍：演員所戴的白色假鬚。

[61] 史記通鑑：指西漢司馬遷所著的史記和北宋司馬光所著的資治通鑑。

[62] 六朝：指先後建都於南京的東吳、東晉、宋、齊、梁、陳六個朝代。

[63] 演義：在史傳和民間傳說的基礎上，增添細節敷演而成的長篇章回體小說。

[64] 盲詞：民間由盲藝人表演的說唱。

[65] 問余何事棲碧山四句：此為李白詩山中問答。杳然，遠去貌。杳，音ㄧㄠˇ。

[66] 醒木：說書藝人所用的道具，用以擊桌以引起聽眾的注意。

章67。這一章書，是申魯三家68僭竊69之罪，表孔聖人正樂之功70。當時周轍既東71，魯道衰微，三家者以雍徹72。季氏八佾舞於庭73，僭竊之罪，已是到了盡頭了。我夫子自衛反74魯，然後樂正。那些樂官，一箇箇愧悔交集，東走西奔，只當夫子不知費了多少氣力。豈知我夫子手把一管筆，眼看幾本書，刪到詩經，雅、頌各得其所75；修到書經76，祖述堯舜，憲章文武77；纂到易經78，上律天時，

---

67 魯論太師摯適齊全章：指論語微子太師摯適齊章。下面柳敬亭說的一段書便是根據此章敷演而成。太師，古代樂官之長。摯，人名。適齊，指離開魯國到齊國去。

68 魯三家：指春秋時把持魯國朝政的季孫氏、叔孫氏、孟孫氏三家貴族。

69 僭竊：同「僭越」。指地位在下者超越本分，冒用地位在上者的名義、禮儀或器物。當時魯三家作為公族，卻採用了天子和諸侯的禮儀，被孔子認為是一種越禮行為。僭，音ㄐㄧㄢˋ。超越本分。

70 孔聖人正樂之功：相傳春秋之時，禮崩樂壞。孔子對業已散失錯亂的音樂，重新進行整理，使之恢復古樂的原狀。

71 周轍既東：西元前七七一年，西周滅亡，都城鎬京（今陝西省西安市西南）殘破，周平王遷都雒邑（今河南省洛陽市），歷史進入東周時代。

72 雍徹：指魯三家權勢過重，對魯國國君構成威脅。雍，遮蔽；堵塞。徹，毀壞。

73 八佾舞於庭：用六十四人在庭中表演樂舞。佾，音ㄧˋ。古代樂舞的行列。古代樂舞，八人一行，稱一佾。八佾即縱橫都是八人。當時制度規定，只有天子的祭祀樂舞才能用八佾。穀梁傳隱公五年：「舞夏，天子八佾，諸公六佾，諸侯四佾。」

74 反：同「返」。回到。

75 雅頌各得其所：傳說孔子曾調整詩經中各篇的順序，使每一篇都得到合理安排，合於雅、頌之音。

76 書經：指尚書，原稱書，漢代被奉為儒家經典，故稱書經。

下襲水土；訂到禮記[79]，父子有親，君臣有義，長幼有序，朋友有信，夫婦有別[80]；作到春秋，而亂臣賊子懼。並不曾費一些氣力，登時把權臣勢家鬧哄哄的箇戲場，霎時散盡，頃刻冰冷。那一時到也痛快！你說聖人的手段，利害呀不利害？神妙呀不神妙？（敲鼓板唱介）

【鼓詞一】自古聖人手段能，他會呼風喚雨，撒豆成兵。見一夥亂臣無禮教歌舞，使了箇些小方法，弄的他精打精[81]。正排著低品走狗奴才隊，都做了高節清風[82]大英雄！

（拍醒木說介）那太師名摯，他第一箇先適了齊。他為何適齊，聽俺道來！（敲鼓板唱介）

【鼓詞二】好一箇為頭為領的太師摯，他說：「咳，俺為甚的替撞三家景陽鐘[83]？往常時瞎了眼睛在泥窩裏混，到如今抖起身子去箇清。大撒腳步正往東北走，合夥了箇敬仲老先生[84]纔

---

[77] 祖述堯舜二句：遵循堯舜之道，效法周文王、周武王之制。祖述，效法、遵循前人的行為或學說。憲章，效法。

[78] 易經：即易，又稱周易，商周之際巫書，漢代被列為儒家經典。

[79] 禮記：亦稱小戴禮記，儒家經典之一，戰國至西漢初儒家各種禮儀著作選集。

[80] 父子有親五句：父子間有親情，君臣間有禮儀，長幼有次序，對朋友講信用，夫婦間有區別。此即儒家所說的「五倫」。

[81] 精打精：精光。

[82] 高節清風：風骨節操高尚超群。

[83] 景陽鐘：南朝齊武帝置鐘於景陽樓，用以打更，稱景陽鐘。此處代指樂器。

[84] 敬仲老先生：即田敬仲，原名陳完，字敬仲，陳厲公之子。因內亂而奔齊，改姓田。田氏不斷擴大勢力，傳

顯俺的名。管喜的孔子三月忘肉味[85]，景公擦淚側著耳朵聽。那賊臣就喫了豹子心肝熊的膽，也不敢去姜太公家裏[86]去拏樂工。」

（拍醒木說介）管亞飯[87]的名干，適了楚；管三飯的名繚，適了蔡；管四飯的名缺，適了秦。這三人為何也去了？聽我道來！（敲鼓板唱介）

【鼓詞三】這一班勸膳的樂官不見了領隊長，一箇箇各尋門路奔前程。亞飯說：「亂臣堂上掇著碗，俺倒去吹吹打打伏侍著他聽。你看咱長官此去齊邦誰敢去找？我也投那熊繹[88]大王，倚仗他的威風。」三飯說：「河南蔡國雖然小，那堂堂的中原緊靠著京城。」四飯說：「遠望西秦有天子氣，那強兵營裏我去抓響箏[89]。」一齊說：「你每日倚著寨門[90]椿子使喚俺，從

---

至九世孫田和，遂代齊康公而自立為齊侯。老先生，康熙戊子刻本作「老先」。

[85] 孔子三月忘肉味：據論語述而載，孔子在齊國聽到韶樂，很長時間嘗不出肉的滋味。朱熹註曰：「不知肉味，蓋心一於是而不及乎他也。」

[86] 姜太公家裏：指齊國。姜太公，即姜尚，字望，一說字子牙。因佐周武王滅紂，周成王時封於齊。

[87] 亞飯：樂官名，即二飯樂師。下文的三飯指三飯樂師，四飯指四飯樂師。古代的天子和諸侯用膳時都須奏樂，因而樂官也有所分工。

[88] 熊繹：楚國的開創者。周成王時，開始受封，爵同子男。

[89] 抓響箏：彈箏。

[90] 寨門：同「塞門」。屏風；影壁。塞，蔽。禮：「天子外屏，諸侯內屏，大夫以簾，士以帷是也。」這裏諷刺魯三家身為大夫，卻按照國君的標準設立了屏風。

今後叫你聞著俺的風聲腦子疼。」

（拍醒木說介）擊鼓的名方叔，入於河[91]；播鞉的名武，入於漢[92]；少師名揚，擊磬的名襄，入於海[93]。

這四人另是箇去法，聽俺道來！（敲鼓板唱介）

【鼓詞四】這擊磬擂鼓的三四位，他說：「你丟下這亂紛紛的排場俺也幹不成。您賺這裏亂鬼當家[94]別處尋主，只怕到那裏低三下四還幹舊營生。俺們一葉扁舟桃源路，這纔是江湖滿地，幾箇漁翁[95]。」

（拍醒木說介）這四箇人去的好，去的妙，去的有意思。聽他說些甚麼？（敲鼓板唱介）

【鼓詞五】他說：「十丈珊瑚映日紅，珍珠捧著水晶宮。龍王留俺宮中宴，那金童玉女不比凡同。鳳簫象管龍吟細[96]，可教人家吹打著俺們纔聽。那賊臣就溜著河邊來趕俺，這萬

---

[91] 入於河：到了黃河。

[92] 播鞉的名武二句：謂搖搖鼓的樂官武去了漢水。鞉，音ㄊㄠˊ。一種搖鼓。

[93] 少師名揚三句：謂少師揚和擊磬的樂官襄去了大海。少師，古代樂官名。磬，音ㄑㄧㄥˋ。古代的一種用玉石製成的打擊樂器。

[94] 您賺這裏亂鬼當家：一作「你嫌這裏亂鬼當家」。

[95] 江湖滿地二句：語出杜甫秋興詩：「江湖滿地一漁翁。」

[96] 鳳簫象管龍吟細：形容笙簫一類管樂的吹奏聲悠揚動聽。鳳簫象管，對笙簫之類的管樂器的美稱。龍吟細，比喻笙簫的聲音優美動聽。

里烟波路也不明。莫道山高水遠無知己，你看海角天涯都有俺舊弟兄。全要打破紙窗看世界，虧了那位神靈提出俺火坑。憑世上滄海變田田變海，俺那老師父只管矇瞪[97]著兩眼定六經[98]。」正是：

魯國團團一座城，　中間悶煞幾英雄。

荊棘叢裏難容鳳，　滄海波心好變龍。

（說完起介）獻醜，獻醜！（末）妙極，妙極！如今應制[99]講義[100]，那能如此痛快，真絕技也！（小生）敬亭纔出阮家，不肯別投主人，故此現身說法。（生）俺看敬亭人品高絕，胸襟灑脫，是我輩中人，說書乃其餘技耳。

【解三酲】（生、末、小生）暗紅塵霎時雪亮，熱春光一陣冰涼，清白人會算黏塗帳[101]。（同笑介）這笑罵風流跌宕[102]，一聲拍板溫而厲[103]，三下漁陽慨以慷[104]！（丑）重來訪，但是桃

---

[97] 矇瞪：老眼昏花的樣子。

[98] 六經：儒家經典詩、書、禮、樂、易、春秋的合稱。

[99] 應制：指奉皇帝之命而寫作的詩文。

[100] 講義：指講解經義的文章。

[101] 黏塗帳：即糊塗帳。黏塗，一作「糊塗」。

[102] 風流跌宕：氣度超脫，瀟灑放逸。

[103] 溫而厲：溫和而嚴正。

花誤處[105]，問俺漁郎。

（生問介）昨日同出阮衙，是那幾位朋友？（丑）都已散去，只有善謳的蘇崑生[106]，還寓比鄰。（生）也要奉訪，尚望同來賜教。（丑）自然奉拜的。

（丑）歌聲歇處已斜陽，（末）賸有殘花隔院香。

（小生）無數樓臺無數草，（生）清談霸業兩茫茫。

---

[104] 三下漁陽慨以慷：形容柳敬亭說書時情緒激昂、充滿正氣。漁陽，即漁陽三撾，鼓曲名。漢末，禰衡被曹操謫為鼓吏，正月半試鼓，禰衡擊鼓作漁陽三撾，聲節悲壯，聞者莫不慷慨流涕。後人譜有漁陽三弄曲。

[105] 桃花誤處：即桃花源，借指避世隱居之地。晉代陶淵明桃花源記一文，寫武陵漁人因迷路進入一個與世隔絕的桃花源，桃花源內和平安樂，豐衣足食，人人自得其樂。

[106] 蘇崑生：原名周如松，固始（今河南省固始縣）人，明末清初著名唱曲藝人，曾入左良玉軍中，為上客。

# 第二齣 傳歌

癸未二月

【秋夜月】（小旦❶靚妝❷，扮鴇妓❸李貞麗❹上）深畫眉，不把紅樓閉。長板橋❺頭垂楊細，絲絲牽惹遊人騎。將箏絃緊繫，把笙囊巧製。

梨花似雪草如烟，春在秦淮兩岸邊。一帶妝樓臨水蓋，家家分影照嬋娟❻。妾身姓李，表字貞麗，烟花妙部，風月名班❼。生長舊院❽之中，迎送長橋之上；鉛華❾未謝，丰韻猶存。養成一箇假女❿，溫柔纖小⓫，纔陪玳瑁之筵⓬；宛轉嬌羞，未入芙蓉之帳。這裏有位罷職縣令，叫做楊龍友⓭，乃鳳

---

❶小旦：戲曲角色名，主要扮演青年婦女。

❷靚妝：即倩妝，美麗的妝飾。

❸鴇妓：開設妓院的妓女。常常是妓女的養母。

❹李貞麗：字淡如，明末秦淮名妓，李香君的養母。

❺長板橋：即長橋，位於南京舊院牆外不遠之處，靠近秦淮河和朱雀橋。

❻嬋娟：色態美好貌。此處指美女。

❼烟花妙部二句：李貞麗敘述自己的名妓身分。烟花，舊指妓女。風月，指風流韻事。

❽舊院：位於南京武定橋和鈔庫街之間，古代為歌妓聚居之處。

❾鉛華：女子化妝時搽臉用的粉，這裏借指女子的容顏。

❿假女：養女；義女。

陽督撫馬士英⑭的妹夫，原做光祿⑮阮大鋮的盟弟，常到院中誇俺孩兒，要替他招客梳攏⑯。今日春光明媚，敢待好來也。（叫介）丫鬟，捲簾掃地，伺候客來。（內應介）曉得！（末扮楊文驄上）三山⑰景色供圖畫，六代風流⑱入品題⑲。下官楊文驄，表字龍友，乙榜縣令⑳，罷職閒居。這秦淮名妓李貞麗，是俺舊好，趁此春光，訪他閒話。來此已是，不免竟入。（入介）貞娘那裏？（見介）好呀！你看梅錢㉑已落，柳線㉒纔黃，軟軟濃濃，一院春色。叫俺如何消遣也。（小旦）正是。請到小樓焚香煮

---

⑪ 纖小：嬌小。

⑫ 玳瑁之筵：指豪奢的宴會。玳瑁，音ㄉㄞˋ ㄇㄟˋ。一種海中爬行動物，甲殼可做裝飾品，也可入藥。

⑬ 楊龍友：即楊文驄，字龍友，明末貴陽（今貴州省貴陽市）人。萬曆舉人，南明弘光朝任兵備副使，出任常、鎮二府巡撫，後抗清兵敗而死。

⑭ 馬士英：字瑤草，貴陽（今貴州省貴陽市）人，曾任鳳陽督撫。李自成攻陷北京後，在南京擁立福王朱由崧，升任東閣大學士，把持弘光朝政，賣官鬻爵，禍國殃民。南明滅亡後，被清兵俘獲處死。

⑮ 光祿：即光祿卿，官職名。專司皇室祭品、膳食及招待酒宴等事務。

⑯ 梳攏：指妓女首次接客。又稱「上頭」。妓女接客留宿前垂髮，接客留宿後上頭梳髻，故曰「梳攏」。

⑰ 三山：在南京市西南五十餘里的長江邊上，三峰並列，南北相連。

⑱ 六代風流：六代的流風遺韻。六代，即六朝。

⑲ 品題：評論人物，定其高下。這裏指詩文題詠。

⑳ 乙榜縣令：舉人出身的縣令。科舉時代稱進士為甲榜，舉人為乙榜。

㉑ 梅錢：梅花的花瓣。

㉒ 柳線：楊柳的枝條。

茗，賞鑒詩篇罷。（末）極妙了。（登樓介）簾紋籠架鳥，花影護盆魚㉓。（看介）這是令愛妝樓，他往那裏去了？（小旦）曉妝未竟，尚在臥房。（末）請他出來。（小旦喚介）孩兒出來，楊老爺在此。（末看四壁上詩篇介）都是些名公題贈，卻也難得。（背手吟哦介）

**【前腔】**（旦㉔豔妝上）**香夢回，纔褪紅鴛被。重點檀唇㉕臙脂膩，匆匆挽箇抛家髻㉖。這春愁怎替，那新詞且記。**

（見介）老爺萬福㉗。（末）幾日不見，益發標緻了。這些詩篇讚的不差。（又看驚介）呀呀！張天如㉘、夏彝仲㉙這班大名公，都有題贈，下官也少不的和韻一首。（小旦送筆硯介）（末把筆久吟介）做他不過，索性藏拙，聊寫墨蘭數筆，點綴素壁罷。（小旦）更妙。（末看壁介）這是藍田叔㉚畫的拳

---

㉓ 簾紋籠架鳥二句：隔著簾子看，架上的鳥彷彿關在籠子裏；花影遮著魚盆，好像在保護裏面養著的魚。

㉔ 旦：戲曲表演行當主要類型之一，女角色之統稱。也專指劇中的女主角。

㉕ 檀唇：即檀口，形容女子紅豔的嘴唇。檀，淺絳色。

㉖ 抛家髻：古代女子的一種髮型。髮髻梳成螺形，兩鬢下垂至面。唐末曾流行於洛陽。

㉗ 萬福：舊時女子禮節。唐宋時婦女與人見面時，常口道「萬福」，表示祝對方多福。以後泛指女子與人見面時所行之禮。行禮時雙手握鬆拳重疊在胸前右下側上下移動，同時彎腿曲身，以示敬意。

㉘ 張天如：即張溥，字乾度，後改字天如，號西銘，太倉（今江蘇省太倉市）人。崇禎四年進士，明末復社的主要發起者，主張「興復古學」，革除弊政。

㉙ 夏彝仲：即夏允彝，字彝仲，華亭（今上海市松江縣）人。幾社的領袖人物。福王即位南京，授考功主事，他不受歸里，曾參與抗清鬥爭，清兵攻陷南京後，憤而自沉松塘而死。

石㉛。呀！就寫蘭於石旁，借他的襯帖也好。（畫介）

【梧桐樹】綾紋素壁輝，寫出騷人致㉜。嫩葉香苞，雨困烟痕醉㉝。一拳宣石墨花碎，幾點蒼苔亂染砌。（遠看介）也還將就得去。怎比元人瀟灑墨蘭意，名姬恰好湘蘭佩㉞。

（小旦）真真名筆，替俺妝樓生色多矣。（末）見笑。（向旦介）請教尊號，就此落款。（旦）年幼無號。

（小旦）就求老爺賞他二字罷。（末思介）左傳云：「蘭有國香，人服媚之㉟。」就叫他香君㊱何如？

（小旦）甚妙！香君過來謝了。（旦拜介）多謝老爺。（末笑介）連樓名都有了。（落款介）崇禎癸未仲春，偶寫墨蘭於媚香樓，博香君一笑。貴筑㊲楊文驄。（小旦）寫畫俱佳，可稱雙絕。多謝了！（俱坐

---

㉚ 藍田叔：即藍瑛，字田叔，錢塘（今浙江省杭州市）人，明末清初著名畫家。擅畫山水，兼工人物、花鳥、蘭竹。

㉛ 拳石：這裏指供陳設用的小塊玲瓏的石頭。

㉜ 綾紋素壁輝二句：意謂牆上的書畫詩文，表現了文人墨客的雅量高致，使綾紋般的白壁生出光輝。騷人，原指屈原，因屈原作有離騷。後也泛指詩人。

㉝ 嫩葉香苞二句：形容畫中的含苞待放的墨蘭在烟雨中顯得鮮嫩嬌弱，千嬌百媚。

㉞ 名姬恰好湘蘭佩：意謂美人正應該佩帶香蘭。

㉟ 蘭有國香二句：語出左傳宣公三年。服媚，服用並喜愛。

㊱ 香君：即李香君，明末秦淮歌妓，容貌出眾，才藝非凡，雖淪落烟花，卻能以節操自厲。與復社人士侯方域結識後，力勸侯勿與閹黨餘孽阮大鋮等人往來。侯離開南京時，置酒送行，暗示他應愛重名節。後新貴田仰仗勢求婚，她堅決拒絕。本劇的女主角李香君，便是以這一人物為原型塑造出來的。

㊲ 貴筑：即貴陽（今貴州省貴陽市）。筑，貴陽市的別稱。

介）（末）我看香君國色㊳第一，只不知技藝若何？（小旦）一向嬌養慣了，不曾學習。前日纔請一位清客㊴，傳他詞曲。（末）是那箇？（小旦）就叫甚麼蘇崑生。（末）蘇崑生，本姓周，是河南人，寄居無錫。一向相熟的，果然是箇名手。（問介）傳的那套詞曲？（小旦）就是玉茗堂四夢㊵。（末）學會多少了？（小旦）纔將牡丹亭學了半本。（喚介）孩兒，楊老爺不是外人，取出曲本，快快溫習。待你師父對過，好上新腔。（旦皺眉介）有客在坐，只是學歌怎的。（小旦）好傻話，我們門戶人家㊶，舞曲歌裙，喫飯莊屯㊷。你不肯學歌，閒著做甚。（旦看曲本介）

**【前腔】**（小旦）**生來粉黛圍㊸，跳入鶯花隊。一串歌喉，是俺金錢地。莫將紅豆輕拋棄㊹，學就曉風殘月墜㊺。緩拍紅牙㊻，奪了宜春翠㊼，門前繫住王孫轡。**

---

㊳ 國色：本指牡丹花香色不凡，後多用以比喻女子容貌之美。

㊴ 清客：在豪族顯貴門下幫閒湊趣的門客。

㊵ 玉茗堂四夢：指明代著名戲劇家湯顯祖所作的傳奇紫釵記、牡丹亭、南柯記、邯鄲記。又稱「臨川四夢」。玉茗堂，湯顯祖書齋名。

㊶ 門戶人家：即妓家。

㊷ 舞曲歌裙二句：意謂賣唱獻舞是衣食之源。

㊸ 粉黛圍：與下文的「鶯花隊」都代指妓院。

㊹ 莫將紅豆輕拋棄：不要將愛情輕易許人。紅豆，又名相思子，常用來作為相思和愛情的象徵。

㊺ 學就曉風殘月墜：意指學會唱歌賣曲。曉風殘月，語出宋人柳永詞雨霖鈴：「今宵酒醒何處，楊柳岸曉風殘月。」

（淨[48]扁巾[49]、褶子[50]，扮蘇崑生上）閒來翠館[51]調鸚鵡，嬾去朱門[52]看牡丹。在下固始蘇崑生是也，自出阮衙，便投妓院，做這美人的教習，不強似做那義子的幫閒麼。（竟入見介）楊老爺在此，久違了。（末）崑老恭喜，收了箇絕代的門生。（小旦）蘇師父來了，孩兒見禮。（旦拜介）（淨）免勞罷。（問介）昨日學的曲子，可曾記熟了？（旦）記熟了。（淨）趁著楊老爺在坐，隨我對來，好求指示。（末）正要領教。（淨、旦對坐唱介）

【皂羅袍】[53]原來姹紫嫣紅[54]開遍，似這般都付與斷井頹垣[55]。良辰美景奈何天，（淨）錯了錯了！美字一板，奈字一板，不可連下去。另來另來！良辰美景奈何天，賞心樂事誰家院[56]。

---

[46] 紅牙：唱歌時用以調節樂曲板眼的拍板。用檀木或象牙製成，色紅，故名。

[47] 奪了宜春翠：意指演唱的技藝壓倒群芳。宜春，指宜春宮，唐玄宗時學習歌舞的後宮女子居住之處。

[48] 淨：戲曲表演行當類型之一，在清代傳奇和近現代戲曲中，一般扮演性格、品質或相貌上有特異之處的男性角色。俗稱「花臉」。

[49] 扁巾：普通人戴的頭巾。

[50] 褶子：戲曲服裝名，大領，大襟，大袖，長及足。是使用最廣的一種戲裝，各種角色都可穿。

[51] 翠館：指妓院。

[52] 朱門：指達官貴人的宅第。古代豪貴人家的大門多漆為朱紅色以示尊貴，故稱。

[53] 皂羅袍：此曲連同下面的好姐姐都是牡丹亭遊園一齣中的曲辭，為牡丹亭中的女主角杜麗娘在婢女春香的鼓動下私自到後花園賞春時所唱。

[54] 姹紫嫣紅：指各種顏色的嬌豔絢麗的鮮花。

[55] 斷井頹垣：斷了的井欄，倒塌的圍牆，形容荒涼破敗的景象。

朝飛暮捲[57]，雲霞翠軒[58]，雨絲風片[59]，(淨)又不是了，絲字是務頭[60]，要在嗓子內唱。雨絲風片，烟波畫船[61]，錦屏人忒看的這韶光賤[62]。(淨)妙，妙！是的狠了，往下來。

【好姐姐】遍青山啼紅了杜鵑，荼蘼[63]外烟絲醉軟[64]。牡丹雖好，他春歸怎占的先[65]。(淨)這句略生些，再來一遍。牡丹雖好，他春歸怎占的先。閒凝眄[66]，生生燕語明如剪[67]，嚦嚦鶯聲溜的圓[68]。

---

[56] 良辰美景奈何天二句：意為面對動人的春色不能欣賞，有負蒼天；令人賞心悅目、心曠神怡的事不知在何處。語出南朝宋謝靈運擬魏太子鄴中集詩序：「天下良辰、美景、賞心、樂事，四者難併。」

[57] 朝飛暮捲：形容樓臺亭閣高大壯麗。語出唐代王勃滕王閣詩：「畫棟朝飛南浦雲，朱帘暮卷西山雨。」

[58] 翠軒：華美的樓臺亭閣。

[59] 雨絲風片：微風細雨。

[60] 務頭：戲劇、說唱中的精彩、警辟或動聽之處。

[61] 烟波畫船：裝飾華美的遊船在水氣瀰漫的河面上行駛。

[62] 錦屏人忒看的這韶光賤：幽居深閨的女子太不珍惜這大好春光。忒，音ㄊㄜˋ。太。韶光，春光。

[63] 荼蘼：音ㄊㄨˊ ㄇㄧˊ。花名，晚春時開白花。

[64] 烟絲醉軟：形容游絲柔弱搖擺。

[65] 牡丹雖好二句：牡丹雖美，但它開放於春天行將過去之時，怎麼能居百花之先呢。

[66] 凝眄：目不轉睛地看。眄，音ㄇㄧㄢˇ。

[67] 生生燕語明如剪：意謂燕子清脆的叫聲明快如剪。

[68] 嚦嚦鶯聲溜的圓：意謂黃鶯清亮的叫聲圓潤悅耳。嚦嚦，形容聲音清脆流利。

（淨）好，好！又完一折了。（末對小旦介）可喜令愛聰明的緊，不愁又是一箇名妓哩。（向淨介）昨日會著侯司徒的公子侯朝宗，客囊頗富，又有才名，正在這裏物色名姝。崑老知道麼？（淨）他是敝鄉世家，果然大才。（末）這段姻緣，不可錯過的。

**【瑣窗寒】破瓜碧玉⑥⑨佳期，唱嬌歌，細馬騎。纏頭⑦⓪擲錦，攜手傾杯；催妝豔句⑦①，迎婚油壁⑦②。配他公子千金體，年年不放阮郎⑦③歸，買宅桃葉⑦④春水。**

（小旦）這樣公子肯來梳攏，好的緊了。只求楊老爺極力幫襯，成此好事。（末）自然在心的。

**【尾聲】**（小旦）**掌中女好珠難比，學得新鶯恰恰啼，春鎖重門人未知。**

如此春光，不可虛度，我們樓下小酌罷。（末）有趣。（同行介）

（末）**蘇小⑦⑤簾前花滿畦，**（小旦）**鶯酣燕懶隔春隄；**

---

⑥⑨ 破瓜碧玉：指小戶人家的妙齡女子。破瓜，因「瓜」字可以拆為兩個「八」字，故舊時常用以指十六歲的女子。六十四歲亦可稱「破瓜」。碧玉，指小戶人家的女兒。古樂府碧玉歌：「碧玉小家女，不敢攀貴德。」

⑦⓪ 纏頭：指贈送給歌女的錦帛等絲織品。又稱「纏頭彩」。後來多以錢物代替。

⑦① 催妝豔句：指祝賀新婚的詩。

⑦② 油壁：即油壁車。古代婦女所坐的輕車，車廂上塗以油漆。

⑦③ 阮郎：指阮肇。相傳東漢年間，劉晨、阮肇入天台山採藥，迷路不得出山，在溪邊與兩位仙女相遇並成婚，半年後歸家，發現世間已過了七代。事見南朝宋代劉義慶所撰幽明錄。

⑦④ 桃葉：即桃葉渡，南京利涉橋附近的秦淮渡口，在秦淮河與青溪合流處。相傳東晉王獻之曾於此送愛妾桃葉渡河，作桃葉歌：「桃葉復桃葉，渡河不用楫。但渡無所苦，我自來接汝。」後人遂以桃葉名此渡口。

（旦）紅綃裹下櫻桃顆76，（淨）好待潘車77過巷西。

75 蘇小：即蘇小小，南朝齊代的著名歌妓，家住錢塘（今浙江省杭州市），出行常坐油壁香車。宋代郭茂倩樂府詩集收有蘇小小歌，包括古辭及唐人李賀、溫庭筠、張祜等人的詩作。

76 紅綃裹下櫻桃顆：指下面第五齣中李香君用白汗巾包櫻桃從樓上拋下的情節。

77 潘車：潘岳所坐的車子。潘岳，字安仁，西晉著名詩人。相傳潘岳貌美，每次出行，婦人圍觀，紛紛將果子投在他車子裏。此處借指侯方域。

# 第三齣 鬨丁❶

癸未二月

（副淨、丑扮二壇戶❷上）（副淨）俎豆❸傳家鋪排戶❹，（丑）祖父。（副淨）各壇祭器有號簿，（丑）查數。（副淨）朔望❺開門點蠟炬，（丑）掃路。（副淨）跪迎祭酒❻早進署，（丑）休誤。（丑）怎麼只說這樣沒體面的話？（副淨）你會說，讓你說來。（丑）四季關糧❼進戶部，（副淨）誇富。（丑）紅牆綠瓦闔家住，（副淨）娶婦。（丑）乾柴只靠一把鋸，（副淨）偷樹。（丑）一年到頭不吃素，（副淨）醃胙❽。（丑）啐！你接得不好，倒底露出腳色❾來。（同笑介）咱們南京國子監鋪排戶，苦熬六箇月，

---

❶ 鬨丁：丁祭日的吵鬧。鬨，音ㄏㄨㄥˋ。吵鬧；擾亂。丁，即丁祭，每年仲春（農曆二月）與仲秋（農曆八月）上旬丁日祭祀孔子。又稱「祭丁」。

❷ 壇戶：舊時專門看管寺廟的人家。

❸ 俎豆：古代祭祀用的器具，引申為祭祀、崇奉之意。

❹ 鋪排戶：即壇戶，在祭祀時負責擺設祭品，故稱。

❺ 朔望：農曆每月初一或十五。朔，初一。望，十五。舊俗，每月的初一和十五要燒香拜神。

❻ 祭酒：學官名，即國子監祭酒，為國子監的主管官員。

❼ 關糧：領取糧餉。關，領取。

❽ 胙：音ㄗㄨㄛˋ。古代祭祀所用的供肉。

❾ 露出腳色：露出真相；露出老底。

今日又是仲春丁期⑩。太常寺早已送到祭品，待俺擺設起來。（排桌介）（副淨）栗、棗、芡、菱、榛，（丑）牛、羊、豬、兔、鹿，（副淨）魚、芹、菁、笋、韭，（丑）鹽、酒、香、帛、燭。（副淨）一件也不少，仔細看著，不要叫贊禮們偷喫，尋我們的晦氣呀。（副末扮老贊禮暗上）啐！你壇戶不偷就彀⑪了，倒賴我們。（副淨拱介）得罪，得罪！我說的是那沒體面的相公們，老先生是正人君子，豈有偷嘴之理。（副末）閒話少說，天已發亮，是時候了，各處快點香燭。（丑）是。（同混下）

【粉蝶兒】（外⑫冠帶執笏⑬，扮祭酒上）松柏籠烟，兩堦蠟紅初剪⑭。排笙歌，堂上宮懸⑮。捧爵⑯帛，供牲醴⑰，香芹早薦⑱。（末冠帶執笏，扮司業⑲上）列班聯⑳，敬陪南雍釋奠㉑。

---

⑩ 仲春丁期：春天第二個月（即農曆二月）上旬丁日的祭期。

⑪ 彀：音ㄍㄡˋ。同「夠」。

⑫ 外：戲曲角色名。在元雜劇和南戲中扮演次要角色。明清以來逐漸成為專演老年男子的角色。

⑬ 笏：音ㄏㄨˋ。古代朝見君王時手中所執的狹長板子，用玉、象牙或竹片製成。上面可以記事，又稱「手板」。

⑭ 蠟紅初剪：蠟燭中燒成灰燼的燭芯剛剛剪去，意指燭光明亮。燭紅，蠟燭中燒去的燭芯。

⑮ 宮懸：古代帝王懸掛樂器的方式。古代禮制規定，帝王所用的懸掛鐘磬等樂器的架子置於四周，以象徵宮室的四面牆壁，名為「宮懸」。此處指懸掛樂器。

⑯ 爵：古代祭祀用的酒器。

⑰ 牲醴：祭祀用的牲畜和酒。醴，甜酒。

⑱ 薦：進獻。

⑲ 司業：學官名，為國子監副主管，掌管儒學訓導之事。

⑳ 列班聯：指排好隊伍。班聯，形容人數眾多，行列中一個緊挨一個。

（外）下官南京國子監㉒祭酒是也。（末）下官司業是也。今值文廟㉓丁期，禮當釋奠。（分立介）

【四園春】（小生衣巾，扮吳應箕上）**楹鼓逢逢㉔將曙天，諸生㉕接武㉖杏壇㉗前。**（雜㉘扮監生㉙四人上）**濟濟禮樂繞三千㉚，萬仞門牆㉛瞻聖賢。**（副淨滿髯㉜冠帶，扮阮大鋮上）**淨洗含羞面，**

---

㉑南雍釋奠：南京國子監祭祀孔子的典禮。南雍，又稱南監，指南京國子監。釋奠，古代學校陳設酒食以祭奠先聖先師的典禮。

㉒國子監：中國古代專門的教育行政機構和最高學府。創建於隋文帝初年，原稱國子寺，隋煬帝時，改稱國子監。明代國子監規模宏大，分南北兩監，一在北京，一在南京。清光緒三十一年（一九〇五）設學部以後，國子監方廢。

㉓文廟：即孔廟，唐玄宗開元二十七年（七三九），封孔丘為文宣王，因稱孔廟為文宣王廟，明以後稱文廟，同武廟（關、岳廟）相對。

㉔楹鼓逢逢：鼓聲咚咚。楹鼓，又稱應鼓、建鼓，有木柱從鼓中穿過，使之豎立，鼓下有四足。逢逢，象聲詞，常形容鼓聲。

㉕諸生：生員；秀才。明清時代經過各級考試進入府、州、縣學的，統稱生員，亦稱「諸生」。

㉖接武：步履相接，此處指小步前進。禮記曲禮上：「堂上接武。」

㉗杏壇：相傳為孔子講學處。後人附會杏壇在今山東省曲阜市孔廟的大成殿前。各地的孔廟也建有杏壇。

㉘雜：戲曲角色名。含義有二：一、泛指各種群眾角色的扮演者；二、扮演劇中不重要或不知名的人物。

㉙監生：在國子監讀書的生員。明清兩代的監生由各省學政從秀才中考送或由皇帝特批，另外通過捐資也可獲得監生的資格和身分。後來監生不一定到監就學，只是一種可以參加鄉試或出仕的資格。

㉚濟濟禮樂繞三千：意為在一片禮樂聲中，眾多儒生開始祭祀孔子。濟濟，人多貌。三千，相傳孔子有弟子三千，此處指與祭的眾多儒生。

混入几筵邊。

（小生）小生吳應箕，約同楊維斗㉝、劉伯宗㉞、沈崑銅㉟、沈眉生㊱眾社兄，同來與祭。（雜四人）次尾社兄到的久了，大家依次排起班來。（副淨掩面介）下官阮大鋮，閒住南京，來觀盛典。（立前列介）（副末上，唱禮介）排班，班齊。鞠躬，俯伏，興㊲。俯伏，興。俯伏，興。俯伏，興。（眾依禮，各四拜介）

【泣顏回】（合）百尺翠雲巔㊳，仰見宸㊴題金扁㊵，素王㊶端拱㊷，顏曾四座㊸冠冕。迎

㉛ 萬仞門牆：喻指孔子德行高尚，令人崇敬仰慕。仞，古代八尺為一仞。

㉜ 滿髯：演員所戴的將口部完全遮住的假鬚。

㉝ 楊維斗：即楊廷樞，字維斗，長洲（今江蘇省蘇州市）人，復社重要成員，明亡後避居蘇州鄧尉山。與下文的劉伯宗、沈崑銅、沈眉生以及吳應箕，被稱為「復社五秀才」。

㉞ 劉伯宗：即劉城，字伯宗，貴池（今安徽省貴池縣）人，復社重要成員。入清後，屢召不起，隱居以終。

㉟ 沈崑銅：即沈士柱，字崑銅，蕪湖（今安徽省蕪湖市）人，復社重要成員，曾在吳應箕等起草的留都防亂揭帖上署名。

㊱ 沈眉生：即沈壽民，字眉生，復社重要成員，崇禎年間曾上書彈劾兵部尚書楊嗣昌，名動天下。

㊲ 興：起來。

㊳ 百尺翠雲巔：形容孔廟主體建築大成殿的高大壯觀，高聳入雲。暗喻孔子的德行崇高。

㊴ 宸：原指北極星所居之處。後引申為帝王的宮殿、王位、帝王，此處指皇帝。

㊵ 扁：同「匾」。掛在門頂或牆上的題字橫牌。

㊶ 素王：指孔子。儒家認為，孔子雖無王者之位，卻有王者之道，故稱「素王」。

神樂奏，拜彤墀㊹齊把袍笏展。讀詩書不愧膠庠㊺，畏先聖洋洋靈顯。

（拜完立介）（唱禮介）焚帛禮畢。（眾相見揖介）

【前腔】（外、末）北面並臣肩，共事春丁榮典㊻。趨蹌㊼環佩㊽，鵷班鷺序㊾旋轉。（小生等）司籩執豆㊿，魯諸生盡是瑚璉(51)選。（副淨）喜留都，散職逍遙；歎投閒(52)，名流謫貶。

（外、末下）（副淨拱介）（小生驚看，問介）你是阮鬍子，如何也來與祭？唐突(53)先師，玷辱斯文。（喝

---

㊷ 端拱：端坐拱手，神情嚴肅不苟。

㊸ 顏曾四座：指孔廟中配祀的顏淵、曾參、子思、孟軻四人的塑像。

㊹ 彤墀：即丹墀，指宮殿或寺廟前漆成紅色的臺階。墀，音ㄔˊ。臺階。

㊺ 膠庠：原指周代的大學。周天子所設的大學分為五學，太學居中，東、西、南、北四學分設於四周，其中東學為東膠，北學為上庠，後以膠庠借指國子監。庠，音ㄒㄧㄤˊ。

㊻ 春丁榮典：仲春丁祭的盛典。榮典，盛大的典禮。

㊼ 趨蹌：謂行走快慢有節奏。

㊽ 環佩：古人衣帶上所繫的佩玉。這裏指步行時佩玉發出的聲響。

㊾ 鵷班鷺序：本喻指百官上朝時按職位高低排列有序，這裏比喻諸生祭祀時行列整齊，秩序井然。鵷、鷺，兩種群飛有序的鳥。鵷，音ㄩㄢ。即鵷雛，傳說中鳳凰一類的鳥。

㊿ 司籩執豆：指祭祀時手捧祭器。籩，音ㄅㄧㄢ。古代祭器名。用竹製成，形似高腳盤，有蓋。豆，亦為古代祭器，用木製成，也有用銅或陶製的，形狀與籩相似。

(51) 瑚璉：本指古代宗廟中盛黍稷的祭器，後用以比喻有治國才能的人。

(52) 投閒：謂不受重用，被安排在閒散的職位上。

介）怏怏出去！（副淨氣介）我乃堂堂進士，表表名家，有何罪過，不容與祭？（小生）你的罪過，朝野俱知。蒙面喪心㊺，還敢入廟。難道前日防亂揭帖，不曾說著你病根麼！（副淨）我正為暴白心跡，故來與祭。（小生）你的心跡，待我替你說來：

【千秋歲】魏家乾，又是客家乾，一處處兒字難免㊻。同氣㊼崔田㊽，同氣崔田，熱兄弟糞爭嘗，癰同吮㊾。東林裏丟飛箭㊿，西廠(60)裏牽長線(61)，怎掩旁人眼？（合）笑冰山(62)

---

53 唐突：冒犯。

54 蒙面喪心：遮飾臉面，喪失良心。比喻厚顏無恥，喪天害理。

55 魏家乾三句：意謂阮大鋮是魏忠賢和客氏的乾兒子。魏，指魏忠賢。客，指明熹宗朱由校的乳母客氏。熹宗幼年喪母，由客氏撫養長大，即位後封客氏為「奉聖夫人」，同時提拔與客氏有曖昧關係的魏忠賢。客、魏相勾結，把持朝廷大權。

56 同氣：此處意為氣味相投，同流合污。

57 崔田：指魏忠賢的死黨崔呈秀、田爾耕。崔呈秀，見第一齣注53。田爾耕，任丘（今河北省任丘市）人，曾任錦衣衛都督，廣佈偵卒捕殺東林黨人。思宗朱由檢即位後被誅。

58 糞爭嘗二句：言阮大鋮不顧羞恥，對魏忠賢和客氏極盡阿諛奉承之能事。糞爭嘗，典出吳越春秋句踐入臣外傳：句踐入臣於吳，吳王夫差病，句踐用范蠡計，求嘗吳王之糞便，並告知病即將痊癒。癰同吮，典出漢書鄧通傳：「文帝嘗病癰，鄧通常為上嗽吮之。」吮癰，用嘴給別人吸癰疽中的膿。吮，音ㄕㄨㄣˇ。吸。

59 丟飛箭：暗箭傷人。

60 西廠：明代為加強專制統治而設立的特務機關，由宦官掌管。與「東廠」、「錦衣衛」合稱「廠衛」。

61 牽長線：比喻關係密切。

消化，鐵柱翻掀。

（副淨）諸兄不諒苦衷，橫加辱罵，那知俺阮圓海原是趙忠毅63先生的門人。魏黨暴橫之時，我丁艱64未起，何曾傷害一人，這些話都從何處說起。

【前腔】飛霜冤65，不比黑盆冤66，一件件風影敷衍67。初識忠賢，初識忠賢，救周魏68，把好身名，甘心貶。前輩康對山，為救李空同，曾入劉瑾之門69。我前日屈節，也只為著東林諸君

---

62 冰山：此處比喻不可長久依傍的權勢。資治通鑑唐玄宗天寶十一載：張彖對勸其投靠楊國忠的人說：「君輩倚楊右相若泰山，吾以為冰山耳。若皎日既出，君輩得無失所恃乎？」

63 趙忠毅：即趙南星，字夢白，號儕鶴，別號清都散客，高邑（今河北省高邑縣）人。萬曆進士，官至吏部尚書。長於散曲創作。因反對魏黨專權，被權閹貶至代州，病卒。後追謚忠毅。

64 丁艱：又稱「丁憂」，指遭遇父母之喪。舊制，父母死後，子女須在家守喪，不婚嫁，不赴宴，官員須停職守制三年（實際九個月），士人在此期間不得應試。

65 飛霜冤：指蒙受大冤。唐徐堅初學記卷二引淮南子：戰國時鄒衍盡忠於燕惠王，卻被陷害入獄。鄒衍在獄中仰天大哭，天空忽降飛霜。

66 黑盆冤：沉冤難以昭雪，如同被覆蓋在黑盆裏難見天日一樣。

67 風影敷衍：憑著虛幻不實、沒有根據的傳聞加以臆測。

68 周魏：指周朝瑞和魏大中。兩人皆為明末朝廷官員，東林黨領袖人物。因反對閹黨專權而被魏忠賢等人羅織罪名，下於獄中，遭酷刑而死。同時被害的還有東林黨領袖楊漣、左光斗、袁化中、顧大章等，被稱為「前六君子」。周朝瑞，字思永，臨清（今山東省臨清市）人，萬曆進士，官至禮科給事中。魏大中，字孔時，號廓圓，萬曆進士，官至吏科給事中。

子，怎麼倒責起我來？春燈謎[70]誰不見，十錯認無人辨，箇箇將咱譴。（指介）恨輕薄新進，也放屁狂言！

（小生）好罵，好罵！（眾）你這等人，敢在文廟之中公然罵人，真是反了。（副末亦喊介）反了，反了！讓我老贊禮，打這箇奸黨。（打介）（小生）掌他的嘴，撏[71]他的毛。（眾亂採鬚，指罵介）

【越恁好】閹兒璫子[72]，閹兒璫子，那許你拜文宣[73]。辱人賤行，玷庠序[74]，愧班聯。急將吾黨鳴鼓傳[75]，攻之必遠。屏荒服[76]，不與同州縣，投豺虎，只當閒豬犬。

---

[69] 前輩康對山三句：此為阮大鋮的自辯之詞。康對山，即康海，字德涵，號對山，弘治進士，官至翰林院修撰。李空同，即李夢陽，字天賜，又字獻吉，號空同子，慶陽（今甘肅省慶陽縣）人，官至戶部郎中。明武宗正德年間，宦官劉瑾擅權，康海不願依附。夢陽下獄，康海為營救夢陽，謁見劉瑾，使夢陽得釋。劉瑾被殺後，康海名列瑾黨而免官，李夢陽卻不為之辯解。劉瑾，興平（今陝西省興平縣）人，早年自閹入宮，侍候太子於東宮，太子即位為武宗，劉瑾因迎合其奢侈好色心理而深受寵愛，入掌司禮監，專權亂政，後罪行暴露而被處死。

[70] 春燈謎：阮大鋮所作傳奇名。全名十錯認春燈謎，又名十錯認。該劇寫士子宇文彥和官家小姐韋影娘曲折的愛情故事。劇中父子、兄弟、夫妻、翁婿關係一度全被錯認，故名十錯認。有人認為此劇是阮大鋮在魏黨失敗後為表示悔過而作。

[71] 撏：音ㄒㄩㄣˊ。拔；拉；撕。

[72] 璫子：同閹兒。璫，漢代宦官充武職者，冠上加黃金璫，後來以「璫」為宦官的代稱。

[73] 文宣：即孔子。孔子於唐玄宗開元二十七年（七三九）被封為文宣王。

[74] 庠序：原指古代的鄉學，後泛指學校。漢書儒林傳序：「鄉里有教，夏日校，殷日庠，周日序。」庠，音ㄒㄧㄤˊ。

（副淨）好打，好打！（指副末介）連你這老贊禮，都打起我來了。（副末）我這老贊禮，纔打你箇知和而和[77]的。（副淨看鬚介）把鬍鬚都採落了，如何見人，可惱之極！（急跑介）

【紅繡鞋】難當雞肋[78]拳搥，拳搥。無端臂折腰攧[79]，腰攧。忙躲去，莫流連。（下）（小生）（眾）分邪正，辨奸賢，黨人逆案鐵同堅，黨人逆案鐵同堅[80]。

【尾聲】當年勢焰掀天轉，今日奔逃亦可憐。儒冠打扁，歸家應自焚筆硯。

（小生）今日此舉，替東林雪憤，為南監生光，好不爽快。以後大家努力，莫容此輩再出頭來。（眾）是是。

---

[75] 吾黨鳴鼓傳：意謂復社人士要齊心協力攻擊阮大鋮。語出論語先進：「非吾徒也。小子鳴鼓而攻之，可也。」

[76] 屏荒服：將其驅逐到邊遠地區去。屏，驅逐；放逐。荒服，古代「五服」之一，指距離京師二千里至二千五百里的地區，亦泛指邊遠地區。

[77] 知和而和：謂不講禮義。語出論語學而：「有所不行，知和而和，不以禮節之，亦不可行也。」

[78] 雞肋：比喻瘦弱的身體。晉書劉伶傳：「嘗醉與俗人相忤，其人攘袂奮拳而往。伶徐曰：『雞肋不足以安尊拳。』」

[79] 攧：音ㄉㄧㄢ。跌；摔。

[80] 黨人逆案鐵同堅：康熙戊子刻本無此句。

（眾）堂堂義舉聖門前，（小生）黑白須爭一著先[81]。
（眾）只恐輸贏無定局，（小生）治由人事亂由天。

[81] 黑白須爭一著先：這裏以下棋為喻，說明在政治鬥爭上必須搶先一步，先發制人。黑白，指圍棋中的黑子和白子。

# 第四齣　偵戲

癸未三月

**【雙勸酒】**（副淨扮阮大鋮憂容上）前局❶盡翻，舊人皆散，飄零鬢斑，牢騷歌嬾。又遭時流❷欺謾❸，怎能得高臥加餐。

下官阮大鋮，別號圓海。詞章才子，科第名家。正做著光祿吟詩，恰合著步兵愛酒❹。黃金肝膽，指顧中原；白雪聲名❺，馳驅上國❻。可恨身家念重，勢利情多。偶投客魏之門，便入兒孫之列。那時權飛烈焰，用著他當道豺狼；今日勢敗寒灰，贉了俺枯林鴞鳥❼。人人唾罵，處處擊攻。細想起來，

❶ 前局：以往的局面、局勢。

❷ 時流：世俗之輩。

❸ 欺謾：欺負謾罵。

❹ 正做著光祿吟詩二句：言自己喜歡吟詩喝酒，類似古代的顏延之和阮籍。光祿，指南朝宋代的著名詩人顏延之，官至金紫光祿大夫，世稱顏光祿。為人好酒疏誕。阮大鋮也曾做過光祿卿。步兵，指三國時的著名詩人阮籍，曾任步兵校尉之職，世稱阮步兵。性嗜酒，善彈琴，作有詠懷詩八十二首。阮大鋮書齋名詠懷堂。

❺ 白雪聲名：言自己所作詞曲以格調高雅而著稱。白雪，戰國時期楚國的高雅歌曲名，與另一高雅歌曲陽春齊名，後泛指高雅的文藝作品。宋玉對楚王問：「其為陽阿、薤露，國中屬而和者數百人。其為陽春、白雪，國中屬而和者不過數十人而已。」

❻ 上國：此處指京都。

俺阮大鋮也是讀破萬卷❽之人，甚麼忠佞賢奸不能辨別？彼時既無失心❾之瘋，又非汗邪❿之病，怎的主意一錯，竟做了一箇魏黨？（跌足介）纔題舊事，愧悔交加。罷了，罷了！幸這京城寬廣，容的雜人。新在這褲子襠⓫裏買了一所大宅，巧蓋園亭，精教歌舞。但有當事朝紳⓬，肯來納交的，不惜物力，加倍趨迎。儻遇正人君子，憐而收之，也還不失為改過之鬼。（悄語介）若是天道好還，死灰有復燃之日，我阮鬍子呵，也顧不得名節，索性要倒行逆施了。這都不在話下。昨日文廟丁祭，受了復社少年一場痛辱，雖是他們孟浪⓭，也是我自己多事。但不知有何法兒，可以結識這般輕薄⓮。（搔首尋思介）

【步步嬌】小子翩翩皆狂簡⓯，結黨欺名宦，風波動幾番。摔落吟鬚，捶折書腕。無計

---

❼ 鴞鳥：又稱「梟鳥」，貓頭鷹一類的鳥。舊傳鴞鳥食母，故多用以比喻兇惡奸邪之人。

❽ 讀破萬卷：指讀書多，學問淵博。杜甫詩奉贈韋左丞史二十二韻：「讀書破萬卷，下筆如有神。」

❾ 失心：一種精神病，患者完全失去理智。

❿ 汗邪：病名。患者高燒出汗，神智昏迷，語言錯亂，俗稱「中邪」。多用以罵人胡言亂語，頭腦不清。

⓫ 褲子襠：阮大鋮在南京住在名叫庫司坊的巷子裏，此處用庫司坊的諧音「褲子襠」，表示對阮大鋮的鄙視和譏諷。

⓬ 當事朝紳：當權的朝廷大臣。朝紳，本指束朝服的大帶。

⓭ 孟浪：鹵莽；冒失。

⓮ 這般輕薄：這班輕薄少年。此處指復社諸生。

⓯ 小子翩翩皆狂簡：意謂那些小子看似風度翩翩，但都疏狂而不切實際。翩翩，欣喜自得、風度優美的樣子。

雪深怨，叫俺閉戶空羞赧⑯。

（丑扮家人持帖上）地僻疏冠蓋，門深隔燕鶯。稟老爺，有帖借戲。（副淨看帖介）通家⑰教弟陳貞慧拜。（驚介）阿呀！這是宜興陳定生，聲名赫赫，是箇了不得的公子。他怎肯向我借戲？（問介）那來人如何說來？（丑）來人說，還有兩位公子，叫甚麼方密之⑱、冒辟疆⑲，都在雞鳴埭⑳上喫酒，要看老爺新編的燕子箋㉑，特來相借。（副淨吩咐介）速速上樓，發出那一副上好行頭㉒。吩咐班裏人梳

---

狂簡，謂急於進取而流於疏闊，行事不切實際。

⑯ 羞赧：因羞愧而臉紅。赧，音ㄋㄢˇ。

⑰ 通家：猶世交。

⑱ 方密之：即方以智，字密之，號曼公，桐城（今安徽省桐城縣）人，崇禎進士，授翰林院檢討。曾與侯方域、陳貞慧、冒襄等主盟復社，被稱為復社「四公子」。南明弘光朝遭馬士英、阮大鋮迫害，浪跡嶺南。南明亡，出家為僧，潛心學問。

⑲ 冒辟疆：即冒襄，字辟疆，號巢民，如皋（今江蘇省如皋市）人，與侯方域、陳貞慧、方以智合稱復社「四公子」。明亡後隱居不出，屢次拒絕清朝官吏的薦舉。

⑳ 雞鳴埭：又名南埭，南京玄武湖南邊攔水的堤壩。因南朝宋武帝經常夜間出獵，回到玄武湖時雞方啼叫，故改名為「雞鳴埭」，後於此處建雞鳴寺。埭，音ㄉㄞˋ。阻水的土堤或土壩。

㉑ 燕子箋：阮大鋮所作傳奇的代表作。敘述唐代書生霍都梁與名妓華行雲、官家小姐酈飛雲之間愛情婚姻的曲折故事。霍都梁與妓女行雲相好，繪成兩人遊樂的聽鶯撲蝶圖，被裱匠誤送至禮部尚書之女酈飛雲處，飛雲見畫中女子面容酷似自己，有所感念而題詩於箋，詩箋被燕子銜去，投給霍都梁，於是霍、酈二人苦陷相思。霍的同窗鮮于佶從中生事興波，經過許多曲折，霍先後娶飛雲、行雲為妻。該劇情節曲折，曲詞華美。

頭洗臉，隨箱快走。你也拏帖跟去，俱要仔細著。（丑應下）（雜抬箱，眾戲子繞場下）（副淨喚丑介）轉來。（悄語介）你到他席上，聽他看戲之時，議論甚麼，速來報我。（丑）是。（下）（副淨笑介）哈哈！竟不知他們目中，還有下官。有趣，有趣！且坐書齋，靜聽回話。（虛下）（末巾服扮楊文驄上）周郎㉓扇底聽新曲，米老船㉔中訪故人。下官楊文驄，與圓海筆硯至交，彼之曲詞，我之書畫，兩家絕技，一代傳人。今日無事，來聽他燕子新詞，不免竟入。（進介）這是石巢園㉕，你看山石花木，位置不俗，一定是華亭張南垣㉖的手筆了。（指介）

**【風入松】花林疏落石斑爛，收入倪黃㉗畫眼。**（仰看，讀介）「詠懷堂㉘，孟津王鐸㉙書。」（贊

㉒ 行頭：演戲所用的服裝和道具。

㉓ 周郎：即三國時吳國的周瑜。周瑜精通音律，能發現音樂演奏中的錯誤，當時有「曲有誤，周郎顧」之語。

㉔ 米老船：又稱米家船。北宋著名書畫家米芾常乘舟載書畫遊覽江湖，並於船上掛「米家書畫船」之牌。後人常以米老船指書畫家的居所，亦用以指米芾的書畫。

㉕ 石巢園：阮大鋮所居之園。阮大鋮號石巢，故名。

㉖ 華亭張南垣：即張漣，字南垣，明末華亭（今上海市松江縣）人，著名的園林設計師，尤其擅長於用太湖石堆疊假山。

㉗ 倪黃：指元代著名畫家倪瓚和黃公望。倪瓚，原名珽，字雲亭，號雲林，無錫（今江蘇省無錫市）人。繪畫以水墨居多，簡淡幽雅，與黃公望、吳鎮、王蒙合稱「元四家」。黃公望，字子久，號一峰，又號太癡道人，常熟（今江蘇省常熟市）人，善畫山水。

㉘ 詠懷堂：阮大鋮書齋名。

㉙ 孟津王鐸：指當時著名的書法家王鐸。孟津，今河南省孟津縣。王鐸，字覺斯，號嵩樵，明天啟進士，南明

介）寫的有力量。（下看介）一片紅毹㉚鋪地，此乃顧曲之所。草堂圖裏烏巾岸㉛，好指點銀箏紅板。（指介）那邊是百花深處了。為甚的蕭條閉關？敢是新詞改，舊稿刪。

（立聽介）隱隱有吟哦之聲，圓老在內讀書。（呼介）圓兄，略歇一歇，性命要緊呀！（副淨出見，大笑介）我道是誰，原來是龍友。請坐，請坐！（坐介）（末）如此春光，為何閉戶？（副淨）只因傳奇四種，目下發刻㉜；恐有錯字，在此對閱。（末）正是，聞得燕子箋已授梨園㉝，特來領略。（副淨）恰好今日全班不在。（末）那裏去了？（副淨）有幾位公子借去遊山。（末）且把鈔本賜教，權當漢書下酒㉞罷。（副淨喚介）叫家僮安排酒酌，我要和楊老爺在此小飲。（內）曉得。（雜上排酒果介）（末、副淨同飲，看書介）

【前腔】（末）新詞細寫烏絲闌㉟，都是金淘沙揀㊱。簪花美女㊲心情慢，又逗出烟慵雲

---

弘光朝官禮部尚書、東閣大學士。

㉚紅毹：紅色的毯子。古代演戲唱曲時，常以紅地毯鋪地，以作舞臺。毹，音ㄩˊ。

㉛烏巾岸：烏巾高戴的樣子。烏巾，即烏角巾，一種黑頭巾，古代多為隱居者所戴。

㉜發刻：付印。古時印書先要刻木製板，故稱。

㉝梨園：原為唐玄宗教樂工、宮女演習歌舞之處，後用作戲院或戲曲界的別稱。此處指戲班子。

㉞漢書下酒：北宋詩人蘇舜欽住岳父杜衍家，每晚觀書，皆飲酒一斗，一日，讀漢書張良傳，連續舉杯痛飲，杜衍知之大笑說：「有如此下酒物，一斗誠不為多也。」事見中吳紀聞。

㉟烏絲闌：亦作「烏絲欄」，指上下以烏絲織成欄，其間用朱墨界行的絹素。後亦指有墨線格子的箋紙。

㊱金淘沙揀：從沙裏淘揀金子，比喻寫作時精心錘鍊字句。

懶㊳。看到此處，令我一往情深。這燕子啣春㊴未殘，怕的楊花白，人鬢斑。

（副淨）蕪詞俚曲，見笑大方。（讓介）請乾一杯。（同飲介）（丑急上）傳將隨口話，報與有心人。稟老爺，小人到雞鳴埭上，看著酒斟十巡，戲演三折，忙來回話。（副淨）那公子們怎麼樣來？（丑）那公子們看老爺新戲，大加稱贊。

【急三鎗】點頭聽，擊節賞，停杯看。（副淨喜介）妙，妙！他竟知道賞鑑哩。（問介）可曾說些甚麼？（丑）他說真才子，筆不凡。（副淨驚介）呵呀呀！這樣傾倒，卻也難得。（問介）再說甚麼來？（丑）論文采，天仙吏，謫人間。好教執牛耳㊵，主騷壇㊶。

（副淨佯恐介）太過譽了，叫我難當，越往後看，還不知怎麼樣哩。（吩咐介）再去打聽，速來回話。（丑急下）（副淨大笑介）不料這班公子，倒是知己。（讓介）請乾一杯。

【風入松】俺呵！南朝看足古江山，翻閱風流舊案。花樓雨榭燈窗晚，嘔吐了心血無限。每日價琴對牆彈㊷，知音賞，這一番。

---

㊲ 簪花美女：這裏比喻書法清秀流麗。簪花，插花；戴花。

㊳ 烟慵雲懶：柔弱倦怠貌。這裏指燕子箋中對女主角陷入相思的情態描寫，代指燕子箋中的有關情節。

㊴ 燕子啣春：指燕子箋中燕子啣詩箋的情節。

㊵ 執牛耳：指居於領導地位。古代結盟，割牛耳取血，盛牛耳於珠盤，由主盟者執盤。因稱主盟者為「執牛耳」。

㊶ 騷壇：詩壇。

㊷ 琴對牆彈：比喻無人欣賞。

（末）請問借戲的是那班公子？（副淨）宜興陳定生、桐城方密之、如皐冒辟疆，都是了不得學問，他竟服了小弟。（末）他們是不輕許可人的。這本燕子箋詞曲原好，有甚麼說處。（丑急上）去如走兔，來似飛鳥。稟老爺，小的又到雞鳴埭，看著戲演半本，酒席將完，忙來回話。（副淨）那公子又講些甚麼？（丑）他說老爺呵！

**【急三鎗】是南國秀**㊸**，東林彥**㊹**，玉堂班**㊺**。**（副淨佯驚介）句句是贊俺，益發惶恐。（問介）還說些甚麼？（丑）他說為何**投崔、魏，自摧殘**。（副淨皺眉，拍案惱介）只有這點點不才，如今也不必說了。（問介）還講些甚麼？（丑）話多著哩，小人也不敢說了。（副淨）但說無妨。（丑）他說老爺**呼親父，稱乾子，忝羞顏**，也不過仗人勢，**狗一般**。

（副淨怒介）阿呀呀！了不得，竟罵起來了。氣死我也！

**【風入松】平章風月**㊻**有何關，助你看花對盞。新聲一部空勞贊。不把俺心情剖辯，偏加些惡謔毒頑**㊼**，這欺侮受應難。**

---

㊸ 南國秀：意謂阮大鋮出身於南方的名門望族。南國，南方。阮大鋮是皖南人，故稱。秀，宋、明間對官僚貴族子弟或有錢有勢者的稱呼。

㊹ 彥：古代指有才德的人。

㊺ 玉堂班：意謂阮大鋮本是可以進入翰林院的人才。玉堂，宋以後對翰林院的別稱。王先謙漢書補註引何焯語：「漢時待詔玉堂殿，唐時待詔於翰林院，至宋以後，翰林遂併蒙玉堂之號。」

㊻ 平章風月：指描寫男女情愛之事。

（末）請問這是為何罵起？（副淨）連小弟也不解。前日好好拜廟，受了五箇秀才一頓狠打。今日好好借戲，又受這三箇公子一頓狠罵。此後若不設箇法子，如何出門？（愁介）（末）長兄不必懊惱，小弟倒有箇法兒，未知肯依否？（副淨喜介）這等絕妙了，怎肯不依。（末）兄可知道吳次尾是秀才領袖，陳定生是公子班頭，兩將罷兵，千軍解甲矣。（副淨拍案介）是呀。（問介）但不知誰可解勸？（末）別箇沒用，只有河南侯朝宗，與兩君文酒至交，言無不聽。昨聞侯生閒居無聊，欲尋一秦淮佳麗。小弟已替他物色一人，名喚香君，色藝皆精，料中其意。長兄肯為出梳攏之資，結其歡心，然後託他兩處分解，包管一舉雙擒。（副淨拍手，笑介）妙，妙！好箇計策。（想介）這侯朝宗原是敝年姪㊽，應該料理的。（問介）但不知應用若干？（末）妝奩㊾酒席，約費二百餘金，也就豐盛了。（副淨）這不難，就送三百金到尊府，憑君區處便了。（末）那消許多。

（末）**白門弱柳㊿許誰攀，**（副淨）**文酒笙歌俱等閒。**

（末）**惟有美人稱妙計，**（副淨）**憑君買黛畫春山51。**

㊼ 惡謔毒頑：一作「惡謔毒訕」。

㊽ 年姪：科舉時代同榜考中者稱為「同年」，互稱「年兄」，對同年之子稱「年姪」。

㊾ 妝奩：本指梳妝用的鏡匣，後泛指為嫁女所備的衣物。奩，音ㄌㄧㄢˊ。同「奩」。古代盛梳妝用品的器具。

㊿ 白門弱柳：此處指李香君。白門，原為南朝都城建康（今江蘇省南京市）正南的宣陽門的俗稱，後用為南京的別稱。柳，喻指妓女。

51 春山：喻指女子的雙眉。

# 第五齣　訪　翠❶

癸未三月

【繞山月】（生麗服上）金粉未消亡，聞得六朝香❷，滿天涯烟草斷人腸。怕催花信緊，風風雨雨，誤了春光。

小生侯方域，書劍飄零❸，歸家無日。對三月豔陽之節，住六朝佳麗之場，雖是客況不堪，卻也春情難按。昨日會著楊龍友，盛誇李香君妙齡絕色，平康❹第一。現在蘇崑生教他吹歌，也來勸俺梳攏。爭奈蕭索奚囊❺，難成好事。今乃清明佳節，獨坐無聊，不免借步踏青❻，竟到舊院一訪，有何不可。

（行介）

❶ 翠：指歌妓，此處指李香君。

❷ 金粉未消亡二句：意謂當時南京的當權者仍然像六朝貴族那樣豪奢淫靡。

❸ 書劍飄零：為求取功名而負書帶劍，背井離鄉，四處飄零。

❹ 平康：即平康里，唐代長安里名，又稱平康坊、北里，位於長安丹鳳街，為妓女聚居處，新科進士往往遊樂其間。後多泛指妓院。

❺ 蕭索奚囊：意謂囊資不豐。蕭索，冷落，此指稀少。奚囊，原指詩囊，此指錢袋。新唐書李賀傳：「每旦日出，騎弱馬，以小奚奴背古錦囊，遇所得，書投囊中。」

❻ 踏青：春天到郊外遊覽。舊俗以清明節為踏青節。

【錦纏道】望平康，鳳城❼東、千門綠楊。一路紫絲韁，引遊郎，誰家乳燕雙雙。（丑扮柳敬亭上）黃鶯鶯曉夢，白髮動春愁。（喚介）侯相公，何處閒遊？（生回頭見介）原來是敬亭，來的好也。俺去城東踏青，正苦無伴哩。（丑）老漢無事，便好奉陪。（同行介）（丑指介）那是秦淮水了。（生）隔春波，碧烟❽染窗；倚晴天，紅杏窺牆❾。（丑指介）這是長橋，我們慢慢的走。（生）一帶板橋長，閒指點茶寮酒舫。（丑）不覺來到舊院了。（生）聽聲聲賣花忙，穿過了條條深巷。（丑指介）這一條巷裏，都是有名姊妹家。（生）果然不同，你看黑漆雙門之上，插一枝帶露柳嬌黃。（丑指介）這箇高門兒，便是李貞麗家。（生）我問你，李香君住在那箇門裏？（丑）香君就是貞麗的女兒。（生）妙，妙！俺正要訪他，恰好到此。（丑）待我敲門。（敲介）（內問介）那箇？（丑）常來走動的老柳，陪著貴客來拜。（內）貞娘、香姐都不在家。（丑）那裏去了？（內）在卞姨娘❿家做盒子會⓫哩。（丑）正是，我竟忘了，今日是盛會。（生）為何今日做會？（丑拍腿介）老腿走乏了，且在這

❼ 鳳城：舊時對京都的別稱。
❽ 碧烟：指河面上蒸騰的水氣。
❾ 紅杏窺牆：紅杏花開出牆外。語出宋葉紹翁詩遊園不值：「滿園春色關不住，一枝紅杏出牆來。」
❿ 卞姨娘：即卞玉京，名賽，又名賽賽，明末秦淮名妓，工小楷，善畫蘭。後為女道士，自稱玉京道人。
⓫ 盒子會：明代南京妓女中流行的一種聚會。妓院中一些色藝雙全的妓女，二三十人結成手帕姊妹，每年農曆正月十五日上元節聚宴，屆時用盒子裝上奇異之物赴會，並互相比賽，以物之精美程度分高下，負者認罰，向勝者敬酒。見清人周亮工書影。

石磴上略歇一歇，從容告你。（同坐介）（丑）相公不知，這院中名妓，結為手帕姊妹⓬，就像香火兄弟⓭一般，每遇時節，便做盛會。

【朱奴剔銀燈】**結羅帕，烟花雁行⓮；逢令節，齊鬬新妝。**（生）是了，今日清明佳節，故此皆去赴會。但不知怎麼叫做盒子會？（丑）赴會之日，各攜一副盒兒，都是鮮物異品，有**海錯⓯、江瑤⓰、玉液漿⓱**。（生）會期做些甚麼？（丑）大家比較技藝，**撥琴阮⓲，笙簫嘹喨**。（生）這樣有趣，也許子弟⓳入會麼？（丑搖手介）不許，不許！最怕的是子弟混鬧，深深鎖住樓門，只許樓下賞鑑。（生）賞鑑中意的，如何會面？（丑）若中了意，便把物事抛上樓頭，他樓上也便抛下果子來。**相當，竟飛來捧觴，密約在芙蓉錦帳。**

（生）既然如此，小生也好走走了。（丑）走走何妨。（生）只不知卞家住在那廂？（丑）住在煖翠樓，

⓬ 手帕姊妹：即結拜姊妹。

⓭ 香火兄弟：即結拜兄弟。舊時拜盟多點香，故稱。

⓮ 烟花雁行：指歌妓眾多。烟花，指妓女。雁行，像群雁飛行一樣整齊排列。

⓯ 海錯：指種類複雜繁多的海味。尚書禹貢：「海物唯錯。」錯，雜錯。

⓰ 江瑤：即江珧，一種生活在海岸泥沙中的軟體動物，殼略呈三角形，表面蒼黑色，其閉殼肌乾製後叫江瑤柱，是珍貴的食品。干貝通常也叫江瑤柱。

⓱ 玉液漿：指甘美的漿汁或美酒。

⓲ 阮：樂器名，阮咸的簡稱。古代琵琶之一種，形似月琴。相傳為西晉阮咸所發明，故稱。

⓳ 子弟：宋元俗語，指嫖客。

離此不遠，即便同行。(行介)(生)掃墓家家柳，(丑)吹餳處處簫⑳。(生)鶯花三里巷，(丑)烟水兩條橋。(指介)此間便是，相公請進。(同入介)(末扮楊文驄、淨扮蘇崑生迎上)(末)閒陪簇簇鶯花隊，(淨)同望迢迢粉黛圍。(見介)(末)侯世兄怎肯到此，難得，難得！(生)聞楊兄今日去看阮鬍子，不想這裏遇著。(淨)特為侯相公喜事而來。(丑)請坐。(俱坐)(生望介)好箇媛翠樓！

【雁過聲】(換頭)端詳，窗明院敞，早來到溫柔睡鄉。(問介)李香君為何不見？(末)現在樓頭。(淨指介)你聽，樓頭奏技了。(內吹笙、笛介)(生聽介)鸞笙鳳管㉑雲中響，(內彈琵琶、箏介)(生聽介)絃悠揚，(內打雲鑼㉒介)(生聽介)玉玎璫，一聲聲亂我柔腸。(內吹簫介)(生聽介)翱翔雙鳳凰。(大叫介)這幾聲簫，吹的我消魂，小生忍不住要打采㉓了。(取扇墜拋上樓介)海南異品㉔風飄蕩，要打著美人心上痒！

(內將白汗巾包櫻桃拋下介)(丑)有趣，有趣！擲下果子來了。(淨解汗巾，傾櫻桃盤內介)好奇怪，如今竟有櫻桃了。(生)不知是那箇擲來的？若是香君，豈不可喜！(末取汗巾看介)看這一條冰綃㉕汗

⑳ 吹餳處處簫：到處聽到賣飴糖的人招攬生意的簫聲。餳，音ㄒㄧㄥˊ。飴糖。

㉑ 鸞笙鳳管：對笙簫之類吹奏樂的美稱。

㉒ 雲鑼：一種打擊樂器，用十面小鑼編排而成，第一排一面，以下三排各三面，裝置在小木架上，各面鑼的厚薄不一，因而能發出不同的聲音。因最上面的一面鑼不常用，故亦稱「九音鑼」。

㉓ 打采：演員表演至精采處，觀眾向演員拋擲錢物，稱為「打采」。

㉔ 海南異品：指侯方域拋出的繫於扇柄的飾物香扇墜，因用名貴的海南檀香木製成，故稱。

巾，有九分是他了。（小旦扮李貞麗捧茶壺，領香君捧花瓶上）（小旦）香草偏隨蝴蝶扇㉖，美人又下鳳凰臺。（淨驚指介）都看天人下界了。（丑合掌介）阿彌陀佛。（眾起介）（末拉生介）世兄認認，這是貞麗，這是香君。（生見小旦介）小生河南侯朝宗，一向渴慕，今纔遂願。（見旦介）果然妙齡絕色，龍老賞鑑，真是法眼㉗。（坐介）（小旦）虎邱㉘新茶，泡來奉敬。（斟茶，眾飲介）（旦）綠楊紅杏，點綴新節。（眾贊介）有趣，有趣！煮茗看花，可稱雅集矣。（末）如此雅集，不可無酒。（小旦）酒已備下，玉京主會，不得下樓奉陪，賤妾代東㉙罷。（喚介）保兒㉚燙酒來。（雜提酒上）（小旦）何不行箇令兒，大家歡飲。（丑）敬候主人發揮。（小旦）怎敢僭越㉛。（淨）這是院中舊例。（小旦取骰盆㉜介）得罪了。（喚介）香君把盞，待我擲色㉝奉敬。（眾）遵令。（小旦宣令介）酒要依次流飲㉞，每一杯乾，各獻所

---

㉕ 冰綃：潔白而透明的絹。

㉖ 香草偏隨蝴蝶扇：「蝴蝶偏隨香草扇」的倒裝。為了與下一句對仗而更動詞序。

㉗ 法眼：佛教指能認識事物真相的眼力。後泛指敏銳的眼光和非凡的鑑別能力。

㉘ 虎邱：又名海湧山，位於蘇州市西北閶門外山塘街。春秋晚期，吳王夫差葬其父闔閭於此。相傳葬後三日，有白虎居其上，故名「虎邱」。

㉙ 代東：代主人請客。東，東道主；主人。

㉚ 保兒：妓院中幹雜活的男人。

㉛ 僭越：超出本分或規定的範圍。僭，音ㄐㄧㄢˋ。

㉜ 骰盆：供擲骰子用的盆。骰，音ㄊㄡˊ。即骰子，亦稱投子。一種小型賭具，形狀為正方體，六個面分刻一至六點，搏時用以投擲。

㉝ 擲色：即擲骰子。

長，便是酒底。么為櫻桃，二為茶，三為柳，四為杏花，五為香扇墜，六為冰綃汗巾。（喚介）香君敬侯相公酒。（旦斟、生飲介）（小旦擲色介）是香扇墜。（讓介）侯相公速乾此杯，請說酒底。（生告乾介）小生做首詩罷。（吟介）南國佳人佩，休教袖裏藏。隨郎團扇影，搖動一身香。（末）好詩，好詩！（丑）好箇香扇墜，只怕搖擺壞了。（小旦）該奉楊老爺酒了。（旦斟、末飲介）（小旦擲介）是冰綃汗巾。（末）我也做詩了。（小旦）不許雷同。（末）也罷，下官做箇破承題㉟罷。（念介）靚拭汗之物，而春色撩人矣。夫汗之沾巾，必由於春之生面也。伊何人之面，而以冰綃拭之？紅素相著之際，不亦深可愛也耶？（生）絕妙佳章。（丑）這樣好文彩，還該中兩榜㊱纔是。（旦斟丑酒介）柳師父請酒。（小旦擲色介）是茶。（丑飲酒介）我道恁㊲薄。（小旦笑介）非也，你的酒底是茶。（丑）待我說箇張三郎喫茶㊳罷。（小旦）說書太長，說箇笑話更好。（丑）就說笑話。（說介）蘇東坡㊴同黃山谷㊵訪佛印禪師，

㉞ 依次流飲：按次序輪流飲酒。

㉟ 破承題：即破題和承題。明清時代科舉考試規定寫八股文，每篇由破題、承題等八個部分組成，破題是先用兩句話點破題目的要義。承題是承接破題的意義而闡明之。

㊱ 兩榜：明清時代在各省會舉行的考試，稱鄉試，又稱乙榜；在京師舉行的考試，稱會試，又稱甲榜。鄉試和會試合稱「兩榜」。

㊲ 恁：音ㄖㄣˋ。如此；這樣。

㊳ 張三郎喫茶：即閻婆惜留張三郎喫茶的故事，見水滸傳第二十回。

㊴ 蘇東坡：即蘇軾，字子瞻，號東坡居士，眉山（今四川省眉山縣）人，北宋著名的文學家、書畫家。

㊵ 黃山谷：即黃庭堅，字魯直，號山谷道人，分寧（今江西省修水縣）人。北宋詩人、書法家。出於蘇軾門下，

東坡送了一把定瓷㊶壺，山谷送了一觔陽羨㊷茶。三人松下品茶。佛印說：「黃秀才茶癖天下聞名，但不知蘇鬍子的茶量何如。今日何不鬭一鬭，分箇誰大誰小？」東坡說：「如何鬭來？」佛印說：「你問一機鋒㊸，叫黃秀才答。他若答不來，喫你一棒，我便記一筆：鬍子打了秀才了。他問你，你若答不來，也喫黃秀才一棒，我便記一筆：秀才打了鬍子了。末後總算，打一下喫一碗。」東坡說：「就依你說。」東坡先問：「沒鼻鍼如何穿線？」山谷答：「把鍼尖磨去。」佛印說：「答的好。」山谷問：「沒把葫蘆怎生拏？」東坡答：「拋在水中。」佛印說：「答的也不錯。」東坡又問：「虱在袴中，有見無見？」山谷未及答，東坡持棒就打。山谷正拏壺子斟茶，失手落地，打箇粉碎。東坡大叫道：「和尚記著，鬍子打了秀才了。」佛印笑道：「你聽哐啷一聲，鬍子沒打著秀才，秀才倒打了壺子了。」（眾笑介）（丑）眾位休笑，秀才利害多著哩。（彈壺介）這樣硬壺子都打壞，何況軟壺子㊹！（生）敬老妙人，隨口詼諧，都是機鋒。（小旦）香君，敬你師父。（旦斟淨飲介）（小旦擲介）是杏花。（淨唱介）晚妝樓上杏花殘，猶自怯衣單㊺。（旦向小旦介）孩兒敬媽媽酒了。（小旦飲乾，擲介）是櫻

---

而與蘇軾齊名，世稱「蘇黃」。

㊶ 定瓷：定州（今河北省定縣）出產的瓷器。

㊷ 陽羨：古縣名，秦置，治所在今江蘇省宜興市南荊溪南岸，隋時改名義興縣。

㊸ 機鋒：佛教禪宗用語，指問答迅速敏捷、不落跡象而又含義深刻的語句。常用以泛指巧妙機警的言語。

㊹ 軟壺子：「阮鬍子」的諧音，指阮大鋮。

㊺ 晚妝樓上杏花殘二句：語出元人王實甫雜劇西廂記第三本第五折曲詞。

桃。（淨）讓我代唱罷。（唱介）櫻桃紅綻，玉粳白露㊻，半晌恰方言。（丑）崑生該罰了，唱的脣上櫻桃，不是盤中櫻桃。（淨）領罰。（自斟飲介）（小旦）香君該自斟自飲了。（生）待小生奉敬。（生斟旦飲介）（小旦擲介）不消猜，是柳了，香君唱來。（旦羞介）（小旦）孩兒靦腆，請箇代筆相公罷。（擲介）三點，是柳師父。（淨）好，好！今日是他當直㊼之日。（丑）我老漢姓柳，飄零半世，最怕的是「柳」字。今日清明佳節，偏把箇柳圈兒㊽套住我老狗頭。（眾大笑介）（淨）算了你的笑話罷。（生）酒已有了，大家別過。（丑）才子佳人，難得聚會。（拉生、旦介）你們一對兒，喫箇交心酒何如。（旦羞，遮袖下）（淨）香君面嫩，當面不好講得。前日所定梳攏之事，相公意下允否？（生笑介）秀才中狀元，有甚麼不肯處？（小旦）既蒙不棄，擇定吉期，賤妾就要奉攀了。（末）這三月十五日，花月良辰，便好成親。（生）只是一件，客囊羞澀㊾，恐難備禮。（末）這不須愁，妝奩酒席，待小弟備來。（生）怎好相累？（末）當得效力。（生）多謝了。

【小桃紅】誤走到巫峰上㊿，添了些行雲想，匆匆忘卻仙模樣。春宵花月休成謊，良緣

---

㊻ 櫻桃紅綻二句：語出西廂記第一本第一折。櫻桃比喻嘴唇。玉粳，喻牙齒。

㊼ 當直：值日。直，同「值」。

㊽ 柳圈兒：我國傳統風俗，清明節時用柳枝編成圈兒戴在頭上，謂如此可以避邪去毒。

㊾ 客囊羞澀：意謂客居他鄉，手頭拮据，身無錢財。囊，錢袋。羞澀，害羞；難為情。元人時陰夫韻府群玉七陽載：晉阮孚遊會稽，人問：「囊中何物？」答曰：「但有一錢看囊，恐其羞澀。」

㊿ 誤走到巫峰上：暗指男女歡會。戰國宋玉高唐賦序：楚王遊高唐，夢見巫山女神並與之歡會，女神臨別時說：「妾在巫山之陽，高丘之阻，旦為朝雲，暮為行雨，朝朝暮暮，陽臺之下。」下文的「行雲」、「高唐」亦指

到手難推讓，准備著身赴高唐。

（作辭介）（小旦）也不再留了。擇定十五日，請下清客，邀下姊妹，奏樂迎親罷。（小旦下）（丑向淨介）阿呀！忘了，忘了！咱兩箇不得奉陪了。（末）為何？（淨）黃將軍[51]船泊水西門[52]，也是十五日祭旗[53]，約下我們喫酒的。（生）這等怎處？（末）還有丁繼之、沈公憲、張燕筑[54]，都是大清客，借重他們陪陪罷。

（淨）**煖翠樓前粉黛香**，（末）**六朝風致說平康。**

（丑）**踏青歸去春猶淺**，（生）**明日重來花滿牀。**

---

男女歡會。

[51] 黃將軍：即黃得功，號虎山，開原衛（今遼寧省開原縣）人。崇禎時官副總兵，封靖南伯。南明時鎮守儀真（今江蘇省儀徵市），防禦清軍。後奉馬士英命撤防駐蕪湖，堵擊左良玉部，升左柱國。清兵南下，與清兵決戰而死。

[52] 水西門：南京城門名，又名三山門，在南京城西，靠近莫愁湖。

[53] 祭旗：古代軍隊出征前舉行的一種祭祀儀式。戰前祭旗，以求旗開得勝。

[54] 丁繼之沈公憲張燕筑：三人都是明末南京著名的演員。余懷板橋雜記：「丁繼之扮張驢兒，張燕筑扮賓頭盧，皆妙絕一世。」又曰：「沈公憲以串戲擅長，當時推第一。」

# 第六齣 眠香

癸未三月

【臨江仙】（小旦豔妝上）短短春衫雙捲袖，調箏花裏迷樓❶。今朝全把繡簾鉤，不教金線柳，遮斷木蘭舟❷。

妾身李貞麗，只因孩兒香君，年及破瓜，梳攏無人，日夜放心不下。幸虧楊龍友，替俺招了一位世家公子，就是前日飲酒的侯朝宗，家道才名，皆稱第一。今乃上頭❸吉日，大排筵席，廣列笙歌，清客俱到，姊妹全來，好不費事。（喚介）保兒那裏？（雜扮保兒掮扇慢上）席前攙趣話，花裏聽情聲。媽媽喚保兒那處送衾枕❹麼？（小旦怒介）啐！今日香姐上頭，貴人將到，你還做夢哩。快快捲簾掃地，安排桌椅。（雜）是了。（小旦指點排席介）

【一枝花】（末新服上）園桃紅似繡，豔覆文君酒❺。屏開金孔雀❻，圍春晝。滌了金甌❼，

❶ 迷樓：隋煬帝所建樓名。故址在今江蘇省揚州市的西北郊。樓中千門萬戶，幽房曲室無數，人誤入者，終日不能出。隋煬帝曾曰：「使真仙遊其中，亦當自迷也。可目之曰迷樓。」後用以指龐大幽深、門戶道路複雜難辨的樓房。這裏指媚香樓。

❷ 木蘭舟：用木蘭木造成的船。形容船隻的華麗精美。木蘭，一種香木。

❸ 上頭：指妓女首次接客，又稱「梳攏」。

❹ 送衾枕：妓女被叫出陪客宿夜，妓院要送衾枕去。

點著噴香獸❽。這當壚紅袖❾，誰最溫柔，拉與相如❿消受。

下官楊文驄，受圓海屬託，來送梳攏之物。（喚介）貞娘那裏？（小旦見介）多謝作伐⓫，喜筵俱已齊備。（問介）怎麼官人還不見到？（末）想必就來。（笑介）下官備有箱籠數件，為香君助妝，教人搬來。（雜抬箱籠、首飾、衣物上）（末吩咐介）抬入洞房，鋪陳齊整著！（雜應下）（小旦喜謝介）如何這般破費，多謝老爺！（末袖出銀介）還有備席銀三十兩，交與廚房。一應酒殽，俱要豐盛。（小旦）益發當不起了。（喚介）香君快來。（旦盛妝上）（小旦）楊老爺賞了許多東西，上前拜謝。（旦拜謝介）（末）些須⓬小意，何敢當謝？請回，請回。（旦即入介）（雜急上報介）新官人到門了。（生盛服從人上）雖非科第天邊客，也是嫦娥月裏人⓭。（末、小旦迎見介）（末）恭喜世兄，得了平康佳麗。小弟無

❺ 豔覆文君酒：此句言李香君容貌可以和漢代的卓文君相比。文君酒，卓文君與司馬相如私奔後，因家貧，又回到家鄉臨邛，開酒店賣酒，由卓文君當壚。

❻ 屏開金孔雀：此句暗用唐高祖李淵雀屏中選的故事，言侯方域被選中為佳婿。隋代竇毅選婿，於門屏畫二孔雀，令求婚者各射兩箭，暗定射中孔雀眼睛者中選，李淵兩發各中一目。事見舊唐書竇后傳。

❼ 金甌：指酒器。

❽ 噴香獸：指獸形的香爐，燃香時香氣從獸口中噴出來。

❾ 當壚紅袖：指卓文君。這裏借指李香君。壚，古代酒店裏安放酒瓮的土臺。

❿ 相如：即司馬相如，此處借稱侯方域。

⓫ 作伐：做媒。

⓬ 些須：少許；一點兒。

以為敬，草辦妝籢，粗陳筵席，聊助一宵之樂。（生揖介）過承周旋，何以克當。（小旦）請坐，獻茶。（俱坐）（雜捧茶上，飲介）（末）一應喜筵，安排齊備了麼？（小旦）託賴老爺，件件完全。（末向生拱介）今日吉席，小弟不敢僭越⑭，竟此告別，明日早來道喜罷。（生）同坐何妨。（末）不便，不便。（別下）（雜）請新官人更衣。（生更衣介）（小旦）妾身不得奉陪，替官人打扮新婦，攛掇⑮喜酒罷。（別下）（副淨、外、淨扮三清客上）一生花月張三影⑯，五字宮商⑰李二紅⑱。（副淨）在下丁繼之。（外）在下沈公憲。（淨）在下張燕筑。（副淨）今日喫侯公子喜酒，只得早到。（淨）不知請那幾位賢歌⑲來陪俺哩。（外）說是舊院幾箇老在行⑳。（淨）這等都是我梳攏的了。（副淨）你有多大家私，梳攏許多？（淨）各人有幫手，你看今日侯公子，何曾費了分文。（外）不要多話。侯公子堂上更衣，大

⑬ 雖非科第天邊客二句：言自己雖然沒有科舉及第，卻喜得佳麗相伴。嫦娥，此處借指李香君。

⑭ 僭越：搶先；不按順序。

⑮ 攛掇：音ㄘㄨㄢ ㄉㄨㄛ。本為慫恿勸誘之意，此處作催促、準備解。

⑯ 張三影：即北宋詞人張先。張先作詞善用「影」字，其詞中有「雲破月來花弄影」、「嬌柔嬾起，簾壓捲花影」、「柳徑無人，墮風絮無影」的句子，張先以此為得意之筆，自稱「張三影」。

⑰ 五字宮商：即五音、五聲，指中國五聲音階中的宮、商、角、徵、羽五個音級，相當於現行簡譜中的1、2、3、5、6。

⑱ 李二紅：不詳。有學者認為可能指元代曾與馬致遠合寫過黃粱夢的紅字李二。

⑲ 賢歌：對歌妓的敬稱。

⑳ 在行：猶內行。

家前去作揖。（眾與生揖介）（眾）恭喜，恭喜！（生）今日借光。（小旦、老旦、丑扮三妓女上）情如芳草連天醉，身似楊花盡日忙。（見介）（淨）喚的那一部歌妓，都報名來。（丑）你是教坊司㉑麼？叫俺報名。（生笑介）正要請教大號。（老旦）賤妾卞玉京。（生）果然玉京仙子。（小旦）賤妾寇白門㉒。（生）果然白門柳色。（丑）奴家鄭妥娘㉓。（生沉吟介）果然妥當不過。（淨）不妥，不妥。（外）怎麼不妥？（淨）好偷漢子。（丑）呸！我不偷漢，你如何喫得恁胖？（眾諢笑㉔介）（老旦）官人在此，快請香君出來罷。（小旦、丑扶香君上）（外）我們做樂迎接。（副淨、淨、外吹打十番㉕介）（生、旦見介）（丑）俺院中規矩，不興拜堂，就喫喜酒罷。（生、旦上坐）（副淨、外、淨坐左邊介）（小旦、老旦、丑坐右邊介）（雜執壺上）（左邊奉酒，右邊吹彈介）

【梁州序】（生）**齊梁詞賦，陳隋花柳㉖，日日芳情迤逗㉗。青衫偎倚，今番小杜揚州㉘。**

㉑ 教坊司：古代管理宮廷音樂的官署。唐代開始設置，稱教坊，專管歌舞、百戲的排練、演出等事務。明代改稱教坊司。

㉒ 寇白門：即寇媚，字白門，明末秦淮名妓，能度曲，善畫蘭。

㉓ 鄭妥娘：即鄭如英，字無美，小字妥娘，明末秦淮名妓，工於詩詞。

㉔ 諢笑：戲謔逗笑。諢，詼諧逗趣。

㉕ 十番：合奏樂名。即十番鼓，又稱十番鑼鼓。演奏時輪番用鼓、笛、木魚等十種樂器，故名。起於明萬曆年間，至今仍流行於蘇、浙、閩等地。

㉖ 齊梁詞賦二句：意謂寫華美的詩文，遊覽風景名勝之地。齊梁，南朝兩朝代名，兩朝的文風都華美綺麗。陳隋，兩朝代名，兩朝的君主都專事遊樂。花柳，古指遊賞之地。李白流夜郎贈辛判官：「昔在長安醉花柳，

尋思描黛㉙，指點吹簫，從此春入手。秀才渴病急須救，偏是斜陽遲下樓，剛飲得一杯酒。

（右邊奉酒，左邊吹彈介）

【前腔】（旦）樓臺花顫，簾櫳風抖，倚著雄姿英秀。春情無限，金釵肯與梳頭㉚。閒花添豔，野草生香，消得夫人做㉛。今宵燈影紗紅透，見慣司空㉜也應羞，破題兒㉝真難就。

（副淨）你看紅日銜山，烏鴉選樹，快送新人回房罷。（外）且不要忙，侯官人當今才子，梳攏了絕代佳人，合歡有酒，豈可定情無詩乎？（淨）說的有理。待我磨墨拂箋，伺候揮毫。（生）不消詩箋，小

---

五侯七貴同杯酒。」

㉗ 池逗：引惹；挑逗。池，音ㄊㄨㄛˊ。

㉘ 小杜揚州：借指秦樓楚館中風流放蕩的生活。唐代詩人杜牧，人稱小杜。他在揚州作幕僚時，經常出入娼樓妓館。其遺懷詩云：「十年一覺揚州夢，贏得青樓薄倖名。」

㉙ 描黛：即畫眉。

㉚ 金釵肯與梳頭：意謂侯方域不會將李香君作為侍妾對待。金釵，指侍妾，古代侍妾要為男主人梳頭。

㉛ 閒花添豔三句：意謂李香君雖出身低賤，但嫁給侯方域後身分提高，成為名門公子的夫人。閒花、野草，均比喻身分低賤。消得夫人做，語出王實甫西廂記第二本第三折：「我做一個夫人也做得過。」

㉜ 見慣司空：即司空見慣，指常見之事。

㉝ 破題兒：原指文章的開頭，喻指事情的開始。

生帶有宮扇一柄，就題贈香君，永為訂盟之物罷。（丑）妙，妙！我來捧硯。（小旦）看你這嘴臉，只好脫韡㉞罷了。（老旦）這箇硯兒，倒該借重香君。（眾）是呀！（旦捧硯，生書扇介）（眾念介）夾道朱樓一徑斜㉟，王孫初御富平車㊱。青溪盡是辛夷樹㊲，不及東風桃李花。（眾）好詩，好詩！香君收了。（旦收扇袖中介）（丑）俺們不及桃李花罷了，怎的便是辛夷樹？（淨）辛夷樹者，枯木逢春也。（丑）如今枯木逢春，也曾鮮花著雨來。（雜持詩箋上）楊老爺送詩來了。（生接讀介）生小傾城是李香㊳，懷中婀娜袖中藏㊴。緣何十二巫峰女，夢裏偏來見楚王。（生笑介）此老多情，送來一首催妝詩。妙絕，妙絕！（淨）「懷中婀娜袖中藏」，說的香君一搦㊵身材，竟是箇香扇墜兒。（丑）他那香扇墜，能值幾文？怎比得我這琥珀貓兒墜。（眾笑介）（副淨）大家吹彈起來，勸新人多飲幾杯。（丑）正

---

㉞ 脫韡：指奉侍他人吟詩作文。新唐書文藝傳中李白：「帝愛其才，數宴見。白嘗侍帝，醉，使高力士脫靴。」韡，同「靴」。

㉟ 夾道朱樓一徑斜：此句連以下三句原見於侯方域四憶堂詩集卷二，題作贈人。原作三四句為：「青溪盡種辛夷樹，不數東風桃李花。」

㊱ 富平車：指高門大族豪華的車子。西漢張安世被封為富平侯，五世襲爵，富貴至極，故稱。

㊲ 青溪盡是辛夷樹：言辛夷樹雖然名貴，卻不如桃李花豔麗可愛。此處以桃李花暗喻李香君。青溪，水名。位於南京城東，東吳時所開。因五行中東方屬青，故名。辛夷樹，又名迎春、木筆，高數丈，木有香氣，花初發時如筆。

㊳ 生小傾城是李香：據余懷板橋雜記，此句連以下三句為余懷贈李香君之作。

㊴ 懷中婀娜袖中藏：此句形容香君身材嬌小。李香君有香扇墜之綽號，故云。

㊵ 一搦：一把；一握。常用以形容纖細、輕盈之物。

是帶些酒興，好入洞房。（左右吹彈，生、旦交讓酒介）

【節節高】（生、旦）金尊佐酒籌，勸不休，沉沉玉倒㊶黃昏後。私攜手，眉黛愁，香肌瘦。春宵一刻天長久，人前怎解芙蓉扣。盼到燈昏玳筵收，宮壺滴盡蓮花漏㊷。

（副淨）你聽譙樓二鼓㊸，天氣太晚，撤了席罷。（淨）這樣好席，不曾喫淨就撤了去，豈不可惜？（丑）我沒喫夠哩，眾位略等一等兒。（老旦）休得胡纏，大家奏樂，送新人入房罷。（眾起吹打十番，送生、旦介）

【前腔】（合）笙簫下畫樓，度清謳㊹，迷離燈火如春晝。天台岫㊺，逢阮劉，真佳偶。重重錦帳香薰透，旁人妒得眉頭皺。酒態扶人太風流，貪花福分生來有。

（雜執燈，生、旦攜手下）（淨）我們都配成對兒，也去睡罷。（丑）老張休得妄想，我老妥是要現錢的。（淨數與十文錢，拉介）（丑接錢再數，換低錢㊻，諢下）

---

㊶ 玉倒：即玉山倒，形容人酒醉欲倒之態。世說新語容止寫嵇康：「其醉也，傀俄若玉山之將崩。」

㊷ 宮壺滴盡蓮花漏：形容夜深。宮壺，即宮漏，古代的計時器，用銅壺滴液，根據水的刻度來確定時間。蓮花漏，形狀似蓮花的宮漏。

㊸ 譙樓二鼓：城樓上的更鼓已敲兩遍，即已到二更時候。譙樓，古時建築在城門上用以瞭望的樓。用以報更的鼓樓也稱「譙樓」。

㊹ 清謳：清唱。

㊺ 岫：音ㄒㄧㄡˋ。山；峰巒。

㊻ 換低錢：將成色差的錢換掉。

【尾聲】（合）秦淮烟月無新舊，脂香粉膩滿東流，夜夜春情散不收。

（副淨）江南花發水悠悠，（小旦）人到秦淮解盡愁。

（外）不管風烟家萬里，（老旦）五更懷裏囀歌喉。

# 第七齣 卻奩❶

癸未三月

（雜扮保兒掇馬桶上）龜尿龜尿，撒出小龜；鼈血鼈血，變成小鼈。龜尿鼈血，看不分別；鼈血龜尿，說不清白。看不分別，混了親爹；說不清白，混了親伯。（笑介）胡鬧，胡鬧！昨日香姐上頭，亂了半夜。今日早起，又要刷馬桶，倒溺壺，忙箇不了。那些孤老❷、表子❸，還不知摟到幾時哩！（刷馬桶介）

【夜行船】（末）人宿平康深柳巷❹，驚好夢門外花郎❺。繡戶未開，簾鉤纔響，春阻十層紗帳。

下官楊文驄，早來與侯兄道喜。你看院門深閉，侍婢無聲，想是高眠未起。（喚介）保兒，你到新人窗外，說我早來道喜。（雜）昨日睡遲了，今日未必起來哩。老爺請回，明日再來罷。（末笑介）胡說，快快去問。（小旦內問介）保兒，來的是那一箇？（雜）是楊老爺道喜來了。（小旦忙上）倚枕春宵短，

❶ 卻奩：退還妝奩。
❷ 孤老：妓女長期固定的客人。
❸ 表子：即婊子，妓女。
❹ 柳巷：指妓女聚居之處。
❺ 花郎：此處指賣花人。

敲門好事多。（見介）多謝老爺，成了孩兒一世姻緣。（末）好說。（問介）新人起來不曾？（小旦）昨晚睡遲，都還未起哩。（讓坐介）老爺請坐，待我去催他。（末）不必，不必。（小旦下）

**【步步嬌】**（末）**兒女濃情如花釀，美滿無他想，黑甜共一鄉**❻。可也虧了俺幫襯。**珠翠輝煌，羅綺飄蕩，件件助新妝，懸出風流榜。**

（小旦上）好笑，好笑！兩箇在那裏交扣丁香❼，並照菱花❽。梳洗纔完，穿戴未畢。請老爺同到洞房，喚他出來，好飲扶頭卯酒❾。（末）驚卻好夢，得罪不淺！（同下）

**【沉醉東風】**（生、旦豔妝上）**這雲情接著雨況**❿**，剛搔了心窩奇痒，誰攬起睡鴛鴦？被翻紅浪，喜匆匆滿懷歡暢。枕上餘香，帕上餘香，消魂滋味，纔從夢裏嘗。**

（末、小旦上）（末）果然起來了，恭喜，恭喜！（一揖，坐介）（末）昨晚催妝拙句⓫，可還說的入情麼？

（生揖介）多謝！（笑介）妙是妙極了，只有一件。（末）那一件？（生）香君雖小，還該藏之金屋⓬。

---

❻ 黑甜共一鄉：共入夢鄉。黑甜鄉，夢鄉。

❼ 交扣丁香：互為對方扣紐扣。丁香，花名，此指形似丁香花蕾的衣扣，稱為丁香結。

❽ 菱花：鏡子。古代銅鏡，背面常鑄有菱花圖案，故用菱花指代鏡子。

❾ 扶頭卯酒：早晨為提神而喝的酒。扶頭，清醒頭腦，振奮精神。卯酒，卯時（早晨五時至七時）前後喝的酒，泛指早酒。

❿ 雲情接著雨況：指男女歡會。

⓫ 催妝拙句：指自己所作的祝賀新婚的詩。拙句，自謙之詞。

⓬ 藏之金屋：安置在華麗的房屋內。這裏指丈夫對妻子的寵愛。漢武帝劉徹兒時，曾說若得阿嬌作婦，定另建

（看袖介）小生衫袖，如何得下⑬？（俱笑介）（末）夜來定情，必有佳作。（生）草草塞責，不敢請教。（末）詩在那裏？（旦）詩在扇頭。（旦向袖中取出扇介）（末接看介）是一柄白紗宮扇。（嗅介）香的有趣。（吟詩介）妙，妙！只有香君不愧此詩。（付旦介）還收好了。（旦收扇介）

【園林好】（末）**正芬芳桃香李香，都題在宮紗扇上。怕遇著狂風吹蕩，須緊緊袖中藏，須緊緊袖中藏。**

（末看旦介）你看香君上頭之後，更覺豔麗了。（向生介）世兄有福，消此尤物⑭。（生）香君天姿國色，今日插了幾朵珠翠，穿了一套綺羅，十分花貌，又添二分，果然可愛。（小旦）這都虧了楊老爺幫襯哩！

【江兒水】**送到纏頭錦，百寶箱，珠圍翠繞流蘇⑮帳，銀燭籠紗通宵亮，金杯勸酒合席唱。今日又早早來看，恰似親生自養，賠了妝奩，又早敲門來望。**

（旦）俺看楊老爺，雖是馬督撫⑯至親，卻也拮据作客，為何輕擲金錢，來填烟花⑰之窟？在奴家受之有愧，在老爺施之無名。今日問箇明白，以便圖報。（生）香君問得有理，小弟與楊兄萍水相交⑱，

金屋讓她居住。

⑬ 如何得下：意謂怎麼裝得下。康熙戊子刻本作「如何著得下」。
⑭ 尤物：特殊的東西，一般指絕色美人。
⑮ 流蘇：用彩色絲線或羽毛製成的垂飾。
⑯ 馬督撫：即馬士英，當時任鳳陽督撫。
⑰ 烟花：此處指妓女。

昨日承情太厚，也覺不安。（末）既蒙問及，小弟只得實告了。這些妝奩酒席，約費二百餘金，皆出懷寧⑲之手。（生）那箇懷寧？（末）曾做過光祿的阮圓海。（生）是那皖人阮大鋮麼？（末）正是。（生）他為何這樣周旋？（末）不過欲納交足下之意。

**【五供養】**（末）羨你**風流雅望，東洛才名⑳，西漢文章㉑。逢迎隨處有，爭看坐車郎㉒。秦淮妙處，暫尋箇佳人相傍，也要些鴛鴦被，芙蓉妝。**你道是誰的？是那**南鄰大阮㉓，嫁衣全忙。**

（生）阮圓老原是敝年伯㉔，小弟鄙其為人，絕之已久。他今日無故用情，令人不解。（末）圓老有一段苦衷，欲見白㉕於足下。（生）請教。（末）圓老當日曾遊㉖趙夢白㉗之門，原是吾輩。後來結交魏

---

⑱ 萍水相交：比喻偶然結識、交情不深的朋友。

⑲ 懷寧：指阮大鋮，號圓海，安徽懷寧人。

⑳ 東洛才名：此句謂侯方域的才名可與西晉的左思相比。左思在洛陽竭十年之力寫成三都賦，人們爭相傳抄，洛陽為之紙貴。東洛，指東都洛陽。

㉑ 西漢文章：指西漢司馬遷、司馬相如等人寫的文章。這裏借以稱讚侯方域的文章寫得好。

㉒ 坐車郎：原指潘岳。傳說潘岳才高貌美，每次坐車出行，沿途婦女爭相觀看。此處借指侯方域。

㉓ 南鄰大阮：晉阮籍、阮咸叔姪，並有文名，時人以大小阮稱之。此處借指阮大鋮。

㉔ 年伯：科舉時代稱同年登科者為同年，兒子稱父親的同年為年伯。阮大鋮與侯方域的父親侯恂為同年，故侯方域稱阮為年伯。

㉕ 見白：表白；解釋明白。

黨，只為救護東林。不料魏黨一敗，東林反與之水火㉘。近日復社諸生，倡論攻擊，大肆毆辱，豈非操同室之戈㉙乎？圓老故交雖多，因其形跡可疑，亦無人代為分辯。每日向天大哭，說道：「同類相殘，傷心慘目，非河南侯君，不能救我。」所以今日諄諄納交㉚。（生）原來如此。俺看圓海情辭迫切，亦覺可憐。就便真是魏黨，悔過來歸，亦不可絕之太甚，況罪有可原乎？定生、次尾皆我至交，明日相見，即為分解。（末）果然如此，吾黨之幸也。（旦怒介）官人㉛是何說話？阮大鋮趨附權奸，廉恥喪盡，婦人女子，無不唾罵。他人攻之，官人救之，官人自處於何等也？

**【川撥棹】不思想，把話兒輕易講。要與他消釋災殃，要與他消釋災殃，也隄防旁人短長㉜。**官人之意，不過因他助我妝奩，便要徇私廢公。那知道這幾件釵釧衣裙，原放不到我香君眼裏。

（拔簪，脫衣介）**脫裙衫，窮不妨；布荊㉝人，名自香。**

（末）阿呀！香君氣性，忒㉞也剛烈。（小旦）把好好東西，都丟一地，可惜，可惜！（拾介）（生）

---

㉖ 遊：出入；往。

㉗ 趙夢白：即東林黨的重要人物趙南星，夢白是他的字。詳見第三齣㊸。

㉘ 水火：水火不相容；勢不兩立。

㉙ 操同室之戈：即同室操戈，比喻內部自相傾軋和殘殺。

㉚ 諄諄納交：誠心誠意地送財禮相交結。

㉛ 官人：古代女子對丈夫的敬稱。

㉜ 旁人短長：他人說長道短的評論。

㉝ 布荊：即布裙荊釵，古代貧窮婦女的服飾。

好，好，好！這等見識，我倒不如，真乃侯生畏友㉟也。（向末介）老兄休怪，弟非不領教，但恐為女子所笑耳。

**【前腔】**（生）**平康巷，他能將名節講。偏是咱學校朝堂，偏是咱學校朝堂，混賢奸不問青黃㊱。**那些社友，平日重俺侯生者，也只為這點義氣。我若依附奸邪，那時群起來攻，自救不暇，焉能救人乎？**節和名，非泛常；重和輕，須審詳。**

（末）圓老一段好意，也還不可激烈。（生）我雖至愚，亦不肯從井救人㊲。（末）既然如此，小弟告辭了。（生）這些箱籠，原是阮家之物，香君不用，留之無益，還求取去罷。（末）正是多情反被無情惱㊳，乘興而來興盡還㊴。（下）（旦惱介）（生看旦介）俺看香君天姿國色，摘了幾朵珠翠，脫去一套綺羅，十分容貌，又添十分，更覺可愛。（小旦）雖如此說，捨了許多東西，倒底可惜。

**【尾聲】金珠到手輕輕放，慣成了嬌癡模樣，辜負俺辛勤做老娘。**

---

㉞ 忒：音ㄊㄜˋ。太，過於。

㉟ 畏友：能堅持原則、直言批評朋友的過失，因而令人敬畏的朋友。

㊱ 不問青黃：不管是非曲直。

㊲ 從井救人：跳到井裏去救人，比喻與人無益，與己有害，此處指不顧自己的名節去援助壞人。

㊳ 多情反被無情惱：意為自尋煩惱。語出蘇軾詞蝶戀花：「多情卻被無情惱。」

㊴ 乘興而來興盡還：本東晉王子猷語。王於雪夜乘船訪朋友戴安道，中途返回，人問其故，回答說：「乘興而來，興盡而返，何必見戴。」事見世說新語任誕，亦見晉書王徽之傳。

（生）些須東西，何足挂念，小生照樣賠來。（小旦）這等纔好。

（小旦）花錢粉鈔40費商量，（旦）裙布釵荊也不妨。

（生）只有香君能解佩41，（旦）風標42不學世時妝43。

40 花錢粉鈔：用於購買花粉等化妝品的錢。

41 香君能解佩：意謂香君能夠解下佩帶的裝飾品。語本屈原九歌湘君：「捐余玦兮江中，遺余佩兮醴浦。」這裏以湘君比香君。香君，康熙戊子刻本作「湘君」。

42 風標：風度；品格。

43 世時妝：世俗的時髦打扮。

# 第八齣 鬧 榭❶ 癸未五月

【金雞叫】（末、小生扮陳貞慧、吳應箕上）（末）貢院❷秦淮近，賽青衿❸，賸金零粉❹。（小生）節鬧端陽只一瞬，滿眼繁華，王謝少人問。

（末喚小生介）次尾兄，我和你旅邸❺抑鬱，特到秦淮賞節，怎的不見同社一人？（小生）想都在燈船之上。（指介）這是丁繼之水榭，正好登眺。（場上搭河房❻一座，懸燈垂簾）（同登介）（末喚介）丁繼老在家麼？（雜扮小僮上）榴花紅似火，艾葉碧如烟。（見介）原來是陳、吳二位相公，我家主人赴燈船會去了。家中備下酒席，但有客來，隨便留坐的。（末）這般有趣。（小生）可稱主人好事矣。（末）我們在此雅集❼，恐有俗子闌入❽，不免設法拒絕他。（喚介）童子取箇燈籠來。（雜應下，取燈籠上）（末

❶ 鬧榭：在水榭裏說笑取樂。
❷ 貢院：明清兩代舉行鄉試、會試的場所。南京貢院靠近秦淮河。
❸ 青衿：青色交領的長衫，古代學子和明、清時秀才常穿的服裝。借指學子。明、清時亦指秀才。
❹ 賸金零粉：這裏指豪奢華靡的生活。
❺ 旅邸：旅館。
❻ 河房：指建在秦淮河兩岸的房屋。
❼ 雅集：風雅的集會。
❽ 闌入：擅自闖入。

寫介）復社會文，閒人免進。（雜掛燈籠介）（小生）若同社朋友到此，便該請他入會了。（末）正是。

（雜指介）你聽鼓吹之聲，燈船早已來也。（末、小生凭闌望介）

**【甘州歌】**【八聲甘州】（生、旦雅裝同丑扮柳敬亭、淨扮蘇崑生，吹彈鼓板坐船上）（末）**絲竹隱隱，載將來一隊烏帽紅裙⑨。天然風韻，映著柳陌斜曛⑩。名姝也須名士襯，畫舫偏宜畫閣鄰。**（小生）**消魂⑪，趁晚涼仙侶同群。**

（末指介）那燈船上，好似侯朝宗。（小生）侯朝宗是我們同社，該請入會的。（末指介）那箇女客，便是李香君，也好請他麼？（小生）李香君不受阮鬍子妝奩，竟是復社的爭友⑫，請來何妨。（末）這等說來，（指介）那兩箇吹歌的柳敬亭、蘇崑生，不肯做阮鬍子門客，都是復社朋友了。請上樓來，更是有趣。（小生）待我喚他。（喚介）侯社兄，侯社兄！（生望見介）那水榭之上，高聲喚我的，是陳定生、吳次尾。（拱介）請了。（末招手介）這是丁繼之水榭，備有酒席，侯兄同香君、敬亭、崑生都上樓來，大家賞節罷。（生）最妙了。（向丑、淨、旦介）我們同上樓去。（吹彈上介）

**【排歌】**（生、旦）**龍舟並，畫槳分，葵花蒲葉泛金尊⑬。朱樓密，紫障⑭勻，吹簫打鼓入**

⑨ 烏帽紅裙：泛指男女。

⑩ 斜曛：斜陽。

⑪ 消魂：靈魂離開肉體，此處形容極度的歡樂。

⑫ 爭友：同「諍友」。能直言規勸的朋友。爭友，一作「朋友」。

⑬ 蒲葉泛金尊：指喝菖蒲浸泡的酒。中國有端午節飲菖蒲酒的風俗，據說可以延年益壽。金尊，指酒杯。

層雲。

（見介）（末）四位到來，果然成了箇「復社文會」了。（生）如何是「復社文會」？（小生指燈籠介）請看。（生看燈籠介）不知今日會文，小弟來的恰好。（丑）「閒人免進」，我們未免唐突矣。（小生）你們不肯做阮家門客的，那箇不是復社朋友？（生）難道香君也是復社朋友麼？（小生）香君卻籢一事，只怕復社朋友還讓一籌哩。（末）已後竟該稱他老社嫂了。（旦笑介）豈敢。（末喚介）童子把酒來斟，我們賞節。（末、小生、生坐一邊，丑、淨、旦坐一邊，飲酒介）

【前腔】（換頭）（末、小生）**相親，風流俊品，滿座上都是語笑春溫⑮。**（丑、淨）**梁愁隋恨，憑他燕惱鶯嗔⑯。**（生、旦）**榴花照樓如火噴，暑汗難沾白玉人⑰。**（雜報介）燈船來了，燈船來了。（指介）你看人山人海，圍著一條燭龍，快快來看！（眾起凭闌看介）（扮出燈船，懸五色角燈，大鼓大吹繞場數迴下）（丑）你看這般富麗，都是公侯勳衛⑱之家。（又扮燈船懸五色紗燈，打粗十番⑲，繞場數

---

⑭ 紫障：紫色的屏障。

⑮ 語笑春溫：談笑時氣氛融洽，如同春天般溫暖。

⑯ 梁愁隋恨二句：意謂因國勢艱危而勾起的憂愁，暫且借美貌女子來排遣。梁愁隋恨，指亡國的憂愁。梁與隋都是歷史上國運不長的朝代。燕惱鶯嗔，形容女子貌美，鶯燕見之而惱怒。嗔，發怒。

⑰ 白玉人：指冰肌玉膚的女子。

⑱ 勳衛：指古代以功臣子弟擔任的侍衛官。

⑲ 粗十番：純用打擊樂器合奏的十番鼓，又稱「素十番」。

迴下）（淨）這是些富商大賈，衙門書辦[20]，卻也鬧熱。（又扮燈船懸五色紙燈，打細十番[21]，繞場數迴下）（末）你看船上喫酒的，都是些翰林部院[22]老先生們。（小生）我輩的施為，倒底有些「郊寒島瘦」[23]。（眾笑介）（合）紛紜，望金波[24]天漢迷津[25]。

（生）夜闌更深，燈船過盡了，我們做篇詩賦，也不負會文之約。（末）是，是，但不知做何題目？（小生）做一篇哀湘賦，倒有意思的。（生）依小弟愚見，不如即景聯句[26]，更覺暢懷。（末）妙，妙！（問介）我三人誰起誰結？（生）自然讓定生兄起結了。（丑問介）三位相公聯句消夜，俺們三箇陪著打盹麼？（末）也有箇借重之處。（淨）有何使喚？（末）俺們每成四韻，飲酒一杯，你們便吹彈一回。（生）有趣，有趣！真是文酒笙歌之會。（末拱介）小弟竟僭了。（吟介）賞節秦淮榭，論心[27]劇孟[28]家。（小

[20] 衙門書辦：衙門裏專管文書的辦事官員。

[21] 細十番：由打擊樂器和管弦樂器合奏的十番鼓，又稱「渾十番」。

[22] 翰林部院：吏、戶、禮、兵、刑、工六部及翰林院、都察院的合稱。這裏指留都南京的高級官員。翰林院，負責講經、修史、著作圖書等事務的官署。

[23] 郊寒島瘦：本指唐代孟郊、賈島的詩清峭瘦硬，好作苦語。此處藉以比喻寒酸相。

[24] 金波：形容水面上燈光閃爍的景象。

[25] 天漢迷津：形容秦淮河上賞燈的遊船川流不息。天漢，即銀河，此處指秦淮河。迷津，擠滿了渡口。津，渡口。

[26] 即景聯句：數人共同就眼前的景物作詩，每人吟一聯，合而成篇。

[27] 論心：談心；傾心交談。

生）黃開金裏葉㉙，紅綻火燒花㉚。（生）蒲劍㉛何須試，葵心㉜未肯差。（末）辟兵逢綵縷㉝，卻鬼得丹砂㉞。（末、小生、生飲酒）（丑擊雲鑼，淨彈月琴，旦吹簫一回介）（小生）蜃市㉟樓縹緲，虹橋㊱洞曲斜。（生）燈疑羲氏㊲馭，舟是豢龍㊳拏㊴。（末）星宿纔離海㊵，玻璃更鍊媧㊶。（小生）光流銀漢

---

㉘ 劇孟：西漢遊俠。洛陽（今河南省洛陽市）人，所交朋友極多，常為人救難解危，甚受稱道。

㉙ 黃開金裏葉：指端午節前後開花的向日葵。

㉚ 紅綻火燒花：指端午節時盛開的石榴花。石榴花色紅似火，中國古代有端午節賞石榴花的風俗。

㉛ 蒲劍：即菖蒲葉。菖蒲又名劍水草，其葉形狀似劍。舊俗在端午節時將蒲葉掛於門前，以求驅邪避惡。

㉜ 葵心：葵花向日而傾，常用以比喻下對上的忠誠之心。

㉝ 辟兵逢綵縷：中國舊時習俗，端午節時將五色絲纏於手足腕，稱之「避兵繒」、「長命縷」，以求躲避兵災，長命百歲。五色絲象徵著五色龍。

㉞ 卻鬼得丹砂：中國舊俗，在端午節時用丹砂畫符或畫鍾馗像，貼在門上以驅鬼。丹砂，一種可作紅色顏料的礦物。

㉟ 蜃市：即海市蜃樓。是光線經過多重折射後將遠處景物顯現在空中或地面而形成的各種奇異景象，常出現在海邊或沙漠地區。古人誤認為是蜃吐氣而成，故稱。此處形容秦淮河畔樓閣林立的景色。

㊱ 虹橋：如彩虹般的長橋。

㊲ 羲氏：即羲和，古代神話中為太陽駕車的人物。傳說他每天駕著六條龍拉的車子載著太陽神在空中自東向西行駛。

㊳ 豢龍：古代傳說中與舜同時代的人，善於養龍和馴龍。他喜愛龍，所餵食物龍十分愛吃，故龍紛紛到他那裏去。

㊴ 拏：駕駛；撐。

水㊷，影動赤城㊸霞。（照前介）（生）玉樹難諧拍，漁陽不辨撾㊹。（末）龜年㊺喧笛管，中散㊻鬧箏琶。（小生）繫纜千條錦㊼，連窗萬眼紗㊽。（生）楸枰㊾停鬬子㊿，瓷注51屢呼茶。（照前介）（末）焰比焚椒52烈，聲同對壘53譁。（小生）電雷54爭此夜，珠翠55賸誰家。（生）螢照無人苑，烏啼有樹衙。

---

㊵ 星宿纔離海：此句形容秦淮河上燈火璀璨的景色。星宿海，地名，在青海省。古人以為是黃河的發源地。此處有泉百餘泓，從高山下瞰，燦若群星。

㊶ 玻璃更鍊媧：此句形容夜晚秦淮河水面色彩絢麗，如同用女媧補天的五色石鋪成一般。媧，指古代神話中煉石補天的女媧。

㊷ 銀漢水：天河水。

㊸ 赤城：山名，位於今浙江省天台縣北，山上土石呈紅色，遠看如同雲霞。

㊹ 玉樹難諧拍二句：形容秦淮河上的音樂嘈雜混亂。玉樹，指玉樹後庭花，這裏泛指所唱歌曲。漁陽，即鼓曲漁陽三弄，這裏泛指樂器演奏。撾，音ㄓㄨㄚ。擊；敲打。

㊺ 龜年：指唐代著名音樂家李龜年。他善奏觱篥、羯鼓，尤擅歌唱。

㊻ 中散：指魏晉時的嵇康。嵇康在曹魏時曾任中散大夫，精通樂理，善操鼓彈琴。後被司馬昭殺害。臨刑前索琴彈曲，嘆曰：「廣陵散於今絕矣。」

㊼ 繫纜千條錦：隋煬帝楊廣南遊時，所乘龍舟用錦緞作纜繩。此處形容秦淮河上的燈船裝飾華麗精美。

㊽ 萬眼紗：又名萬眼燈，指用羅製成的紗燈。宋范成大上元紀吳中節物俳諧體三十二韻自注：「萬眼燈，以碎羅紅白相間砌成，工夫妙天下，多至萬眼。」

㊾ 楸枰：指棋盤。

㊿ 鬬子：棋子。

51 瓷注：瓷茶壺。

（末）憑闌人散後，作賦弔長沙[56]。（照前介）（眾起介）（末）有趣，有趣。竟聯成一十六韻，明日可以發刻了。（小生）我們唱和得許多感慨，他們吹彈出無限淒涼，樓下船中，料無解人也。（淨向丑介）閒話且休講，自古道良宵苦短，勝事[57]難逢。我兩箇一邊唱曲，陳、吳二位相公一邊勸酒，讓他名士、美人，另做一箇風流佳會何如？（丑）使得。這是我們幫閒本等[58]也。（末）我與次兄原有主道[59]，正該少申敬意。（小生）就請依次坐來。（生、旦正坐，末、小生坐左，丑、淨坐右介）（生向旦介）承眾位雅意，讓我兩箇並坐牙牀，又喫一回合巹[60]雙杯，倒也有趣。（旦微笑介）（末、小生勸酒，淨、丑唱介）

**【排歌】歌纔發，燈未昏，佳人重抖玉精神。詩題壁，酒沾唇，才郎偏會語溫存。**

（雜報介）燈船又來了。（末）夜已三更，怎的還有燈船？（俱起凭闌望介）（副淨扮阮大鋮，坐燈船；雜

---

[52] 焚椒：焚燒花椒，取其香暖。

[53] 對壘：兩軍對陣。

[54] 雹雷：此處喻指節日之夜秦淮河及兩岸的燈光和喧鬧聲。

[55] 珠翠：指歌妓。

[56] 作賦弔長沙：意謂作賦悼念屈原。西漢賈誼曾被貶為長沙王太傅，赴任途中經過湘江，作弔屈原賦。

[57] 勝事：美好的事情。

[58] 本等：本分。

[59] 原有主道：原該作東請客。

[60] 合巹：始於周代的結婚儀式。舉行婚禮時，新婚夫婦各執一瓢，以酒漱口。此俗演變到後來為吃「交杯酒」。巹，音ㄐㄧㄣˇ。古代盛酒的瓢，將瓠（葫蘆）剖開而成。

扮優人❻❶，細吹細唱緩緩上）（淨）這船上像些老白相❻❷，大家洗耳，細細領略。（副淨立船頭自語介）我阮大鋮買舟載歌，原要早出遊賞，只恐遇著輕薄廝鬧，故此半夜纔來，好惱人也！（指介）那丁家河房，尚有燈火。（喚介）小廝，看有何人在上？（雜上岸看，回報介）燈籠上寫著「復社會文，閒人免進」。（副淨驚介）了不得，了不得！（搖袖介）快歇笙歌，快滅燈火。（滅燈、止吹，悄悄撐船下）（末）好好一隻燈船，為何歇了笙歌，滅了燈火，悄然而去？（小生）這也奇怪，快著人看來。（丑）不必去看，我老眼雖昏，早已看真了。那箇鬍子，便是阮圓海。（淨）我道吹歌那樣不同。（末怒介）好大膽老奴才，這貢院之前，也許他來遊耍麼！（小生）待我走去，採掉他鬍子。（欲下介）（生攔介）罷，罷！他既迴避，我們也不必為已甚之行❻❸。（末）侯兄，不知我不已甚，他便已甚了。（丑）船已去遠，丟開手罷。（小生）便益❻❹了這鬍子。（旦）夜色已深，大家散罷。（丑）香姐想媽媽了，我們送他回去。（末、小生）我二人不回寓，就下榻此間了。（生）兩兄既不回寓，我們過船的，就此作別罷。請了。（末、小生）請了。（先下）（生、旦、丑、淨下船，雜搖船行介）

【餘文】下樓臺，遊人盡，小舟留得一家春，只怕花底難敲深夜門。

❻❶ 優人：古代以樂舞、戲謔為業的藝人。後戲曲演員亦稱「優人」。

❻❷ 老白相：指經常遊玩之人。白相，遊玩；戲耍。吳地方言，由「薄相」音轉而來。

❻❸ 已甚之行：偏激、過分的舉動。語出孟子離婁下：「仲尼不為已甚者。」

❻❹ 便益：便宜。

（生）月落烟濃路不真，（旦）小樓紅處是東鄰。
（丑）秦淮十里盈盈水，（淨）夜半春帆送美人。

# 第九齣　撫兵❶

癸未七月

【點絳脣】（副淨、末扮二將官，雜扮四小卒上）旗捲軍牙❷，射潮❸弩發鯨鯢❹怕。操弓試馬，鼓角斜陽下。

俺們鎮守武昌兵馬大元帥寧南侯麾下❺將士是也。今日點卯❻日期，元帥陞帳，只得在此伺候。（吹打開門介）

【粉蝶兒】（小生戎裝，扮左良玉上）七尺昂藏❼，虎頭燕頷❽如畫，莽男兒走遍天涯。活騎人，飛食肉，風雲叱咤❾。報國恩，一腔熱血揮灑。

❶ 撫兵：安撫軍心。
❷ 軍牙：軍中大旗。牙，指裝飾旗竿的象牙。
❸ 射潮：相傳五代時吳越王錢鏐曾帶領五千弓弩手，在杭州射錢塘江潮頭，與海神交戰。
❹ 鯨鯢：即鯨，一種外形似魚的水棲動物。因鉤網不能將其制服，故用以比喻兇惡的敵人。鯢，雌鯨。
❺ 麾下：部下。麾，音ㄏㄨㄟ。古代指揮軍隊用的旗幟。
❻ 點卯：舊時官署在卯時（上午五時至七時）開始辦公，查點到班人員，叫「點卯」。
❼ 昂藏：儀表壯偉、氣宇不凡的樣子。
❽ 虎頭燕頷：形容相貌威武。
❾ 風雲叱咤：形容聲勢威力極大。叱咤，音ㄔˋ ㄓㄚˋ。發怒吆喝。

建牙吹角不聞喧⑩，三十登壇⑪眾所尊；家散萬金酬士死，身留一劍答君恩。咱家左良玉，表字崑山，家住遼陽⑫，世為都司⑬。只因得罪罷職⑭，補糧昌平⑮。幸遇軍門⑯侯恂，拔於走卒，命為戰將。不到一年，又拜總兵之官。北討南征，功加侯伯，強兵勁馬，列鎮荊襄⑰。（作勢介）看俺左良玉，自幼習學武藝，能挽五石之弓，善為左右之射。那李自成⑱、張獻忠⑲幾箇毛賊，何難勦滅？只可恨督

---

⑩ 建牙吹角不聞喧：此句連以下三句皆出於唐劉長卿詩獻淮寧軍節度使李相公。建牙，古代指出師前樹立軍旗。角，軍中號角。

⑪ 登壇：登上壇場。此處指拜將。古代拜將、帝王即位以及會盟祭祀，常要設壇場舉行隆重的儀式。

⑫ 遼陽：地名，治所在今遼寧省遼陽市。

⑬ 都司：都指揮使司的簡稱。元、明時為掌管一省的軍事的最高機構。

⑭ 得罪罷職：左良玉任遼東都司時，因錯劫軍需而被免職。

⑮ 補糧昌平：意謂到昌平投軍。補糧，在軍中補一份糧食，即投軍。昌平，即昌平州，治所在今北京市昌平縣。位於今北京市西北，長城以南。

⑯ 軍門：明代稱總督、巡撫為「軍門」。

⑰ 荊襄：荊州和襄陽，泛指今湖北一帶。

⑱ 李自成：明末農民起義首領，稱闖王。米脂（今陝西省米脂縣）人。曾建「大順」國，自稱大順王，並攻破北京，推翻明朝，後被清軍擊敗。

⑲ 張獻忠：明末農民起義首領。字秉吾，號敬軒，延安（今陝西省延安市）人。曾稱帝於成都（今四川省成都市），建元大順，後與清兵作戰身亡。

師無人，機宜錯過，熊文燦⑳、楊嗣昌㉑既以偏私而敗績，丁啟睿㉒、呂大器㉓又因怠玩而無功。只有俺恩帥侯公，智勇兼全，儘能經理中原。不意奸人忌功，纔用即休。叫俺一腔熱血，報主無期，好不恨也！（頓足介）罷，罷，罷！這湖南、湖北，也還可戰可守，且觀成敗，再定行藏㉔。（坐介）（內作眾兵喊叫，小生驚問介）轅門㉕之外，何人喧譁？（副淨、末稟介）稟上元帥，轅門肅靜，誰敢喧譁。（小生怒介）現在喧譁，怎報沒有？（副淨、末）那是飢兵討餉，並非喧譁。（小生）哇！前自湖南借糧三十船，不到一月，難道支完了？（副淨、末）稟元帥，本鎮人馬，已足三十萬了，些須糧草，那夠支銷。（小生拍案介）阿呀！這等卻也難處哩。（立起，唱介）

【北石榴花】你看中原豺虎亂如麻，都窺伺龍樓鳳闕㉖帝王家。有何人勤王㉗報主，肯把義

⑳ 熊文燦：明末官員。永寧衛（今貴州省關嶺西）人，曾任兵部尚書。因招撫張獻忠失敗，被明王朝治罪處死。

㉑ 楊嗣昌：明末大臣。字子微，號文弱，武陵（今湖南省常德市）人。曾任兵部尚書，後改任禮部尚書，兼東閣大學士，入參機務。因奉命督師追剿李自成、張獻忠而遭慘敗，畏罪自殺。

㉒ 丁啟睿：明末官員。永城（今河南省永城縣）人。曾任陝西布政司、兵部尚書等職。因被李自成擊敗而免官，南明弘光朝復被起用為兵部尚書。清兵南下後脫身歸里。

㉓ 呂大器：南明大將。字儼若，號先自，遂寧（今四川省遂寧縣）人。曾任江西、湖廣、應天、安慶總督，敗張獻忠於江西。南明弘光朝曾上疏彈劾馬士英，因無結果而避去。

㉔ 行藏：出仕或退隱。此處指進退和攻守。

㉕ 轅門：此指領兵將帥的營門或官署的外門。

㉖ 龍樓鳳闕：指帝王的宮殿、樓閣。闕，宮殿左右兩側的高臺，臺上有樓觀。

旗拏。那督師無老將，選士皆嬌娃。卻教俺自撐達㉘，卻教俺自撐達。正騰騰殺氣，這軍糧又早缺乏。一陣陣拍手喧譁，一陣陣拍手喧譁，百忙中教我如何答話，好一似薨薨白晝鬧蜂衙㉙。

（坐介）（內又喊介）（小生）你聽外邊將士，益發鼓譟㉚，好像要反的光景。左右聽俺吩咐。（立起，唱介）

【上小樓】您不要錯怨咱家，您不要錯怨咱家。誰不是天朝犬馬，他三百年養士不差，三百年養士不差。都要把良心拍打，為甚麼擊鼓敲門鬧轉加㉛？敢則要劫庫搶官衙！俺這裏望眼巴巴，俺這裏望眼巴巴，候江州軍糧飛下。

（坐介）（抽令箭擲地介）（副淨、末拾箭，向內吩咐介）元帥有令，三軍聽者：目下軍餉缺乏，乃人馬歸附之多，非糧草屯積之少。朝廷深恩，不可不報；將軍嚴令，不可不遵。況江西助餉，指日到轅，各宜靜聽，勿得喧譁。（副淨、末回話介）奉元帥軍令，俱已曉諭三軍了。（內又喊叫介）（小生）怎麼鼓譟之聲，漸入轅門？你再去吩咐。（立起，唱介）

---

㉗ 勤王：盡力於王事。後多指君主的統治受到威脅而動搖時，臣子起兵救援王朝。

㉘ 撐達：露一手；試一試本領。

㉙ 薨薨白晝鬧蜂衙：比喻士兵的喧鬧聲。薨薨，許多蟲齊飛的聲音。薨，音ㄏㄨㄥ。蜂衙，蜂房。

㉚ 鼓譟：原指作戰時擂鼓吶喊。此處指喧譁、叫嚷。

㉛ 鬧轉加：鬧得更厲害。

【黃龍犯】您且忍枵腹㉜這一宵，盼江西那幾艖㉝。俺待要飛撽金陵，俺待要飛撽金陵，告兵曹㉞轉達車駕㉟，許咱們遷鎮移家，許咱們遷鎮移家。就糧東去，安營歇馬，駕樓船到燕子磯邊耍㊱。

（副淨、末持令箭向內吩咐介）元帥有令，三軍聽者：糧船一到，即便支發。仍恐轉運維艱，枵腹難待，不日撤兵漢口，就食㊲南京。永無缺乏之虞，同享飽騰㊳之樂。各宜靜聽，勿再喧譁。（內歡呼介）好，好，好！大家收拾行裝，豫備東去呀。（副淨、末回生介）稟上元帥，三軍聞令，俱各歡呼散去了。（小生）事已如此，無可奈何，只得擇期移鎮，暫慰軍心。（想介）且住，未奉明旨，輒自前行，雖聖恩寬大，未必加誅，只恐形跡之間，難免天下之議。事非小可，再作商量。

【尾聲】慰三軍沒別法，許就糧喧聲纔罷，誰知俺一片葵傾㊴向日花。

---

㉜ 枵腹：空腹；飢餓。枵，音ㄒㄧㄠ。

㉝ 艖：音ㄔㄚ。小船，此處指糧船。

㉞ 兵曹：兵部。

㉟ 車駕：皇帝外出時所乘之車。亦可代稱皇帝。

㊱ 駕樓船到燕子磯邊耍：意謂要乘舟東下，移兵南京。樓船，高大的戰船。燕子磯，位於南京北郊的觀音山上，磯頭突兀於長江之中，形似凌江欲飛的燕子，故名。

㊲ 就食：往食；前往用餐。亦可指出外謀生。

㊳ 飽騰：即士飽馬騰，形容軍隊物資充足，鬥志昂揚。

㊴ 葵傾：葵花向日而傾，用以比喻下對上的忠誠渴慕之忱。

（下）（內作吹打掩門，四卒下）（副淨向末）老哥，咱兄弟們商量，天下強兵勇將，讓俺武昌。明日順流東去，料知沒人抵當。大家擁著元帥爺，一直搶了南京，就扯起黃旗，往北京進取，有何不可？（末搖手介）我們左爺爺忠義之人，這樣風話❹⓿，且不要題。依著我說，還是移家就糧，且喫飽飯為妙。

（副淨）你還不知，一移南京，人心驚慌，就不取北京，這箇惡名也免不得了。

（末）**紛紛將士願移家，**（副淨）**細柳營**❹❶**中起暮笳。**

（末）**千古英雄須打算，**（副淨）**樓船東下一生差。**

---

❹⓿ 風話：瘋話。

❹❶ 細柳營：漢文帝時，周亞夫為將軍，駐守細柳（今陝西省咸陽市西南），軍紀嚴明。文帝視察勞軍，車輦不得入內。亞夫馬上相見，甚得文帝稱讚。後以細柳營稱代紀律嚴明的軍隊。

# 第十齣 修札❶

癸未八月

（丑扮柳敬亭上）老子江湖漫自誇，收今販古❷是生涯。年來怕作朱門客，閒坐街坊喫冷茶。（笑介）在下柳敬亭，自幼無籍❸，流落江湖，雖則為談詞之輩，卻不是飲食之人❹。（拱介）列位，看我像箇甚的？好像一位閻羅王，掌著這本大帳簿，點了沒數的鬼魂名姓❺；又像一尊彌勒佛，腆著這副大肚皮，裝了無限的世態炎涼。鼓板輕敲，便有風雷雨露；舌唇纔動，也成月旦春秋❻。這些含冤的孝子忠臣，少不得還他箇揚眉吐氣；那班得意的奸雄邪黨，免不了加他些人禍天誅。此乃補救❼之微權❽，

❶ 修札：寫書信。

❷ 收今販古：說古道今。

❸ 無籍：沒有戶籍。

❹ 飲食之人：只謀求吃飯而無所作為的人。

❺ 點了沒數的鬼魂名姓：意謂在說書時講到了許多古人。

❻ 月旦春秋：指品評人物，對人物進行褒貶。月旦，東漢許劭與從兄許靖俱有高名，喜歡評價鄉里人物，每月評一次，稱為「月旦評」。春秋，經孔子刪定的春秋一書，筆法嚴謹，敘事中暗寓褒貶之意，後人稱之為「春秋筆法」。

❼ 補救：補救時世。

❽ 微權：權謀；機變。

亦是褒譏之妙用。（笑介）俺柳麻子信口胡談，卻也燥脾❾。昨日河南侯公子，送到茶資，約定今日午後來聽平話❿。且把鼓板取出，打箇招客的利市。（取出鼓板敲唱介）無事消閒扯淡⓫，就中滋味酸甜；古來十萬八千年⓬，一霎飛鴻去遠。幾陣猝風暴雨，各家虎帳龍船。爭名奪利片時喧，讓他陳摶⓭睡扁。（生上）芳草烟中尋粉黛，斜陽影裏說英雄。今日來聽老柳平話，裏面鼓板鏗鏘，早已有人領教。（相見大笑介）看官俱未到，獨自在此，說與誰聽？（丑）這說書是老漢的本業，譬如相公閒坐書齋，彈琴吟詩，都要人聽麼？（生笑介）講的有理。（丑）請問今日要聽那一朝故事？（生）不拘何朝，你只揀著熱鬧爽快的說一回罷。（丑）相公不知，那熱鬧局就是冷淡的根芽，爽快事就是牽纏的枝葉。倒不如把賸水殘山，孤臣孽子⓮，講他幾句，大家滴些眼淚罷。（生嘆介）咳！不料敬老你也看到這箇田地，真可慮也！（末扮楊文驄急上）休教鐵鎖沉江底，怕有降旗出石頭⓯。下官楊文驄，有緊急大事，

❾ 燥脾：開心；愜意。

❿ 平話：又稱講史，宋元間演講歷史故事的口頭文學形式。此處借指說書。

⓫ 消閒扯淡：為消磨時間而說一些無關緊要的話。

⓬ 十萬八千年：康熙戊子刻本作「七萬九千年」。

⓭ 陳摶：五代宋初道士，字圖南，號扶搖子，亳州（今安徽省亳縣）人。五代時舉進士不第，遂隱居武當山、華山等地，拒絕朝廷的徵召，相傳他常連睡百日不起。

⓮ 孤臣孽子：孤立無所依靠的遠臣和賤妾所生的庶子，引申為不為當政者所容而心懷忠誠的人。

⓯ 休教鐵鎖沉江底二句：語出唐劉禹錫詩西塞山懷古：「千尋鐵鎖沉江底，一片降旛出石頭。」三國末年，東吳曾用鐵鏈在長江險要處築起攔江工事，企圖阻擋晉軍船隻，晉軍用火炬將鐵鏈燒毀。石頭，即石頭城，金

要尋侯兄計議。一路問來，知在此處，不免竟入。（見介）（生）來的正好，大家聽敬老平話。（末急介）目下何等時候，還聽平話！（生）龍老為何這等驚慌？（末）兄還不知麼？左良玉領兵東下，要搶南京，且有窺伺北京之意。本兵熊明遇⑯束手無策，故此託弟前來，懇求畫策⑰。（生）小弟有何妙策？（末）久聞尊翁老先生，乃寧南之恩帥，若肯發一手諭，必能退卻。不知足下主意若何？（生）這樣好事，怎肯不做？但家父罷政林居⑱，縱肯發書，未必有濟。且往返三千里，何以解目前之危？（末）吾兄素稱豪俠，當此國家大事，豈忍坐視！何不代寫一書，且救目前，另日稟明尊翁，料不見責也。（生）應急權變，倒也可行。待我回寓起稿，大家商量。（末）事不宜遲，即刻發書，還恐無及，那裏等的商量？（生）既是如此，就此修書便了。（寫書介）

【一封書】老夫愚不揣⑲，勸將軍自忖裁⑳，旌旗且慢來。兵出無名道路猜。高帝㉑留都陵樹㉒在，誰敢輕將馬足躧㉓。乏糧柴，善安排，一片忠心窮莫改。

---

⑯熊明遇：字良孺，進賢（今江西省進賢縣）人。東林黨骨幹人物。當時任兵部尚書。
⑰畫策：康熙戊子刻本作「妙計」。
⑱林居：退隱山林。
⑲愚不揣：愚笨而不自量力。揣，音ㄔㄨㄞˇ。估量；猜度。
⑳忖裁：斟酌決定。忖，音ㄘㄨㄣˇ。思量；細想。
㉑高帝：指明太祖朱元璋。
㉒陵樹：這裏借指陵墓。陵城西的一座古城，位於清涼山一帶。後用為南京的別稱。

（寫完，末看介）妙，妙！寫的激切婉轉，有情有理，叫他不好不依，又不敢不依，足見世兄經濟㉔。（生）雖如此說，還該送與熊大司馬㉕細加改正，方為萬妥。（末）不必煩擾，待小弟說與他便了。（愁介）只是一件，書雖有了，須差一的當家人㉖早寄為妙。（生）小弟輕裝薄遊，只帶兩箇童子，那能下的書來？（末）這樣密書，豈是生人可以去得？（生）這卻沒法了。（丑）不必著忙，讓我老柳走一遭如何？（末）敬老肯去，妙的狠了。只是一路盤詰，也不是當耍的。（丑）不瞞老爺說，我柳麻子本姓曹，雖則身長九尺，卻不肯食粟而已㉗。那些隨機應變的口頭㉘，左衝右擋的膂力，都還有些兒。（生）聞得左良玉軍門嚴肅，山人㉙遊客，一概不容擅入。你這般老態，如何去的？（丑）相公又來激俺了，這是俺說書的熟套子。我老漢要去就行，不去就止，那在乎一激之力。（起唱介）

**【鬬鵪鶉】**你那裏**筆下謅㉚文**，我這裏**胸中畫策**。**舌戰群雄，讓俺不才；柳毅傳書，何妨**

㉓躧：音ㄒㄧˇ。同「屣」、「鞋」。此處為踐踏之意。

㉔經濟：治國安民的才幹。

㉕熊大司馬：即兵部尚書熊明遇，詳見本齣注⑯。兵部尚書之職相當於古代的大司馬，故稱。

㉖的當家人：可靠的家人。的當，恰當；穩妥。

㉗我柳麻子本姓曹三句：意謂我柳敬亭不是無用之人。孟子告子下中寫了一個叫曹交的人，身長九尺卻只會吃飯，沒有任何特長。此處反用其意。

㉘口頭：口才。

㉙山人：指隱士。

㉚謅：音ㄗㄡ。編造。此處指起草。

下海㉛。丟卻俺的癡騃㉜，用著俺的詼諧，悄去明來，萬人喝采。

（末）果然好箇本領，只是書中意思，還要你明白解說，纔能有濟。

【紫花兒序】（丑）書中意不須細解，何用明白，費俺脣腮。一雙空手，也去當差，也會摑乖㉝。憑著俺舌尖兒把他的人馬罵開，仍倒回八百里外。（生）你怎的罵他？（丑）則問他防賊自作賊，該也不該。

（生）好，好，好！比俺的書字還說的明白。（末）你快進去收拾行李，俺替你送盤纏來，今夜務必出城纔好。（丑）曉得，曉得。（拱手介）不得奉陪了。（竟下）（末）竟不知柳敬亭是箇有用之才。（生）我常誇他是我輩中人，說書乃其餘技耳。

【尾聲】一封書信權宜代，仗柳生舌尖口快，阻回那莽元帥萬馬晨霜，保住這好江城三山暮靄。

（末）一紙賢於汗馬㉞材，（生）荊州無復戰船開。

---

㉛ 柳毅傳書二句：意謂將不畏艱苦，一定將書信送到。典出唐人李朝威的傳奇柳毅傳。書生柳毅途經涇河，遇見遭夫家虐待的龍女，為其傳書給洞庭龍君，使龍女得以解救。後柳毅和龍女結成美滿婚姻。

㉜ 騃：同「呆」。

㉝ 摑乖：找竅門。摑，音ㄓㄨㄚ。抓。

㉞ 汗馬：將士騎馬作戰，馬累得出汗。用以借指征戰勞苦或功績突出。

（末）從來名士誇江左㉟，

（生）揮麈㊱今登拜將臺。

㉟江左：江東。

㊱揮麈：魏晉名士清談時，常揮動麈尾做成的拂子以助談興。後因稱談論為「揮麈」。麈，獸名，似鹿而大。

# 第十一齣　投　轅❶

癸未九月

（淨、副淨扮二卒上）（淨）殺賊拾賊囊，救民佔民房。當差領官倉，一兵喫三糧。（副淨）如今不是這樣唱了。（淨）你唱來。（副淨）賊凶少棄囊，民逃賸空房。官窮不開倉，千兵無一糧。（淨）這等說，我們這窮兵當真要餓死了。（副淨）也差不多哩。（淨）前日鼓譟之時，元帥著忙，許咱們就糧南京，這幾日不見動靜，想又變卦了。（副淨）他變了卦，咱們依舊鼓譟，有何難哉！（淨）閒話少說，且到轅門點卯，再作商量。正是「不怕餓殺，誰肯犯法」。（俱下）

【北新水令】（丑扮柳敬亭，背包裹上）走出了**空林落葉響蕭蕭，一叢叢蘆花紅蓼❷。倒戴著接羅帽❸，橫跨著湛盧刀❹，白髯兒飄飄，誰認得談諧玩世東方老❺。**

俺柳敬亭衝風冒雨，沿江行來，並不見亂兵搶糧，想是訛傳了。且喜已到武昌城外，不免在這草地下

---

❶ 投轅：進營門投書。

❷ 蓼：音ㄌㄧㄠˇ。即蓼草，一種生長在水邊的草本植物，開白色或淺紅色的小花。

❸ 接羅帽：又稱白接羅。以白鷺羽毛為飾的帽子。晉代山簡常在飲酒後乘駿馬，倒戴接羅帽。

❹ 湛盧刀：指寶刀。湛盧，古代寶劍名，相傳為春秋時歐冶子所鑄。

❺ 東方老：即西漢的東方朔。字曼倩，平原厭次（今山東省惠民縣）人。滑稽善辯，善詼諧調笑，受漢武帝愛幸，任太中大夫。能在諧謔嬉笑之中直言切諫。

打開包裹，換了鞾帽，好去投書。（坐地換鞾帽介）

**【南步步嬌】**（副淨、淨上）**曉雨城邊飢烏叫，來往荒烟道，軍營半里遙。**（指介）**風捲旌旗，鼓角縹緲，**前面是轅門了，大家趲行❻幾步。**餓腹好難熬，還點三八卯❼。**

（丑起拱介）兩位將爺，借問一聲，那是將軍轅門？（淨向副淨私語介）這箇老兒是江北語音，不是逃兵，就是流賊。（副淨）何不收拾起來，詐他幾文，且買飯喫。（淨）妙！（副淨問介）你尋將軍衙門麼？（丑）正是。（淨）待我送你去。（丟繩套住丑介）（丑）阿呀！怎麼拏起我來了。（副淨）俺們是武昌營專管巡邏的弓兵，不拏你，拏誰呀？（丑推二淨倒地，指笑介）兩箇沒眼色的花子❽，怪不得餓的東倒西歪的。（淨）你怎曉得我們捱餓？（丑）不為你們捱餓，我為何到此。（副淨）這等說來，你敢是解糧來的麼？（丑）不是解糧的，是做甚的？（淨）啐！我們瞎眼了，快搬行李，送老哥轅門去。（副淨、淨同丑行介）

**【北折桂令】**（丑）你看**城枕著江水滔滔，鸚鵡洲❾闊，黃鶴樓❿高。雞犬寂寥，人烟慘淡，**

---

❻ 趲行：趕路；快行。趲，音ㄗㄢˇ。

❼ 三八卯：指每月初八、十八、二十八日例行的點名。

❽ 花子：指乞丐。

❾ 鸚鵡洲：在今武昌西南江中，相傳東漢末年禰衡曾在此作鸚鵡賦，因而得名。此洲在明末逐漸沉沒。現漢陽攔江堤外的鸚鵡洲，是乾隆年間新泛出的沙洲。

❿ 黃鶴樓：位於武昌蛇山。傳說古時有仙人乘黃鶴來此樓，故名。樓始建於三國時代，後屢毀屢建，一九八五

市井蕭條。都只把豺狼喂飽，好江城畫破圖拋。滿耳呼號，鼙鼓聲雄，鐵馬嘶驕⓫。

（副淨指介）這是帥府轅門了。（喚介）老哥在此等候，待我傳鼓。（擊鼓介）（末扮中軍官⓬上）封拜⓭惟知元帥大，征誅不讓帝王尊。（問介）門外擊鼓，有何軍情，速速報來。（淨）適在汛地⓮捉了一箇面生可疑之人，口稱解糧到此，未知真假，拏赴轅門聽候發落。（末問丑介）你稱解糧到此，有何公文？（丑）沒有公文，只有書函。（末）這就可疑了。

【南江兒水】你的此來意費推敲⓯，一封書信無名號，荒唐言語多虛冒，憑空何處軍糧到。無端左支右調⓰，看他神情，大抵非逃即盜。

（丑）此話差矣。若是逃、盜，為何自尋轅門？（末）說的也是。既有書函，待我替你傳進。（丑）這是一封密書，要當面交與元帥的。（末）這話益發可疑了。你且外邊伺候，待我稟過元帥，傳你進見。（副淨、淨、丑俱下）（內吹打開門，雜扮軍卒六人各執械對立介）（小生扮左良玉戎服上）荊襄雄鎮大江

---

年在原址附近的高觀山西坡重建落成（原址已被長江大橋占用）。

⓫ 鐵馬嘶驕：指戰馬的嘶鳴聲洪亮雄壯。

⓬ 中軍官：明代總督、巡撫的侍從武官。

⓭ 封拜：封官拜爵。

⓮ 汛地：軍隊防守之地。

⓯ 推敲：此處指反覆考慮。

⓰ 左支右調：調支吾搪塞，說話含混躲閃。

濱，四海安危七尺身⑰。日日軍儲⑱勞計畫，那能談笑淨烟塵⑲。（升坐，吩咐介）昨因飢兵鼓譟，本帥許他就糧南京。後來細想，兵去就糧，何如糧來就兵。聞得九江助餉，不日就到，今日暫免點卯，各回汛地，靜候關糧。（末）得令。（虛下⑳，即上）奉元帥軍令，掛牌免卯，三軍各回汛地了。（小生）有甚軍情，早早報來。（末）別無軍情，只有差役一名，口稱解糧到此，要見元帥。（小生喜介）果然糧船到了，可喜，可喜！（問介）所賫㉑文書，係何衙門？（末）並無文書，只有私書，要當堂投遞。（小生）這話就奇了。或是流賊細作㉒，亦未可定。（吩咐介）左右軍牢㉓，小心防備，著他膝行而進。（眾）是。（末喚丑進介）（左右交執器械，丑鑽入見介）（揖介）元帥在上，晚生拜揖了。（小生）哇！你是何等樣人，敢到此處放肆？（丑）晚生一介㉔平民，怎敢放肆？

【北雁兒落帶得勝令】俺是箇不出山老漁樵，那曉的王侯大賓客小。看這長槍大劍列門旗，只當深林密樹穿荒草。儘著㉕狐狸縱橫虎咆哮，這威風何須要。偏嚇俺孤身客無門跑，便

---

⑰ 四海安危七尺身：謂自身擔負著保衛國家安全的重任。

⑱ 軍儲：指糧草等軍需物資。

⑲ 談笑淨烟塵：意謂在談笑之間輕鬆地平息了戰亂。烟塵，借指戰爭。

⑳ 虛下：指演員走到舞臺左邊的入口處又立即回到舞臺上，表示換了一個場景。

㉑ 賫：音ㄐㄧ。攜帶。

㉒ 細作：奸細；暗探；間諜。

㉓ 軍牢：為官府服役的衛兵。

㉔ 一介：一個。

作箇長揖㉖兒不是驕。（拱介）求饒，軍中禮原不曉。（笑介）氣也麼㉗消，有書函將軍仔細瞧。

（小生問介）有誰的書函？（丑）歸德侯老先生寄來奉候的。（小生）侯司徒㉘是俺的恩帥，你如何認得的？（丑）晚生現在侯府。（小生拱介）這等失敬了。（問介）書在那裏？（丑送上書介）（小生）吩咐掩門。（內吹打掩門，眾下）（小生）尊客請坐。（丑旁坐介）（小生看書介）

【南僥僥令】看他諄諄情意好，不啻㉙教兒曹㉚。這書中文理，一時也看不透徹，無非勸俺鎮守邊方，不可移兵內地。（歎介）恩帥，恩帥！那知俺左良玉，一片忠心天可告，怎肯背深恩，辱薦保㉛。

（問丑介）足下尊姓大號？（丑）不敢。晚生姓柳，草號敬亭。（雜捧茶上）（小生）敬亭請茶。（丑接茶介）（小生）你可知這座武昌城，自經張獻忠一番焚掠，十室九空。俺雖鎮守在此，缺草乏糧，日日鼓譟，連俺也做不得主了。（丑氣介）元帥說那裏話，自古道「兵隨將轉」，再沒箇將逐兵移的。

---

㉕儘著：任憑。

㉖長揖：拱手高舉，自上而下行禮。

㉗也麼：曲中襯字，無義。

㉘侯司徒：指侯恂。侯恂曾任戶部尚書，這一官職相當於古代的司徒，故稱。

㉙啻：音ㄔˋ。只；止。

㉚兒曹：兒輩。

㉛辱薦保：辜負了他人的推薦保舉。

【北收江南】你坐在細柳營，手握著虎龍韜㉜，管千軍山可動，令不搖。飢兵鼓譟犯天朝，將軍無計，從他去自逍遙。這惡名怎逃，這惡名怎逃。說不起三軍權柄帥難操。

（摔茶鍾㉝於地下介）（小生怒介）阿呀！這等無禮，竟把茶杯擲地。（丑笑介）晚生怎敢無禮，一時說的高興，順手摔去了。（小生）順手摔去，難道你的心做不得主麼？（丑）心若做的主呵，也不教手下亂動了。（小生笑介）敬亭講的有理。只因兵丁餓的急了，許他就糧內裏，亦是無可奈何之一著。（丑）晚生遠來，也餓急了，元帥竟不問一聲兒。（小生）我倒忘了，叫左右快擺飯來。（丑摩腹介）好餓，好餓。（小生催介）可惡奴才，還不快擺。（丑起介）等不得了，竟往內裏喫去罷。（向內行介）（小生怒介）如何進我內裏？（丑回顧介）餓的急了。（小生）餓的急了，就許你進內裏麼？（丑笑介）餓的急了，也不許㉞進內裏，元帥竟也曉得哩。（小生大笑介）句句譏誚俺的錯處，好箇舌辯之士。俺這帳下倒少不得你這箇人哩。

【南園林好】俺雖是江湖泛交，認得出滑稽曼老㉟；這胸次包羅不少，能直諫，會旁嘲。

（丑）那裏，那裏。只不過遊戲江湖，圖餔啜㊱耳。（小生問介）俺看敬亭，既與縉紳㊲往來，必有紹

---

㉜ 虎龍韜：指用兵的韜略。古代兵書六韜中有龍韜、虎韜兩篇。

㉝ 茶鍾：同「茶盅」。指茶杯。

㉞ 不許：康熙戊子刻本作「不可」。

㉟ 滑稽曼老：指東方朔。東方朔字曼倩，故稱。

㊱ 餔啜：音ㄅㄨ ㄔㄨㄛˋ。吃喝。餔，通「哺」。

技，正要請教。（丑）晚生自幼失學，有何技藝。偶讀幾句野史，信口演說，曾蒙吳橋范大司馬、桐城何老相國，謬加賞贊，因而得交縉紳，實堪慚愧。

【北沽美酒帶太平令】俺讀些稗官詞㊳，寄牢騷；稗官詞，寄牢騷。對江山喫一斗苦松醪㊴，小鼓兒顫杖㊵輕敲，寸板兒軟手頻搖。一字字臣忠子孝，一聲聲龍吟虎嘯㊶，快舌尖鋼刀出鞘，響喉嚨轟雷烈礮。呀！似這般冷嘲熱挑㊷，用不著筆鈔墨描。勸英豪，一盤錯帳速勾了。

（小生）說的爽快，竟不知敬亭有此絕技，就留下榻衙齋，早晚領教罷。

【清江引】從此談今論古日傾倒，風雨開懷抱。你那蘇張㊸舌辯高，我的巧射驚羿奡㊹，只

㊲ 縉紳：插笏於紳帶間，舊時官宦的裝束，借指有官職或做過官的人。縉，音ㄐㄧㄣˋ。通「搢」。插。紳，大帶。

㊳ 稗官詞：稗官野史；稗史。

㊴ 松醪：用松膏釀成的酒。醪，音ㄌㄠˊ。酒。

㊵ 顫杖：小鼓槌。

㊶ 龍吟虎嘯：此處比喻聲音洪大。

㊷ 冷嘲熱挑：冷嘲熱諷。

㊸ 蘇張：指蘇秦和張儀。兩人皆為戰國時期著名說客、縱橫家。蘇秦，東周洛陽（今河南省洛陽市）人。曾發動韓、趙、魏、齊、燕等國合縱以抗秦。張儀，魏國人，游說入秦，首倡連橫之說。

㊹ 羿奡：上古兩人名。羿，音ㄧˋ。相傳為夏代有窮國君主，射箭能手。奡，音ㄠˋ。相傳是夏代寒浞的兒子，長於水戰。

愁那匝地烟塵❹❺何日掃。

（丑）閒話多時，到底不知元帥向內移兵，有何主見？（小生）耿耿臣心，惟天可表；不須口勸，何用書責。

（小生）臣心如水照清霄，　（丑）咫尺天顏❹❻路不遙。

（小生）要與西南撐半壁，　（丑）不須東看海門潮❹❼。

---

❹❺ 匝地烟塵：遍地烟塵，喻戰亂。

❹❻ 天顏：皇帝的容顏。

❹❼ 不須東看海門潮：意謂不須引兵東下，直至海邊。海門，內河通海之處。

# 第十二齣 辭院❶

癸未十月

【西地錦】（末扮楊文驄冠帶上）錦繡東南列郡，英雄割據紛紛；而今還起周郎恨❷，江水向東奔。

下官楊文驄，昨奉熊司馬之命，託侯兄發書寧南，阻其北上。已遣柳敬亭連夜寄去，還怕投書未穩，一面奏聞朝廷加他官爵，廕❸他子姪；又一面知會各處督撫❹，及在城大小文武，齊集清議堂❺，公同計議。助他糧餉，這也是不得已調停之法。下官與阮圓海雖罷閒流寓❻，都有傳單，只得早到。（副淨扮阮大鋮冠帶上）黑白看成棋裏事，鬚眉扮作戲中人。（見介）龍友請了，今日會議軍情，既傳我們到此，也不可默默無言。（末）事體重大，我們廢員閒宦，立不得主意，身到就是了。（副淨）說那裏話。

❶ 辭院：辭別舊院。

❷ 周郎恨：此處借指因左良玉移兵東下而引起的憂慮。漢獻帝建安十三年（二〇八），曹操攻占荊州後，率領水步兵數十萬東下，企圖一舉滅吳，引起東吳君臣的憂慮。周郎，指周瑜。

❸ 廕：音ㄧㄣˋ。帝王給予功臣子孫的入學和任官的特權。

❹ 督撫：總督與巡撫的合稱，為明清兩代最高的地方長官。總督管轄一省或數省，綜理軍政刑獄。巡撫為省級地方政府長官，總攬全省軍事、吏治、刑獄、民政等。

❺ 清議堂：朝臣共商軍政大事的地方。

❻ 流寓：流落在他鄉居住。

【啄木兒】朝廷事，須認真，太祖神京今未穩。莫漫愁鐵鎖船開❼，只怕有蕭牆人引❽。角聲鼓音城樓震，帆揚幟飛江風順，明取金陵，有人私放門。

（末）這話未確，且莫輕言。（副淨）小弟實有所聞，豈可不說。（丑扮長班❾上）處處軍情緊，朝朝會議多。稟老爺，淮安漕撫❿史可法⓫老爺，鳳陽督撫馬士英老爺俱到了。（末、副淨出候介）（外白鬚扮史可法，淨禿鬚扮馬士英，各冠帶上）（末）天下軍儲一線漕⓬，無能空佩呂虔刀⓭。（淨）長陵抔土⓮關龍脈⓯，愁絕烽烟搔二毛⓰。（末、副淨見各揖介）（外問介）本兵熊老先生為何不到？（丑稟介）今

---

❼ 鐵鎖船開：以晉軍戰船衝破東吳防禦工事而長驅直入的典故，喻指左良玉部隊東下。

❽ 只怕有蕭牆人引：意謂只怕內部有人引誘左軍東下。蕭牆，古代宮室內當門的小牆，喻指內部。

❾ 長班：明清時官員隨身使喚的僕人。

❿ 漕撫：指漕運總督，主管漕糧的收取、上繳、運輸等事務。漕，水道運糧。

⓫ 史可法：字憲之，號道鄰，河南祥符（今河南省開封市）人。崇禎進士。曾巡撫兩淮，後總督漕運，拜南京兵部尚書。治軍能與部下同甘苦。弘光政權建立，任禮部尚書兼東閣大學士。時稱「史閣部」。清兵南下時堅守揚州，戰敗被俘，英勇就義。

⓬ 天下軍儲一線漕：意謂全國的軍需品都要靠水道來運輸。

⓭ 呂虔刀：三國時魏國人呂虔有一寶刀，鑄工相之，以為位登三公者方可佩帶。

⓮ 長陵抔土：這裏借指明太祖朱元璋祖上在鳳陽的陵墓。長陵，漢高祖劉邦的陵墓名。抔土，一捧土。抔，音ㄆㄡˊ。

⓯ 關龍脈：意謂關係著王朝的盛衰。

⓰ 二毛：斑白的頭髮。

日有旨，往江上點兵去了。（淨）這等又會議不成，如何是好？

**【前腔】**（外）**黃塵⑰起，王氣昏，羽扇難揮建業軍⑱。幕府山⑲蠟檄⑳星馳，五馬渡㉑樓船飛滾。江東應須夷吾鎮㉒，清談㉓怎消南朝恨㉔，**少不得努力同捐衰病身。

（末）老先生不必深憂，左良玉係侯司徒舊卒，昨已發書勸止，料無不從者。（外）學生亦聞此舉雖出熊司馬之意，實皆年兄之功也。（副淨）這倒不知，只聞左兵之來，實有暗裏勾之者。（外）是那箇？（副淨）就是敝同年侯恂之子侯方域。（外）他也是敝世兄，在復社中錚錚有聲，豈肯為此？（副淨）老公祖㉕不知，他與左良玉相交最密，常有私書往來。若不早除此人，將來必為內應。（淨）說的有

---

⑰ 黃塵：此處指戰爭的烟塵。

⑱ 羽扇難揮建業軍：意謂難以指揮南京的軍隊克敵制勝。晉書顧榮傳載，廣陵相陳敏作亂，顧榮揮動羽扇指揮軍隊與叛軍作戰，大獲全勝。後因以「羽扇揮軍」為從容指揮、克敵制勝的典實。

⑲ 幕府山：位於南京城外郭上元門東，北臨長江，地勢險要。相傳東晉丞相王導曾設幕府於此，故名。

⑳ 蠟檄：封在蠟丸裏的檄文。

㉑ 五馬渡：地名，位於南京市西北。相傳晉元帝司馬睿與彭城王司馬紘等五王於此處渡過長江，到達建康，建立東晉王朝。

㉒ 江東應須夷吾鎮：意謂江東地區必須讓有輔國治民之才的人來鎮守。晉書溫嶠傳載，溫嶠見王導並與之共談後，欣然曰：「江東自有管夷吾，吾復何慮？」夷吾，即管仲，名夷吾，字仲，潁上（今安徽省潁上縣）人，春秋初年政治家，任齊相四十餘年，輔佐齊桓公成就霸業。

㉓ 清談：又稱「玄談」，本指魏晉時期一些士大夫崇尚老莊、空談玄理。後泛指不接觸實際問題的談論。

㉔ 南朝恨：指亡國恨。南朝各個朝代都國運不長，故云。

理。何惜一人，致陷滿城之命乎！（外）這也是莫須有㉖之事，況阮老先生罷閒之人，國家大事也不可亂講。（別介）請了。正是「邪人無正論，公議總私情」。（下）（副淨指恨介）（向淨介）怎麼史道鄰就拂衣而去？小弟之言，鑿鑿有據，聞得前日還託柳麻子去下私書的。（末）這太屈他了。敬亭之去，小弟所使。寫書之時，小弟在旁。倒虧他寫的懇切，怎反疑起他來？（副淨）龍友不知，那書中都有字眼暗號，人那裏曉得？（淨點頭介）是呀。這樣人該殺的，小弟回去，即著人訪拏。（向末介）老妹丈，就此同行罷。（末）請舅翁先行一步，小弟隨後就來。（副淨向淨介）小弟與令妹丈不啻同胞，常道及老公祖垂念，難得今日會著。小弟有許多心事，要為竟夕之談，不知可否？（淨）久荷高雅，正要請教。

（同下）（末）這事那裏說起！侯兄之素行，雖未深知，只論寫書一事呵，

**【三段子】這冤怎伸，硬疊成曾參殺人㉗，這恨怎吞，強書為陳恆弒君㉘。**不免報他一信，叫他趁早躲避。（行介）**眠香占花風流陣，今宵正倚薰籠㉙困，那知打散鴛鴦金彈狠。**

㉕ 公祖：明清時代士紳對知府以上地方官的敬稱。阮大鋮的家鄉懷寧受鳳陽督撫馬士英管轄，故稱馬士英為老公祖。

㉖ 莫須有：指憑空捏造的罪名。宋代奸臣秦檜誣陷岳飛造反，韓世忠責問秦檜有何證據，秦檜回答說「莫須有」。意為「恐怕有」、「也許有」。

㉗ 曾參殺人：相傳有與孔子高足曾參同名者殺人，人們誤傳兇手是曾參，曾母起先不信，但經不住人們再三傳告，終於信以為真，嚇得逃跑。後用以比喻流言可畏。

㉘ 陳恆弒君：陳恆是春秋時代的齊國大臣，左傳記載陳恆於魯哀公十四年殺齊簡公。司馬遷史記田敬仲世家認為陳恆殺君是出於被迫。

來此是李家別院，不免叫門。（敲門介）（內吹唱介）（淨扮蘇崑生上）是那箇？（末）快快開門。（淨開門見介）原來是楊老爺，天色已晚，還來閒遊？（末認介）你是蘇崑老。（問介）侯兄在那裏？（淨）今日香君學完一套新曲，都在樓上聽他演腔。（末）快請下樓。（淨入喚介）（小旦、生、旦出介）（生）濃情人帶酒，寒夜帳籠花。楊兄高興，也來消夜。（末）兄還不知，有天大禍事來尋你了。（生）有何禍事，如此相嚇？（末）今日清議堂議事，阮圓海對著大眾，說你與寧南有舊，常通私書，將為內應。那些當事諸公，俱有拏你之意。（生驚介）我與阮圓海素無深讎，為何下這毒手。（末）想因卻奩一事，太激烈了，故此老羞變怒耳。（小旦）事不宜遲，趁早高飛遠遁，不要連累別人。（生）說的有理。（愁介）只是燕爾新婚㉚，如何捨得？（旦正色介）官人素以豪傑自命，為何學兒女子態？（生）是，是。但不知那裏去好？

**【滴溜子】雙親在，雙親在，信音未准；烽烟起，烽烟起，梓桑㉛半損。欲歸，歸途難問。天涯到處迷，將身怎隱。歧路窮途㉜，天暗地昏。**

（末）不必著慌，小弟倒有箇算計。（生）請教。（末）會議之時，漕撫史可法、鳳撫馬舍舅俱在坐。舍舅語言甚不相為㉝，全虧史公一力分豁㉞，且說與尊府原有世誼的。（生想介）是，是。史道鄰是家父

---

㉙ 薰籠：罩著籠子的薰爐。

㉚ 燕爾新婚：形容新婚的快樂。語出詩經邶風谷風：「燕爾新昏，如兄如弟。」

㉛ 梓桑：即桑梓，指故鄉。因古人常在宅邊種桑樹和梓樹，故稱。

㉜ 歧路窮途：形容處境窘困，無路可走。歧路，岔路，常用以比喻錯誤的方向和道路。窮途，絕路。

門生。（末）這等何不隨他到淮，再候家信？（生）妙，妙！多謝指引了。（旦）待奴家收拾行裝。（旦束裝介）

【前腔】歡娛事，歡娛事，兩心自忖；生離苦，生離苦，且將恨忍，結成眉峰一寸。香沾翠被池，重重束緊。藥裹巾箱㉟，都帶淚痕。

（丑上挑行李介）（生別旦介）暫此分別，後會不遠。（旦彈淚介）滿地烟塵，重來亦未可必也。

【哭相思】離合悲歡分一瞬，後會期無憑准。（小旦）怕有巡兵蹤跡，快行一步罷。（生）吹散俺西風太緊，停一刻無人肯。

（生）但不知史漕撫寓在那廂？（淨）聞他來京公幹㊱，常寓市隱園，待我送官人去。（生）這等多謝。

（生、淨、丑急下）（小旦）這樁禍事都從楊老爺起的，也還求楊老爺歸結㊲。明日果來拏人，作何計較？（末）貞娘放心，侯郎既去，都與你無干了。

（末）人生聚散事難論，（旦）酒盡歌終被尚溫。
（小旦）獨照花枝眠不穩，（末）來朝風雨掩重門。

---

㉝ 不相為：不相助。
㉞ 一力分豁：全力幫助開脫。
㉟ 巾箱：放頭巾的箱子。
㊱ 公幹：公務；公事。此處意為辦理公事。
㊲ 歸結：了結。

# 第十三齣　哭主

甲申❶三月

（副淨扮旗牌官❷上）漢陽烟樹隔江濱，影裏青山畫裏人。可惜城西佳絕處，朝朝遮斷馬頭塵。在下寧南帥府一箇旗牌官的便是，俺元帥收復武昌，功封侯爵。昨日又奉新恩，加了太傅❸之銜。小爺左夢庚❹，亦掛總兵之印，特差巡按御史❺黃澍❻老爺到府宣旨。今日九江督撫袁繼咸❼老爺，又解糧❽三十船，親來給發。元帥大喜，命俺設宴黃鶴樓，請兩位老爺飲酒看江。（望介）遙見晴川樹底，芳草洲邊❾，萬姓歡歌，三軍嬉笑，好一段太平景象也。遠遠喝道❿之聲，元帥將到，不免設起席來。（臺

❶ 甲申：即明崇禎十七年，清順治元年（一六四四）。這一年李自成破北京，明思宗朱由檢自縊身死，明亡。

❷ 旗牌官：軍隊中擔任傳遞號令等職務的軍吏。旗牌，寫有令字的旗與牌。

❸ 太傅：官名，古代三公之一，周代開始設置。明、清兩代以太傅、太師、太保作為贈官、加銜之用，非實職。

❹ 小爺左夢庚：左良玉之子，左良玉死後被部下推為統帥，後與黃澍一起降清。

❺ 巡按御史：為監察御史赴各地巡視者，負責考核官吏，審理大案，知府以下均奉其命。

❻ 黃澍：字仲霖，曾任湖廣巡按御史。清兵南下時和左夢庚一起降清。

❼ 袁繼咸：字季通，號臨侯，宜春（今江西省宜春市）人。崇禎時任兵部侍郎，督左良玉軍。清兵南下時被執，不屈而死。

❽ 解糧：押送軍糧。

❾ 晴川樹底二句：語出唐人崔顥詩黃鶴樓：「晴川歷歷漢陽樹，芳草萋萋鸚鵡洲。」芳草洲，即鸚鵡洲。

❿ 喝道：舊時官員出行時，吏役在前面高聲呼喝，使行人聞聲讓路。

上挂黃鶴樓匾）（副淨設席安座介）

【聲聲慢】（雜扮軍校旗仗鼓吹引導）（小生扮左良玉戎裝上）逐人春色，入眼晴光，連江芳草青青。百尺樓高，吹笛落梅⓫風景。領著花間小乘⓬，載行廚，帶緩衣輕，便笑咱將軍好武，也愛儒生。

咱家左良玉，今日設宴黃鶴樓，請袁、黃兩公飲酒看江，只得早候。（吩咐介）大小軍卒，樓下伺候。（眾應下）（作登樓介）三春雲物歸胸次⓭，萬里風烟到眼中。（望介）你看浩浩洞庭，蒼蒼雲夢⓮，控西南之險，當江漢之衝⓯。俺左良玉鎮此名邦，好不壯哉！（坐呼介）旗牌官何在？（副淨跪介）有。（小生）酒席齊備不曾？（副淨）齊備多時了。（小生）怎麼兩位老爺還不見到？（副淨）連請數次，袁老爺正在江岸盤糧，黃老爺又往龍華寺⓰拜客，大約傍晚纔來。（小生）在此久候，豈不困倦？叫左右速接柳相公上樓，閒談撥悶。（雜跪稟介）柳相公現在樓下。（小生）快請。（雜請介）（丑扮柳敬亭上）

⓫ 落梅：即梅花落，古笛曲名。唐李白司馬將軍歌：「向月樓中吹落梅。」

⓬ 小乘：即小車。

⓭ 三春雲物歸胸次：意謂春天的美景盡收胸中。雲物，猶景物。胸次，胸中；心裏。

⓮ 雲夢：水澤名。古代雲、夢為兩澤，長江之南為夢澤，長江之北為雲澤，後大部分淤積為陸地，合稱雲夢澤，約為今洞庭湖北岸一帶地區。

⓯ 衝：要衝；交通要道。

⓰ 龍華寺：寺廟名，在武昌賓陽門內。

氣吞雲夢澤，聲撼岳陽樓⑰。（見介）（小生）敬亭為何早來了？（丑）晚生知道元帥悶坐，特來奉陪的。（小生）這也奇了，你如何曉得？（丑）常言：「秀才會課⑱，點燈告坐。」天生文官，再不能爽快的。（小生笑介）說的有理。（指介）你看天纔午轉，幾時等到點燈也。（丑）若不嫌聒噪⑲呵，把昨晚說的「秦叔寶見姑娘」⑳，再接上一回罷。（小生）極妙了。（問介）帶有鼓板麼？（丑）自古「官不離印，貨不離身」，老漢管著做甚的！（取出鼓板介）（小生）叫左右泡開岕片㉑，安下胡牀㉒，咱要紗帽隱囊㉓，清談消遣哩。（雜設牀、泡茶，小生更衣坐，雜搥背修養㉔介）（丑傍坐敲鼓板，說書介）大江滾滾浪東流，淘盡興亡古渡頭。屈指英雄無半箇，從來遺恨是荊州。按下新詩，還提舊話。且說人生最難得的是亂離之後，骨肉重逢。總是地北天南，時移物換㉕，經幾番凶荒戰鬬，怎免得梗泛萍漂㉖。

⑰ 氣吞雲夢澤二句：語出唐人孟浩然詩望洞庭湖贈張丞相。聲撼，原詩為「波撼」。
⑱ 會課：指文人結社，定期集會和研習功課。
⑲ 聒噪：嘈雜；吵鬧。聒，音ㄍㄨㄚ。
⑳ 秦叔寶見姑娘：隋唐故事中的一段。見隋唐演義第十三、十四回。姑娘，父親的姊妹；姑母。
㉑ 岕片：即岕茶，茶名。產於浙江長興境內的羅岕山，為茶中上品。岕，音ㄐㄧㄝˋ。同「岎」。
㉒ 胡牀：又稱「交牀」、「交椅」、「繩牀」，一種可以折疊的輕便坐具。
㉓ 隱囊：靠墊。
㉔ 修養：當作「搔癢」。
㉕ 時移物換：時代變化，事物已異於從前。
㉖ 梗泛萍漂：斷梗浮萍在水中漂浮。比喻漂泊流離的生活。

可喜秦叔寶解到羅公帥府，枷鎖連身，正在候審，遇著嫡親姑娘，捲簾下階，抱頭大哭。當時換了新衣，設席款待，一箇候死的囚徒，登時上了青天。這叫就「運去黃金減價，時來頑鐵生光」。（拍醒木介）（小生掩淚介）咱家也都經過了。（丑）再說那羅公問及叔寶的武藝，滿心歡喜，特地要誇其本領，即日放礮傳操。下了教場，雄兵十萬，雁翅排開，羅公獨坐當中，一呼百諾，掌著生殺之權。秦叔寶站在旁邊，點頭贊歎，口裏不言，心中暗道：大丈夫定當如此！（拍醒木介）（小生作驕態，笑介）俺左良玉也不枉為人一世矣。（丑）那羅公眼看叔寶高聲問道：「秦瓊，看你身材高大，可曾學些武藝麼？」叔寶慌忙跪地，應答如流：「小人會使雙鐧㉗。」羅公即命家人，將自己用的兩條銀鐧，抬將下來。那兩條銀鐧共重六十八斤，比叔寶所用鐵鐧，輕小一半㉘。叔寶是用過重鐧的人，接在手中，如同無物。跳下階來，使盡身法，左輪右舞，恰似玉蟒纏身，銀龍護體。玉蟒纏身，萬道毫光臺下落；銀龍護體，一輪月影面前懸。羅公在中軍帳裏，大聲喝采道：「好呀！」那十萬雄兵，一齊答應。（作喊介）如同山崩雷響，十里皆聞。（拍醒木介）（小生照鏡鑷鬚介）俺左良玉立功邊塞，萬夫不當，也是天下一箇好健兒。如今白髮漸生，殺賊未盡，好不恨也！（副淨上）稟元帥爺，兩位老爺俱到樓了。（丑暗下）（小生換冠帶，雜撤牀排席介）（外扮袁繼咸，末扮黃澍，冠帶喝道上）（外）長湖落日氣蒼茫，黃鶴樓高望故鄉。（末）吹笛仙人㉙稱地主，臨風把酒喜洋洋。（小生迎揖介）二位老先生俯臨敝鎮，曷

㉗ 鐧：古代兵器。以金屬製成，長條形，有四棱，無刃，上端略小，下端有柄。

㉘ 輕小一半：一作「輕了一半」。

㉙ 吹笛仙人：關於黃鶴樓有不少故事傳說。其中一個故事說：有辛氏在此樓賣酒，一道士常來飲酒，辛氏不收

勝光榮；聊設杯酒，同看春江。（外末）久欽威望，喜近節麾㉚，高樓盛設，大快生平。（安席坐，斟酒欲飲介）（淨扮塘報人㉛急上）忙將覆地翻天事，報與勤王救主人。稟元帥爺，不好了，不好了！（眾驚起介）有甚麼緊急軍情，這等喊叫？（淨急白介）稟元帥爺，大夥流賊北犯，層層圍住神京。三天不見救援兵，暗把城門開進。放火焚燒宮闕，持刀殺害生靈。（拍地介）可憐聖主好崇禎，（哭說介）縊死煤山樹頂。（眾驚問介）有這等事，是那一日來？（淨喘介）就是這、這、這三月十九日。（眾望北叩頭，大哭介）（小生起，搓手跳哭介）我的聖上呀！我的崇禎主子呀！我的大行㉜皇帝呀！孤臣左良玉，遠在邊方，不能一旅勤王，罪該萬死了！

【勝如花】高皇帝在九層㉝，不管亡家破鼎㉞。那知他聖子神孫，反不如飄蓬斷梗。十七年憂國如病，呼不應天靈祖靈，調不來親兵救兵。白練無情，送君王一命。傷心煞煤山私幸㉟，獨殉了社稷蒼生㊱，獨殉了社稷蒼生！

---

酒錢，道士臨走時，用橘皮在牆上畫一黃鶴，客至後只要拍一下手，黃鶴就會從牆上下來飛舞，辛氏因此致富。十年後，道士復來，取笛吹奏，黃鶴下壁，道士騎黃鶴直上雲天。

㉚ 節麾：古代朝廷授給大將的符節和令旗，也可用為對握有兵權者的敬稱。

㉛ 塘報人：傳遞緊急軍事情報的人。塘報，軍事情報。

㉜ 大行：古代對剛死而尚未定謚號的皇帝或皇后的稱呼。

㉝ 高皇帝在九層：意謂高皇帝在九天之上。高皇帝，指明太祖朱元璋。九層，九重；九級。用以比喻極高處。

㉞ 破鼎：指國家滅亡。相傳禹鑄九鼎，後以鼎作為國家和帝王權力的象徵。

㉟ 煤山私幸：指崇禎皇帝朱由檢自縊於煤山。煤山，在今北京市景山公園內。私幸，皇帝私自出行。

（眾又大哭介）（外搖手喊介）且莫舉哀，還有大事相商。（小生）有何大事？（外）既失北京，江山無主，將軍若不早建義旗，頃刻亂生，如何安撫？（末）正是。（指介）這江漢荊襄，亦是西南半壁，萬一失守，恢復無及矣。（小生）小弟濫握兵權，實難辭責，也須兩公努力，共保邊疆。（外、末）敢不從事。（小生）既然如此，大家換了白衣，對著大行皇帝在天之靈，慟哭拜盟一番。（喚介）左右可曾備下縗衣㊲麼？（副淨）一時不能備齊，暫借附近民家素衣三領，白布三條。（小生）也罷，且穿戴起來。

（吩咐介）大小三軍，亦各隨拜。（小生、外、末穿衣裹布介）（領眾齊拜，舉哀介）我的先帝呀！

**【前腔】**（合）**宮車出㊳，廟社㊴傾，破碎中原費整。養文臣帷幄無謀㊵，豢武夫疆場不猛，到今日山殘水賸，對大江月明浪明，滿樓頭呼聲哭聲。**（又哭介）**這恨怎平，有皇天作證：從今後勠力㊶併命㊷，報國讐早復神京，報國讐早復神京。**

（小生）我等拜盟之後，義同兄弟。臨侯㊸督師，仲霖㊹監軍，我左崑山操兵練馬，死守邊方。儻有

---

㊱ 社稷蒼生：國家和百姓。

㊲ 縗衣：用粗麻布製成的喪服。縗，音ㄘㄨㄟ。

㊳ 宮車出：喻指皇帝死亡。宮車，皇帝及后妃等所乘坐的車輛，用以借指皇帝、皇后。

㊴ 廟社：宗廟和社稷，喻指國家。

㊵ 帷幄無謀：指謀士拿不出好的計謀。帷幄，帳幕，後多指軍帳。

㊶ 勠力：併力；合力。勠，音ㄌㄨˋ。

㊷ 併命：拼命；捨命。比喻盡最大的力量。

㊸ 臨侯：袁繼咸號臨侯。

太子諸王，中興定鼎㊺，那時勤王北上，恢復中原，也不負今日一番義舉。（外、末）領教了。（副淨稟介）稟元帥，滿城喧嘩，似有變動之意，快請下樓，安撫民心。（俱下樓介）（小生）二位要向那裏去？（外）小弟還回九江。（末）小弟要到襄陽。（小生）這等且各分手，請了。（別介）（小生呼介）轉來，若有國家要事，還望到此公議。（外、末）但寄片紙，無不奔赴。請了。（外、末下）（小生）阿呀呀！不料今夜天翻地覆，嚇死俺也！

飛花送酒不曾擎，片語傳來滿座驚。

黃鶴樓中人哭罷，江昏月暗夜三更。

---

㊹ 仲霖：黃澍字仲霖。

㊺ 中興定鼎：使國家重新振興和安定穩固起來。

# 第十四齣　阻奸

甲申四月

【遶地遊】（生上）飄飆家舍，怎把平安❶寫，哭蒼天滿喉新血。國讐未雪，鄉心難說，把閒情丟開後些。

小生侯方域，自去冬倉皇避禍，夜投史公，隨到淮安漕署❷，不覺半載。昨因南大司馬熊公內召❸，史公即補其缺，小生又隨渡江。虧他重俺才學，待同骨肉。正思移家金陵，不料南北隔絕。目今議立紛紛，尚無定局，好生愁悶。且候史公回衙，一問消息。（暫下）

【三臺令】（外扮史可法憂容，丑扮長班隨上）山河今日崩竭，白面談兵掉舌❹。弈局❺事堪嗟，望長安誰家傳舍❻。

❶ 平安：即書信。書信中多用「平安」作問候語，故稱。

❷ 淮安漕署：設在淮安的漕運總督官署。淮安，即今江蘇省淮安市。

❸ 內召：被召至京城任職。

❹ 白面談兵掉舌：意謂白面書生鼓舌搖唇談論軍事，空洞而於事無補。掉舌，猶鼓舌，轉動舌頭。

❺ 弈局：棋局，此處比喻時局。

❻ 望長安誰家傳舍：意謂遙望京城，不知誰是那裏的主人。長安，今陝西省西安市，此處借指北京。傳舍，古時供來往行人居住的旅舍。

下官史可法，表字道鄰，本貫河南，寄籍燕京。自崇禎辛未叨❼中進士，便值中原多故，內為曹郎，外作監司❽，敭歷❾十年，不曾一日安枕。今由淮安漕撫陞補南京兵部尚書，那知到任一月，遭此大變，萬死無裨，一籌莫展。幸虧長江天險，護此留都。但一月無君，人心皇皇，每日議立議迎，全無成說。今早操兵江上，探得北信，不免請出侯兄，大家快談。（丑）侯爺有請。（生上見介）請問老先生，北信若何？（外）今日得一喜信，說北京雖失，聖上無恙，早已航海而南，太子亦間道❿東奔，未知果否？（生）果然如此，蒼生之福也。（小生扮差役上）朝廷無詔旨，將相有傳聞。（到門介）門上有人麼？（丑問介）那裏來的？（小生）是鳳撫衙門來的，有馬老爺候札⓫，即討回書。（丑）待我傳上去。（入見介）稟老爺，鳳撫馬老爺差人投書。（外拆看皺眉介）這箇馬瑤草，又講甚麼迎立之事了。

【高陽臺】清議堂中，三番公會，攢眉仰屋蹴鞾⓬。相對長吁，低頭不語如呆。堪嗟！

---

❼ 叨：謙詞。叨光；慚愧地。

❽ 內為曹郎二句：意謂在京城裏作部曹，在地方上作監察官。曹郎，即部曹，部屬各司中的官員。曹，古代分科辦事的官署。監司，負有監察之職的官員。漢以後的司隸校尉和監察州縣的刺史、轉運使、按察使、布政使等通稱監司。

❾ 敭歷：謂仕宦的經歷。三國志魏志管寧傳裴松之注：「優賢敭歷，謂揚其所歷試。」敭，古「揚」字。稱揚；播揚。

❿ 間道：偏僻的小路。

⓫ 候札：立等回信的書札。

⓬ 蹴鞾：在屋內踱來踱去。蹴，踏；踩。鞾，同「靴」。

軍國大事非輕舉，俺縱有廟謨⑬難說。這來書謀迎議立，邀功情切。

（向生介）看他書中意思，屬意福王⑭。又說聖上確確縊死煤山，太子奔逃無蹤。若果如此，俺縱不依，他也竟自舉行了。況且昭穆倫次⑮，立福王亦無大差。罷，罷，罷！答他回書，明日會稿，一同列名便了。（生）老先生所言差矣。福王分藩敝鄉⑯，晚生知之最詳，斷斷立不得。（外）如何立不得？

（生）他有三大罪，人人俱知。（外）那三大罪？（生）待晚生數來：

【前腔】福邸藩王，神宗驕子，母妃鄭氏淫邪。當日謀害太子，欲行自立⑰，若無調護⑱良臣，幾將神器⑲奪竊。（外）此一罪卻也不小。（問介）還有那一罪？（生）驕奢，盈裝滿載分封

⑬ 廟謨：廟堂上的謀略。指帝王或朝臣對國家大事的策劃。謨，謀略；策劃。

⑭ 福王：指明神宗朱翊鈞之孫福王朱由崧。原封德昌王。崇禎十四年（一六四一），李自成攻破洛陽，其父福王朱常洵被殺。他於同年七月襲封福王。

⑮ 昭穆倫次：原指宗廟中神主的排列次序。宗廟次序，始祖居中，以下父子（祖、父）遞為昭穆，左為昭，右為穆。後泛稱宗族中遠近、親疏、長幼的輩分。倫次，秩序；次序。

⑯ 分藩敝鄉：福王朱常洵的封地河南是侯方域的家鄉，故云。藩，古代王朝分封的地方。

⑰ 神宗驕子四句：言福王朱常洵深得神宗寵愛，其母鄭貴妃恃寵妄為，為了讓朱常洵獲得皇位繼承權，企圖謀害太子朱常洛。鄭氏，指鄭貴妃，曾一手策劃明末「三案」中的「梃擊案」，另一起「紅丸案」可能也與她有關。

⑱ 調護：調教輔佐。

⑲ 神器：喻指帝位。

去，把內府金錢偷竭⑳。昨日寇逼河南，竟不捨一文助餉，以致國破身亡。滿宮財寶，徒飽賊囊。（外）這也算的一大罪。（問介）那第三大罪呢？（生）這一大罪，就是現今世子德昌王㉑，父死賊手，暴屍未葬，竟忍心遠避。還乘離亂之時，納民妻女。**這君德全虧盡喪，怎圖皇業？**

（外）說的一些不差，果然是三大罪。（生）不特此也，還有五不可立。（外）怎麼又有五不可立？

**【前腔】**（生）第一件，**車駕存亡，傳聞不一，天無二日同協**㉒。第二件，聖上果殉社稷，尚有太子監國，為何**明棄儲君**㉓，**翻尋枝葉旁牒**㉔。第三件，這中興之主，原不必拘定倫次的**分別**，**中興定霸如光武**㉕，**要訪取出群英傑**。第四件，**怕強藩**㉖**乘機保立**。第五件，又恐小人呵，

⑳ 盈裝滿載分封去二句：朱常洵離京就藩時，詔賜莊田兩萬頃。婚宴時花費三十萬，在洛陽（今河南省洛陽市）營建王府，又花費二十八萬，均十倍於常制，國庫為之空虛。

㉑ 德昌王：即朱由崧。其父福王朱常洵被李自成擒殺後，曾流落江淮一帶。

㉒ 天無二日同協：意謂國家不能同時有兩個君主。同協，即「協同」，同心協力，協調一致。

㉓ 儲君：指太子。

㉔ 枝葉旁牒：譜牒中的旁枝側葉。喻指皇族中的非嫡傳子孫。牒，譜牒；譜籍。

㉕ 光武：即劉秀，東漢開國皇帝。字文權，南陽蔡陽（今湖北省棗陽縣西南）人，劉邦九世孫。新莽末年，以「復高祖之業」為名起義反王莽，不斷收編農民起義軍以擴大力量，於西元二十五年稱帝，定都洛陽，史稱東漢。死後諡號「光武」。

㉖ 強藩：指勢力強大、掌握重要地區的軍政大權的武將。藩，藩鎮，唐代在重要地區和軍事重鎮設置的節度使，握有所轄地區的全部軍政大權。

將擁戴功挾㉗。

（外）是，是。世兄高見，慮的深遠。前日見副使雷縯祚㉘、禮部周鑣㉙，都有此論，但不及這番透徹耳。就煩世兄把這三大罪、五不可立之論，寫書回他便了。（生）遵命。（點燭寫書介）（副淨扮阮大鋮，雜扮家僮提燈上）須將奇貨㉚歸吾手，莫把新功讓別人。下官阮大鋮，潛往江浦，尋著福王，連夜回來，與馬士英倡議迎立。只怕本兵史可法臨時掣肘㉛，今日修書相商，還恐不妥，故此昏夜叩門，與他細講。（見小生介）你早來下書，如何還不回去？（小生）等候回書，不見發出。（喜介）阮老爺來的正好，替小人催一催。（雜）門上大叔那裏？（丑）是那箇？（副淨見，作足恭㉜介）煩位下㉝通報一聲，說褲子襠裏阮，求見老爺。（丑混介）褲子襠裏軟，這可未必。常言「十箇髯子九箇騷」，待我摸一摸，果然軟不軟。（副淨）休得取笑，快些方便罷。（丑）天色已晚，老爺安歇了，怎敢亂傳？（副淨）

㉗ 將擁戴功挾：意謂憑著擁立皇帝的功勞挾制朝廷，用皇帝的名義發號施令。

㉘ 雷縯祚：字介之，太湖（今安徽省太湖縣）人。東林黨重要人物，後遭馬士英、阮大鋮迫害，入獄而死。因曾任山東按察使僉事，故稱副使。縯，音ㄧㄢˇ。

㉙ 周鑣：字仲馭，號鹿溪，金壇（今江蘇省金壇市）人。東林黨重要人物，曾任禮部員外郎。後遭馬士英、阮大鋮陷害，入獄而死。鑣，音ㄅㄧㄠ。

㉚ 奇貨：罕見而難得的東西。

㉛ 掣肘：拉住胳膊，比喻阻撓別人做事。掣，音ㄔㄜˋ。拉；拽。

㉜ 足恭：過分的恭順以取媚於人。

㉝ 位下：對官宦人家守門者的敬稱。

有要話商議，定求一見的。（丑）待我傳上去。（進稟介）稟老爺，有褲子襠裏阮，到門求見。（外）是那箇姓阮的？（生）在褲子襠裏住，自然是阮鬍子了。（外）如此昏夜，他來何幹？（生）不消說，又是講迎立之事了。（外）去年在清議堂誣害世兄的便是他。這人原是魏黨，真正小人，不必理他，叫長班回他罷了。（丑出怒介）我說夜晚了，不便相會，果然惹箇沒趣。請回罷！（副淨拍丑肩介）位下是極在行的，怎不曉得，夜晚來會，纔說的是極有趣的話哩！那青天白日，都是些掃帳兒㉞。（丑）你老說的有理，事成之後，隨封㉟都要雙分的。（副淨）不消說，還要加厚些。（丑）既是這等，待我再傳。（進稟介）稟老爺，姓阮的定求一見，要說極有趣的話。（外）哇！放屁！國破家亡之時，還有甚麼趣話說，快快趕出，閉上宅門。（丑）鳳撫回書，尚未打發哩。（生）書已寫就，求老先生過目。（外讀介）

【前腔】二祖列宗㊱，經營垂創㊲，吾皇辛苦力竭。一旦傾移，誰能重續滅絕㊳？詳列福藩罪案，三椿大、五不可，勢局當歇。再尋求賢宗雅望㊴，去留先決。

（外）寫的明白，料他也不敢妄動了。（吩咐介）就交與鳳撫來人，早閉宅門，不許再來囉唕㊵。（起

---

㉞ 掃帳兒：此處指沒有趣味的事。
㉟ 隨封：封包；紅包。給介紹人或推薦幫忙者的酬禮。
㊱ 二祖列宗：指明太祖、明成祖及以後各朝的皇帝。
㊲ 垂創：把創下的帝王基業傳給後代。
㊳ 重續滅絕：使滅絕了的國家重新建立起來並延續下去。
㊴ 賢宗雅望：指皇室宗族中有賢德和崇高聲望的人。
㊵ 囉唕：糾纏；吵鬧。

介）正是，江上孤臣生白髮，（生）燈前旅客罷冰絃㊶。（外、生下）（丑出呼介）馬老爺差人哩？（小生）有。（丑）領了回書，快快出去，我要閉門哩。（小生接書介）還有阮老爺要見，怎麼就閉門？（副淨向丑介）正是，我方纔央過求見老爺的，難道忘了？（丑佯問介）你是誰呀？（副淨）我便是褲子襠裏阮哪！（丑）啐！半夜三更，只管軟裏硬裏，奈何的人不得睡。（推介）好好的去罷。（竟閉門入介）（小生）得了回書，我先去了。（下）（副淨惱介）好可惡也，竟自閉門不納了。（呆介）罷了。俺老阮十年之前，這樣氣兒，也不知受過多少，且自耐他。（搓手介）只是當前機會，不可錯過。這史可法現掌著本兵之印，如此執拗㊷起來，目下迎立之事，便行不去了。這怎麼處？（想介）呸！我倒獃氣了，如今皇帝玉璽且無下落，你那一顆部印有何用處？（指介）老史，老史！一盤好肉包掇上門來，你不會喫，我去讓了別人，日後不要見怪。正是：

窮途纔解阮生嗟㊸，無主江山信手拏。
奇貨居來隨處贈，不知福分在誰家。

---

㊶冰絃：對琴弦的美稱。傳說用冰蠶絲作的琴弦，琴聲特別動聽。

㊷執拗：固執任性，不聽勸告。拗，音ㄋㄧㄡˋ。固執；不馴服。

㊸窮途纔解阮生嗟：意謂世路難行時才理解阮籍當年的嗟嘆。阮籍，魏晉時人，因不滿司馬氏篡魏，佯作狂放，常駕車出遊，隨意而走，路不通則痛哭而返。

# 第十五齣　迎　駕❶

甲申四月

【元卜算】❷（淨扮馬士英冠帶上）一旦神京失守，看中原逐鹿❸交走❹。捷足爭先，拜相與封侯，憑著這擁立功，大權歸手。

下官馬士英，別字瑤草，貴州貴陽衛人也。起家萬曆己未❺進士，現任鳳陽督撫。幸遇國家大變，正我輩得意之秋。前日發書約會史可法，同迎福王，他回書中有「三人罪、五不可立」之言。阮大鋮走去面商，他又閉門不納，看來是不肯行的了。但他現握著兵權，一倡此論，那九卿❻班裏，如高弘圖❼、姜日廣❽、呂大器、張國維❾等，誰敢竟行？這迎立之事，便有幾分不妥了。沒奈何，又託阮

❶ 迎駕：迎接皇帝的車駕。

❷ 元卜算：康熙戊子刻本作「番卜算」。

❸ 中原逐鹿：比喻爭奪天下。鹿，指所要獵獲的對象。常用以比喻政權或帝位。

❹ 交走：一起奔走。

❺ 萬曆己未：即萬曆四十七年（一六一九）。萬曆，明神宗朱翊鈞的年號。

❻ 九卿：秦漢時始設，為中央各主要部門的主管長官。明代以吏、戶、禮、兵、刑、工六部尚書及都察院都御史、通政司使、大理寺卿為九卿。

❼ 高弘圖：字研文，一字子猶，膠州（今山東省膠縣）人，萬曆進士。崇禎年間任戶部尚書等職。福王即位，改任禮部尚書，兼東閣大學士，後因忤馬士英、阮大鋮而辭官。明亡後逃入野寺絕食而死。

大鋮，約會四鎮武臣⑩及勳戚⑪內侍，未知如何？好生焦燥。（副淨扮阮大鋮急上）胸有已成之竹，山無難劈之柴。這是馬公書房，不免竟入。（淨見問介）圓老回來了，大事如何？（副淨）四鎮武臣見了書函，欣然許諾，約定四月念八，全備儀仗，齊赴江浦矣。（淨）妙，妙！那高、黃、二劉，怎麼說來？（坐介）

【催拍】（副淨）他說受君恩爵封列侯，鎮江淮千里借籌⑫。神京未收，神京未收，似我輩濫功糜餉⑬，建牙堪羞。江浦迎鑾⑭，願領貔貅⑮。扶新主，持節⑯復讐；臨大事，敢

---

⑧ 姜曰廣：字居之，號燕及，新建（今江西省南昌市）人。萬曆進士，曾出使朝鮮。崇禎年間掌南京翰林院。南明弘光朝任禮部尚書兼東閣大學士。明亡後參加抗清，兵敗後投水而死。

⑨ 張國維：字玉笥，東陽（今浙江省東陽市）人，天啟進士。崇禎年間官右僉都御史，巡按應天、安慶等十府。魯王時封少傅、兵部尚書、武英殿大學士，後兵敗投水而死。

⑩ 四鎮武臣：指高傑、黃得功、劉澤清、劉良佐四人。高傑，字英吾，米脂（今陝西省米脂縣）人。曾與李自成共同起義，後降明，官至總兵，弘光時封興平伯，駐瓜洲，繼移徐州。後北上抗清，途中被許定國所殺。黃得功，見第五齣注51。劉澤清，字鶴洲，曹縣（今山東省曹縣）人，以軍功累遷總兵、左都督。李自成攻破京師後南走江淮，曾參與擁立福王，駐廬州（今安徽省合肥市），鎮淮北，封東平伯，後降清而被清兵所殺。劉良佐，字明輔，大同左衛（今山西省左雲縣）人。曾為李自成部下，後降明，任總兵。因參加擁立福王，封廣昌伯，駐潁、壽（今安徽省阜陽市、壽縣）。後率十萬眾降清。

⑪ 勳戚：有功勳的皇親國戚。

⑫ 借籌：指為人謀劃。籌，記數和計算的用具，引申為計謀、策劃。

⑬ 濫功糜餉：功勞虛妄不實，浪費國家的糧餉。

夷猶⑰。

（淨）此外還有何人肯去？（副淨）還有魏國公徐鴻基⑱、司禮監⑲韓贊周、吏科給事⑳李沾、監察御史㉑朱國昌。（淨）勳衛科道㉒，都有箇把，也就好了。他們都怎麼說來？

【前腔】（副淨）他說馬中丞當先出頭，眾公卿誰肯逗留。職名㉓早投，職名早投，大家去上書陳表，擁入皇州。新主中興，拜舞龍樓，將今日勞苦功酬，遷舊秩㉔，壯新猷㉕。

---

⑭ 迎鑾：迎接天子的車駕。鑾，指鑾駕，天子的車上裝有鑾鈴，故稱。

⑮ 貔貅：音ㄆㄧˊ ㄒㄧㄡ。傳說中的一種猛獸，常用以比喻勇猛的軍隊。

⑯ 持節：原指大臣持符節出使，此處指奉命領兵。

⑰ 敢夷猶：豈敢猶豫不前。敢，豈敢。夷猶，同「夷由」。遲疑不進。

⑱ 魏國公徐鴻基：明代開國元勳徐達的九世孫，襲封魏國公，官南京守備。

⑲ 司禮監：明代內宮中由宦官擔任的官職，負責宮廷禮儀和內外奏章的轉達。

⑳ 吏科給事：吏科給事中的省稱。明代分設吏、戶、禮、兵、刑、工六科給事中，掌管侍從規諫、稽查六部弊誤等事，與御史同為諫官，又稱給諫。

㉑ 監察御史：官職名。明、清兩代國家監察機關都察院中設都御史、副都御史和監察御史。監察御史分道負責，行使彈劾、監察的職權。

㉒ 科道：明、清時吏、戶、禮、兵、刑、工六科給事中與都察院各道監察御史的合稱。

㉓ 職名：官員的姓名、官職與履歷。

㉔ 遷舊秩：由舊職升遷新官；提升官職。秩，指官吏的職位或品級。

㉕ 猷：音ㄧㄡˊ。謀劃。

（淨）果然如此，妙的狠了。只是一件，我是一箇外吏㉖，那幾箇武臣勳衛，也算不得部院卿僚㉗，目下寫表如何列名？（副淨）這有甚麼考證，取本縉紳便覽㉘來，從頭鈔寫便了。（淨）雖如此說，萬一駕到，沒有百官迎接，我們三五箇官，如何引進朝去？（副淨）我看滿朝諸公，那箇是有定見的？乘輿一到，只怕遞職名的還挨擠不上哩。（淨）是，是！表已寫就，只空銜名㉙，取本縉紳來，快快開列。（外扮書辦取縉紳上）西河沿洪家㉚高頭便覽㉛在此。（下）（副淨）待我鈔起來。（偏頭遠視介）表上字體俱要細楷的，目昏難寫，這怎麼處？（想介）有了。（腰內取出眼鏡戴，鈔介）「吏部尚書臣高弘圖」。（作手顫介）這手又顫起來了。目下等著起身，一時寫不出，急殺人也。（淨）還叫書辦寫去罷。（副淨）這姓名裏面都有去取，他如何寫得？（淨）你指示明白，自然不錯了。（叫介）書辦快來。（外上）（副淨照縉紳指點向外介）（外下）（淨）自古道「中原逐鹿，捷足先得」，我們不可落他人之後，快整衣冠，收拾箱包，今日務要出城。（丑扮長班收拾介）（副淨問介）請問老公祖，小弟怎生打扮？（淨）迎駕大典，比不得尋常私謁，俱要冠帶纔是。（副淨）小弟原是廢員，如何冠帶？（淨）正是。（想介）沒奈何，你且權充箇賫表官罷，只是屈尊些兒。（副淨）說那裏話，大丈夫要立功業，何所不可，到這

㉖ 外吏：地方官。

㉗ 部院卿僚：泛指中央六部及都察院的官員。

㉘ 縉紳便覽：即「縉紳錄」，舊時書坊刊印的全國職官名錄，簡稱「縉紳」。

㉙ 銜名：官銜與姓名。

㉚ 西河沿洪家：指位於北京西河沿的洪家書舖。西河沿，北京城內地名。

㉛ 高頭便覽：冊頁上端所留的空白較多的縉紳便覽。高頭，俗稱「天頭」，指書頁上端的空白處。

時候，還講剛方麼！（淨笑介）妙，妙！纔是箇軟圓老㉜。（副淨換差吏服色介）

【前腔】拚餘生寒灰已休，喜今朝涸海更流。金鼇上鈎，金鼇上鈎，好似太公一釣㉝，享國千秋。牛馬風塵㉞，暫屈何憂，刀筆吏㉟丞相根由㊱，人笑罵，我不羞。

（外上）表已列名，老爺過目。（副淨看介）果然一些不差，就包裹好了，裝入箱中。（外包裹裝箱內介）

（副淨）下官只得背起來了。（外、丑與副淨綁箱背上介）（淨看，笑介）圓老這件功勞，卻也不小哩。

（副淨正色介）不要取笑，日後畫在淩烟閣㊲上，到有些神氣的。（丑牽馬介）天色將晚，請老爺上馬。

（淨吩咐介）這迎駕大事，帶不的多人，只你兩箇跟去罷。（副淨）便益你們，後日都要議敘㊳的。（俱上馬急走繞場介）

【前腔】（合）趁斜陽南山雨收，控青驄烟驛水郵㊴。金鞭急抽，金鞭急抽，早見浦江㊵

㉜ 軟圓老：即阮圓老。「軟」與「阮」諧音。暗指阮大鋮無節操骨氣且圓滑善變，與上文的「剛方」相對。

㉝ 太公一釣：比喻設下計謀和圈套。

㉞ 牛馬風塵：意謂像牛馬一樣在道路上奔波勞碌。

㉟ 刀筆吏：官府中掌管公文案牘的書吏。刀筆是紙張廣泛使用之前的主要書寫工具，字寫在竹簡上，寫錯了用刀削除。

㊱ 根由：根基；來歷。

㊲ 淩烟閣：唐朝皇宮內殿閣名。唐太宗貞觀十七年（六四三），畫長孫無忌、魏徵、尉遲敬德等開國功臣二十四人的圖像於閣上。太宗作贊，褚遂良題閣，閻立本畫圖。後以畫像淩烟閣表示卓越功勳和最高榮譽。

㊳ 議敘：對功績突出的官員，經核議後，給予晉級、記功等獎勵。

雲氣，楚尾吳頭㊶。應運英雄，虎赴龍投㊷，恨不的雙翅颼颼，銀燭下，拜冕旒㊸。

（淨）叫左右早去尋下店房。（副淨）阿呀！我們做的何事，今日還想安歇，快跑快跑！（加鞭跑介）

（淨）江雲山氣晚悠悠，（副淨）馬走平川似水流。

（淨）莫學防風隨後到㊹，（副淨）塗山明日會諸侯。

---

㊴ 控青驄烟驛水郵：意謂騎著青驄馬經過一個個籠罩在烟霧和水氣之中的驛站和郵亭。青驄，青白色的馬。今名菊花青。也泛指馬。

㊵ 浦江：長江邊。這裏指位於今南京市長江北岸的浦口。當時福王被黃、劉四鎮由淮安接至浦口。

㊶ 楚尾吳頭：原指古豫章（今江西省）一帶，其地理位置處在春秋時代吳國的上游，楚國的卜游，故稱。這裏泛指長江中下游地區。

㊷ 虎赴龍投：喻際遇得時，飛黃騰達。

㊸ 冕旒：古代帝王及高官的禮冠。此處借指帝王。旒，冠前下垂的玉串。

㊹ 防風隨後到：相傳禹在塗山會合諸侯，防風氏因遲到而被禹處死。

# 第十六齣　設朝

甲申五月

【念奴嬌】（小生扮弘光❶袞冕❷，小旦、老旦扮二監引上）高皇舊宇❸，看宮門殿閣，重重初敞。滿目飛騰新紫氣❹，倚著鍾山❺千丈。祖德重光，民心合仰，迎俺青天上。雲消簾捲，東南烟景❻雄壯。

一朵黃雲捧御牀，醒來魂夢自徬徨。中興不用親征戰，纔洗塵顏著袞裳❼。寡人乃神宗皇帝之孫，福邸親王之子，自幼封為德昌郡王。去年賊陷河南，父王殉國。寡人逃避江浦，九死餘生。不料北京失守，先帝升遐❽，南京臣民推俺為監國之主。今乃甲申年五月初一日，早謁孝陵❾回宮，暫御偏殿，

❶ 弘光：朱由崧在南京稱帝時的年號。福王於一六四四年（即明思宗崇禎十七年、清世祖順治元年）在南京即位，以次年（一六四五）為弘光元年。

❷ 袞冕：古代帝王的禮服和禮帽。

❸ 高皇舊宇：指明太祖朱元璋在南京建築的皇宮。高皇，指明太祖朱元璋。

❹ 紫氣：紫色雲氣，古代以為祥瑞之氣，並附會為帝王、聖賢出現的預兆。

❺ 鍾山：山名，位於南京城東，古稱金陵山，東吳時稱蔣山。因北坡的紅紫色頁岩在陽光下閃耀著紫色光芒，故又稱紫金山。

❻ 烟景：春天的景色。

❼ 袞裳：即袞衣，古代帝王及上公所穿的繪有卷龍的禮服。

看百官有何章奏。（外扮史可法，淨扮馬士英，末扮黃得功，丑扮劉澤清，文武袍笏上）再見冠裳盛，重瞻殿闕高。金甌仍未缺⑩，玉燭⑪又新調。我等文武百官，昨日迎鑾江浦，今早陪位孝陵。雖投職名，未稱⑫朝賀，禮當恭上表文，請登大寶⑬。（眾前跪上表介）南京吏部尚書臣高弘圖等，恭請陛下早正大位，改元⑭聽政，以慰臣民之望。恭惟陛下呵，

**【本序】潛龍福邸⑮，望揚揚，貌似神宗，嫡派天潢⑯。久著仁賢聲譽重，中外推戴陶唐⑰。瞻仰，牒出金枝，系連花萼⑱，宜承大統諸宗長⑲。臣伏願登庸御宇⑳，早繼高皇。**

---

⑧ 升遐：又稱「登遐」，指帝王死去。

⑨ 孝陵：即明孝陵。明太祖朱元璋的陵墓，位於南京城東北。

⑩ 金甌仍未缺：比喻國土依然完整。金甌，原指盛酒器。

⑪ 玉燭：猶清和。舊時用以形容四時風調雨順的太平盛世。

⑫ 未稱：未舉行。

⑬ 大寶：指帝位。

⑭ 改元：指君主改用新的年號紀年。因改年號時以第一年為元年，故稱。

⑮ 潛龍福邸：意謂朱由崧是潛藏在福王府邸的真龍天子。

⑯ 天潢：皇族；帝王後裔。

⑰ 陶唐：指古代傳說中的賢君堯。堯初居於陶，後封於唐，故稱。

⑱ 牒出金枝二句：意謂朱由崧是譜牒中記載著的皇族後裔，與去世的崇禎皇帝有兄弟關係。牒，譜牒。金枝，指皇族子孫。花萼，包在花瓣外面的萼片，和花同生一枝，且能保護花瓣，舊時常用以比喻兄弟友愛。

⑲ 諸宗長：在宗族內輩分最高。

（四拜介）（小生）寡人外藩衰宗，才德涼薄，俯順臣民之請，來守高帝之宮。君父含冤，大讐未報；有何面顏，忝然㉑正位。今暫以藩王監國，仍稱崇禎十七年，一切政務，照常辦理。諸卿勿得諄請，以重寡人之罪。

**【前腔】**〔換頭〕**休強㉒，中原板蕩㉓，嘆王孫乞食江頭，棲止榛莽。回首塵沙何處去，洛下名園花放。盼望，兵燹㉔難消，松楸多恙㉕，鼎湖㉖弓劍無人葬。吾怎忍垂旒正冕㉗，受賀當陽。**

（眾跪呼介）萬歲，萬萬歲！真仁君聖主之言，臣等敢不遵旨。但大讐不當遲報，中原不可久失，將相不宜緩設，謹具題本，伏候裁決。（上本介）

---

⑳ 登庸御宇：登上皇位，統治天下。

㉑ 忝然：慚愧的樣子。

㉒ 休強：不要勉強。

㉓ 板蕩：指政局混亂，社會動盪。板、蕩均為詩經大雅中的篇名，兩詩諷刺周厲王無道，導致國家衰弱，社會動亂。

㉔ 兵燹：兵火；兵災。燹，音ㄒㄧㄢˇ。野火。

㉕ 松楸多恙：意謂明代列朝帝王的陵墓多遭毀壞。古代墓地多植松樹、楸樹，故用以指代墳墓。恙，音ㄧㄤˋ。病；傷害。

㉖ 鼎湖：古代傳說中黃帝乘龍升天之處，舊時借指帝王之死。

㉗ 垂旒正冕：戴正皇帝之冠。喻登上皇位。

【前腔】〔換頭〕開朗，中興氣象，見罘罳㉘瑞靄祥雲，王業重創。不共天讎㉙，從此後嘗膽眠薪休忘。參想，收復中原，調燮㉚黃閣㉛，急須封拜卜忠亮。還缺少百官庶士㉜，乞選才良。

（小生）覽卿題本，汲汲以報讎復國為請，俱見忠悃㉝。至於設立將相，寡人已有成議，眾卿聽著：

【前腔】〔換頭〕職掌，先設將相，論麒麟畫閣㉞功勞，迎立為上。捧表江頭，星夜去擁著乘輿儀仗。尋訪，加體黃袍㉟，嵩呼㊱拜舞，百忙難把璽符讓。今日裏論功敘賞，文

---

㉘ 罘罳：音ㄈㄨˊ ㄙ。古代設在宮殿裏的屏風。

㉙ 不共天讎：不共戴天之仇。讎，同「仇」。

㉚ 調燮：意調調和陰陽。古代認為宰相應該能調和陰陽，將國事處理好。故宰相亦稱「調燮」。

㉛ 黃閣：指宰相府。漢代宰相、太尉及漢以後的三公官署的大門都漆成黃色，以區別於天子。宰相亦可稱「黃閣」。

㉜ 庶士：眾士。此處指百官以下的官吏。

㉝ 忠悃：忠誠。悃，音ㄎㄨㄣˇ。

㉞ 麒麟畫閣：即麒麟閣，漢代未央宮中樓閣名，漢宣帝曾畫霍光、張安世、蘇武等十一位功臣的像於閣上，以表彰其功績。

㉟ 加體黃袍：後周時趙匡胤在陳橋驛發動兵變，被諸將黃袍加身，擁立為帝，建立宋朝。此處指福王被迎立為帝。

㊱ 嵩呼：臣下祝頌皇帝，高呼萬歲，稱作「嵩呼」。

武誰當。

眾卿且退，午門㊲候旨。（小生、內官隨下）（外、淨、末、丑退班立介）（外）若論迎立之功，今日大拜，自然讓馬老先生了。（淨）下官風塵外吏，焉能越次而升。若論國家用武之際，史老先生現居本兵，禮當大拜。（向末、丑介）四鎮實有護駕之勞，加封公侯，只在目下。（末、丑）皆賴恩師提拔。（老旦扮內監捧旨上）聖旨下，鳳陽督撫馬士英，倡議迎立，功居第一，即陞補內閣大學士，兼兵部尚書，入閣㊳辦事。吏部尚書高弘圖、禮部尚書姜日廣、兵部尚書史可法，亦皆陞補大學士，各兼本銜。高弘圖、姜日廣入閣辦事，史可法著督師江北。其餘部院大小官員，現任者，各加三級；缺員者，將迎駕人員，論功選補。又四鎮武臣，靖南伯黃得功、興平伯高傑、東平伯劉澤清、廣昌伯劉良佐，俱進封侯爵，各回汛地。謝恩！（眾謝恩介）萬歲，萬歲，萬萬歲！（起介）（外向末、丑介）老夫職居本兵，每以不能克復中原為恥，聖上命俺督師江北，正好勠力報效。今與列侯約定，於五月初十日，齊集揚州，共商復讐之事。各須努力，勿得遲延。（丑、末）是。（外）老夫走馬到任去也。正是：重興東漢逢明主，收復中原任老臣。（別眾下）（末、丑欲下介）（淨喚介）將軍轉來。（拉手語介）聖上錄咱迎立之功，拜相封侯。我等皆係勳舊大臣，比不得別箇。此後內外消息，須要兩相照應，千秋富貴，可以常保矣。（末、丑）蒙恩攜帶，得有今日，敢不遵諭。（丑、末急下）（淨笑介）不料今日做了堂堂首相，好快活也。（副淨扮阮大鋮探頭瞧介）（淨欲下介）且住，立國之初，諸事未定，不要叫高、姜二相奪了俺的大權。且慢

㊲ 午門：又稱「午朝門」。帝王宮城的大門，是群臣待朝或候旨之處。

㊳ 入閣：明代不設宰相，仿宋置殿閣大學士。大學士直入文淵閣，稱為「入閣預機務」，省稱「入閣」。

回家，竟自入閣辦事便了。（欲入介）（副淨悄上作揖介）恭喜老公祖，果然大拜了。（淨驚問介）你從那裏來？（副淨）晚生在朝房藏著，打聽新聞來。（淨）此係禁地，今日立法之始，你青衣小帽，在此不便，請出去罷。（副淨）晚生有要緊話說。（附耳介）老師相敘迎立之功，獲此大位。晚生賣表前往，亦有微勞，如何不見提起。（淨）方纔宣旨，各部院缺員，許將迎駕之人，敘功選補矣。（副淨喜介）好，好！還求老師相薦拔。（淨）你的事何待諄囑。（欲入介）（副淨）事不宜遲，晚生權當班役，跟進內閣，看看機會何如？（淨）學生初入內閣，未諳機務。你來幫一幫，也不妨事，只要小心著。（副淨）曉得。（替淨拿笏板隨行介）

【賽觀音】（淨）**舊黃扉㊴，新丞相，喜一旦趾高氣揚，廿四考中書㊵模樣。**（副淨）**莫忘辛勤老陪堂㊶。**

---

㊴ 黃扉：即「黃閣」，指宰相官署。

㊵ 廿四考中書：唐代郭子儀任中書令甚久，主持官吏的考績達二十四次之多，被稱為二十四考中書令。後用以稱讚位高任久的秉政大臣。

㊶ 陪堂：陪客；幫閒。

（淨）殿閣東偏曉霧黃，（副淨）新參知政[42]氣昂昂。

（淨）過江同是從龍彥[43]，（副淨）也步金階抱笏囊。

[42] 知政：為政；主持政務。

[43] 過江同是從龍彥：原指司馬睿南渡長江建立東晉時，跟隨並擁護他的有許多中原地區的名士和英才。此處意謂阮大鋮參加迎立弘光，是有功之臣。從龍彥，跟隨皇帝的傑出人才。

# 第十七齣　拒媒　甲申五月

【燕歸梁】（末扮楊文驄冠帶上）南朝領略風流盡，新立箇妙齡君。清江隔斷濁烟塵，蘭署❶裏買香薰。

下官楊文驄，因敘迎駕之功，補了禮部主事❷。盟兄阮大鋮，仍以光祿起用。又有同鄉越其杰❸、田仰❹等，亦皆補官，同日命下，可稱一時之盛。目下漕撫缺人，該推陞田仰。適纔送到聘金三百，託俺尋一美妓，要帶往任所。我想青樓色藝之精，無過香君，不免替他去問。（喚介）長班走來。（雜扮長班上）胸中一部縉紳，腳下千條衚衕❺。（見介）老爺有何使喚？（末）你快請清客丁繼之、女客卞玉京，到我書房說話。（雜）稟老爺，小人是長班，只認的各位官府。那些串客❻、表子，沒處尋覓。

（末）聽我吩咐：

---

❶ 蘭署：即蘭臺，唐代指祕書省，此處指禮部官署。

❷ 主事：明代於各部司官中置主事，官階為從六品，地位僅次於各司的副職員外郎。

❸ 越其杰：南明官員。貴陽（今貴州省貴陽市）人。善騎射，能詩文，官至河南巡撫。

❹ 田仰：南明官員。字百源，貴陽人，馬士英的親戚，弘光朝任漕運總督，曾奉命巡撫淮揚。

❺ 衚衕：即「胡同」。巷子；小街道。

❻ 串客：幫閒的清客。

【漁燈兒】鬧端陽，正紛紜，水閣含春。便有那烏衣子弟❼伴紅裙，難道是織女牽牛天漢津？（雜）就在那秦淮河房麼？小人曉得了。（末指介）你望著棗花簾影杏紗紋，那壁廂款問慇懃。

（副淨扮丁繼之、外扮沈公憲、淨扮張燕筑上）院裏常留老白相，朝中新聘大陪堂。（副淨）來此是楊老爺私宅，待我叫門。（叫介）位下那裏？（雜出見介）眾位何來？（副淨）老漢是丁繼之，同這沈、張兩敝友，求見楊老爺，煩位下通報一聲。（雜喜介）正要去請，來的湊巧，待我通報。（欲入介）（老旦扮卞玉京、小旦扮寇白門、丑扮鄭妥娘上）紫燕來何早，黃鶯到已遲。（小旦叫介）三位略等一等，同進去罷。（副淨）原來是你姊妹們。（淨）你們來此何幹？（丑）大家是一樣病根，你們怕做師父，我們怕做徒弟的。（俱入介）（末喜介）如何來的恰好？（眾）無事不敢徑造❽，今日特來懇恩，尚容拜見。（俱叩介）（末拉起介）請坐，有何見教？（副淨問介）新補光祿阮老爺，是楊老爺至交麼？（末）正是。（副淨）聞得新主登極，阮老爺獻了四種傳奇，聖心大悅，把燕子箋鈔發總綱❾，要選我們入內教演，有這話麼？（末）果然有此盛舉。（淨）不瞞老爺說，我們兩片唇，養著八張嘴。這一入內庭❿，豈不滅門絕戶了一家兒⓫？（丑）我們也是八張嘴，靠著兩片皮哩。（末笑介）不必著忙，當差承應⓬，自有

❼ 烏衣子弟：指富貴人家的年輕人。烏衣，指烏衣巷。南京地名。晉時為望族所居之處。

❽ 徑造：直接前往。徑，一作「輕」。

❾ 總綱：此處指傳奇燕子箋的提綱。

❿ 內庭：指宮禁之內，即皇宮。

⓫ 滅門絕戶了一家兒：語出元人王實甫西廂記第三本第一折，意指一家人的生活失去了依靠。

一班教坊男女，你們都算名士數裏的，誰好拏你。（眾）只求老爺護庇則箇。（末）明日開列姓名，送與阮圓海，叫他一概免拏便了。（眾）多謝老爺。

【前腔】看一片**秣陵春**，**烟水消魂**，借著些**笙歌裙屐**⑬**醉斜曛**。若把俺盡數選入呵，從此後**江潮暮雨掩柴門**，再休想**白舫青簾載酒尊**。老爺果肯見憐，這功德不小，**保秦淮水軟山溫**。

（末）下官也有一事借重。（副淨）老爺有何見教？（末）舍親田仰，不日就陞漕撫，適纔送到聘金三百，託俺尋一小寵⑭。（丑）讓我去罷。（淨）你去不得，你去了這院中便散了板兒了。（丑）怎的便散了板兒？（淨）沒人和我打釘了。（丑）啐！（副淨）老爺意中可有一箇人兒麼？（末）人是有一箇在這裏，只要你去作伐⑮。（老旦）是那箇？（末）便是李家的香君。（副淨搖頭介）這使不得。（末）如何使不得？（副淨）他是侯公子梳攏過的。

【錦漁燈】現有箇**秦樓上吹簫舊人**⑯，**何處去覓封侯柳老三春**⑰。留著他**燕子樓**⑱**中晝閉門**，

⑫ 承應：指妓女、藝人應宮廷或官府之召前往表演侍奉。

⑬ 裙屐：原指六朝貴族子弟盛行的束裙著屐的衣著，後泛指富家子弟的時髦裝束。裙，下裳。屐，木底鞋。

⑭ 小寵：即小妾。

⑮ 作伐：做媒。

⑯ 秦樓上吹簫舊人：傳說春秋時蕭史善吹簫，能以簫聲招引孔雀、白鶴來庭。秦穆公以女弄玉妻之。後夫婦乘龍鳳升天而去。此處吹簫舊人借指侯方域。

⑰ 何處去覓封侯柳老三春：意謂侯方域不知在何處求取功名，時至暮春，柳枝已老，仍不見回歸。語出唐代王昌齡詩閨怨：「忽見陌頭楊柳色，悔教夫婿覓封侯。」

怎教學改嫁的卓文君？

（末）侯公子一時高興，如今避禍遠去，那裏還想著香君哩！但去無妨。（老旦）香君自侯郎去後，立志守節，不肯下樓，豈有嫁人之理？去也無益。

**【錦上花】似一隻雁失群，單宿水，獨叫雲。每夜裏月明樓上度黃昏，洗粉黛，拋扇裙；罷笛管，歇喉脣。竟是長齋繡佛女尼身，怕落了風塵。**

（末）雖如此說，但有強如侯郎的，他自然肯嫁。（副淨）香君之母，是老爺厚人，倒是老爺面講更好。（末）你是知道的，侯郎梳攏香君，原是下官作伐。今日覿面⑲，如何講說？還煩二位走走，自有重謝。（淨、外）這等我們也去走走。（小旦、丑）呸！皮肉行裏經紀⑳，只許你們做麼？俺也同去。（末）不必爭鬧，待他二位說不來時你們再去。（眾）是，是。辭過老爺罷。（末）也不遠送了。狎客㉑滿堂消我悶，嫁衣終日為人忙㉒。（下）（副淨、老旦）楊老爺免了咱們差事，莫大的恩典哩。（外、淨）

---

⑱ 燕子樓：樓名，位於今江蘇省徐州市。相傳為唐貞元年間尚書張建封之愛妾關盼盼所居之處。張死後，關盼盼獨居此樓。一說關盼盼係張建封子張愔之妾。後常以「燕子樓」指遭遇不幸的女子的住所。此處指李香君所居的媚香樓。

⑲ 覿面：見面；當面。覿，音ㄉㄧˊ。

⑳ 皮肉行裏經紀：指妓院裏的交易。

㉑ 狎客：此處指陪伴權貴遊樂的人。

㉒ 嫁衣終日為人忙：語出唐秦韜玉貧女詩：「苦恨年年壓金線，為他人作嫁衣裳。」比喻空為別人辛苦忙碌，自己卻得不到好處。

正是。（副淨）你四位先回，俺要到香君那邊，替楊老爺說事去了。（丑）賺了錢不可偏背，大家八刀㉓纔好。（眾諢下）（副淨、老旦同行介）（副淨）記得侯公子梳攏香君，也是我們幫襯㉔來。

【錦中拍】想當初華筵盛陳，配才子佳人。排列著花林粉陣㉕，逐趁著箏聲笛韻。如今又去幫襯別家，好不赧顏㉖！似郵亭馬廝㉗，迎官送賓。（老旦）我們不去何如？（副淨）俺若不去呵，又怕他新錚錚春官匣印㉘，硬選入秋宮㉙院門。（老旦）這等如之奈何？（副淨）俺自有箇兩全之法，到那邊款語㉚商量，柔情索問，做一箇閒蜂媒㉛花裏混。

（老旦）妙，妙。（副淨）來此已是，不免竟進。（喚介）貞娘出來。（旦上）空樓寂寂含愁坐，長日懨懨㉜

---

㉓八刀：二字合起來為「分」字。

㉔幫襯：幫助；湊趣。

㉕花林粉陣：形容歌妓眾多。

㉖赧顏：因羞愧而臉紅。赧，音ㄋㄢˇ。

㉗郵亭馬廝：郵亭中養馬的僕役。郵亭，古代設在大路邊供傳遞文書的人和旅客住宿的館舍。

㉘春官匣印：蓋有大印的禮部公文。春官，周禮六官之一，掌管禮法、祭祀。唐代改禮部為春官，後遂以春官為禮部的別稱。

㉙秋宮：指內廷。

㉚款語：輕言輕語；軟語。

㉛閒蜂媒：比喻在男女雙方間撮合和傳遞消息的媒人。蜂媒，一作「蜂蝶」。

㉜懨懨：形容患病而精神疲乏的樣子。懨，音ㄧㄢ。

**帶病眠。**（問介）樓下那箇？（老旦）丁相公來了。（旦望介）原來是卞姨娘同丁大爺光降，請上樓來。（副淨、老旦見介）令堂怎的不見？（旦）往盒子會裏去了。（讓介）請坐，獻茶。（同坐介）（老旦）香君閒坐樓窗，和那箇頑耍？（旦）姨娘不知：

**【錦後拍】俺獨自守空樓，望殘春，白頭**[33]**吟罷淚沾巾。**（老旦）何不招一新婿？（旦）奴家已嫁侯郎，豈肯改志？（淨）我們曉你苦心。今日禮部楊老爺說，有一位大老田仰，肯輸三百金，娶你為妾，託俺來問一聲。（旦）**這題目錯認，這題目錯認，**可知**定情詩紅絲拴緊**[34]**，抵過他萬兩雪花銀。**（老旦）這事憑你裁酌，你既不肯，另問別家。（旦）**賣笑哂**[35]**，有勾欄**[36]**豔品。奴是薄福人，不願入朱門。**

（老旦）既如此說，回他便了。（副淨）令堂回家，不要見錢眼開。（旦）媽媽疼奴，亦不肯相強的。（副淨）如此甚好，可敬！可敬！（起介）別過了。（外、淨、小旦、丑急上）兩處紅絲千里繫，一條黑路六

---

[33] 白頭：即白頭吟，樂府楚調曲名。古辭寫男生二心，女表決絕。詩中有「願得一心人，白頭不相離」之句，故以「白頭吟」名篇。晉葛洪西京雜記載：西漢司馬相如將聘茂陵女為妾，其妻卓文君作白頭吟表示決絕，相如乃打消原意。此說不足信。

[34] 定情詩紅絲拴緊：意謂侯方域的定情詩像一根紅絲將兩人緊緊繫在一起。相傳月下老人布袋中有一赤繩，被赤繩繫住腳的男女，雖仇家異域，也必將結為婚姻。後以紅絲作為婚姻或媒妁的代稱。

[35] 賣笑哂：賣笑；取媚於人。哂，音ㄕㄣˇ。微笑。

[36] 勾欄：宋元時百戲雜劇的演出場所，元以後亦指妓院。

人忙。（淨）快去，快去！他二人說成，便偏背我們了。（丑）我就不依他，饒他喫到口裏，還倒出臟來。（進介）（淨）香君恭喜了。（旦）喜從何來？（小旦）雙雙媒人來你家，還不喜哩。（旦）敢也說田仰的事麼？（淨）便是。（旦）方纔奴已拒絕了。（外）楊老爺的好意，如何拒得？

【罵玉郎】他為你**生小綠珠㊲花月身，尋一箇金谷綺羅裏石季倫㊳**。（旦）奴家不圖富貴，這話休和我講。（副淨、老旦）我二人在此勸了半日，他決不肯嫁人的。（小旦）他不嫁人，明日拏去學戲，要見箇男子的面，也不能夠哩。**歌殘舞罷鎖長門㊴，臥氍毹夜夜傷神**。（旦）奴便終身守寡，有何難哉！**只不嫁人**。（丑）難道三百兩花銀，買不去你這黃毛丫頭麼？（旦）你要銀子，你便嫁他，不要管人家閒事。（丑怒介）好丫頭，搶白起姨娘來了，我就死在你家。（撒潑介）**小私窠㊵賤根，小私窠賤根，掉巧舌訕謗㊶尊親**。（淨發威介）好大膽奴才！楊老爺新做了禮部，連你們官兒都管的著，明日拏去拶弔㊷你指頭。**管烟花要津㊸，管烟花要津，觸惱他風狂雨迅，准備著桃傷柳損**。（旦）

㊲ 綠珠：西晉石崇的樂妓，美而善吹笛，深受石崇寵愛。
㊳ 石季倫：即石崇。季倫為其字。
㊴ 長門：漢宮名。漢武帝陳皇后失寵後所居之冷宮。
㊵ 私窠：指私娼。
㊶ 訕謗：譏笑毀謗。
㊷ 拶弔：夾斷；夾掉。拶，音ㄗㄢˇ。一種夾手指的酷刑。用繩穿五根小木棍，套入手指後用力收緊。弔，同「掉」。
㊸ 要津：比喻顯要的地位。

儘你嚇諕，奴的主意已定了。（老旦）看他小小年紀，倒有志氣。（副淨）嚇他不動，走罷，走罷。（丑）我這裏撒潑，沒箇人來拉拉，氣死我也。他不嫁人，我扭也扭他下樓。**硬推來門外雙輪，硬推來門外雙輪，兜折㊹寶釧，扯斷湘裙㊺。**（副淨）自古有錢難買不賣貨，撒了賴當不的㊻，大家散罷。（外、小旦）我兩箇原要不來，喫虧老燕、老妥強拉到此，惹了這場沒趣。走，走，走！**快出門，掩羞面，氣忍聲吞。**（淨、丑）我們也走罷。**乾發虛㊼，沒鈔分，遺臊撒糞。**

（外、淨、小旦、丑俱諢下）（副淨、老旦）香君放心，我們回絕楊老爺，再不來纏你便了。（旦拜介）這等多謝二位。（作別介）

（副淨）**蜂媒蝶使鬧紛紛，**（旦）**闌入紅窗攪夢魂。**

（老旦）**一點芳心採不去，**（旦）**朝朝樓上望夫君。**

㊹ 兜折：拗斷。

㊺ 湘裙：淺黃色的裙子。湘，同「緗」。淺黃色。

㊻ 當不的：無濟於事。

㊼ 乾發虛：白費力；空忙。

# 第十八齣　爭位　甲申五月

（生上）無定輸贏似弈棋，書空殷浩❶欲何為？長江不限天南北，擊楫中流❷看誓師。小生侯方域，前日替史公修書，一時激烈，有「三大罪、五不可立」之議。不料福王今已登極❸，馬士英竟入閣辦事，把那些迎駕之臣，皆錄功補用。史公雖亦入閣，又令督師江北，這分明有外之之意了。史公卻全不介意，反以操兵勦賊為喜，如此忠肝義膽，人所難能也。現在開府❹揚州，命俺參其軍事，約定今日齊集四鎮，共商防河之計，不免上前一問。（作至書房介）管家那裏？（小生扮書童上）侯爺來了，待我通報。（小生請外介）

**【北點絳脣】**（外上）**持節江臯❺，龍驤虎嘯❻，憂國事，不顧殘軀，雙鬢蒼白了。**

---

❶ 書空殷浩：東晉大將殷浩兵敗免職後，閒居在家，常用手指在空中寫「咄咄怪事」四字。此處用以表現抱負不得實現的嘆息和憤慨。

❷ 擊楫中流：東晉祖逖率師北伐，渡江時敲擊船槳，發誓不清中原決不罷休。後用以稱頌收復失地、報效祖國的壯志和氣概。

❸ 登極：指帝王即位。

❹ 開府：建立官署，選拔僚屬並開始辦公。

❺ 江臯：江邊；江岸。臯，水邊高地。

❻ 龍驤虎嘯：比喻氣勢威武雄壯。驤，馬昂首騰舉的樣子。

（見生介）世兄可知今日四鎮齊集，共商大事，不日整師誓旅，雪君父之讐了。（生）如此甚妙。只有一件，高傑鎮守揚、通⑦，兵驕將傲；那黃、劉三鎮，每發不平之恨。今日相見，大費調停，萬一兄弟不和，豈不為敵人之利乎！（外）所說極是。今日相見，俺自有一番勸慰之言。（小生報介）轅門傳鼓，說四鎮到齊，伺候參謁⑧。（生下）（外升帳吹打開門，雜排左右儀衛介）（副淨扮高傑、末扮黃得功、丑扮劉澤清、淨扮劉良佐俱介冑⑨上）只恨燕京無樂毅，誰知江左有夷吾⑩。（入見稟介）四鎮小將，叩謁閣部大元帥。（拜介）（外拱手立介）列侯請起。（副淨等俱排立介）聽候元帥將令。（外）本帥以閣部督師，君命隆重，大小將士，俱在指麾之下。（眾）是。（外）四鎮乃堂堂列侯，不比尋常武弁⑪。（舉手介）屈尊侍坐，共議軍情。（眾）豈敢。（外）本帥命坐，便如軍令一般，不可推辭。（眾）是。（揖介）告坐了。（副淨首坐，末、丑、淨依次坐介）（末怒視副淨介）

【混江龍】（外）淮南險要，江河保障勢滔滔，一帶奇雲結陣，滿目細柳垂條。鐵馬嘶風先突塞，犀軍放弩早驚潮⑫。說甚麼徐、常、沐、鄧⑬，比得上絳、灌、蕭、曹⑭。同心

---

⑦ 揚通：指揚州（今江蘇省揚州市）和通州（今江蘇省南通市）。

⑧ 參謁：即參見晉謁，拜見上級或長輩。

⑨ 介冑：即甲冑。古代將士的鎧甲和頭盔。介，通「甲」。

⑩ 只恨燕京無樂毅二句：意為京城沒有樂毅那樣驍勇善戰的名將，而江東卻有王導這樣有輔國救民之才的人。樂毅，戰國時燕國將領，靈壽（今河北省靈壽縣西北）人，魏將樂羊之後，長於兵術。西元前二八四年，秦、韓、趙、魏、燕五國聯合攻齊，他受命為上將，連下七十餘城。

⑪ 武弁：武官。弁，音ㄅㄧㄢˋ。古代貴族的一種帽子，分皮弁和爵弁。皮弁為武冠，爵弁為文冠。

共把**乾坤造**，看古來功臣閣**丹青圖畫**，似今日列侯會**劍佩弓刀**。

（末怒介）元帥在上，小將本不該爭論。（指介）這高傑乃投誠草寇⑮，有何戰功？今日公然坐俺三鎮之上。（副淨）我投誠最早，年齒又尊，豈肯居爾等之下。（丑）此處是你汛地，我們都是客兵，連一箇賓主之禮不曉得，還要統兵？（淨）他在揚州享受繁華，尊大慣了，今日也該讓咱們來享享。（副淨）你們敢來，我就奉讓。（末）那箇是不敢來的！（起介）兩位劉兄，同我出來，即刻見箇強弱。（怒下）（外向副淨介）他講的有理，你還該謙遜纔是。（副淨）小將寧死不在他們之下。（外）你這就大錯了。

【**油葫蘆**】**四鎮堂堂氣象豪**，倚仗著**恢復北朝**。看您**挨肩雁序**⑯，恰似**好同胞**，為甚的爭坐位**失了同心好**，**鬬齒牙**⑰**變了協恭貌**⑱。一箇眼睜睜**同室操戈盾**，一箇怒沖沖**平地起波濤**。沒見**陣上逞威風**，早已**窩裏相爭鬧**，**笑中興**封了**一夥**（指介）**小兒曹**。

不料四鎮英雄，可笑如此。老夫一天高興，卻早灰冷一半也。沒奈何，且出張告示，曉諭三鎮，叫他

---

⑫ 鐵馬嘶風先突塞二句：意謂淮南是軍事要地，南下的敵騎必定要從這裏突破，我方的水兵要在這裏擊退敵人的進攻。

⑬ 徐常沐鄧：指明朝的開國功臣徐達、常遇春、沐英、鄧愈。

⑭ 絳灌蕭曹：指輔佐劉邦建立漢朝的功臣周勃、灌嬰、蕭何、曹參。絳，指被封為絳侯的周勃。

⑮ 高傑乃投誠草寇：高傑原為李自成部下，後降明，故云。

⑯ 挨肩雁序：肩靠肩地依次排列，如雁群一樣群飛有序。

⑰ 鬬齒牙：指爭吵。

⑱ 協恭貌：和諧協調、恭敬有禮的樣子。

各回汛地⑲，聽候調遣。（向副淨介）你既駐紮本境，就在本帥標下做箇先鋒，各有執掌，他們也不敢來爭鬧了。（副淨）多謝元帥。（外）待老夫寫起告示來。（寫介）（內吶喊介）（副淨不辭，出介）（末、丑、淨持刀上）高傑快快出來！（副淨出見介）你青天白日，持刀吶喊，竟是反了！（末）我們為甚麼反，只要殺你這箇無禮賊子。（副淨）你們敢在帥府門前如此放肆，難道不是無禮賊子麼？（末、丑、淨趕殺副淨介）（副淨入轅門叫介）閣部大老爺，救命呀！黃、劉三賊殺入帥府來了。（末、丑、淨門外喊罵介）（外驚立介）

**【天下樂】**俺只道塞馬南來把戰挑，殺聲漸高，卻是咱兵自鏖⑳。這時候協力同讐還愁少，怎當的鬩牆㉑鼓譟，起了箇離閒根苗。這纔是將難調，北賊易討。

（吩咐介）快請侯相公出來。（雜向內介）侯爺有請。（生急上）晚生已聽的明白了。（外）借重高才，傳俺帥令，安撫亂軍。（生）如何安撫？（外）老夫有告示一紙，快去曉諭他們便了。（生）遵命。（接告示出見介）列侯請了，小弟乃本府參謀，奉閣部大元帥之命，曉諭四鎮知悉。恭逢新主中興，闖賊未討，正我輩枕戈待旦㉒、立功報效之時，不宜懷挾小忿，致亂大謀。俟收復中原，太平賜宴，論功敘坐，自有朝儀。目下軍容匆遽㉓，凡事權宜，皆當相諒，無失舊好。興平侯高，原鎮揚、通，今即留

---

⑲ 汛地：軍隊駐守之地。

⑳ 自鏖：自相殘殺。鏖，音ㄠˊ。戰鬥激烈。

㉑ 鬩牆：原指兄弟間相爭於內。詩經小雅常棣：「兄弟鬩於牆。」後引申指內部相爭。鬩，音ㄒㄧˋ。爭吵；爭鬥。

㉒ 枕戈待旦：枕著兵器，等待天亮。形容殺敵報國心切，毫不懈怠。

在本帥標下，委作先鋒。靖南侯黃，仍回廬、和㉔，東平侯劉，仍回淮、徐㉕；廣昌侯劉，仍回鳳、泗㉖。靜聽調遣，勿得抗違。軍法懍然，本帥不能容情也，特諭！（末）我們只要殺無禮賊子，怎敢犯元帥軍法。（生）目今轅門截殺，這就是軍法難容的了。（丑）既是這等，不要驚著元帥，大家且散。（淨）明日殺到高傑家裏去罷。正是：國讐猶可恕，私恨最難消。（下）（生入見介）三鎮聞令，暫且散去，明日還要廝殺哩。（外）這卻怎處？（指副淨介）

**【後庭花】**高將軍，你橫將**讐釁㉗招**。為甚的不謙恭，**妄自驕**，**坐了**箇**首席鄉三老㉘**，**惹動他諸侯五路刀**。憑**儀秦㉙一番舌戰巧**，**也**不過**息兵半晌饒㉚**。**費調停**，**乾焦燥**；**難消釋**，**空懊惱**。**這情形何待瞧**，**那事業全丟了**。

（副淨）元帥不必著急，明日和他見過輸贏，把三鎮人馬併俺一處，隨著元帥恢復中原，卻亦不難也。

---

㉓ 匆遽：匆忙；急促。
㉔ 廬和：廬州（州治在今安徽省合肥市）和和州（州治在今安徽省和縣）。
㉕ 淮徐：淮安（治所在今江蘇省淮安市）和徐州（州治在今江蘇省徐州市）。
㉖ 鳳泗：鳳陽（治所在今安徽省鳳陽縣）和泗州（州治在今江蘇省盱眙縣西北淮水西岸，清康熙十九年陷入洪澤湖）。
㉗ 讐釁：怨仇；仇恨。
㉘ 鄉三老：古代掌管教化的鄉官。秦漢時推舉五十歲以上，有德行、能帥眾為善的人擔任。
㉙ 儀秦：指戰國後期的蘇秦和張儀，兩人都是當時著名的說客。
㉚ 息兵半晌饒：停戰半晌多一點。形容停戰時間很短。

（外）你說的是那裏話，現今流寇北來，將渡黃河。總兵許定國㉛不能阻當，連夜告急。正要與四鎮商議，發兵防河。今日一動爭端，僨㉜俺大事，豈不可憂！（副淨）他三鎮也不為別的，只因揚州繁華，要來奪取，俺怎肯讓他？（外）這話益發可笑了！

【煞尾】領著一枝兵，和他三家傲，似累卵泰山壓倒㉝。你占住繁華廿四橋㉞，竹西㉟明月夜吹簫。他也想隋堤㊱柳下安營巢，不教你蕃釐觀獨誇瓊花少㊲。誰不羡揚州鶴背飄㊳，妬殺你腰纏十萬好，怕明日殺聲咽斷廣陵㊴濤。

㉛ 許定國：河南太康人。明末任河南總兵。清兵南下時，殺高傑降清。

㉜ 僨：音ㄈㄣˋ。敗；壞。

㉝ 領著一枝兵三句：意謂高傑率領著一支部隊，欲與三鎮相抗衡，無異於以累卵去壓泰山。

㉞ 你占住繁華廿四橋：意謂你占據繁華的揚州，享受著榮華富貴。廿四橋，唐時揚州繁盛，城內共有二十四座橋。一說廿四橋即吳家磚橋，又名紅藥橋，因古時有二十四位美人吹簫於橋上而得名。唐杜牧寄揚州韓綽判官：「二十四橋明月夜，玉人何處教吹簫。」

㉟ 竹西：揚州亭名。唐代杜牧題揚州禪智寺有「誰知竹西路，歌吹是揚州」之句，後人因以「竹西」作亭名。

㊱ 隋堤：隋煬帝時沿通濟渠、邗溝河岸修築的御道，道旁植楊柳。後人稱之為隋堤。

㊲ 不教你蕃釐觀獨誇瓊花少：意謂不讓高傑一人獨享揚州的繁華。蕃釐觀，觀名，位於揚州城外，建於漢代，本名瓊花觀，宋代改名蕃釐觀。觀內有瓊花。釐，音ㄌㄧˊ。

㊳ 揚州鶴背飄：殷芸小說卷六載：數人相聚言志，或願為揚州刺史，或願多財貨，或願騎鶴上升。其中一人曰：「腰纏十萬貫，騎鶴上揚州。」後因以比喻欲集做官、發財、成仙於一身的貪欲。

㊴ 廣陵：古代揚州的別稱。

罷，罷，罷！老夫已拚一死，更無他法。侯兄長才，只索㊵憑你籌畫了。（生）且看局勢，再作商量。（外、生下）（吹打掩門，雜俱下）（副淨弔場㊶介）俺高傑也是一條好漢，難道坐以待斃不成？明早黃金壩上，點齊人馬，排下陣勢，等他來時迎敵便了。正是：

**龍爭虎鬬逞英豪㊷，杯酒筵邊動劍刀。**
**劉項㊸何須成敗論，將軍頭斷不降曹。**

---

㊵ 只索：只得。

㊶ 弔場：戲曲表演的術語。在每齣戲將結束時，大多數演員都已下場，只留少部分演員在場上表演，稱「弔場」。

㊷ 英豪：一作「雄豪」。

㊸ 劉項：劉邦和項羽的合稱。

# 第十九齣 和戰

甲申五月

（末、淨、丑扮黃得功、劉良佐、劉澤清戎裝，雜扮軍校執旗幟器械吶喊上）（末）兄弟們俱要小心著，聞得高傑點齊人馬，在黃金壩上伺候迎敵。我們分作三隊，依次而進。（淨）我帶的人馬原少，讓我挑戰，兩兄迎敵便了。（末）我的田雄❶不曾來，我作第二隊，總叫河洲❷哥哥壓哨罷。（丑）就是如此，大家殺向前去。（搖旗吶喊急下）（副淨扮高傑戎裝，軍校執械隨上）大小三軍排開陣勢，伺候迎敵。（雜扮探卒上）報，報，報！三家賊兵搖旗吶喊，將次到營了。（淨持大刀上）老高快快出馬，今日和你爭箇誰大誰小。（副淨持鎗罵上）你花馬❸劉，是咱家小兄弟，那箇怕你！（內擊鼓，淨、副淨廝殺介）（副淨叫介）三軍齊上，活捉了這箇劉賊。（雜上亂戰介）（淨敗下）（末持雙鞭上）我黃闖子❹的本領，你是曉得的，快快磕頭，饒你一死。（副淨）我高老爺不稀罕你這活頭，要取你那顆死頭的。（內擊鼓，末、副淨廝殺介）（副淨叫介）三軍再來。（雜上亂戰介）（末急介）從來將對將，兵對兵，如何這樣混戰，倒底是箇無禮賊子，今日且輸與你。（敗下）（丑持雙刀領眾喊上介）高傑，你不要逞強，我劉河洲也帶著

❶田雄：黃得功的部將。清兵南下時，縛弘光帝降清。
❷河洲：指劉澤清，河洲是其別號。
❸花馬：劉良佐的綽號。
❹黃闖子：黃得功的綽號。

些人馬哩，咱就混戰一場，有何不可。（副淨）我翻天鷂子❺不怕人的，憑你豎戰也可，橫戰也可。殺，殺，殺，殺！（兩隊領眾混戰介）（生持令箭立高臺，小軍持鑼敲介）（眾止殺，仰看介）（生搖令箭介）閣部大元帥有令：四鎮作反，皆督師之過，請先到帥府，殺了元帥；次到南京，搶了宮闕。不必在此混戰，騷害平民。（丑）我們並不曾作反，只因高傑無禮，混亂坐次，我們爭箇明白，日後好參謁元帥。（副淨）我高傑乃本標❻先鋒，怎敢作反？他們領兵來殺，只得迎敵。（生）不奉軍令，妄行廝殺，都是反賊。明日奏聞朝廷，你們自去分辯罷。（丑）朝廷是我們迎立的，元帥是朝廷差來的，我們違了軍令，便是叛了朝廷，如何使得。情願束身待罪，只求元帥饒恕。（生）高將軍，你如何說？（副淨）我高傑是元帥犬馬，犯了軍法，只聽元帥處分。（生）既如此說，速傳黃、劉二鎮，同赴轅門，央求元帥。（丑）二鎮敗走，各回汛地去了。（生）你淮、揚兩鎮，脣齒之邦❼，又無宿嫌❽，為何聽人指使。快快前去，候元帥發落。（眾兵下）（生下臺，丑、副淨同行，到介）（生）已到轅門了，兩位將軍在外等候，待俺傳進去。（稍遲即出介）元帥有令：四鎮擅相爭奪，皆當軍法從事❾。但高將軍不知禮體，挑嫌起釁❿，罪有所歸，著與三鎮服禮⓫。俟解和之日，再行處分。

❺ 翻天鷂子：高傑的綽號。

❻ 本標：指總督巡撫、提督、總兵本署直接統轄的軍隊。

❼ 脣齒之邦：此處意為關係密切，互相依存的兩個地區。

❽ 宿嫌：舊有的嫌怨。

❾ 軍法從事：以軍法論處。

❿ 挑嫌起釁：挑起怨恨和爭端。

【香柳娘】**勸將軍自思，勸將軍自思，禍來難救，負荊⑫早向轅門叩。**（副淨惱介）我高傑乃元帥標下先鋒，元帥不加護庇，倒叫與三鎮服禮，可不羞死人也。罷，罷，罷！看來元帥也不能用俺了，不免領兵渡江，另做事業去。**這屈辱怎當，這屈辱怎當，渡過大江頭，事業掀天做⑬。**（喚介）三軍快來，隨俺前去。（眾兵上，吶喊搖旗隨下）（丑望介）呀，呀，呀！高傑竟要過江了，想江南有他的黨與⑭，不日要領來與俺廝鬬，俺也早去約會黃、劉二鎮，多帶人馬到此迎敵。**笑力窮遠走，笑力窮遠走，長江洗羞，防他重來作寇。**

（丑下）（生呆介）不料局勢如此，叫俺怎生收救。

【前腔】**恨山河半傾，恨山河半傾，怎能重搆⑮，人心瓦解⑯忘恩舊。**（南望介）那高傑竟是反了。**看揚揚⑰渡江，看揚揚渡江，旗幟亂中流，直入南徐口⑱。**（北望介）那劉澤清也急忙

---

⑪ 服禮：賠禮道歉。

⑫ 負荊：背負荊條，請罪受罰。向人賠禮道歉亦可稱「負荊」。荊，指荊條，可用來作杖打人。

⑬ 掀天做：一作「從新做」。

⑭ 黨與：即黨羽。

⑮ 重搆：即重構，此處意為重新收復。

⑯ 瓦解：製瓦時先將陶土製成圓筒形，然後分成四塊，即成瓦。用以比喻事物的分裂、分離。

⑰ 揚揚：得意的樣子。

⑱ 南徐口：即南徐州，治所在京口（今江蘇省鎮江市）。

北去，要約會三鎮人馬，同來迎敵。這烟塵徧有⑲，這烟塵徧有，好叫俺元帥搔頭，參謀搓手。

（行介）且去回覆了閣部，再作計較。正是：

堂堂開府轄通侯⑳，江北淮南數上游㉑。

只恐樓船與鐵馬，一時都羨好揚州。

---

⑲ 徧有：遍地都是。

⑳ 通侯：爵位名。即「徹侯」。因避漢武帝劉徹之諱而改為「通侯」、「列侯」。原為秦代二十級軍功爵中最高的一級，後泛指侯伯高官。

㉑ 上游：地理形勢優越的地方。

# 第二十齣　移　防

甲申六月

【錦上花】（副淨扮高傑領眾執械上）策馬欲何之，策馬欲何之？江鎖堅城，弩射雄師。且收兵，且收兵，占住這揚州市。

俺高傑領兵渡江，要搶蘇、杭，不料巡撫鄭瑄，操舟架礮，堵住江口，沒奈何又回揚州。但不知黃、劉二鎮❶，此時何往？（雜扮報卒上）報上將軍，黃、劉二鎮，會齊人馬，南來迎敵，前哨已到高郵❷了。（副淨）阿呀，不好了！南下不得，北上又不能，好叫俺進退兩難。（想介）罷，罷！還到史閣部轅門，央他的老體面❸，替俺解救罷！（行介）

【前腔】速去乞恩慈，速去乞恩慈，空忝❹羞顏，答對何辭。這纔是，這纔是，自作孽，天教死。

（內喊介）（副淨領眾走下）

【搗練子】（外扮史可法從人上）局已變，勢難支。躊躇中夜少眠時，（生上）自歎經綸❺空

❶ 黃劉二鎮：康熙戊子刻本作「黃劉三鎮」。

❷ 高郵：今江蘇省高郵市。

❸ 老體面：老面子。

❹ 忝：音ㄊㄧㄢˇ。辱；有愧。

滿紙。

（外向生介）世兄，你看高傑不辭而去，三鎮又不遵軍法。俺本標人馬，為數無幾，怎能守得住江北。眼看大事已去，奈何，奈何！（生）聞得巡撫鄭瑄，堵住江口，高傑不能南下，又回揚州來了。（外）那三鎮如何？（生）三鎮知他退回，會齊人馬，又來迎敵，前哨已到高郵了。（外愁介）目前局勢更難處矣。

**【玉抱肚】三百年事，是何人掀翻到此？隻手兒怎擎青天，卻萊兵❻總仗虛詞。（合）烟塵滿眼野橫屍，只倚揚州兵一枝。**

（丑扮中軍官傳鼓介）（雜問介）門外擊鼓，有何軍情？（丑）將軍高傑，領兵到轅，求見元帥。（外）他果然來了。傳他進來，看他有何話說。（外升帳、開門，左右排列介）（副淨急跑上介）小將高傑，擅離汛地，罪該萬死，求元帥開恩饒恕。（外）你原是一箇亂民，朝廷許你投誠，加封侯爵，不曾薄待了你。為何一言不合，竟自反去？及至渡江不得，又投轅門。忽而作反，忽而投誠，把箇作反投誠，當做兒戲，豈不可恨！本該軍法從事，姑念你悔罪之速，暫且饒恕。（副淨叩頭起介）（外問介）你還有何說？（副淨又跪介）前日擅離汛地，只為不肯服禮。今三鎮知俺回來，又要交戰，小將雖強，獨力怎支，還望元帥解救。（向生央介）侯先生替俺美言一句。（生）你不肯服禮，叫元帥如何處斷？（外）正

---

❺ 經綸：原指整理絲緒。引申為謀劃天下之事。

❻ 卻萊兵：相傳孔子曾隨魯定公與齊侯相見於夾谷山，齊侯想以萊國的軍隊劫魯侯，孔子一番話說服了齊侯，萊兵退去。萊，春秋時附屬於齊國的小國，位於今山東省黃縣東南。

是。事到今日，本帥也不能偏護了。

【前腔】**爭論坐次，動干戈不知進止。他三家鼎足稱雄，你孤軍危命如絲。**（合前）❼

（副淨）元帥不肯解救，小將寧可碎首轅門，斷不拜他下風。（生）你那黃金壩上威風那裏去了？（副淨）那時他沒帶人馬，俺用全軍混戰，因而取勝。今日三家捲土齊來，小將不得不臨事而懼❽矣。（生）小生倒有箇妙計，只怕你不肯依從。（副淨）除了服禮，都依都依。（生）目今流賊南下，將渡黃河，許定國不能阻當，連夜告急。元帥正要發兵防河，你何不奉命前往，坐鎮開、洛❾，既解目前之圍，又立將來之功。他三鎮知你遠去，也不能興無名之師了。將軍以為何如？（副淨低頭思介）待我商量。（內吶喊介）（外）城外殺聲震天，是何處兵馬？（丑報介）黃、劉三鎮，領兵到城，要與高將軍廝殺哩。（副淨懼介）這怎麼處？只得聽元帥調遣了。（外）既然肯去，速傳軍令，曉諭三鎮。（拔令箭丟地介）（丑拾令箭跪介）（外）高傑無禮，本當軍法從事，但時值用人之際，又念迎駕之功，暫且饒恕，罰往開、洛防河，將功贖罪。今日已離揚州，三鎮各釋小嫌，共圖大事，速速回汛，聽候調遣。（丑）得令。（下）（外指高傑介）高將軍，高將軍，只怕你的性氣，到處不能相安哩。

【前腔】**黃河難恃，勸將軍謀終慮始❿。**那許定國也不是箇安靜的。**須隄防酒前茶後，軟刀**

---

❼ 合前：指合唱部分與前一支曲子相同。

❽ 臨事而懼：語出論語述而：「必也臨事而懼、好謀而成者也。」意謂遇事謹慎戒懼。

❾ 開洛：指開封（今河南省開封市）、洛陽（今河南省洛陽市）。

❿ 謀終慮始：對事情的前前後後都很好地謀劃考慮。

鎗怎鬬雄雌。（合前）

（向生介）防河一事，乃國家要著，我看高將軍勇多謀少，儻有疏虞⑪，罪坐老夫。仔細想來，河南原是貴鄉，吾兄日圖歸計，路阻難行，何不隨營前往，既遂還鄉之願，又好監軍防河，且為桑梓造福，豈非一舉而三得乎？（生）多謝美意，就此辭過元帥，收拾行裝，即刻起程便了。（副淨）一同告辭罷。（拜別介）（外向生介）參謀此去，便如老夫親身防河一般。只恐勢局叵⑫測，須要十分小心，老夫專聽好音也。正是：人事無常爭勝負，天心有定管興亡。（下）（吹打掩門）（生、副淨出介）（副淨）侯先生，你聽殺聲未息，只怕他們前面截殺。（生）無妨也，他們知你移防，怒氣已消，自然散去的。況且三鎮之兵，俱走東路，我們點齊人馬，直出北門，從天長、六合⑬，竟奔河南，有何阻當？（眾兵旗仗伺候介）（副淨）就此起程。（行介）

【朝元令】（生）鄉園繫思，久斷平安字；烏棲一枝，鬱鬱難居此。結伴還鄉，白雲如駛，遂了三年歸志。（副淨）統著全師，烟城柳驛行參差。莫逞舊雄姿，函關偷度⑭時。

⑪ 疏虞：疏漏；疏忽。

⑫ 叵：音ㄆㄛˇ。不可。

⑬ 天長六合：兩縣名。天長即今安徽省天長縣，六合即今江蘇省六合縣。

⑭ 函關偷度：此處用戰國時齊國孟嘗君田文靠門客學雞鳴而偷出函谷關從秦國逃出的故事，借指行軍時避開黃劉三鎮的軍隊。

（合）揚州倒指，看不見平山蕭寺⑮，平山蕭寺。

（副淨）落日林梢照大旗，（生）從軍北去慰鄉思。

（副淨）黃河曲裏防秋⑯將，（生）好似英雄末路時。

⑮ 平山蕭寺：指揚州的平山堂。蕭寺，南朝梁武帝建佛寺，令蕭子雲於寺中大書「蕭」字，後因稱佛寺為「蕭寺」。

⑯ 防秋：古代西北游牧民族，作戰以騎兵為主，常在秋季草黃馬肥之時發動戰爭，此時邊境特別要加強防守，稱為「秋防」。

# 閏二十齣　閒話

甲申七月

（內鳴金擂鼓吶喊介）（外扮老官人，白巾、麻衣，背包裹急上）戎馬❶何日消，乾坤剩此身；白頭江上客，紅淚自沾巾。（立住大哭介）（小生扮山人背行李上）日淡村烟起，江寒雨氣來。（丑扮賈客背行李上）年年經過路，離亂使人猜。（小生見丑介）請了，我們都是上南京的，天色將晚，快些趲行。（丑）正是兵荒馬亂，江路難行，大家作伴纔好。（指外介）那箇老者為何立住了腳，只顧嚎哭？（小生問外介）老兄想是走錯了路，失迷甚麼親人了？（外搖手介）不是，不是。俺是從北京下來的，行到河南，遇著高傑兵馬，受了無限驚恐。剛得逃生，渡過江來，看見滿路都是逃生奔命之人，不覺傷心慟哭幾聲。（掩淚介）（小生）原來如此，可憐，可歎！（丑）既是北京下來的，俺正要問問近日的消息，何不同宿村店，大家談談。（外）甚妙。我老腿無力，也要早歇哩。（小生指介）這座村店稍有牆壁，就此同宿了罷。（讓介）請進。（同入介）（外仰看介）好一架豆棚。（小生）大家放下行李，便坐這豆棚之下，促膝閒話也好。（同放行李，坐介）（副淨扮店主人上）村店新泥壁，田家老瓦盆。（問介）眾位客官，還用晚飯麼？（眾）不消了。（小生）煩你買壺酒來，削瓜剝豆，我與二位解解乏困罷。（外向小生介）怎好取擾？（丑向外介）四海兄弟，卻也無妨。待用完此酒，咱兩箇再回敬他。（副淨取酒菜上）（三人對飲介）（外問介）方纔都是路遇，不曾請教尊姓大號，要到南京有何貴幹？（小生）在下姓藍名瑛，字田叔，是西湖畫

❶ 戎馬：戰馬。這裏指戰爭。

士，特到南京訪友的。（丑）在下是蔡益所，世代南京書客，纔從江浦索債回來的。（問外介）老兄是從北京下來的了，敢問高姓大名，有甚急事，這等狼狽？（外）不瞞二位說，下官姓張名薇，原是錦衣衛❷堂官。（丑驚介）原來是位老爺，失敬了。（小生問介）為何南來？（外）三月十九日，流賊攻破北京，崇禎先帝縊死煤山，周皇后也殉難自盡。下官走下城頭，領了些本管校尉，尋著屍骸，抬到東華門❸外，買棺收殮，獨自一箇戴孝守靈。（小生）那舊日的文武百官，那裏去了？（外）何曾看見一人。那時闖賊搜查朝官，逼索兵餉，將我監禁夾打，我把家財盡數與他，纔放我守靈戴孝。別箇官兒走的走，藏的藏，或被殺，或下獄，或一身殉難，或闔門死節。（小生）有這樣忠臣，可敬，可敬。（外）還有進朝稱賀，做闖賊偽官的哩。（丑）有這樣狗彘，該殺，該殺！（外掩淚介）可憐皇帝、皇后兩位梓宮❹，丟在路旁，竟沒人偢倸❺。（小生、丑俱掩淚介）（外）直到四月初三日，禮部奉了偽旨，將梓宮抬送皇陵。我執旛送殯，走到昌平州，虧了一箇趙吏目❻，糾合義民，捐錢三百串，掘開田皇妃❼舊

❷錦衣衛：即錦衣親軍都指揮使司。明初設立，原為管理禁衛軍和皇帝出入儀仗的官署。後兼管刑獄，具有巡察緝捕的特權。明中葉以後與東西廠併立，稱為「廠衛」。亦指錦衣衛的官員。

❸東華門：北京紫禁城的東門。

❹梓宮：指皇帝、皇后的棺材，用梓木製成。

❺偢倸：音ㄔㄡˇ ㄘㄞˇ。顧視；理睬。

❻趙吏目：指昌平州的吏目趙一桂。崇禎帝及周皇后自殺後，趙將兩人葬於田皇妃的墓中。吏目，官署中掌管文書、處理雜務、佐理刑獄的官員。

❼田皇妃：明思宗的妃子，死於崇禎十五年（一六四二），葬於昌平州。

墳，安葬當中。下官就看守陵旁，早晚上香。誰想五月初旬，大兵進關❽，殺退流賊，安了百姓，替明朝報了大讎；特差工部查寶泉局❾內鑄的崇禎遺錢，發買工料，從新修造享殿❿碑亭，門牆橋道，與十二陵⓫一般規模。真是亘古希有的事！下官也沒等工完，親手題了神牌，寫了墓碑，連夜走來，報與南京臣民知道，所以這般狼狽。（小生）難得，難得！若非老先生在京，崇禎先帝竟無守靈之人。（丑問介）但不知太子、二王⓬，今在何處？（外）定、永兩王，並無消息；聞太子渡海南來，恐亦為亂兵所害矣。（掩淚介）（小生問介）聞得北京發書一封與閣部史可法⓭，責備亡國將相，不去奔喪哭主，又不請兵報仇。史公答了回書⓮，特著左懋第⓯披麻扶杖，前去哭臨。老先生可曉得麼？（外）下官半路相遇，還執手慟哭了一場的。（內作大風雷聲介）（副淨掌燈急上）大雨來了，快些進房罷。（眾起，以袖遮頭入房介）好雨，好雨。（外）天色已晚，下官該行香⓰了。（丑問介）替那箇行香？（外）大行皇帝

---

❽ 大兵進關：指清軍入關。

❾ 寶泉局：明代掌管鑄造錢幣的官署。

❿ 享殿：祭殿。

⓫ 十二陵：明代從成祖到熹宗十二位皇帝的陵墓，位於今北京市昌平縣的天壽山南麓。

⓬ 太子二王：指明思宗的三個兒子：太子朱慈烺及永王慈炤、定王慈炯。

⓭ 北京發書一封與閣部史可法：清攝政王多爾袞在清兵入關後曾寫信給史可法，指責史可法等人不該迎立福王。

⓮ 史公答了回書：指史可法給多爾袞寫回信，信中要求與清兵合力攻打李自成、張獻忠。

⓯ 左懋第：南明官員，字蘿石，萊陽（今山東省萊陽市）人，崇禎進士，曾任戶科給事中、刑科給事中等職。南明弘光朝任右僉都御史，巡撫應天、徽州諸府。又奉使北上，與清議和，遭軟禁，不屈而死。

未滿週年，下官現穿孝服，每早每晚要行香哭拜的。（取包裹出香罏、香盒，設几上介）（洗手介）（望北兩拜介）（跪上香介）大行皇帝呀，大行皇帝呀！今日七月十五，孤臣張薇叩頭上香了。（內作大風雷不止介）（外伏地放聲大哭介）（小生呼丑介）過來，過來，我兩箇草莽之臣[17]，也該隨拜舉哀的。（小生、丑同跪，陪哭介）（哭畢，俱叩頭起，又兩拜介）（小生）老先生遠路疲倦，早早安歇了罷。（外）正是，各人自便了。（各解行李臥倒介）（小生）窗外風雨益發不住，明早如何登程？（外）老天的陰晴，人也料他不定。（丑問介）請問老爺，方纔說的那些殉節[18]文武，都有姓名麼？（外）問他怎的？（丑）我小鋪中要編成唱本，傳示四方，叫萬人景仰他哩。（外）好，好！下官寫有手摺[19]，明日取出奉送罷。（丑）多謝。（小生）那些投順闖賊，不忠不義的姓名，也該流傳，叫人唾罵。（外）都有鈔本，一總奉上。（丑）更妙。（俱作睡熟介）（內作眾鬼號呼介）（外驚聽介）奇怪，奇怪！窗外風雨聲中，又有哀苦號叫之聲，是何物類？（雜扮陣亡厲鬼[20]，跳叫上）（外隔窗看介）怕人，怕人！都是些沒頭折足陣亡厲鬼，為何到此？（眾鬼下）（外睡倒介）（內作細樂警蹕[21]聲介）（外驚聽介）窗外又有人馬鼓樂聲，待我開門看來。（起看介）（雜扮文武冠帶騎馬，旛幢細樂引導，扮帝后乘輿上）（外驚出跪迎介）萬歲，萬歲，萬萬歲！孤臣張

---

[16] 行香：禮拜神佛的一種形式，常由齋主持香爐巡行道場及街市。佛教信徒持香朝拜，也叫「行香」。

[17] 草莽之臣：沒有官職的人。草莽，雜草；叢草。引申為草野、鄉野，與「朝廷」、「廊廟」相對。

[18] 殉節：為保全節操而付出生命。舊時多指臣子為君主盡忠而死。

[19] 手摺：舊時下屬向上司申述意見或稟陳公事所用的摺子。因大都親手呈遞，故稱。

[20] 厲鬼：惡鬼。

[21] 警蹕：在皇帝出入經過的地方嚴加戒備，禁止行人往來。警，警戒。蹕，音ㄅㄧˋ。清道。

薇恭迎聖駕。（眾下）（外起呼介）皇帝、皇后，何處巡遊？我孤臣張薇，不能隨駕了。（又拜哭介）（小生、丑醒問介）天已發亮，老爺怎的又哭起來？想是該上早香了。（外掩淚介）奇事，奇事。方纔睡去，聽得許多號呼之聲，隔窗張看，都是些陣亡厲鬼。（小生）是了，昨夜乃中元赦罪之期㉒，想是赴盂蘭會㉓的。（外）這也沒相干，還有奇事哩。（丑）還有甚麼奇事？（外）後來又聽的人馬鼓吹之聲，我便開門出看，明明見崇禎先帝同著周皇后乘輿東行，引導的文武官員，都是殉難忠臣。前面奏著細樂，排著儀仗，像箇要昇天的光景。我伏俯路旁，送駕過去，不覺失聲大哭起來。（小生）有這等異事！先皇帝、先皇后，自然是超昇天界的。也還是張老爺一片至誠所感，故此特特顯聖。（外）下官今日發一願心，要到明年七月十五日，在南京勝境，募建水陸道場㉔，修齋追薦㉕，並脫度一切冤魂。二位也肯隨喜㉖麼？（丑）老爺果能做此好事，俺們情願搭醮㉗。（外）好人，好人！到南京時，或買書，或求畫，不時要相會的。（丑）正是。（小生）大家收拾行李，前路作別罷。（各背行李下介）

㉒ 中元赦罪之期：舊俗以陰曆七月十五日為「中元節」。道觀於此日作齋醮，佛寺作盂蘭盆會。民間亦祭祀亡故親人，祈求神靈赦免其生前之罪。

㉓ 盂蘭會：佛教指在農曆七月十五日盂蘭節舉行的法會，屆時延請僧尼，誦經施食，以超度亡靈。盂蘭，即盂蘭盆，梵文音譯，意為救倒懸。

㉔ 水陸道場：又稱水陸齋，即以誦經拜佛、施捨齋食來超度水陸二界眾死者的鬼魂。

㉕ 修齋追薦：供設齋食，僱請僧人作佛事，誦經禮懺，以超度亡靈，祈禱冥福。

㉖ 隨喜：本指見他人行善而生歡喜之心，後多指贊助他人行善事，常用作「布施」的代語。

㉗ 搭醮：在別人延請僧道做法事為亡魂祈禱時附搭一份。

雨洗雞籠㉘翠，江行趁曉涼。
烏嘑荒塚樹，槐落廢宮牆。
帝子魂何弱，將軍氣不揚。
中原垂老別㉙，慟哭過沙場。

㉘雞籠：即雞籠山，南京城內山名。位於鼓樓以東，北臨玄武湖，東鄰九華山，因山形似雞籠而得名。山上建有北極閣。

㉙垂老別：詩篇名。杜甫三別中的一篇。垂老，接近衰老。

# 卷下

## 加二十一齣　孤吟

康熙甲子八月

【天下樂】（副末氈巾、道袍，扮老贊禮上）雨洗秋街不動塵，青山紅樹滿城新。誰家將有閒金粉，撒與歌樓照鏡人❶。

老客無家戀，名園杯自勸。朝朝賀太平，看演桃花扇。（內問）老相公又往太平園，看演桃花扇麼？（答）正是。（內問）昨日看完上本，演的何如？（答）演的快意，演的傷心，無端笑哈哈，不覺淚紛紛。司馬遷作史筆，東方朔上場人❷。只怕世事含黏❸八九件，人情遮蓋兩三分。（行唱介）

【甘州歌】流光箭緊❹，正柳林蟬噪，荷沼香噴。輕衫涼笠，行到水邊人困。西窗乍驚

❶ 歌樓照鏡人：這裏指演出桃花扇的演員。

❷ 司馬遷作史筆二句：意謂桃花扇是按照司馬遷修史的「實錄」原則寫成的；又如東方朔一樣，在詼諧嬉笑中寓諷諫之意。司馬遷，西漢著名歷史學家和文學家，著有史記。

❸ 含黏：一作「含糊」。

連夜雨，北里⑤重消一枕魂。梧桐院，砧杵村⑥，青苔蟲語不堪聞。閒攜杖，漫出門，宮槐滿路葉紛紛。

【前腔】雞皮⑦瘦損，看飽經霜雪，絲鬢如銀。傷秋扶病，偏帶旅愁客悶。歡場那知還賸我，老境翻嫌多此身。兒孫累，名利奔⑧，一般流水付行雲。諸侯怒，丞相嗔，無邊衰草對斜曛⑨。

【前腔】〔換頭〕望春不見春，想漢宮圖畫，風飄灰燼⑩。棋枰客散，黑白勝負難分。南朝古寺⑪王謝墳⑫，江上殘山花柳陣。人不見，烟已昏，擊筑彈鋏與誰論⑬。黃塵變，

---

④流光箭緊：即光陰似箭。

⑤北里：即平康里，唐代長安里名，為妓女聚居之處。因地處城北，故稱。後多泛指妓院。

⑥砧杵村：意謂村中傳來搗衣的聲音。砧，搗衣石。杵，搗衣用的木槌。

⑦雞皮：皮膚起皺紋。形容衰老之貌。

⑧名利奔：為名利而奔走。

⑨諸侯怒三句：意謂驕橫暴戾的諸侯和丞相，如今都化為烏有，所見只是一片衰草斜陽的淒涼景象。嗔，發怒。唐代杜甫麗人行：「炙手可熱勢絕倫，慎莫近前丞相嗔。」

⑩想漢宮圖畫二句：謂繁華綺麗的宮殿，如今已化為灰燼。漢宮，此處指明代宮殿。

⑪南朝古寺：南朝帝王中好佛者甚多，他們大建佛寺，當時金陵的佛寺有五百餘所。唐代杜牧江南春絕句：「南朝四百八十寺，多少樓臺烟雨中。」

⑫王謝墳：意謂六朝時曾經顯赫一時的王謝兩家大族，如今已衰敗淪亡。

紅日滾，一篇詩話易沉淪⑭。

【前腔】〔換頭〕難尋吳宮舊舞茵⑮，問開元遺事，白頭人盡⑯。云亭詞客，閣筆幾度酸辛。聲傳皓齒⑰曲未終，淚滴紅盤蠟已寸⑱。袍笏樣，墨粉痕⑲，一番妝點一番新。文章假，功業諢⑳，逢場只合酒沾唇。

【餘文】老不羞，偏風韻，偷將拄杖撥紅裙。那管他扇底桃花解笑人。

---

⑬ 擊筑彈鋏與誰論：意謂像高漸離、馮諼那樣俠義有才之士已無人賞識。擊筑，用戰國時燕人高漸離故事。燕太子丹使荊軻赴秦謀刺秦王政，送別至易水時，高漸離擊筑，荊軻和而歌，眾皆垂淚涕泣。筑，古代一種似箏的弦樂器。彈鋏，用戰國時齊人馮諼故事。馮諼投靠孟嘗君作門客時，三次彈鋏作歌，在生活待遇上提出了越來越高的要求，孟嘗君一一予以滿足。後馮諼為孟嘗君出謀劃策，使孟嘗君在齊國的統治地位不斷得到鞏固。鋏，劍把。

⑭ 一篇詩話易沉淪：意謂一部傳奇很容易被湮沒。詩話，此處指傳奇桃花扇。沉淪，埋沒；湮沒。

⑮ 舞茵：供跳舞用的地毯。

⑯ 問開元遺事二句：語出唐人元稹詩宮詞：「寥落古行宮，宮花寂寞紅。白頭宮女在，閒坐說玄宗。」開元，唐玄宗李隆基的年號。

⑰ 皓齒：此處指歌女。

⑱ 淚滴紅盤蠟已寸：燭淚滴在盤子裏，蠟燭已經快燒完。形容時間已過了很久。淚，此處指燭淚。寸，形容短小。

⑲ 袍笏樣二句：言演員穿上朝服，拿起笏板，化妝打扮，準備上場演出。墨粉，化妝用的白粉和黛墨。

⑳ 文章假二句：意謂文章和功業都是虛假而滑稽可笑的。諢，戲謔；開玩笑。

當年真是戲，今日戲如真。
兩度旁觀者㉑，天留冷眼人。

那馬士英又早登場，列位請看。（拱下）

㉑ 兩度旁觀者：意謂老禮贊當年曾親眼看到南明弘光朝的滅亡，現在又在桃花扇中看到這一段歷史。

# 第二十一齣　媚　座❶

甲申十月

【菊花新】（淨冠帶扮馬士英，外扮長班從人喝道上）調和鼎鼐❷費心機，別戶分門❸恩濟威。鑽火燃寒灰❹，這變理陰陽❺非細。

下官馬士英，官居首輔，權握中樞。天子無為，從他閉目拱手；相公養體，儘咱吐氣揚眉。那朱紫半朝❻，只不過呼朋引黨；這經綸滿腹，也無非報怨施恩。人都說養馬成群，滾塵不定❼，他怎知立君由我，殺人何妨。（笑介）這幾日太平無事，又且早放紅梅，設席萬玉園中，會些親戚故舊，但看他趨奉之多，越顯俺尊榮之至。人生行樂耳，須富貴此時。（喚介）長班，今日下的是那幾位請帖？（外）都是老爺同鄉，有兵部主事楊文驄，僉都御史❽越其杰，新推漕撫田仰，光祿寺卿阮大鋮，這幾位老

❶ 媚座：指阮大鋮等人在座席間向馬士英獻媚。
❷ 調和鼎鼐：調和五味，喻指宰相治理國家，鼎，古代炊器，多為三足兩耳。鼐，音ㄋㄞˋ。大鼎。
❸ 別戶分門：分成不同的門戶和派別。此處意謂在政治上要分清門戶和宗派。
❹ 鑽火燃寒灰：鑽木取火，使死灰復燃。
❺ 變理陰陽：猶言調和陰陽，喻指協調、治理國家大事。
❻ 朱紫半朝：朝廷中半數的高官。朱紫，古代高官服裝的顏色。
❼ 養馬成群二句：此為南明的諺語，諷刺馬士英結黨營私，敗亂朝政。
❽ 僉都御史：明代都察院官員，地位僅次於副都御史。

爺。（淨疑介）那阮大鋮不是同鄉呀。（外）他常對人說是老爺至親。（淨笑介）相與❾不同，也算的箇至親了。（吩咐介）今日不是外客，就在這梅花書屋設席蘇坐罷。（外）是。（淨）天已過午，快去請客。（外）不用去請，俱在門房候著哩。只傳他一聲，便齊齊進來了。（傳介）老爺有請。（末、副淨忙上）閽人❿片語千鈞重，相府重門萬里深。（進見足恭介）（淨）我道是誰？（向末介）楊妹丈是咱內親，為何也不竟進？（末）如今親不敵貴了。（淨）說那裏話。（向副淨介）圓老一向來熟了的，為何也等人傳？（副淨）府體尊嚴，豈敢冒昧！（淨）這就見外了。（讓淨臺坐，打恭介）

**【好事近】**（淨）**吾輩得施為，正好談心花底。蘭友瓜戚⓫，門外不須倒屣⓬。休疑，總是一班桃李⓭。相逢處，每把臂傾杯，何必拘冠裳套禮⓮。俺肯堂堂相府，賓從疎稀。**

（茶到讓淨先取，打恭介）（淨）今日天氣微寒，正宜小飲。（副淨、末打恭介）正是。（淨）纔下朝來，日已過午，晝短夜長，差了三箇時辰了。（副淨、末打恭介）是，是。皆老師相調燮之功也。（喫茶完，

---

❾ 相與：相處；相交往。

❿ 閽人：守門人。

⓫ 蘭友瓜戚：指好友和親戚。蘭友，意氣相投的朋友。易繫辭：「同心之言，其臭如蘭。」瓜戚，親戚。

⓬ 倒屣：客人來訪時，急於迎接，將鞋子穿倒。形容對客人熱情歡迎。三國志魏志王粲傳：「（蔡邕）聞粲在門，倒屣迎之。」

⓭ 桃李：指門生或所栽培的後輩。唐狄仁傑門生眾多，曾向武則天推薦將相數十人。有人對狄仁傑說：「天下桃李，悉在公門矣。」事見新唐書狄仁傑傳。

⓮ 冠裳套禮：指士大夫交往時的一整套禮節。

讓淨先放茶杯，打恭介）（淨問外介）怎麼越、田二位，還不見到？（外）越老爺痔漏發了，早有辭帖；田老爺明日起身，打發家眷上船，夜間纔來辭行。（淨）罷了，吩咐排席。（吹打，排三席，安坐介）（副淨、末謙恭告坐介）（入坐飲介）

【泣顏回】（淨）朝罷袖香微，換了輕裘朱履。陽春十月⑮，梅花早破紅蕊。南朝雅客，半閒堂⑯且說風流嘴。拚長宵讀畫評詩，嘆吾黨知心有幾。

（副淨問介）相府連日宴客，都是那幾位年翁？（淨）總是吾黨，但不如兩公風雅耳。（末問介）是誰？（淨喚介）長班拏客單來看。（外）客單在此。（副淨接看介）張孫振、袁弘勳、黃鼎、張捷、楊維垣⑰。（末）果然都是大有經濟的。（淨）箇箇是學生提拔，如今皆成大僚了。（副淨打恭介）晚生等已廢之員，還蒙起用。老師相為國吐握⑱，真不啻周公矣。（淨）豈敢。（拱介）二位不比他人，明日囑託吏部，還要破格超陞。（末打恭介）（副淨跪介）多謝提拔。（淨拉起介）

【前腔】（換頭）（副淨、末）提攜，鎩羽⑲忽高飛，劍出豐城獄底⑳。隨朝待漏㉑，猶如狗

⑮ 陽春十月：農曆十月氣候溫暖，被稱為「十月小陽春」。

⑯ 半閒堂：南宋末年奸相賈似道在杭州西湖葛嶺建築的府第。

⑰ 張孫振袁弘勳黃鼎張捷楊維垣：五人皆為馬士英的黨羽。

⑱ 吐握：即吐哺握髮。傳說周公唯恐失天下之士，常常「一沐三握髮，一飯三吐哺」，頭沒洗完，飯沒吃好就去接待賢才。後用以形容禮賢下士，求才心切。

⑲ 鎩羽：摧落羽毛，常比喻不得志，處境極端困難。鎩，音ㄕㄚ。

續貂尾㉒。華筵一飲，出公門，滿面春風起。這恩榮錫袞封圭㉓，不比那登龍御李㉔。

（起介）（淨）撤了大席，安排小酌，我們促膝談心。（設一席，更衣圍坐介）（淨）也不再把盞了。（副淨、末）豈敢重勞。（雜扮二价㉕獻賞封㉖介）（淨搖手介）不必，不必！花間雅集，又無梨園，怎麼行這官席之禮。（副淨）舍下小班，日日得閒，為何不喚來承應？（淨）圓老見慣的，另請別客，借來領教罷。

【太平令】妙部新奇，見慣司空自品題㉗。（副淨）是，是。名園山水清音美，又何用絲

---

⑳ 劍出豐城獄底：晉書張華傳載：晉初，斗、牛二星間常有紫氣，據說是寶劍之精上徹於天之故。張華命人尋找，果然在豐城（今江西省豐城縣）牢獄的地下，掘得龍泉、太阿二劍，後二劍入水化為雙龍。此處比喻埋沒的人才被發現和重用。

㉑ 待漏：指百官集於殿庭等待上早朝。漏，古代計時器。

㉒ 狗續貂尾：這裏指封官太濫。古代君主的侍從官員用貂尾作帽子的裝飾。晉代朝廷封官太多，以致貂尾不夠用，以狗尾代替。時有諺曰：「貂不足，狗尾續。」

㉓ 錫袞封圭：意謂封賜高官厚爵。錫，通「賜」。袞，古代帝王及上公所穿的禮服。圭，圭璧，古代帝王、諸侯朝聘或祭祀時所執的玉器。

㉔ 登龍御李：比喻結識依附高官或有聲望的人以提高身價。後漢書李膺傳載，東漢李膺有賢名，士大夫被他接見的，身價大大提高，稱作「登龍門」。荀爽去拜訪李膺，並為他駕御馬車，回家後對人說：「今日乃得御李君矣。」

㉕ 二价：指阮大鋮、楊文驄的兩個隨身僕從。价，舊時對供役使的奴僕的稱呼。

㉖ 賞封：此處指阮大鋮、楊文驄準備給馬士英家僕役的賞錢。

㉗ 品題：觀賞；玩賞。

竹隨。

（末笑介）從來名花傾國㉘，缺一不可。今日紅梅之下，梨園可省，倒少不了一聲「曉風殘月」㉙哩。

【前腔】**半放紅梅，只少韋娘一曲㉚催。**（淨大笑介）妹丈多情，竟要做箇蘇州刺史了。**蘇州刺史魂消矣，想一箇麗人陪。**

（淨）這也容易。（吩咐介）叫長班傳幾名歌妓，快來伺候。（外）稟老爺，要舊院的，要珠市㉛的？（淨同末介）請教楊姑老爺。（末）小弟物色已多，總無佳者。只有舊院李香君，新學牡丹亭，倒還唱得出。（淨吩咐介）長班快去喚來。（外應下）（副淨問末介）前日田百源㉜用三百金，要娶做妾的，想是他了。（末）正是。（淨問末介）為何不娶去？（末）可笑這箇獃丫頭，要與侯朝宗守節，斷斷不從。俺往說數次，竟不下樓，今我掃興而回。（淨怒介）有這大膽奴才。

---

㉘名花傾國：語出李白詩清平調：「名花傾國兩相歡，長得君王帶笑看。」名花，指牡丹花。傾國，容貌絕美的女子。

㉙曉風殘月：語出宋代柳永詞雨霖鈴：「今宵酒醒何處，楊柳岸曉風殘月。」這裏指歌女唱曲。俞文豹吹劍錄載，一位善歌的幕士對蘇軾說：「柳郎中詞須十七、八女郎，執紅牙拍板，低唱『楊柳岸曉風殘月』。」

㉚韋娘一曲：即杜韋娘，原為唐代歌妓，後用作歌曲名。唐代詩人劉禹錫罷和州刺史後回京，司空李紳設宴相邀，出歌妓勸酒。劉席間作贈李司空詩：「高髻雲鬟宮樣妝，春風一曲杜韋娘。司空見慣渾閒事，斷盡蘇州刺史腸。」事見唐代孟棨本事詩情感。

㉛珠市：明末南京妓女聚居處之一，在內橋附近。

㉜田百源：即田仰，字百源。

【風入松】不知開府爪牙威，殺人如同虱蟣。笑他命薄烟花鬼，好一似蛾撲燈蕊。（副淨）這都是侯朝宗教壞的，前番辱的晚生也不淺。（淨大怒介）了不得，了不得。一位新任漕撫，拏銀三百，買不去一箇妓女，豈有此理！難道是珍珠一斛，偏不能換蛾眉㉝。

（副淨）田漕臺是老師相的鄉親，被他羞辱，所關不小。（淨）正是。等他來時，自有處法。（外上）稟老爺，小人走到舊院，尋著香君，他推託有病，不肯下樓。（淨尋思介）也罷！叫長班家人，拏著衣服財禮，竟去娶他。

【前腔】不須月老㉞幾番催，一霎紅絲聯喜。花花綵轎門前擠，不少欠分毫茶禮。莫管他鴇子㉟肯不肯，竟將香君拉上轎子，今夜還送到田漕撫船上。驚的他迷離似癡，只當烟波上遇湘妃㊱。

（外等急應下）（副淨喜介）妙，妙！這纔燥脾。（末）天色太晚，我們告辭罷。（淨）正好快談，為何就去？（副淨）動勞久陪，晚生不安。（俱起打恭介）（淨）還該遠送一步。（副淨、末）不敢。（連打三恭，

㉝ 難道是珍珠一斛二句：晉代石崇曾用珍珠三斛買歌妓綠珠。此處用這一故事，意思說只要多花金錢，就不信娶不回香君。蛾眉，像蠶蛾一樣的眉毛，用以代指美女。

㉞ 月老：指月下老人。傳說中為男女雙方作媒的仙人。

㉟ 鴇子：妓女的養母，又稱「老鴇」。

㊱ 湘妃：傳說中的湘水女神娥皇和女英，原為帝堯的兩個女兒，帝舜的妃子。傳說舜巡視南方，死於蒼梧，二女追尋至洞庭湖，自投湘江而死，成為湘江的兩位女神「湘夫人」，為湘江男神湘君（舜死後所化）的配偶神。

淨先入內介）（副淨）難得令舅老師相在鄉親面上，動此義舉，龍老也該去幫一幫。（末）如何去幫？（副淨）舊院是你熟遊之處，竟去拉下樓來，打發起身便了。（末）也不可太難為他。（副淨怒介）這還便益了他。想起前番，就處死這奴才，難洩我恨。

**【尾聲】當年舊恨重提起，便折花損柳心無悔。**那侯朝宗空梳攏了一番，看**今日琵琶抱向阿誰㊲。**

（副淨）**封侯夫婿㊳幾時歸，**（末）**獨守妝樓掩翠幃。**

（副淨）**不解巫山風力猛，**（末）**三更即換雨雲衣㊴。**

---

㊲ 琵琶抱向阿誰：此句是再嫁給誰的意思。

㊳ 封侯夫婿：外出求官的丈夫。此處指侯方域。語出唐人王昌齡閨怨：「忽見陌頭楊柳色，悔教夫婿覓封侯。」

㊴ 雨雲衣：指嫁衣。

# 第二十二齣　守樓

甲申十月

（外、小生拏內閣燈籠、衣、銀跟轎上）天上從無差月老，人間竟有錯花星❶。（外）我們奉老爺之命，硬娶香君，只得快走。（小生）舊院李家母子兩箇，知他誰是香君？（末急上呼介）轉來，同我去罷。（外見介）楊姑老爺肯去，定娶不錯了。（同行介）月照清溪水，霜沾長板橋。來此已是，快快叫門。（叫門介）（雜扮保兒上）纔關後戶，又開前庭。迎官接客，卑職驛丞❷。（問介）那箇叫門？（外）快開門來。（丑開門驚介）阿呀！燈籠火把，轎馬人夫，楊老爺來誇官❸了。（末）哇！快喚貞娘出來。（雜大叫介）媽媽出來，楊老爺到門了。（小旦急上問介）老爺從那裏赴席回來麼？（末）適在馬舅爺相府，特來報喜。（小旦）有甚麼喜？（末）有箇大老官來娶你令嬡哩。（指介）

**【漁家傲】你看這綵轎青衣❹門外催，你看這三百花銀一套繡衣。**（小旦驚介）是那家來娶？怎不早說？（末）**你看燈籠大字成雙對，是中堂❺閣內❻。**（小旦）就是內閣老爺自己娶麼？（末）非

---

❶ 花星：江湖術士所說的專管男女風情之事的星宿。
❷ 驛丞：掌管驛站、負責郵傳迎送之事的官員。此處保兒用來自比。
❸ 誇官：士子考中進士或官員陞遷時，設鼓樂儀仗遊街以顯示榮耀。
❹ 青衣：指奴僕。古代奴婢一般都穿青衣。
❺ 中堂：唐代於中書省設政事堂，由宰相領其事，後因稱宰相為「中堂」。明、清的大學士亦稱中堂。

也。**漕撫田公，同鄉至戚，贈箇佳人捧玉杯。**

（小旦）田家親事，久已回斷，如何又來歪纏❼？（小生拏銀交介）你就是香君麼？請受財禮。（小旦）待我進去商量。（外）相府要人，還等你商量？快快收了銀子，出來上轎罷。（末）他怎敢不去，你們在外伺候，待我拏銀進去催他梳洗。（末接銀，雜接衣同小旦作進介）（小生、外）我們且尋箇老表子燥脾去。（俱暫下）（小旦、末、雜作上樓介）（末喚介）香君睡下不曾？（旦上）有甚緊事，一片吵鬧？（小旦）你還不知麼？（旦見末介）想是楊老爺要來聽歌。（小旦）還說甚麼歌不歌哩。

**【剔銀鐙】忙忙的來交聘禮，兇兇的強奪歌妓。對著面一時難迴避，執著名別人誰替。**

（旦驚介）諕殺奴也！又是那箇天殺的？（小旦）還是田仰，又借著相府的勢力，硬來娶你。**堪悲，青樓薄命，一霎時楊花亂吹。**

（小旦向末介）楊老爺從來疼奴母子，為何下這毒手？（末）不干我事。那馬瑤草知你拒絕田仰，動了大怒，差一班惡僕登門強娶。下官怕你受氣，特為護你而來。（小旦）這等多謝了。還求老爺始終救解。（末）依我說三百財禮，也不算喫虧；香君嫁箇漕撫，也不算失所。你有多大本事，能敵他兩家勢力？（小旦思介）楊老爺說的有理，看這局面，拗不去了。孩兒趁早收拾下樓罷！（旦怒介）媽媽說那裏話來！當日楊老爺作媒，媽媽主婚，把奴嫁與侯郎，滿堂賓客，誰沒看見。現收著定盟之物。（急向

❻ 閣內：指內閣大學士。

❼ 歪纏：胡纏。

內取出扇介）這首定情詩，楊老爺都看過，難道忘了不成？

【攤破錦地花】案齊眉❽，他是我終身倚，盟誓怎移。宮紗扇現有詩題，萬種恩情，一夜夫妻。（末）那侯郎避禍逃走，不知去向。設若三年不歸，你也只顧等他麼？（旦）便等他三年，便等他十年，便等他一百年，只不嫁田仰。（末）阿呀！好性氣。又像摘翠脫衣罵阮圓海的那番光景了。（旦）可又來，阮、田同是魏黨。阮家妝奩尚且不受，到去跟著田仰麼？（內喊介）夜已深了，快些上轎，還要趕到船上去哩。（小旦勸介）傻丫頭，嫁到田府，少不了你的喫穿哩。（旦）呸！我立志守節，豈在溫飽。忍寒飢，決不下這翠樓梯。

（小旦）事到今日，也顧不的他了。（叫介）楊老爺放下財禮，大家幫他梳頭穿衣。（小旦替梳頭，末替穿衣介）（旦持扇前後亂打介）（末）好利害，一柄詩扇，倒像一把防身的利劍。（小旦）草草妝完，抱他下樓罷。（末抱介）（旦哭介）奴家就死不下此樓。（倒地撞頭暈臥介）（小旦驚介）阿呀！我兒甦醒，竟把花容，碰了箇稀爛。（末拾扇介）你看血噴滿地，連這詩扇都濺壞了。（拾扇付雜介）（小旦喚介）保兒，扶起香君，且到臥房安歇罷。（雜扶旦下）（內喊介）夜已三更了，誆❾去銀子，不打發上轎，我們要上樓拏人哩。（末向樓下介）管家略等一等，他母子難捨，其實可憐的。（小旦急介）孩兒碰壞，外邊聲聲

---

❽ 案齊眉：即舉案齊眉，形容夫妻相敬如賓。東漢梁鴻每次吃飯，其妻孟光不敢仰視，舉案齊眉。事見後漢書逸民傳。案，有腳的托盤。

❾ 誆：音ㄎㄨㄤ。騙；欺騙。

要人，這怎麼處？（末）那宰相勢力，你是知道的，這番羞了他去，你母子不要性命了！（小旦怕介）求楊老爺救俺則箇。（末）沒奈何，且尋箇權宜之法⑩罷。（小旦）有何權宜之法？（末）娼家從良⑪，原是好事，況且嫁與田府，不少喫穿，香君既沒造化⑫，你倒替他享受去罷。（小旦急介）這斷不能。一時一霎，叫我如何捨的？（末怒介）明日早來拏人，看你捨得捨不得？（小旦呆介）也罷，叫香君守著樓，我去走一遭兒。（想介）不好，不好。只怕有人認的。（末）我說你是香君，誰能辨別？（小旦）既是這等，少不得又妝新人了。（忙打扮完介）（向內叫介）香君，我兒好好將息，我替你去了。（又囑介）三百兩銀子替我收好，不要花費了。（末扶小旦下樓介）

**【麻婆子】**（小旦）**下樓下樓三更夜，紅燈滿路輝；出戶出戶寒風起，看花未必歸。**（小生外打燈抬轎上）好，好。新人出來了，快請上轎。（小旦別末介）別過楊老爺罷。（末）前途保重，後會有期。（小旦）楊老爺，今晚且宿院中照管孩兒。（末）自然。（小旦上轎介）**蕭郎從此路人窺，侯門再出豈容易⑬。**（行介）**捨了笙歌隊，今夜伴阿誰。**

---

⑩ 權宜之法：為應付某種情況而採取的臨時變通之法。

⑪ 從良：妓女嫁人。

⑫ 造化：福氣；好運。

⑬ 蕭郎從此路人窺二句：意謂嫁入田府以後就很難再出來，與所愛戀男子的友好關係也將從此割斷。蕭郎，指美好的男子或女子所愛戀的男子。唐代詩人崔郊的姑母有一美婢，後被賣給連帥，崔郊十分思慕，贈詩曰：「公子王孫逐後塵，綠珠垂淚滴羅巾。侯門一入深如海，從此蕭郎是路人。」

（俱下）（末笑介）貞麗從良，香君守節，雪了阮兄之根，全了馬舅之威。將李代桃⑭，一舉四得，倒也是箇妙計。（嘆介）只是母子分別，未免傷心。

匆匆夜去替蛾眉，一曲歌同易水悲⑮。
燕子樓中人臥病⑯，燈昏被冷有誰知。

⑭ 將李代桃：原比喻兄弟間同甘共苦，互相幫助，後轉用為互相頂替和代人受過。樂府詩集雞鳴：「桃在露井上，李樹在桃旁。蟲來齧桃根，李樹代桃僵。」

⑮ 一曲歌同易水悲：戰國時荊軻赴秦謀刺秦王政，燕太子丹送至易水上，高漸離擊筑，荊軻唱易水歌，氣氛悲壯，在場者皆流淚。此處藉以形容李貞麗和李香君分別時的悲傷情狀。

⑯ 燕子樓中人臥病：意謂李香君如同關盼盼一樣帶病獨居小樓，守志不渝。

# 第二十三齣 寄扇

甲申十一月

【醉桃源】（旦包帕病容上）寒風料峭❶透冰綃，香鑪懶去燒。血痕一縷在眉梢，臙脂紅讓嬌❷。孤影怯，弱魂飄，春絲命一條❸。滿樓霜月夜迢迢，天明恨不消。

（坐介）奴家香君，一時無奈用了苦肉之計，得遂全身之節。只是孤身隻影，臥病空樓，冷帳寒衾，無人作伴，好生淒涼。

【北新水令】凍雲殘雪阻長橋，閉紅樓冶遊人少。闌干低鴈字❹，簾幙掛冰條。炭冷香消，人瘦晚風峭。

奴家雖在青樓，那些花月歡場，從今罷卻了。

【駐馬聽】繡戶蕭蕭，鸚鵡呼茶聲自巧；香閨悄悄，雪狸❺偎枕睡偏牢。榴裙裂破舞風腰，鸞韉剪碎凌波靿❻。愁多病轉饒❼，這妝樓再不許風情鬧。

❶ 料峭：寒意；寒冷。

❷ 臙脂紅讓嬌：意謂李香君眉梢的血痕比臙脂還要嬌豔。

❸ 春絲命一條：意謂生命如同春天飄蕩的游絲一樣柔弱。

❹ 闌干低鴈字：欄杆外群雁排成行在低空飛翔。鴈字，雁飛的行列。

❺ 雪狸：毛色純白的貓。

想起侯郎匆匆避禍，不知流落何所，怎知奴家獨住空樓，替他守節也。（起唱介）

【沉醉東風】記得一霎時嬌歌興掃，半夜裏濃雨情拋。從桃葉渡頭尋，向燕子磯邊找，亂雲山風高鴈杳。那知道梅開有信，人去越遙。憑欄凝眺，盈盈秋水，酸風凍了❽。

可恨惡僕盈門，硬來娶俺，俺怎肯負了侯郎？

【鴈兒落】欺負奴賤烟花薄命飄颻，倚著那丞相府忒驕傲。得保住這無瑕白玉身，免不得揉碎如花貌。

最可憐媽媽替奴當災，飄然竟去。（指介）你看牀榻依然，歸來何日？

【得勝令】恰便似桃片逐雪濤，柳絮兒隨風飄；袖掩春風面，黃昏出漢朝❾。蕭條，滿被塵無人掃；寂寥，花開了獨自瞧。

說到這裏，不覺一陣酸心。（掩淚坐介）

---

❻ 榴裙裂破舞風腰二句：為「裂破舞風榴裙腰，剪碎凌波鸞鞾靿」的倒裝，意謂撕破舞裙，剪破舞靴，結束歌舞賣笑的生涯。鸞鞾，輕便的舞靴。靿，音ㄧㄠˋ。靴筒。

❼ 病轉饒：病變多。

❽ 盈盈秋水二句：形容長時間目不轉睛地臨風眺望，眼波彷彿凝結起來一般。盈盈，水清淺貌。秋水，喻指女子的眼波。酸風，淒涼的風。一本「盈盈」前有一「把」字。

❾ 袖掩春風面二句：用王昭君遠嫁匈奴的故事，比喻李貞麗出嫁田仰的無奈和悲傷。春風面，指女子美麗的容貌。宋王安石詩明妃曲：「明妃初出漢宮時，淚濕春風鬢角低。」

【喬牌兒】這肝腸似攪，淚點兒滴多少。也沒箇姊妹閒相邀，聽那掛簾櫳的鉤自敲。

獨坐無聊，不免取出侯郎詩扇，展看一回。（取扇介）噯呀！都被血點兒污壞了，這怎麼處？

【甜水令】你看疎疎密密，濃濃淡淡，鮮血亂照。不是杜鵑拋，是臉上桃花做紅雨兒飛落⑩，一點點濺上冰綃。

侯郎，侯郎！這都是為你來。

【折桂令】叫奴家揉開雲髻，折損宮腰，睡昏昏似妃葬坡平⑪，血淋淋似妾墮樓高⑫。怕旁人呼號，捨著奴軃丟答的魂靈沒人招⑬。銀鏡裏朱霞殘照⑭，鴛枕上紅淚春潮。恨在心

---

⑩ 不是杜鵑拋二句：寫扇上的紅點不是血跡，而是臉上的桃花化作紅雨飛濺上去的。杜鵑，又名杜宇、子規，相傳為古代蜀國君主杜宇的魂魄所化，啼聲悲切，啼時嘴上還會流出血來。臉上桃花做紅雨兒飛落，語出李賀詩將進酒：「桃花亂落如紅雨。」

⑪ 睡昏昏似妃葬坡平：此句借楊貴妃故事形容李香君臥病時昏昏沉沉的情狀。安史之亂爆發後，唐玄宗帶楊玉環向西南方向逃奔，至馬嵬驛（位於今陝西省興平縣）時，扈從禁衛軍發難，不肯行進，請誅楊國忠、楊玉環兄妹以平民怨。玄宗只得將楊貴妃賜死，葬於馬嵬坡。

⑫ 血淋淋似妾墮樓高：此句以綠珠墮樓之事比擬李香君撞頭毀容。西晉時孫秀倚仗權勢強求石崇的愛妓綠珠，石崇堅決不肯。孫秀矯詔逮捕石崇，綠珠墮樓而死。

⑬ 怕旁人呼號二句：意謂害怕別人將李貞麗代嫁的事聲張出去，只好強支病體，沒有招呼他人照料。軃丟答，軟弱無力。

⑭ 朱霞殘照：指臉上的血痕。

苗，愁在眉梢，洗了胭脂，涴了鮫綃⑮。

一時困倦起來，且在妝臺盹睡片時。（壓扇睡介）（末扮楊文驄便服上）認得紅樓水面斜，一行衰柳帶殘鴉。（淨扮蘇崑生上）銀箏象板佳人院，風雪今同處士家。（末回頭見介）呀！蘇崑老也來了。（淨）貞麗從良，香君獨住，放心不下，故此常來走走。（末）下官自那晚打發貞麗起身，守了香君一夜。這幾日衙門有事，不得脫身，方纔城東拜客，便道一瞧。（入介）（淨）香君不肯下樓，我們上去一談罷。（末）甚好。（登樓介）（末指介）你看香君抑鬱病損，困睡妝臺，且不必喚他。（淨看介）這柄扇兒展在面前，怎麼有許多紅點兒？（末）此乃侯兄定情之物，一向珍藏，不肯示人，想因面血濺污，晾在此間。（抽扇看介）幾點血痕，紅豔非常，不免添些枝葉，替他點綴起來。（想介）沒有綠色怎好？（淨）待我採摘盆草，扭取鮮汁，權當顏色罷。（末）妙極。（淨取草汁上）（末畫介）葉分芳草綠，花借美人紅。（畫完介）（淨看喜介）妙，妙。竟是幾筆折枝桃花。（末大笑指介）真乃桃花扇也。（旦驚醒見介）楊老爺、蘇師父都來了，奴家得罪。（讓坐介）（末）幾日不曾來看，額角傷痕漸已平復了。（笑介）下官有畫扇一柄，奉贈妝臺。（付旦扇介）（旦接看介）這是奴的舊扇，血跡腌臢⑯，看他怎的？（入袖介）（淨）扇頭妙染，怎不賞鑒？（旦）幾時畫的？（末）得罪，得罪。方纔點壞了。（旦看扇嘆介）咳！桃花薄命，扇底飄零。多謝楊老爺替奴寫照了。

【錦上花】一朵朵傷情，春風懶笑。一片片消魂，流水愁漂。摘的下嬌色⑰，天然蘸好。

---

⑮ 涴了鮫綃：意謂弄髒了手帕。涴，音ㄨㄢˇ。沾污；弄髒。鮫綃，此處指手帕、絲巾。

⑯ 腌臢：音ㄤ ㄗㄤ。髒；不乾淨。

便妙手徐熙⑱，怎能畫到？櫻脣上調朱，蓮腮上臨稿。寫意兒⑲幾筆紅桃，補襯些翠枝青葉，分外夭夭⑳，薄命人寫了一幅桃花照。

（末）你有這柄桃花扇，少不得箇顧曲周郎㉑。難道青春守寡，竟做箇入月嫦娥不成？（旦）說那裏話。那關盼盼也是烟花，何嘗不在燕子樓中，關門到老。（淨）明日侯郎重到，你也不下樓麼？（旦）那時錦片前程㉒，儘俺受用，何處不許遊耍，豈但下樓？（末）香君這段苦節，今世少有。（向淨介）崑老看師弟之情，尋著侯郎，將他送去，也省俺一番懸掛。（淨）是，是。一向留心訪問，知他隨任史公，住淮半載。自淮來京，自京到揚，今又同著高兵防河去了。晚生不日還鄉，順便找尋。（向旦介）須得香君一書纔好。（旦向末介）奴家言不成文，求楊老爺代寫罷。（末）你的心事，叫俺如何寫的出？（旦尋思介）罷，罷！奴的千愁萬苦，俱在扇頭，就把這扇兒寄去罷。（淨喜介）這封家書倒也新樣。（旦）待奴封他起來。（封扇介）

---

⑰ 摘的下嬌色：形容扇上桃花的顏色鮮豔欲滴，好像能摘得下來似的。

⑱ 徐熙：五代南唐畫家，江寧（今江蘇省南京市）人。善畫花鳥、禽魚、蔬果。

⑲ 寫意兒：即寫意。國畫的一種畫法，用筆不求工細，而注重神態的表現和作者情趣的抒發。

⑳ 夭夭：此處形容桃花茂盛而豔麗。

㉑ 顧曲周郎：比喻知音者。三國時吳國名將周瑜精於音樂，有錯誤定能發現。當時有歌謠說：「曲有誤，周郎顧。」

㉒ 錦片前程：如同錦繡般美好的前程。

【碧玉簫】揮灑銀毫㉓，舊句他知道；點染紅么㉔，新畫你收著。便面㉕小，血心腸一萬條。手帕兒包，頭繩兒繞，抵過錦字書㉖多少。

（淨接扇介）待我收好了，替你寄去。（旦）師父幾時起身？（淨）不日束裝了。（旦）只望早行一步。（淨）曉得。（末）我們下樓罷。（向旦介）香君保重。你這段苦節，說與侯郎，自然來娶你的。（淨）我也不再來別了。正是：新書遠寄桃花扇，（末）舊院常關燕子樓。（下）（旦掩淚介）媽媽不歸，師父又去，妝樓獨閉，益發淒涼了。

【鴛鴦煞】鶯喉歇了南北套㉗，冰絃住了陳隋調㉘。脣底罷吹簫，笛兒丟，笙兒壞，板兒掠㉙。只願扇兒寄去的速，師父束裝得早，三月三劉郎到了㉚，攜手兒下妝樓，桃花粥㉛

---

㉓銀毫：筆。

㉔紅么：紅點。這裏指扇上的桃花。

㉕便面：即團扇。因便於遮面，故稱。

㉖錦字書：指前秦蘇蕙寄給丈夫的織錦回文詩。後多用以指妻子寄給丈夫的表達思念之情的書信。

㉗南北套：即南北曲，南曲與北曲的合稱。又稱「南北詞」。南曲聲調柔緩宛轉，用簫笛伴奏；北曲聲調遒勁樸實，以弦樂器伴奏。宋元南戲及明清傳奇均以南曲為主，元雜劇全用北曲，明清傳奇也採用部分北曲。套，指各種曲調配合成的整體。

㉘陳隋調：指陳代和隋代流行的玉樹後庭花、春江花月夜等曲調。這裏泛指當時的流行歌曲。

㉙掠：拋棄。

㉚劉郎到了：語出唐代劉禹錫詩再游玄都觀：「種桃道士歸何處，前度劉郎今又來。」這裏借指侯方域回來。

喫箇飽。

書到梁園[32]雪未消，青谿一道阻春潮。

桃根[33]桃葉無人問，丁字簾[34]前是斷橋。

[31] 桃花粥：中原地區民間風俗，寒食節食桃花粥。

[32] 梁園：園林名，西漢梁孝王劉武所建，位於今河南省商邱市。此處指侯方域的家鄉。

[33] 桃根：東晉王獻之愛妾桃葉的妹妹。

[34] 丁字簾：南京地名，為明代南京妓女聚居地之一。位於利涉橋畔。

# 第二十四齣　罵　筵

乙酉❶正月

【縷縷金】（副淨扮阮大鋮吉服上）風流代❷，又遭逢，六朝金粉樣，我偏通。正管領烟花，銜名供奉❸。簇新新帽烏襯袍紅❹，皂皮靴綠縫，皂皮靴綠縫。

（笑介）我阮大鋮虧了貴陽相公破格提挈❺，又取在內庭供奉。今日到任回來，好不榮耀！且喜今上性喜文墨，把王鐸補了內閣大學士，錢謙益❻補了禮部尚書。區區不才，同在文學侍從❼之班。天顏日近，知無不言。前日進了四種傳奇❽，聖上大悅，立刻傳旨，命禮部採選宮人，要將燕子箋被之聲歌❾，為中興一代之樂。我想這本傳奇，精深奧妙，儻被俗手教壞，豈不損我文名？因而乘機啟奏：

---

❶ 乙酉：指清順治二年（一六四五）。這年清兵攻陷南京，南明弘光朝滅亡。

❷ 風流代：風流的年代。

❸ 銜名供奉：官銜是供奉。供奉，指以文學、音樂、醫學等才藝在內廷供職的人。

❹ 帽烏襯袍紅：烏紗帽襯著大紅袍。指做官。

❺ 虧了貴陽相公破格提挈：意謂多虧馬士英破格提拔。貴陽相公，指馬士英。提挈，提拔。

❻ 錢謙益：明清之際文學家。字受之，號牧齋，常熟（今江蘇省常熟市）人。萬曆進士，曾官禮部右侍郎。南明弘光朝任禮部尚書。清兵渡江後降清，順治三年任清禮部右侍郎，充修明史副總裁。

❼ 文學侍從：以文章和才學隨從並伺候於帝王左右的人。

❽ 四種傳奇：指阮大鋮所作的傳奇春燈謎、燕子箋、雙金榜、牟尼合，世稱「石巢四種」。

「生口不如熟口⑩，清客強似教手。」聖上從諫如流，就命廣搜舊院，大羅⑪秦淮，拏了清客妓女數十餘人，交與禮部揀選。前日驗他色藝，都只平常。還有幾箇有名的，都是楊龍友舊交，求請免選，下官只得勾去。昨見貴陽相公說道：「教演新戲，是聖上心事，難道不選好的，倒選壞的不成？」只得又去傳他，尚未到來。今乃乙酉新年人日⑫佳節，下官約同龍友，移樽賞心亭⑬，邀俺貴陽師相，飲酒看雪。早已吩咐把新選的妓女，帶到席前驗看。正是：花柳笙歌隋事業⑭，談諧裙屐晉風流⑮。（下）

**【黃鶯兒】**（老旦扮卞玉京道裝背包急上）**家住蕊珠宮⑯，恨無端業海風⑰，把人輕向烟花送。喉尖唱腫，裙腰舞鬆，一生魂在巫山洞⑱。**俺卞玉京，今日為何這般打扮？只因朝廷搜拏歌妓，

---

⑨ 被之聲歌：配上音樂，付諸演唱。
⑩ 生口不如熟口：意謂沒有唱過曲的人演戲不如經常唱曲的人。生口，指沒有唱過曲的人。熟口，嫻於唱曲的人。
⑪ 大羅：大力搜羅。
⑫ 人日：陰曆正月初七。
⑬ 賞心亭：在南京城西下水門之城上，下臨秦淮河，為北宋丁謂鎮守金陵時所建。是當時的遊覽勝地。
⑭ 花柳笙歌隋事業：意謂像隋煬帝那樣縱情於聲色。花柳，此處指女色。
⑮ 談諧裙屐晉風流：意謂像魏晉名士那樣以詼諧談笑、穿時髦服裝為風流。
⑯ 蕊珠宮：道家所說的神仙居住的地方。
⑰ 無端業海風：無緣無故地從罪惡的業海裏吹來的邪風。業海，佛家語，意謂世人罪業深重無邊，有如大海。

逼俺斷了塵心，昨夜別過姊妹，換上道裝，飄然出院。但不知那裏好去投師？**望城東雲山滿眼，仙界路無窮。**（飄颻下）

**【皁羅袍】**（副淨扮丁繼之，外扮沈公憲，淨扮張燕筑三人同上）（副淨）**正把秦淮簫弄，看名花好月，亂上簾櫳。鳳紙僉名⑲喚樂工，南朝天子春心動。**我丁繼之年過六旬，歌板久拋。前日託過楊老爺，免我前往，怎的今日又傳起來了？（外淨）俺兩箇也都是免過的，不知又傳有何話說？（副淨拱介）兩位老弟，大家商量，我們一班清客，感動皇爺，召去教歌，也不是容易的。（外、淨）正是。（副淨）二位青年上進，該去走走。我老漢多病年衰，也不望甚麼際遇⑳了。今日我要躲過，求二位遮蓋一二。（外）這有何妨，太公釣魚，願者上鉤㉑。（淨）是，是。難道你犯了王法，定要拏去審問不成？（副淨）既然如此，我老漢就回去了。（回行介）**急忙回首，青青遠峰，逍遙尋路，森森亂松。**（頓足介）若不離了塵埃，怎能免得牽絆。（袖出道巾，黃縧換介）（轉頭呼介）二位看俺打扮罷，**道人醒了揚州夢㉒。**

---

⑱ 魂在巫山洞：此處指妓女生涯。巫山洞，用楚襄王與巫山神女相會之事。

⑲ 鳳紙僉名：即皇帝的詔書上列出名單。鳳紙，即鳳詔，皇帝的詔書。僉名，一作「簽名」。

⑳ 際遇：機遇。這裏指受到重用。

㉑ 太公釣魚二句：相傳姜太公隱居渭濱時，曾用無餌直鉤釣魚，說：「負命者上鉤來。」

㉒ 揚州夢：指昔日放浪形骸的生活。唐代詩人杜牧在揚州作幕僚時，曾出入娼樓，後離開揚州，追思感舊，作

（搖擺下）（外）咦！他竟出家去了，好狠心也。（淨）我們且坐廊下曬暖，待他姊妹到來，同去禮部過堂。（坐地介）（小旦扮寇白門，丑扮鄭妥娘，雜扮差役跟上）（小旦）桃片隨風不結子㉓，（丑）柳綿浮水又成萍㉔。（望介）你看老沈、老張，不約俺一聲兒，先到廊下向暖，我們走去，打他箇耳刮子。（作見諢介）（外問雜介）又傳我們到那裏去？（雜）傳你們到禮部過堂，送入內庭教戲。（外）前日免過俺們了。（雜）內閣大老爺不依，定要借重你們幾箇老清客哩。（淨）是那幾箇？（雜）待我瞧瞧票子㉕。（取票看介）丁繼之、沈公憲、張燕筑。（問介）那姓丁的如何不見？（外）他出家去了。（雜）既出了家，沒處尋他，待我回官罷。（向淨、外介）你們到了的，竟往禮部過堂去。（淨）等他姊妹們到齊著。（雜）今日老爺們秦淮賞雪，吩咐帶著女客席上驗看哩。（外淨）既是這等，我們先去了。正是：傳歌留樂府㉖，擫笛傍宮牆㉗。（下）（雜看票問小旦介）你是寇白門麼？（小旦）是。（雜問丑介）你是卞玉京麼？（丑）不是，我是老妥。（雜）是鄭妥娘了。（問介）那卞玉京呢？（丑）他出家去了。（雜）咦！

---

遺懷詩云：「落魄江湖載酒行，楚腰纖細掌中輕。十年一覺揚州夢，贏得青樓薄倖名。」

㉓ 桃片隨風不結子：喻指妓女生涯如同桃花隨風落地一樣飄忽不定，終無結果。桃片，桃花的花瓣。

㉔ 柳綿浮水又成萍：古人認為浮萍是柳絮落水所化。這裏比喻妓女生活如同浮萍一樣隨波逐流，沒有歸宿。柳綿，即柳絮。

㉕ 票子：指傳票，官府傳喚人的名單。

㉖ 樂府：古代音樂官署，負責製定樂譜、訓練樂工、採集民歌等工作。

㉗ 擫笛傍宮牆：唐玄宗時有一吹笛高手李謩，相傳唐玄宗在宮中演奏新樂，他在宮牆外聽到後立即能用笛子吹奏出來。擫，音ㄧㄝˋ。用手指按捺。

怎麼出家的都配成對兒？（問介）後邊還有箇腳小走不上來的，想是李貞麗了。（小旦）不是，李貞麗從良去了。（雜）我方纔拉他下樓，他說是李貞麗，怎的又不是？（丑）想是他女兒，頂名替來的。（雜）母子總是一般，只少不了數兒就好了。（望介）他早趕上來也。

【忒忒令】（旦）下紅樓殘臘雪濃，過紫陌㉘早春泥凍。不慣行走，腳兒十分痛。傳鳳詔，選蛾眉，把絲鞭，騎驕馬，催花使㉙亂擁。

奴家香君，被捉下樓，叫去學歌，是奴烟花本等㉚。只有這點志氣，就死不磨。（雜喊介）快些走動。（旦到介）（小旦）你也下樓了，屈尊，屈尊！（丑）我們造化，就得服侍皇帝了。（旦）情願奉讓罷。（同行介）（雜）前面是賞心亭了，內閣馬老爺、光祿阮老爺、兵部楊老爺，少刻即到，你們各人整理伺候。（雜同小旦、丑下）（旦私語介）難得他們湊來一處，正好吐俺胸中之氣。

【前腔】趙文華陪著嚴嵩㉛，抹粉臉席前趨奉。醜腔惡態，演出真鳴鳳㉜。俺做箇女禰衡㉝，

---

㉘ 紫陌：舊指京都的道路。

㉙ 催花使：奉命傳喚妓女的吏役。

㉚ 本等：本分；分內之事。

㉛ 趙文華陪著嚴嵩：意謂阮大鋮像當年趙文華趨奉嚴嵩一樣趨奉馬士英。趙文華，慈溪（今浙江省慈溪市）人，明嘉靖進士，曾任右都御史，總督浙、閩軍務。他認權奸嚴嵩為父，恃寵弄權，陷害忠良。嚴嵩，字惟中，分宜（今江西省分宜縣）人。弘治進士，因善於迎合明世宗朱厚熜的旨意，嘉靖二十三年（一五四四）升任內閣首輔，柄政二十餘年，貪賄弄權，禍亂朝政，後被罷職為民。

㉜ 演出真鳴鳳：言阮大鋮討好馬士英的醜態如同在演出一部真正的鳴鳳記。鳴鳳，即傳奇鳴鳳記，相傳為王世

撾漁陽，聲聲罵，看他懂不懂？

（淨扮馬士英、副淨扮阮大鋮、末扮楊文驄，外、小生扮從人喝道上）（旦避下）（副淨）瓊瑤樓閣朱微抹，（末）金碧峰巒粉細勾㉞。（淨）好一派雪景也！（副淨）這座賞心亭，原是看雪之所？（副淨）宋真宗曾出周昉雪圖㉟，賜與丁謂㊱，說道：「卿到金陵，可選一絕景處張之。」因建此亭。（淨看壁介）這壁上單條㊲，想是周昉雪圖了？（末）非也。這是畫友藍瑛新來見贈的。（淨）妙，妙。你看雪壓鍾山，正對圖畫。賞心勝地，無過此亭矣。（末吩咐介）就把罏、榼㊳、遊具，擺設起來。（外、小生設席坐介）（副淨向淨介）荒亭草具㊴，恃愛高攀，著實得罪了。（淨）說那裏話，可笑

貞及其門人所作，劇中揭露了嚴嵩、嚴世蕃父子專權誤國的罪行，歌頌了楊繼盛等人立意除奸、寧死不屈的忠勇行為。

㉝ 禰衡：漢末人，字正平，少有才辯，氣性剛傲，好侮慢權貴。曾當眾裸身擊鼓痛罵曹操。

㉞ 瓊瑤樓閣朱微抹二句：形容雪後樓臺、峰巒在陽光照耀下色彩繽紛，美如圖畫。瓊瑤，美玉。朱，正紅色。抹、勾，均為繪畫的筆法。

㉟ 周昉雪圖：指周昉所畫的袁安臥雪圖。周昉，中唐畫家，字景玄，京兆（今陝西省西安市）人。善畫人物、佛像、神仙、仕女等。

㊱ 丁謂：北宋長洲（今江蘇省蘇州市）人，官至宰相，封晉國公。

㊲ 單條：條幅書畫。

㊳ 榼：音ㄎㄜˋ。古時盛酒的器具。

㊴ 荒亭草具：自謙亭子荒涼，食物粗劣。

一班小人，奉承權貴，費千金盛設㊵，做十分醜態，一無所取，徒傳笑柄。（副淨）晚生今日掃雪烹茶，清談攀教㊶，顯得老師相高懷雅量，晚生輩也免了幾筆粉抹。（淨）阿呀！那戲場粉筆㊷，最是利害。一抹上臉，再洗不掉。雖有孝子慈孫，都不肯認做祖父的。（末）雖然利害，卻也公道。原以儆戒無忌憚之小人，非為我輩而設。（淨）據學生看來，都喫了奉承的虧。（末）為何？（淨）你看前輩分宜相公嚴嵩，何嘗不是一箇文人？現今鳴鳳記裏抹了花臉，著實醜看，豈非趙文華輩奉承壞了？（副淨打恭㊸介）是，是。老師相是不喜奉承的，晚生惟有心悅誠服而已。（末）請酒。（同舉杯介）（副淨問外介）選的妓女可曾叫到了麼？（外稟介）叫到了。（雜領眾妓叩頭介）（淨細看介）（吩咐介）今日雅集，用不著他們，叫他禮部過堂去罷。（副淨）特令到此伺候酒席的。（淨）留下那箇年小的罷。（眾下）（淨問介）他喚甚麼名字？（雜稟介）李貞麗。（淨笑介）麗而未必貞也。（笑向副淨介）我們扮過陶學士了，再扮一折黨太尉何如㊹？（副淨）妙，妙。（喚介）貞麗過來，斟酒唱曲。（旦搖頭介）（淨）為何搖頭？（旦）

㊵盛設：設置盛大的宴席。

㊶攀教：高攀求教。

㊷戲場粉筆：指中國戲曲在化妝演出時用粉筆給奸佞人物抹白臉。

㊸打恭：彎下身子作揖，表示恭敬。

㊹我們扮過陶學士了二句：意謂已經高雅了一回，下面再幹一些粗俗之事。陶學士，即陶穀，五代後周時任翰林學士，入宋後歷任禮、刑、戶三部尚書。他曾買得太尉黨進的家姬。一日以雪水烹茶，問家姬黨太尉是否識此情趣，家姬回答：他是粗人，只知道在銷金暖帳中淺斟低唱，飲羊羔美酒。這裏以陶學士和黨太尉分別指代高雅和粗俗兩種生活情趣。

不會。（淨）阿呀！樣樣不會，怎稱名妓？（旦）原非名妓。（掩淚介）（淨）你有甚心事，容你說來。

**【江兒水】**（旦）妾的**心中事，亂似蓬，**幾番**要向君王控。折散夫妻驚魂迸**[45]**，割開母子鮮血湧**[46]**，比那流賊還猛。做啞裝聾，罵著不知惶恐。**

（淨）原來有這些心事。（副淨）這箇女子卻也苦了。（末）今日老爺們在此行樂，不必只是訴冤了。

（旦）楊老爺知道的，奴家冤苦，也值當不的[47]一訴。

**【五供養】堂堂列公，半邊南朝，望你崢嶸**[48]**。出身**[49]**希貴寵，創業**[50]**選聲容**[51]**，後庭花**[52]**又添幾種。把俺胡撮弄**[53]**，對寒風雪海冰山，苦陪觴詠**[54]**。**

[45] 折散夫妻驚魂迸：指侯方域遭阮大鋮誣陷，被迫與李香君分離而出走之事。

[46] 割開母子鮮血湧：指田仰逼嫁，李香君誓死不從，以頭撞地，李貞麗冒名頂替之事。

[47] 值當不的：不值得。

[48] 崢嶸：此處是振興、強盛之意。

[49] 出身：猶言立身行事。這裏指做官。

[50] 創業：指南明弘光朝剛剛建立。

[51] 聲容：歌妓、美女。

[52] 後庭花：即玉樹後庭花，南朝陳後主所作歌曲名。陳後主因沉湎聲色而導致亡國，因以「後庭花」作為亡國之音的代稱。

[53] 胡撮弄：任意擺布、玩弄。

[54] 觴詠：飲酒賦詩。

（淨怒介）哇！妮子胡言亂道，該打嘴了。（副淨）聞得李貞麗，原是張天如、夏彝仲輩品題之妓，自然是放肆的。該打，該打！（末）看他年紀甚小，未必是那箇李貞麗。（旦恨介）便是他待怎的！

【玉交枝】東林伯仲55，俺青樓皆知敬重。乾兒義子從新用，絕不了魏家種。（副淨）好大膽，罵的是那箇，快快採去56丟在雪中。（外採旦推倒介）（旦）冰肌雪腸原自同，鐵心石腹何愁凍。（副淨）這奴才，當著內閣大老爺這般放肆，叫我們都開罪57了。可恨！可恨！（下席踢旦介）（末起拉介）（淨）罷，罷。這樣奴才，何難處死，只怕妨了俺宰相之度58。（末）是，是。丞相之尊，娼女之賤，天地懸絕59，何足介意。（副淨）也罷！啟過老師相，送入內庭，揀著極苦的腳色，叫他去當。（淨）這也該的。（末）著人拉去罷。（雜拉旦介）（旦）奴家已拚一死。吐不盡鵑血滿胸，吐不盡鵑血滿胸。

（拉旦下）（淨）好好一箇雅集，被這奴才攪亂壞了。可笑，可笑！（副淨、末連三揖介）得罪，得罪。望乞海涵60，另日竭誠罷。（淨）興盡且回春雪棹61，（副淨）客羞應斬美人頭62。（淨、副淨從人喝道下）

---

55 東林伯仲：指東林黨及其繼承者復社、幾社成員。伯仲，兄弟的次第，比喻人或事物不相上下，難分優劣高低。

56 採去：抓去。

57 開罪：受到牽連。

58 度：度量；涵養。

59 天地懸絕：天壤之別。形容差別極大。

60 海涵：敬辭，謂大度寬容。

（末吊場介）可笑香君纔下樓來，偏撞兩箇冤對63，這場是非免不了的。若無下官遮蓋，香君性命也有些不妥哩。罷，罷！選入內庭，到也省了幾日懸挂，只是媚香樓無人看守，如何是好？（想介）有了，畫友藍瑛託俺尋寓，就接他暫住樓上。待香君出來，再作商量。

**賞心亭上雪初融，煮鶴燒琴64宴鉅公65。**
**惱殺秦淮歌舞伴，不同西子66入吳宮。**

---

61 興盡且回春雪棹：東晉王子猷居山陰，雪夜忽憶友人戴安道，連夜乘小船前往，經宿方止，不入門而返。人問其故，回答說：「吾本乘興而行，興盡而返，何必見戴！」事見世說新語任誕。棹，船槳。

62 客羞應斬美人頭：晉代石崇宴客時，常令美人勸酒。客飲酒不盡，即斬美人。

63 冤對：冤家對頭。

64 煮鶴燒琴：比喻糟蹋美好的事物。

65 鉅公：巨公；大官。

66 西子：即西施。

# 第二十五齣　選　優❶

乙酉正月

（場上正中懸一扁，書「薰風❷殿」，兩旁懸聯，書「萬事不如杯在手，百年幾見月當頭」。款書「東閣大學士臣王鐸奉勅書」）（外扮沈公憲、淨扮張燕筑、小旦扮寇白門、丑扮鄭妥娘同上）（外）天子多情愛沈郎，（淨）當年也是畫眉張❸。（小旦）可憐一樹白門柳。（丑）讓我風流鄭妥娘。（外）我們被選入宮，伺候兩日，怎麼還不見動靜？（淨仰看介）此處是薰風殿，乃奏樂之所。聞得聖駕將到，選定腳色，就叫串戲❹哩。（外）如何名薰風殿？（淨）你不曉得，琴曲裏有一句「南風之薰兮」❺，取這箇意思。（丑）呸！你們男風興頭❻，要我們女客何用？（小旦）我們女客得了寵眷，做箇大嬪妃，還強如他男風哩。（丑）正是，他男風得了寵眷，到底是箇小兄弟。（淨）好徒弟，罵及師父來了。（外）咱們掌了班時，不要饒他。（淨）誰肯饒他。明日教動戲，叫老妥試試我的鼓槌子罷。（丑嗤笑，指介）你老張

---

❶ 選優：挑選演員。

❷ 薰風：東南風；和風。薰，溫和貌。

❸ 畫眉張：即西漢張敞，漢宣帝時任京兆尹，因替妻子畫眉毛而傳為佳話。

❹ 串戲：演戲。

❺ 南風之薰兮：古歌南風歌中唱辭，相傳虞舜曾彈五弦琴唱此歌。歌云：「南風之薰兮，可以解吾民之慍兮；南風之時兮，可以阜吾民之財兮。」

❻ 興頭：興致。

的鼓槌子，我曾試過，沒相干的。（眾笑介）

【遶地遊】（副淨冠帶扮阮大鋮上）漢宮如畫，春曉珠簾挂，待粉蝶黃鶯兒打。歌舞西施，文章司馬❼，廝混了紅袖烏紗。

（見介）你們俱已在此，怎的不見李貞麗？（小旦）他從雪中一跌，至今忍痛，還臥在廊下哩。（副淨）聖駕將到，選定腳色，就要串戲。怎麼由得他的性兒？（眾）是，是。俺們拉他過來。（同下）（副淨自語介）李貞麗這箇奴才，如此可惡，今日淨、丑腳色，一定借重他了。（雜扮二內監執龍扇前引，小生扮弘光帝，又扮二監提壺捧盒，隨上）（小生）滿城烟樹問梁陳❽，高下樓臺望不真。原是洛陽花裏客❾，偏來管領秣陵春。（坐介）寡人登極御宇❿，將近一年，幸虧四鎮阻當，流賊不能南下。雖有叛臣倡議欲立潞藩⓫，昨已捕拏下獄。目今外侮不來，內患不生，正在采選淑女，冊立正宮。這也都算小事，只是朕獨享帝王之尊，無多聲色之奉，端居高拱⓬，好不悶也。（副淨跪介）光祿寺卿臣阮大鋮恭請萬安。（小生）平身。（副淨起介）

---

❼ 文章司馬：指西漢時著名的辭賦家司馬相如。此處阮大鋮引以自比。

❽ 問梁陳：一作「間梁陳」。

❾ 原是洛陽花裏客：朱由崧原封在洛陽，洛陽牡丹花名冠天下，故云。

❿ 御宇：統治天下。

⓫ 潞藩：指潞王朱常淓。藩，藩王。

⓬ 端居高拱：謂高居帝位，垂拱而治。高拱，兩手相抱，高抬於胸前，此為安坐時的姿勢。

**【掉角兒序】**（小生）**看陽春殘雪早花，蹙愁眉慵遊倦耍。**（副淨）聖上安享太平，正宜及時行樂。慵遊倦耍，卻是為何？（小生）朕有一樁心事，料你也應曉得。（副淨）想怕流賊南犯。（小生）非也。**阻隔著黃河雪浪，那怕他天漢浮槎⑬。**（副淨）想愁兵弱糧少。（小生）也不是。俺有那**鎮淮陰諸猛將⑭，轉江陵大糧艘，有甚爭差？**（副淨）既不為內外兵馬，想為正宮未立，配德無人。（小生）也不為此。那禮部錢謙益，采選淑女⑮，不日冊立。有**三妃九嬪，教國宜家。**（副淨）又不為此，臣曉得了。（私奏介）想因叛臣周鑣、雷縯祚，倡造邪謀，欲迎立潞王耳。（小生）益發說錯了。**那奸人倡言惑眾，久已搜拏。**

（副淨低頭沉吟介）卻是為何？（小生）卿供奉內庭，乃朕心腹之臣，怎不曉得朕的心事？（副淨跪介）聖慮高深，臣衷愚昧，其實不能窺測。伏望明白宣示，以便分憂。（小生）朕諭你知道罷，朕貴為天子，何求不遂。只因你所獻燕子箋，乃中興一代之樂，點綴太平，第一要事。今日正月初九，腳色尚未選定，萬一誤了燈節⑯，豈不可惱。（指介）你看閣學王鐸書的對聯道：「萬事不如杯在手，百年幾

---

⑬ 天漢浮槎：傳說中往來於海上和天河之間的木筏。傳說天河與海相通，每年八月，有木筏通航。有人乘木筏來到天河，見到牛郎。事見晉張華博物志卷三。槎，音ㄔㄚˊ。木筏。

⑭ 鎮淮陰諸猛將：指史可法以及他所統領的四鎮武臣。

⑮ 那禮部錢謙益二句：禮部尚書錢謙益，曾奉朱由崧之命，先後在杭州、紹興、嘉興等地選淑女。後朱由崧本人又曾在元輝殿選淑女。

⑯ 燈節：即農曆正月十五的元宵節。從唐代起，中國有正月十五夜賞花燈的風俗，故稱。

見月當頭。」一年寧有幾箇元宵，故此日夜躊躕，飲膳俱減耳。（副淨）原來為此巴里之曲[17]，有廑[18]聖懷，皆微臣之罪也。（叩頭介）臣敢不鞠躬盡瘁[19]，以報主知。（起唱介）

**【前腔】忝卿僚填詞辨撾[20]，備供奉詼諧風雅。恨不能腮描粉墨[21]，也情願懷抱琵琶。但博得歌筵前垂一顧，舞裀邊受寸賞[22]，御酒龍茶，三生僥倖，萬世榮華。這便是為臣經濟，報主功閥[23]。**

（前問介）但不知內庭女樂，少何腳色？（小生）別樣腳色，都還將就得過，只有生、旦、小丑不愜朕意。（副淨）這也容易，禮部送到清客、歌妓，現在外廂，聽候揀選。（小生）傳他進來。（副淨）領旨。（急入領外、淨、旦、小旦、丑上）（俱跪介）（小生問外、淨介）你二人是串戲清客麼？（外、淨）不敢，小民串戲為生。（小生）既會串戲，新出傳奇也曾串過麼？（外、淨）新出的牡丹亭、燕子箋、西樓記[24]，

---

[17] 巴里之曲：原指戰國時民間流行的通俗歌曲下里巴人。後泛指通俗的文藝作品。

[18] 廑：音ㄑㄧㄣˊ。關心；掛念。

[19] 鞠躬盡瘁：謂恭敬謹慎，竭盡心力。鞠躬，彎著身子，表示恭敬、謹慎。瘁，勞累。

[20] 辨撾：識別音律。撾，這裏指樂曲的音節。

[21] 腮描粉墨：臉上用粉墨化妝，準備上臺演戲。

[22] 寸賞：微小的獎賞。

[23] 功閥：功勞。閥，即閥閱，指功績和經歷。古代仕宦人家的大門外有左右柱，左邊的稱「閥」，右邊的稱「閱」，用以張貼自家的功狀。

[24] 西樓記：傳奇名。明末清初作家袁于令所作，敘述官家之子于叔夜與名妓穆素徽離合悲歡的愛情故事。

都曾串過。（小生）既會燕子箋，就做了內庭教習㉕罷。（外、淨叩頭介）（小生問介）那三箇歌妓，也會燕子箋麼？（小旦、丑）也曾學過。（小生喜介）益發妙了。（問旦介）這箇年小的，怎不答應？（旦）沒學。（副淨跪介）臣啟聖上，那兩箇學過的，例應派做生、旦。這一箇沒學的，例應派做丑腳。（小生）既有定例，依卿所奏。（小旦、丑、旦叩頭介）（小生）俱著起來，伺候串戲。（俱起介）（丑背喜介）還是我老妥做了天下第一箇正旦。（小生向副淨介）卿把燕子箋摘出一曲，叫他串來，當面指點。（外、淨、小旦、丑隨意演燕子箋一曲）（副淨作態指點介）（小生喜介）有趣，有趣。都是熟口，不愁扮演了。（喚介）長侍㉖斟酒，慶賀三杯。（雜進酒，小生飲介）（小生起介）我們君臣同樂，打一回十番何如？（副淨）領旨。（小生）寡人善於打鼓，你們各認樂器。（眾打雨夾雪一套，完介）（小生大笑介）十分憂愁消去九分了。（喚介）長侍斟酒，再慶三杯。（雜進酒，小生飲介）

【前腔】舊吳宮重開館娃㉗，新揚州初教瘦馬㉘。淮陽鼓崑山絃索，無錫口姑蘇嬌哇㉙。一件件鬧春風，吹煖響，鬬晴烟，飄冷袖，宮女如麻。紅樓翠殿，景美天佳。都奉俺無

㉕ 內庭教習：宮廷中的戲曲、歌舞教官。

㉖ 長侍：指太監。

㉗ 館娃：即館娃宮。春秋時吳王夫差為美女西施建造的宮殿。故址在今江蘇省蘇州市西南靈岩山上的靈岩寺。

㉘ 新揚州初教瘦馬：鴇母撫養貧家幼女，成年後賣給人作妾稱為「養瘦馬」，亦泛指養妓女。清趙翼陔餘叢考養瘦馬：「揚州人養處女賣人作妾，俗謂養瘦馬。」

㉙ 淮陽鼓崑山絃索二句：此為當時俗語，意謂淮陽的鼓、崑山的琵琶、無錫的小曲、蘇州的美女最有名。絃索，樂器上的絃，指琵琶、三絃等絃樂器。嬌哇，當作「嬌娃」。

**愁天子㉚，語笑喧譁。**

（看旦介）那箇年小歌妓，美麗非常，派做丑腳，太屈他了。（問介）你這箇年小歌妓，既沒學燕子箋，可曾學些別的麼？（旦）學過牡丹亭。（小生）這也好了，你便唱來。（旦羞不唱介）（小生）看他粉面發紅，像是靦腆。賞他一柄桃花宮扇，遮掩春色。（雜擲紅扇與旦介）（旦持扇唱介）

**【懶畫眉】㉛為甚的玉真㉜重溯武陵源㉝，也則為水點花飛在眼前。是他天公不費買花錢，則咱人心上有啼紅怨。咳！孤負了春三二月天。**

（小生喜介）妙絕，妙絕。長侍斟酒，再慶三杯。（雜進酒，小生飲介）（指旦介）看此歌妓，聲容俱佳，豈可長材短用，還派做正旦罷。（指丑介）那箇黑色的，倒該做丑腳。（副淨）領旨。（丑撅嘴介）我老妥又不妥了。（小生向副淨介）你把生、丑二腳，領去入班，就叫清客二名用心教習，你也不時指點。（副淨跪應介）是。此乃微臣之專責，豈敢辭勞。（急領外、淨、小旦、丑下）（小生向旦介）你就在這薰風殿中，把燕子箋腳本，三日念會，好去入班。（旦）念會不難，只是沒有腳本。（小生喚介）長侍，你把王鐸鈔的楷字腳本，賞與此旦。（雜取腳本付旦，跪接介）（小生）千年只有歌場樂，萬事何須酒國愁。

---

㉚ 無愁天子：古代對北齊失國昏君高緯的譏稱。高緯曾作無愁曲，自彈琵琶而唱，和者數百人，被稱為「無愁天子」。

㉛ 懶畫眉：這段曲辭出於湯顯祖的牡丹亭尋夢。

㉜ 玉真：仙人；美人。

㉝ 武陵源：即桃花源。

（雜引下）（旦掩淚介）罷了，罷了。已入深宮，那有出頭之日。

【前腔】鎖重門垂楊暮鴉，映疏簾蒼松碧瓦。涼颼颼風吹羅袖，亂紛紛梅落宮髽㉞。想起那拆鴛鴦，離魂慘，隔雲山，相思苦，會期難拏。倩人寄扇，擦損桃花。到今日情絲割斷，芳草天涯。

（嘆介）沒奈何，且去念會腳本，或者天恩見憐，放奴出宮，再會侯郎一面，亦未可知？

【尾聲】從此後入骨髓愁根難拔，真箇是廣寒宮㉟姮娥㊱守寡。只這兩日呵，瘦損宮腰臢一把。

曲終人散日西斜，　殿角淒涼自一家。

縱有春風無路入，　長門關住碧桃花。

---

㉞ 宮髽：指宮女梳在頭頂兩邊的髻子。髽，音ㄓㄨㄚ。髮髻。

㉟ 廣寒宮：指月宮。

㊱ 姮娥：即嫦娥，后羿的妻子。相傳羿從西王母那裏得到了不死之藥，嫦娥偷吃之後飛上了月宮。

# 第二十六齣　賺❶將　乙酉正月

【破陣子】（生上）水驛山城烟靄❷，花村酒肆塵埋。百里白雲親舍近❸，不得斑衣效老萊❹，從軍心事乖。

小生侯方域奉史公之命，監軍防河。爭奈❺主將高傑，性氣乖張❻，將總兵許定國當面責罵，只恐挑起爭端，難於收救，不免到中軍帳內，勸諫一番。（入介）（副淨扮高傑上）一聲叱退黃河浪，兩手推開紫塞烟❼。（相見坐介）先生入帳，有何見教？（生）小生千里相隨，只為防河大事。今到睢州❽呵！

---

❶賺：騙。

❷烟靄：雲霧；雲氣。靄，音ㄞˇ。

❸白雲親舍近：意謂離開父母居住的地方不遠。唐代狄仁傑在并州時，他的雙親遠在河陽。一日登太行山，南望見白雲孤飛，謂左右曰：「吾親所居，在此雲下。」一直望到白雲飄走纔離開。事見舊唐書狄仁傑傳。後因以「白雲親舍」為思念親人的典故。

❹斑衣效老萊：喻指孝養父母。北堂書鈔卷一二九引孝子傳：春秋時楚人老萊子年七十，父母尚在，老萊子常身穿彩衣，作嬰兒戲耍以娛父母。

❺爭奈：怎奈。

❻乖張：指性情執拗、怪僻。

❼紫塞烟：指邊塞的戰事。紫塞，北方邊塞。晉崔豹古今注都邑：「秦築長城，土色皆紫，漢塞亦然，故稱

【四邊靜】威名震，人人驚魄，家家盡移宅。雞犬不留群，軍民少寧刻。營中一嚇，帳中一責，敵國在蕭牆，禍事恐難測。

（副淨）那許定國擁兵十萬，誇勝爭強，昨日教場點卯，一箇箇老弱不堪。欺君糜餉，本當軍法從事，責罵幾聲，也算從輕發放了。（生）元帥差矣。

【福馬郎】此時山河一半改，倚著忠良帥，速奏凱。收拾人心，招納英材，莫將釁端開。成功業，只在將和諧。

（副淨）雖如此說，那許定國託病不來，倒請俺入城飲酒，總是十分懼怕了。俺看睢州城外，四面皆水，只有單橋小路，也是可守之邦。明日叫他讓出營房，留俺歇馬。他若依時便罷，若不依時，俺便奪他印牌，另委別將，卻也容易。（生搖手介）這事萬萬行不得，昨日教場一罵，爭端一起❾。自古道：「強龍不壓地頭蛇」，他在脣齒肘臂之間，早晚❿生心，如何防備。（副淨指生介）書生之見，益發可笑。俺高傑威名蓋世，便是黃、劉三鎮，也拜下風。這許定國不過走狗小將，有何本領，俺倒防備起他來。（生打恭介）是，是，是。元帥既有高見，小生何用多言。就此辭歸，竟在鄉園中，打聽元帥喜信罷。（副淨拱介）但憑尊意。（生冷笑拂袖下）（副淨起喚介）叫左右。（淨、丑扮二將上）元帥呼

紫塞。」

❽ 睢州：治所在今河南省睢縣，明清時屬歸德府。
❾ 爭端一起：一作「爭端已起」。
❿ 早晚：遲早。

喚，有何號令？（副淨）你二將各領數騎，隨我入城飲酒頑耍，這大營人馬，不許擅動。（淨、丑）得令。（即下領四卒上）（副淨）就此前行。（騎馬遶場介）

【刬鍬兒】南朝劃就黃河界，東流把住白雲隘⓫。飛鳥不能來，強弓何用買。（合）望荒城柳栽，上危橋板壞。按轡徐行，軍容瀟灑。

（暫下）（外扮家將捧牌印上）殺人不用將軍印，奏凱全憑娘子軍⓬。咱乃睢州許總兵的家將，俺總爺被高傑一罵，嚇得水瀉不止。虧了夫人侯氏，有膽有謀，昨夜畫定計策，差俺捧著牌印，前來送交，就請他進城筵宴。約定飲酒中間，放礮為號，如此如此，這般這般。倒也是條妙計，只不知天意若何，好怕人也。（望介）遠望高傑前來，不免在橋頭跪接。（副淨等唱前合上）（外跪接介）（副淨問介）你是何處差官？（外）小的是總兵許定國家將，叩接元帥大老爺。（副淨）那許總兵為何不接？（外）許總兵臥病難起，特差小的送到牌印，就請元帥爺進城筵宴，點查兵馬。（副淨）席設何處？（外）設在察院⓭公署。（副淨）左右收了牌印。（淨、丑收介）（副淨笑介）妙，妙。牌印果然送到，明日安營歇馬，任俺區處⓮也。（吩咐外介）你便引馬前行。（外前引，唱前合，行介）（外跪稟介）已到察院，請元帥爺入席。（副淨下馬入坐介）（吩咐介）軍卒外面伺候。（向淨、丑介）你二將不同別箇，便坐下席，陪俺歡

⓫ 白雲隘：地名。位於山西省陽城縣西南，地勢險要，兩山對峙，中間僅有狹道可通。

⓬ 娘子軍：由女子組成的軍隊。此處指許定國的妻子侯氏。

⓭ 察院：明代官職名，巡按御史的簡稱。明於各省置巡按御史一人，負責察吏安民，職權與漢代刺史相似。

⓮ 區處：處理；處置；安排。

樂。（淨、丑安放牌印，叩頭介）告坐了。（就地列坐介）（外斟副淨酒，又末、小生扮二將斟淨、丑酒介）（又副淨、淨、丑身旁各立一雜擺菜介）（外）請酒。（副淨怒介）這樣薄酒，拏來灌俺。（摔杯介）（外急換酒介）（外）請菜。（副淨怒介）這樣冷菜，如何下筯？（摔筯介）（外急換菜介）（副淨）今日正月初十，預賞元宵，怎的花燈優人全不預備？（外跪稟介）稟元帥爺，這睢州偏僻之所，沒處買燈叫戲。且把衙門燈籠懸掛起來，軍中鼓角吹打一通罷。（掛燈吹打介）（副淨向淨、丑介）我們多飲幾杯。

【普天樂】鎮河南，威風大，柳營⑮列，星旗擺。燈筵上，燈筵上，將印兵牌。（淨、丑起奉副淨酒介）行軍令，酒似官差。（副淨與淨、丑猜拳介）任譁拳叫采⑯，三家拇陣⑰排。（外、末、小生）聞爆聲俱要一齊拏殺。這八卦圖⑱中新勢，只怕鬼谷⑲難猜。

（淨、丑）小生酒都有了，今日還要伺候元帥爺點查兵馬哩。（副淨）天色已晚，明日點查罷，大家再飲幾杯。（又斟酒飲介）（內放紙爆介）（雜急拏副淨手，外拔刀欲殺，副淨掙脫跳梁上介）（一雜急拏淨手，末殺死淨介）（一雜急拏丑手，小生殺死丑介）（外喊介）高傑走脫了，快尋快尋。（雜點火把各處尋介）（外

⑮ 柳營：即細柳營，借指軍紀嚴明的兵營。

⑯ 譁拳叫采：猜拳行令，高聲叫嚷。叫采，喝酒行令時的吆喝。

⑰ 拇陣：即拇戰、猜拳，酒令的一種。遊戲時兩人同時出一手，各猜兩人所伸手指的總數以決勝負。

⑱ 八卦圖：又稱八陣圖，相傳是諸葛亮根據八卦原理推演而成的一種用兵的陣法。晉書桓溫傳：「諸葛亮造八陣圖於魚復平沙之上，纍石為八行，行相去二丈。溫見之，謂此『常山蛇勢』也。」

⑲ 鬼谷：即鬼谷子。傳說為戰國時代的隱士。善占卜，能料事如神。孫臏、龐涓、蘇秦、張儀均為他的學生。

仰視介）頂破椽瓦，想是爬房走了。（雜又尋介）（外指介）那樓脊獸頭邊，閃閃綽綽⑳，似有人影。快快放箭！（末、小生放箭介）（副淨跳下介）（雜拏住副淨手介）（外認介）果然是老高哩。（副淨呵介）好反賊！俺是皇帝差來防河大帥，你敢害我？（外）俺只認得許總爺，不認得甚麼黃的黑的，快伸頭來。（副淨跳介）罷了，罷了。俺高傑有勇無謀，竟被許定國賺了。（頓足介）咳！悔不聽侯生之言，致有今日。（伸脖介）取我頭去。（外指介）老高果然是條好漢。（割副淨頭，手提介）（喚介）兩箇兄弟快捧牌印，大家回報總爺去。（末、小生捧牌印介）（末）且莫慌張，三將雖死，還有小卒在外哩。（外）久已殺的乾淨了。（小生）還有一件，城外大營，明日知道，必來報仇。快去回了總爺，求侯夫人妙計。（外）侯夫人妙計，早已領來了。今夜悄悄出城，帶著高傑首級獻與北朝㉑，就引著北朝人馬，連夜踏冰渡河，殺退高兵。算我們下江南第一功了。

**黃河水上北門開。宛馬嘶風緩轡來㉒，**

**讓我當筵殺將材。南朝正賞春燈夜，**

⑳ 閃閃綽綽：忽隱忽現，動搖不定。

㉑ 北朝：這裏指清朝。

㉒ 宛馬嘶風緩轡來：意謂清朝的騎兵可以從容南來。宛馬，西域大宛國所產的馬，此處借指清朝的騎兵。轡，馬韁繩。

# 第二十七齣　逢舟❶

乙酉二月

【水底魚兒】（淨扮蘇崑生背包裹騎驢急上）戎馬紛紛，烟塵一望昏；魂驚心震，長亭❷連遠村。（丑扮執鞭人趕呼介）客官慢走，你看黃河堤上，逃兵亂跑，不要被他奪了驢去。（淨不聽，急走介）（雜扮亂兵三人迎上）棄甲掠盾❸，抱頭如鼠奔。無暇笑哂❹，大家皆敗軍，大家皆敗軍。（遇淨，推下河，奪驢跑下）（丑趕下）（淨立水中，頭頂包裹高叫介）救人呀，救人呀！

【前腔】（外扮舟子撐船，小旦扮李貞麗貧婦妝上）流水渾渾❺，風濤拍禹門❻；隄邊浪穩，泊舟楊柳根。（欲泊舟介）（小旦喚介）駕長❼，你看前面淺灘中有人喊叫，我們撐過船去，救他一命，積箇陰騭❽如何？（外）黃河水溜，不是當耍的。（小旦）人行好事，大王爺爺❾自然加護的。（外）是，是。

---

❶逢舟：舟上相逢。
❷長亭：古代設置在大路上供休息和送別的亭子，大約每隔十里設一亭，稱為「十里長亭」。
❸掠盾：丟盾；抛盾。
❹笑哂：嘲笑。
❺流水渾渾：波濤翻滾。渾渾，大水橫流的樣子。
❻禹門：即龍門，位於山西省河津縣西，相傳為大禹治水時所開鑿，故稱。這裏泛指黃河險要處。
❼駕長：對艄公的尊稱。

待我撐過去。（撐介）**風急水緊，捨生來救人。哀聲迫窘，殘生一半魂，殘生一半魂。**（近淨呼介）快快上來，合該你不死，遇著好人。（仲篙下，淨攀篙上船介）（作顫介）好冷，好冷。（外取乾衣與淨介）（小旦背立介）（淨換衣介）多謝駕長，是俺重生父母。（叩介）（外）不與❿老漢事，虧了這位娘子叫我救你的。（淨作揖起，驚認介）你是李貞娘，為何在這船裏？（小旦驚認介）原來是蘇師父，你從何處來？（淨）一言難盡。（小旦）請坐了講。（坐介）（外泊船介）且到岸上，買壺酒喫去。（下）

【瑣窗寒】（淨）**一從你嫁朱門，瑣歌樓⓫，疊舞裙。寒風冷雪，哭殺香君。**（小旦掩淚介）香君獨住，怎生過活。（淨）他託俺前來尋訪侯郎。**征人戰馬，侯郎無信，茫茫驛路殷勤問。**（小旦問介）因何落水？（淨）正在隄上行走，被亂兵奪驢，把俺推下水的。**蒙救出濁流，故人今夕重近。**

（小旦）原來如此，合該師父不死，也是奴家有緣，又得一面。（淨問介）貞娘你既入田府，怎得到此？（小旦）且取火來，替你烘乾衣裳，細細告你。（小旦取火盆上介）（副淨扮舟子撐船，生坐船急上）纔離虎豹千林霧，又逐鯨鯢萬里波。（呼介）駕長，這是呂梁⓬地面了，扯起篷來，早趕一程，明日要起早

❽ 陰騭：陰德。騭，音ㄓˋ。
❾ 大王爺爺：指河神。
❿ 不與：不關。康熙戊子刻本作「不干」。
⓫ 瑣歌樓：一作「鎖歌樓」。
⓬ 呂梁：地名，在今江蘇省銅山縣東南。

哩。（副淨）相公不要性急，這樣風浪，如何行的。前面是泊船之所，且靠幫⓭住一宿罷。（生）憑你。（作泊船介）（生）驚魂稍定，不免略盹一盹兒。（臥介）（淨烘衣，小旦旁坐談介）奴家命苦，如今又不在那田家了。想起那晚：

**【前腔】匆忙扮作新人，奪藏嬌，金屋春，一身寵愛，盡壓釵裙。**（淨）這好的狠了。（小旦）誰知田仰嫡妻，十分悍妒。**獅威⓮勝虎，蛇毒如刃。**把奴採出洞房，打箇半死。（淨）呵呀呀！了不得！那田仰怎不解救？（小旦）**田郎有氣吞聲忍，**竟將奴賞與一箇老兵。（淨）既然轉嫁，怎麼在這船上？（小旦）此是漕標報船⓯，老兵上岸下文書去了。**奴自坐船頭，舊人來說新恨。**

（生一邊細聽介）（聽完起坐介）隔壁船中，兩箇人絮絮叨叨，談了半夜。那漢子的聲音，好似蘇崑生；婦人的聲音，也有些相熟。待我猛叫一聲，看他如何？（叫介）蘇崑生！（淨忙應介）那箇喚我？（生喜介）竟是蘇崑生。（出見介）（淨）原來是侯相公。正要去尋，不想這裏撞著，謝天謝地，遇的恰好。（喚介）請過船來，認認這箇舊人。（生過船介）還有那箇？（見小旦驚認介）呀！貞娘如何到此？奇事，奇事！香君在那裏？（小旦）官人不知，自你避禍夜走，香君替你守節，不肯下樓。（生掩淚介）

⓭ 靠幫：緊靠著別的船停泊。幫，船幫；船邊。

⓮ 獅威：佛家常以獅子喻威嚴，此處喻指悍妻的威風。宋洪邁容齋三筆卷三載，陳慥，字季常，自稱龍丘先生，好賓客，喜畜聲伎，然其妻柳氏絕凶妒，東坡作詩云：「龍丘居士亦可憐，說空說有夜不眠。忽聞河東獅子吼，柱杖落手心茫然。」

⓯ 漕標報船：漕運總督本部傳遞文書情報的船隻。漕標，漕撫本標，漕運總督直接統帥的軍隊。

（小旦）後來馬士英差些惡僕，拏銀三百，硬娶香君，送與田仰。（生驚介）我的香君，怎的他適⑯了？（小旦）嫁是不曾嫁，香君懼怕，碰死在地。（生大哭介）我的香君，你怎的碰死了？（小旦）死是不曾死，碰的鮮血滿面，那門外還聲聲要人。一時無奈，妾身竟替他嫁了田仰。（生喜介）好，好。你竟嫁與田仰了，今日坐船要往那裏去？（小旦）就住在船上。（生）為何？（旦羞介）（淨）他為田仰妒婦所逐，如今轉嫁這船上一位將爺了。（生微笑介）有這些風波，可憐，可憐！（問淨介）你怎得到此？

（淨）香君在院，日日盼你，託俺寄書來的。（生急問介）書在那裏？

【柰子花】（淨取包介）**這封書不是箋紋，摺宮紗夾在斑筠⑰。題詩定情，催妝分韻。**（生接扇介）這是小生贈他的詩扇。（淨指扇介）**看桃花半邊紅暈，情懇！千萬種語言難盡。**

（生看扇問介）那一面是誰畫的桃花？（淨）香君碰壞花容，血濺滿扇，楊龍友添上梗葉成了幾筆折枝桃花。（生細看喜介）果然是些血點兒，龍友點綴卻也有趣。這柄桃花扇，倒是小生至寶了。（問介）你為何今日帶來？（淨）在下出門之時，香君說道，千愁萬苦俱在扇頭，就把扇兒當封書信罷，故此寄來的。（生又看哭介）香君！香君！叫小生怎生報你也。（問淨介）你怎的尋著貞娘來？（淨指唱介）

【前腔】俺呵！**走長堤驢背辛勤，遇逃兵推下寒津。**（生）阿呀！受此驚險。（問介）怎的不曾濕

---

⑯ 他適：嫁與他人。適，女子出嫁。

⑰ 摺宮紗夾在斑筠：意謂這封信就是宮紗和斑竹製成的桃花扇。摺，折疊。宮紗，精細的絲絹，用以做扇面。斑筠，即斑竹，又稱湘妃竹，可用以做扇骨。

了扇兒？（淨作勢介）**橫流沒肩，高擎書信，將蘭亭保全真本**⑱。（生拱介）為這把桃花扇，把性命都輕了，真可感也。（問介）後來怎樣？（淨）虧了貞娘，不怕風浪，移船救我。**思忖，從井救別人誰肯**。

（生）好，好。若非遇著貞娘，這黃河水溜，誰肯救人？（小旦）妾本無心，救他上船，纔認的是蘇師父。（生）這都是天緣⑲湊巧處。（淨）還不曾問侯相公，因何南來？（生）俺自去秋隨著高傑防河，不料匹夫無謀，不受諫言，被許定國賺入睢州，飲酒中間，遣人刺死。小生不能存住，買舟黃河，順流東下。你看大路之上，紛紛亂跑，皆是敗兵，叫俺有何面目，再見史公也。（淨）既然如此，且到南京，看看香君，再作商量。（生）也罷，別過貞娘，趁早開船。（小旦）想起在舊院之時，我們一家同住；今日船中只少一箇香君，不知今生，還能相見否？

**【金蓮子】一家人離散了，重聚在水雲。言有盡，離緒百分；掌中嬌養女，何日說艱辛。**

（生）只怕有人蹤跡，崑老快快換衣，就此別過罷。（淨換衣介）（生、淨掩淚過船介）（淨）歸計登程猶未準，（生）故人見面轉添愁。（副淨撐船下）（小旦）妾身厭倦烟花，伴著老兵度日，卻也快活。不意故人重逢，又惹一天舊恨。你聽濤聲震耳，今夜那能成寐也。

---

⑱ 將蘭亭保全真本：意謂落水後不顧性命，全力保住了桃花扇。蘭亭真本，即晉代著名書法家王羲之寫的蘭亭集序法帖。相傳元初書畫家趙孟堅得到了王羲之的蘭亭集序帖，歸途中舟覆落水，趙於水中將帖舉過頭頂，使帖得以保全。事見元陶宗儀南村輟耕錄卷九。

⑲ 天緣：天意促成的緣分或機遇。

悠悠萍水一番親，　舊恨新愁幾句論。
漫道浮生無定著，　黃河亦有住家人。

# 第二十八齣　題畫

乙酉三月

（小生扮山人藍瑛上）美人香冷繡牀❶閒，一院桃開獨閉關。無限濃春烟雨裏，南朝留得畫中山。自家武林❷藍瑛，表字田叔，自幼馳聲畫苑❸。與貴筑楊龍友筆硯至交，聞他新轉兵科，買舟來望，下榻這媚香樓上。此樓乃名妓香君梳妝之所，美人一去，庭院寂寥，正好點染雲烟❹，應酬畫債。不免將文房畫具，整理起來。（作洗硯、滌筆、調色、揩盞介）沒有淨水怎處？（想介）有了，那花梢曉露，最是清潔，用他調丹濡粉❺，鮮秀非常。待我下樓，向後園收取。（手持色盞暫下）

【破齊陣】（生新衣上）**地北天南蓬轉❻，巫雲楚雨絲牽。巷滾楊花，牆翻❼燕子，認得紅樓舊院。觸起閒情柔如草，攪動新愁亂似烟，傷春人正眠。**

小生在黃河舟中，遇著蘇崑生，一路同行，心忙步急，不覺來到南京。昨晚旅店一宿，天明早起，留

❶ 繡牀：婦女刺繡用的繃架。
❷ 武林：舊時對浙江省杭州市的別稱。
❸ 馳聲畫苑：揚名於畫壇。
❹ 點染雲烟：指畫山水風景。
❺ 調丹濡粉：指調拌顏料。丹，朱紅色顏料。粉，白色顏料。
❻ 蓬轉：隨風飄轉的蓬草。比喻身世飄零或行蹤無定。
❼ 牆翻：在牆邊翻飛。

下崑生看守行李，俺獨自來尋香君，且喜已到院門之外。

**【刷子序犯】**只見**黃鶯亂轉**，**人蹤悄悄**，**芳草芊芊**❽，**粉壞樓牆**，**苔痕綠上花磚**。**應有嬌羞人面**，**映著他桃樹紅妍**；**重來渾似阮劉仙**❾，**借東風引入洞中天**❿。

（作推門介）原來雙門虛掩，不免側身潛入，看有何人在內。（入介）

**【朱奴兒犯】**呀！**驚飛了滿樹雀喧**，**踏破了一堆蒼蘚**。**這泥落空堂簾半捲**，**受用煞雙棲紫燕**。**閒庭院**，**沒箇人傳**，**躡蹤兒**⓫**迴廊一遍**，直步到**小樓前**。

（上指介）這是媚香樓了。你看寂寂寥寥，湘簾⓬晝捲，想是香君春眠未起。俺且不要喚他，慢慢的上了妝樓，悄立帳邊，等他自己醒來，轉睛一看，認得出是小生，不知如何驚喜哩！（作上樓介）

**【普天樂】手拽起**翠生生⓭**羅襟輭**，**袖撥開綠楊線**。一層層**欄壞梯偏**，一椿椿**塵封網罥**⓮。**豔濃濃樓外春不淺**，**帳裏人兒腼腆**。（看几介）**從幾時**收拾起**銀撥**⓯**冰絃**，擺**列著**描春容**脂箱**

❽ 芊芊：草木茂盛的樣子。芊，音ㄑㄧㄢ。

❾ 阮劉仙：指阮肇、劉晨。

❿ 洞中天：道家稱神仙居住的洞府為「洞中天」，意謂洞中別有天地。

⓫ 躡蹤兒：小步；輕步。

⓬ 湘簾：湘妃竹編成的簾子。

⓭ 翠生生：形容色彩鮮亮。

⓮ 塵封網罥：灰塵密布，蛛網纏掛。罥，音ㄐㄩㄢˋ。掛；纏結。

粉盞，待做箇女山人畫叉乞錢⑯。

（驚介）怎的歌樓舞榭，改成箇畫院書軒，這也奇了。（想介）想是香君替我守節，不肯做那青樓舊態，故此留心丹青⑰，聊以消遣春愁耳。（指介）這是香君臥室，待我輕輕推開。（推介）呀！怎麼封鎖嚴密，倒像久不開的，這又奇了，難道也沒箇人看守？（作背手徬徨介）

【鴈過聲】蕭然，美人去遠，重門鎖，雲山萬千。知情只有閒鶯燕，儘著狂，儘著顛，問著他一雙雙不會傳言。熬煎，纔待轉，嫩花枝靠著疎籬顫。（下聽介）簾櫳響，似有箇人略喘。

（瞧介）待我看是誰來？（小生持盞上樓，驚見介）你是何人，上我寓樓？（生）這是俺香君妝樓，你為何寓此？（小生）我乃畫士藍瑛，兵科楊龍友先生送俺作寓的。（生）原來是藍田老，一向久仰。（小生問介）台兄尊號？（生）小生河南侯朝宗，亦是龍友舊交。（小生驚介）呵呀！文名震耳，纔得會面，請坐，請坐。（坐介）（生）我且問你，俺那香君那裏去了？（小生）聽說被選入宮了。（生驚介）怎，怎的被選入宮了，幾時去的？（小生）這倒不知。（生起掩淚介）

【傾杯序】尋徧，立東風漸午天，那一去人難見。（瞧介）看紙破窗櫺，紗裂簾幔，裹殘羅

⑮ 銀撥：彈琵琶用的銀撥片。

⑯ 畫叉乞錢：意謂靠賣畫謀生。畫叉，掛畫用的叉子。

⑰ 丹青：指丹砂和青雘，可作紅色與青色的顏料。此處指繪畫藝術。

帕，戴過花鈿，舊笙簫無一件[18]。紅鴛衾盡捲，翠菱花放扁[19]，鎖寒烟，好花枝不照麗人眠。

想起小生定情之日，桃花盛開，映著簇新新一座妝樓。不料美人一去，零落至此。今日小生重來，又值桃花盛開，對景觸情，怎能忍住一雙眼淚。（掩淚坐介）

【玉芙蓉】春風上巳[20]天，桃瓣輕如剪，正飛綿作雪，落紅成霰[21]。不免展開畫扇，對著桃花賞玩一番。（取扇看介）濺血點作桃花扇，比著枝頭分外鮮。這都是為著小生來。攜上妝樓展，對遺跡宛然，為桃花結下了死生冤。

（小生）請教這扇上桃花，何人所畫？（生）就是貴東楊龍友的點染。（小生）為何對之揮淚？（生）此扇乃小生與香君訂盟之物。

【小桃紅】那香君呵！手捧著紅絲硯[22]，花燭下索詩篇。（指介）一行行寫下鴛鴦券。不到一

[18] 裏殘羅帕三句：意謂人去樓空，李香君用過的羅帕、花鈿和笙簫一件也看不到。花鈿，鑲嵌金花的首飾。

[19] 翠菱花放扁：意謂鏡子放倒不用。

[20] 上巳：古代以農曆三月上旬的巳日為上巳節，魏晉以後固定為三月三日。這一天人們多到水邊去祓除不祥，叫做「修禊」。

[21] 霰：音ㄒㄧㄢˋ。雪珠。

[22] 紅絲硯：中國出產的一種名硯。用青州出產的紅絲石製成。石質赤黃，有紅紋如絲，縈繞石面，故名。據說硯內的墨汁可以數日不乾。

月，小生避禍遠去。香君閉門守志，不肯見客，惹惱了幾箇權貴，放一群吠神仙朱門犬，那時硬搶香君下樓。香君著急，把花容呵，似鵑血亂灑啼紅怨。這柄詩扇恰在手中，竟為濺血點壞。（小生）可惜，可惜！（生）後來楊龍友添上梗葉，竟成了幾筆折枝桃花。（拍扇介）這桃花扇在，那人阻春烟。（小生看介）畫的有趣，竟看不出是血跡來。（問介）這扇怎生又到先生手中？（生）香君思念小生，託蘇崑生到處尋俺，把這桃花扇當了一封錦字書。小生接得此扇，跋涉來訪，不想香君又入宮去了。（掩淚介）（末扮楊龍友冠帶，從人喝道上）臺上久無秦弄玉㉓，船中新到米襄陽㉔。（雜入報介）兵科楊老爺來看藍相公，門外下轎了。（小生慌迎見介）（末上樓見生揖介）侯兄幾時來的？（生）適纔到此，尚未奉拜。（末）聞得一向在史公幕中，又隨高兵防河。昨見塘報，高傑於正月初十日，已為許定國所殺，那時世兄在那裏來？（生）小弟正在鄉園，忽遇此變，扶著家父逃避山中，一月有餘。恐為許兵蹤跡，故又買舟南來。路遇蘇崑生，持扇相訪，只得連夜赴約，竟不知香君已去。（問介）請問是幾時去的？（末）正月人日㉕被選入宮的。（生）到幾時纔出來？（末）遙遙無期。（生）小生只得在此等他了。（末）此處無可留戀，倒是別尋佳麗罷。（生）小生怎忍負約，但得他一信，去也放心。

【尾犯序】咫尺望青天，那有箇瑤池女使㉖，偷遞情箋。明放著花樓酒榭，丟做箇雨井烟垣。

㉓ 秦弄玉：秦穆公女兒弄玉。這裏借指李香君。

㉔ 米襄陽：宋代著名書畫家米芾，這裏借指藍瑛。

㉕ 人日：舊稱農曆正月初七日為人日。

㉖ 瑤池女使：古人傳說西王母以青鳥為傳信使者，向漢武帝傳遞消息。後用以借指送信的人。瑤池，傳說中西

堪憐！舊桃花劉郎又撚㉗，料得新吳宮西施不願㉘。橫揣俺天涯夫婿，永巷日如年㉙。

（末）世兄不必愁煩，且看田叔作畫罷。（小生畫介）（生、末坐看介）這是一幅桃源圖。（小生）正是。（末問介）替那家畫的？（小生）大錦衣張瑤星先生，新修起松風閣，要裱做照屏的。（生贊介）妙，妙。位置點染，別開生面，全非金陵舊派。（小生作畫完介）見笑，見笑。就求題詠幾句，為拙畫生色何如？（生）不怕寫壞，小生就獻醜了。（題介）原是看花洞裏人，重來那得便迷津㉚。漁郎誑指空山路，留取桃源自避秦㉛。歸德侯方域題。（末讀介）佳句，寄意深遠，似有微怪小弟之意。（生）豈敢。（指畫介）

【鮑老催】這流水溪堪羨，落紅英千千片。抹雲烟，綠樹濃，青峰遠。仍是春風舊境不曾變，沒箇人兒將咱繫戀。是一座空桃源，趁著未斜陽將棹轉㉜。

---

王母所居之處，在崑崙山上。

㉗ 舊桃花劉郎又撚：語出唐劉禹錫詩再游玄都觀：「種桃道士歸何處，前度劉郎今又來。」此處借喻侯方域又來到媚香樓。撚，音ㄋㄧㄢˇ。踐踏。

㉘ 新吳宮西施不願：反用西施入吳的典故，喻指李香君不願進宮。

㉙ 橫揣俺天涯夫婿二句：意謂李香君十分思念遠在天邊的夫婿，在深宮中度日如年。揣，思念。永巷，宮中用來幽閉有罪宮女的地方。

㉚ 迷津：找不到渡口。

㉛ 漁郎誑指空山路二句：意謂漁人有意將通往桃花源的路指錯，是為了將桃花源留下來作為自己的避亂之地。

㉜ 是一座空桃源二句：意謂因主人不在，媚香樓已無可留戀，應及早離開。

（起介）（末）世兄不要埋怨，而今馬、阮當道，專以報讐雪恨為事。俺雖至親好友，不敢諫言。恰好人日設席，喚香君供唱。那香君性氣，你是知道的，手指二公，一場好罵。（生）阿呀！這番遭他毒手了。（末）虧了小弟在旁，十分勸解，僅僅推入雪中，喫了一驚。幸而選入內庭，暫保性命。（向生介）世兄既與香君有舊，亦不可在此久留。（生）是，是。承教了。（同下樓行介）

【尾聲】熱心腸早把冰雪嚥，活冤業㉝現擺著麒麟楦㉞。（收扇介）俺且抱著扇上桃花閒過遣㉟。

（竟下介）（末）我們別過藍兄，一同出去罷。（生）正是，忘了作別。（作別介）請了！（小生先閉門下）（生、末同行介）

（生）重到紅樓意惘然㊱，（末）閒評詩畫晚春天。

（生）美人公子飄零盡，（末）一樹桃花似往年。

㉝冤業：亦作「冤孽」。佛教語，指因造惡業而遭致的冤報。

㉞麒麟楦：唐人稱演戲時假裝麒麟的驢子為麒麟楦，後用以比喻徒有其表而沒有真才實學的人。此處指馬士英、阮大鋮等人。

㉟過遣：打發日子。

㊱惘然：心中若有所失貌。惘，音ㄨㄤˇ。

# 第二十九齣　逮　社❶

乙酉三月

【鳳凰閣】（丑扮書客蔡益所上）堂名二酉❷，萬卷牙籤❸求售。何物充棟汗車牛❹，混了書香銅臭。賈儒商秀❺，怕遇著秦皇大搜❻。

在下金陵三山街❼書客蔡益所的便是。天下書籍之富，無過俺金陵；這金陵書鋪之多，無過俺三山街；這三山街書客之大，無過俺蔡益所。（指介）你看十三經、廿一史、九流三教❽、諸子百家、腐爛時文❾、

---

❶ 逮社：逮捕復社人士。

❷ 堂名二酉：書店名為二酉堂。二酉，湖南省沅陵縣境內有大酉山、小酉山，合稱「二酉」。相傳二山的山洞內藏書極為豐富。

❸ 牙籤：本指圖書的標籤。這裏代指書籍。

❹ 充棟汗車牛：即汗牛充棟，形容書籍極多，使拉書車的牛出汗，屋內的書一直堆到屋頂。

❺ 賈儒商秀：即儒商，既是商人又是儒生秀才。

❻ 秦皇大搜：指秦始皇焚書坑儒。

❼ 三山街：街名，南京城南著名的商業街。

❽ 九流三教：泛指宗教和學術的各種流派。九流：儒家、道家、陰陽家、法家、名家、墨家、縱橫家、雜家、農家。三教：儒、佛、道。

❾ 時文：時下流行的文體。明清時代特指科舉應試的文體八股文。

新奇小說，上下充箱盈架，高低列肆連樓。不但興南販北，積古堆今，而且嚴批妙選，精開善印。俺蔡益所既射了貿易書籍之利⑩，又收了流傳文字之功，憑他進士舉人，見俺作揖拱手，好不體面。（笑介）今乃乙酉鄉試之年，大布恩綸⑪，開科取士。准了禮部尚書錢謙益的條陳⑫，要亟正⑬文體，以光新治。俺小店乃坊間首領，只得聘請幾家名手，另選新篇。今日正在裏邊刪改批評，待俺早些貼起封面來。（貼介）風氣隨名手，文章中試官⑭。（下）

**【水紅花】**（生、淨背行囊上）（生）**當年烟月滿秦樓，夢悠悠，簫聲非舊⑮。人隔銀漢幾重秋⑯，信難投，相思誰救。**（喚介）崑老，我們千里跋涉，為赴香君之約。不料他被選入宮，音信杳然，昨晚掃興回來。又怕有人蹤跡，故此早早移寓，但不知那處僻靜，可以多住幾時，打聽音信。**等他詩題紅葉⑰，白了少年頭。佳期難道此生休也囉？**

---

⑩ 射了貿易書籍之利：賺了刻書、賣書的錢。射利，謀取財利。
⑪ 恩綸：恩詔；皇帝降恩的詔書。
⑫ 條陳：向上級分條陳述意見的呈文。
⑬ 亟正：急切糾正。
⑭ 風氣隨名手二句：意謂文章的風氣隨著名家而轉移，能不能考取則要看試官是否中意。
⑮ 當年烟月滿秦樓三句：借用弄玉和蕭史的故事，抒發境是人非、舊情難續的悲愁。
⑯ 人隔銀漢幾重秋：借用牛郎織女的故事，表示難以和香君重逢。
⑰ 等他詩題紅葉：借紅葉題詩的故事，表示要耐心等待李香君的消息。唐代范攄雲溪友議卷一〇載：唐宣宗時，舍人盧渥偶從御溝中拾得紅葉一片，上有絕句云：「流水何太急，深宮盡日閒。殷勤謝紅葉，好去到人間。」

（淨）我看人情已變，朝政日非；且當道諸公，日日羅織⑱正人，報復夙怨⑲。不如暫避其鋒，把香君消息，從容打聽罷。（生）說的也是，但這附近州郡，別無相知。只有好友陳定生住在宜興，吳次尾住在貴池。不免訪尋故人，倒也是快事。（行介）

【前腔】**故人多狎⑳水邊鷗，傲王侯，紅塵拂袖㉑。長安棋局㉒不勝愁，買孤舟，南尋烟岫㉓。**（淨）來到三山街書鋪廊了，人烟稠密，趲行幾步纔好。（疾行介）**妨他豺狼當道，冠帶幾獼猴㉔，三山榛莽㉕水狂流也囉。**

（生指介）這是蔡益所書店，定生、次尾常來寓此，何不問他一信。（住看介）那廊柱上貼著新選封面，待我看來。（讀介）「復社文開」。（又看介）這左邊一行小字，是「壬午、癸未㉖房墨合刪㉗」，右邊是

---

盧將紅葉藏於箱中。後宣宗發放宮人，盧渥擇配者正是當年在紅葉上題詩的人。

⑱ 羅織：捏造事實，陷害無辜。

⑲ 夙怨：宿怨；舊怨。

⑳ 狎：親近；親熱。

㉑ 紅塵拂袖：拂袖而去，離開繁華的朝市。指隱居。

㉒ 長安棋局：此處喻指南京的政治局勢。

㉓ 烟岫：雲霧繚繞的山巒。

㉔ 冠帶幾獼猴：即沐猴衣冠，獼猴穿衣戴帽。比喻外表雖然冠冕堂皇，本質卻無法掩蓋。常用以諷刺竊據名位之人。

㉕ 三山榛莽：繁華的三山街恐怕將成為草木叢生之地。榛莽，蕪雜叢生的草木。

「陳定生、吳次尾兩先生新選」。（喜介）他兩人難道現寓此間不成？（淨）待我問來。（叫介）掌櫃的那裏？（丑上）請了，想要買甚麼書籍麼？（生）非也。要借問一信。（丑）問誰？（生）陳定生、吳次尾兩位相公來了不曾？（丑）現在裏邊，待我請他出來。（丑下）（末、小生同上見介）呀！原來是侯社兄。（見淨介）蘇崑老也來了。（各揖介）（末問介）從那來的？（生）從敝鄉來的。（小生問介）幾時進京？（生）昨日纔到。

**【玉芙蓉】烽烟滿郡州，南北從軍走。嘆朝秦暮楚㉘，三載依劉㉙。歸來誰念王孫瘦，重訪秦淮簾下鉤。徘徊久，問桃花昔遊㉚，這江鄉，今年不似舊溫柔。**

（問末、小生介）兩兄在此，又操選政㉛了？（末、小生）見笑。

---

㉖ 壬午癸未：分別指崇禎十五年（一六四二）和崇禎十六年，前者為三年一度的鄉試之年，後者為緊接著鄉試的會試之年。

㉗ 房墨合刪：一作「房墨合刊」。房墨，科舉考試中選者的試卷。

㉘ 朝秦暮楚：本指反覆無常，這裏指四處飄零。

㉙ 三載依劉：漢末王粲因避戰亂而南下荊州，在荊州刺史劉表處當了三年幕僚。此處侯方域藉以自比，敘述在史可法處當幕僚的經歷。

㉚ 問桃花昔遊：此處用人面桃花的故事，寫侯方域舊地重遊，不見香君的惆悵。唐代崔護清明日踏青，因口渴而來到一桃花院中，向一女子求飲。次年清明再訪時，那女子已不知去向。遂作題都城南莊一詩：「去年今日此門中，人面桃花相映紅。人面不知何處去，桃花依舊笑春風。」事見唐孟棨本事詩情感。

㉛ 操選政：主持編選鄉試、會試中式試卷之事。

【前腔】金陵舊選樓㉜，聯榻同良友；對丹黃㉝筆硯，事業千秋。六朝衰弊今須救，文體重開韓柳歐㉞。傳不朽，把東林盡收，纔知俺中原復社附清流㉟。

（內喚介）請相公們裏邊用茶。（末、小生）來了。（讓生、淨入介）（雜扮長班持拜帖上）我家官府阮大鋮，新陞了兵部侍郎，特賜蟒玉㊱，欽命防江。今日到這三山街拜客，只得先來。

【朱奴兒】（副淨扮阮大鋮冠帶，蟒玉，驕態，坐轎，雜持傘、扇引上）排頭踏㊲青衣前走，高軒㊳穩扇蓋㊴交抖。看是何人坐上頭，是當日胯下韓侯㊵。（雜稟介）請老爺停轎，與僉都越老爺㊶

㉜金陵舊選樓：南京舊有文選樓，相傳南朝梁代昭明太子蕭統曾在此處編選文選。

㉝丹黃：丹砂和雌黃。舊時點校文字用朱筆書寫，遇誤字，塗以雌黃。後常以丹黃指代點校書籍。

㉞六朝衰弊今須救二句：意謂必須糾正當時文壇流行的六朝浮豔空洞的文風，將韓愈、柳宗元、歐陽修所倡導的古體散文重新振興起來。

㉟清流：喻指德行高潔負有名望的士大夫。

㊱蟒玉：蟒袍和玉帶，朝廷高官的服飾。

㊲頭踏：官員出行時走在前面的儀仗隊。

㊳高軒：高車。

㊴扇蓋：古代儀仗中用的扇和傘，用以障塵蔽日。

㊵是當日胯下韓侯：阮大鋮以曾受胯下之辱的韓信自比，表現重新得勢後的志得意滿之情。韓侯，指西漢開國功臣淮陰侯韓信。他年輕時曾受淮陰屠中少年欺侮，被迫從其胯下爬過。

㊶僉都越老爺：即僉都御史越其杰。

投帖。（雜投帖介）（副淨停轎介）吩咐左右，不必打道㊷，儘著百姓來瞧。（搧扇大說介）我阮老爺今日欽賜蟒玉，大轎拜客。那班東林小人，目下奉旨搜拏，躲的影兒也沒了。（笑介）**纔顯出誰榮誰羞，展開俺眉頭皺。**

（看書鋪介）那廊柱上貼的封面，有甚麼復社字樣，叫長班揭來我瞧。（雜揭封面，送副淨讀介）「復社文開，陳定生、吳次尾新選」。（怒介）嗄！復社乃東林後起，與周鑣、雷縯祚同黨，朝廷正在拏訪，還敢留他選書。這箇書客也大膽之極了！快快住轎。（落轎介）（副淨下轎，坐書鋪吩咐介）速傳坊官㊸。

（雜喊介）坊官那裏？（淨扮坊官急上，跪介）稟大老爺，傳卑職有何吩咐？

**【前腔】**（副淨）**這書肆不將法守，通惡少復社渠首㊹。奉命今將逆黨搜，須得你蔓引株求㊺。**（淨）不消大老爺費心，卑職是極會拏人的。（進入拏丑上）犯人蔡益所拏到了。（丑跪稟介）小人蔡益所並未犯法。（副淨）你刻甚麼「復社文開」，犯法不小。（丑）這是鄉會房墨，每年科場要選一部的。（副淨喝介）哇！目下訪拏逆黨，功令㊻森嚴，你容留他們選書，還敢口強，快快招來。（丑）不干小人事，相公們自己走來，現在裏面選書哩。（副淨）既在裏面，用心看守，不許走脫一人。（丑應下）（副

㊷ 打道：古代官員出行時，差役在前面開路叫人迴避。
㊸ 坊官：管理街坊的小官。
㊹ 渠首：大頭子；首領。多用以稱武裝反抗者或敵方的首領。
㊺ 蔓引株求：尋根究底；因一人犯罪而追查株連其他有關人員。
㊻ 功令：指朝廷法令。

淨向淨私語介）訪拏逆黨，是鎮撫司㊼的專責，速遞報單，叫他校尉㊽拏人。**傳緹騎㊾重興獄囚，笑楊左㊿今番又休。**

（淨）是。（速下）（副淨上轎介）（生、末、小生拉轎喊介）我們有何罪過，著人看守？你這位老先生，不畏天地鬼神了。（副淨微笑介）學生並未得罪，為何動起公憤來？（拱介）請教諸兄尊姓台號？（小生）俺是吳次尾。（末）俺是陳定生。（生）俺是侯朝宗。（副淨微怒介）哦！原來就是你們三位，今日都來認認下官。

**【剔銀燈】堂堂貌鬚長似箒，昂昂氣胸高如斗。**（向小生介）那丁祭之時，怎見的**阮光祿難司籩和豆。**（向末介）那借戲之時，為甚把**燕子箋弄俺當場醜。**（向生介）**堪羞，妝奩代湊，倒惹你裙釵亂丟。**

（生）你就是阮鬍子，今日報讎來了。（末、小生）好，好，好。大家扯他到朝門外，講講他的素行51

---

㊼ 鎮撫司：這裏指錦衣衛鎮撫司，掌管刑獄等事。

㊽ 校尉：軍職名。漢代校尉的地位略次於將軍，以後逐漸降低。明清之際衛士亦稱校尉，這裏指錦衣衛衛士。

㊾ 緹騎：穿紅色軍服的騎士，泛指貴官的隨從衛隊。後用為對逮捕犯人的禁衛吏役的通稱。

㊿ 楊左：即楊漣、左光斗。楊漣，字文孺，號大洪，應山（今湖北省應山縣）人。萬曆進士，官至左副都御史。天啟四年（一六二四），上疏彈劾魏忠賢。次年，被魏黨誣劾，被逮下獄，受酷刑而死。左光斗，字遺直，萬曆進士，曾官左僉都御史。因彈劾魏忠賢被逮下獄，死於獄中。後追諡忠毅。

51 素行：往常的行為。

去。（副淨佯笑介）不要忙，有你講的哩。（指介）你看那來的何人？（副淨坐轎下）（雜扮白靴四校尉上）

（亂叫介）那是蔡益所。（丑）在下便是，問俺怎的？（雜）俺們是駕上來的，快快領著拏人。（丑）要拏那箇？（雜）拏陳、吳、侯三箇秀才。（生）不用拏，我們都在這邊哩，有話說來。（雜）請到衙門裏說去罷。（竟丟鎖套三人下）（丑吊場介）這是那裏的帳？（喚介）蘇兄快來。（淨扮蘇崑生上）怎麼樣的了？（丑）了不得！了不得！選書的兩位相公，拏去罷了，連侯相公也拏去了。（淨）有這等事！

【前腔】（合）兇兇的縲絏㊾在手，忙忙的捉人飛走，小復社沒箇東林救，新馬阮接著崔田後。堪憂，昏君亂相，為別人公報私讐。

（淨）我們跟去，打聽一箇真信，好設法救他。（丑）正是，看他安放何處，俺好早晚送飯。

（丑）朝市紛紛報怨讐，（淨）乾坤付與杞人憂㊿。

（丑）倉皇誰救焚書禍，（淨）只有寧南一左侯。

㊾ 縲絏：音ㄌㄟˊ ㄒㄧㄝˋ。捆綁人用的繩索。

㊿ 杞人憂：本指沒有必要的擔憂，這裏指對國家形勢的憂慮。列子天瑞：「杞國有人憂天地崩墜，身無所寄廢食者。」杞，音ㄑㄧˇ。

# 第三十齣　歸山❶　乙酉三月

【粉蝶兒】（外白鬚扮張薇，冠帶上）何處家山，回首上林❷春老❸，秣陵城烟雨蕭條。嘆中興，新霸業，一聲長嘯。舊宮袍，襯著嬾散衰貌。

下官張薇，表字瑤星，原任北京錦衣衛儀正❹之職；避亂南來，又遇新主中興，錄俺世勳❺，仍補舊缺。不料權奸當道，朝局日非，新於城南修起三間松風閣，不日要投閒歸老。只因有逆案兩人，乃禮部主事周鑣、按察副使雷縯祚，馬、阮挾讐，必欲置之死地。下官深知其冤，只是無法可救，中夜躊躕，故此志未決。

【尾犯序】黨禍❻起新朝，正士寒心，連袂高蹈❼。俺有何求，為他人操刀。急逃，蓋了

---

❶ 歸山：歸隱山林。

❷ 上林：長安（今陝西省西安市）附近的皇家獵苑，始建於秦代，漢武帝時又大加擴建。後用以泛指皇帝的宮苑。

❸ 春老：春暮。

❹ 儀正：儀鸞司大使的別稱。明初設儀鸞司，正職稱大使。不久廢，改置錦衣衛。因以儀正代稱錦衣衛長官。

❺ 世勳：世代的功勳。

❻ 黨禍：即黨錮之禍。東漢末年，宦官專權，士大夫李膺、陳蕃等聯合太學生，猛烈抨擊宦官集團，宦官誣告他們結為朋黨，誹謗朝廷，將黨人處死、流徙、囚禁，並規定終身不許做官。史稱「黨錮之禍」。見後漢書黨

座松風草閣，等著俺白雲嘯傲❽，只因這沉冤未解夢空勞。（副淨扮家僮上，稟介）稟老爺，鎮撫司馮可宗拏到逆黨三名，候老爺升廳發放。（雜扮校尉四人，持刑具羅列介）（外升廳介）（淨扮解役投文，押生、末、小生帶鎖上）（跪介）（外看文問介）據坊官報單，說爾等結社朋謀❾，替周鑣、雷縯祚行賄打點❿，因而該司捕解。快快從實招來，免受刑拷！

【前腔】〔換頭〕（末、小生）難招！筆硯本吾曹，復社青衿，評選文稿。無罪而殺，是坑儒根苗。（生）休拷，俺來此攜琴訪友，並不曾流連夜曉，無端的池魚堂燕一時燒⓫。

（外）據爾所供，一無實跡，難道本衙門誣良為盜不成？（拍驚堂⓬介）叫左右預備刑具，叫他逐箇招來。（末前跪介）老大人不必動怒，犯生陳貞慧，直隸宜興人，不合在蔡益所書坊選書，並無別情。（小生前跪介）犯生吳應箕，直隸貴池人，不合與陳貞慧同事，並無別情。（外向淨介）既在蔡益所書坊，

錮傳。後泛指因朋黨之爭而引起的禍患。

❼ 連袂高蹈：意謂一個接一個地隱居。連袂，衣袖相連。

❽ 嘯傲：放歌長嘯，傲然自得，形容放曠不受拘束。

❾ 朋謀：相互勾結，共同謀劃。朋，結黨；結交。

❿ 打點：指用錢財疏通，託人照應。

⓫ 池魚堂燕一時燒：喻指受牽連而遭禍。太平御覽卷九三五引風俗通：宋國城門失火，人取池中水救火，池中水盡，魚皆乾死。因有成語「城門失火，殃及池魚」。又孔叢子論勢：燕雀居於堂上，灶中起火將要焚燒棟宇，燕雀不知大禍將至，依然顏色不變。

⓬ 驚堂：即驚堂木，舊時官吏審案時，用以拍案助威的木塊。

結社朋謀，行賄打點，彼必知情，為何竟不拏到？（投籤與淨介）速拏蔡益所質審。（淨應下，生前跪介）犯生侯方域，河南歸德府人，遊學到京，與陳貞慧、吳應箕文字舊交，纔來拜望，一同拏來了，並無別情。（外想介）前日藍田叔所畫桃源圖，有歸德侯方域題句。（轉問介）你是侯方域麼？（生）犯生便是。（外拱介）失敬了！前日所題桃源圖，大有見解，領教，領教。（吩咐介）這事與你無干，請一邊候。（生）多謝超豁⑬了。（一邊坐介）（淨持籤上）（稟介）稟老爺，蔡益所店門關閉，逃走無蹤了。（外）朋謀打點，全無證據，如何審擬？（尋思介）（副淨持書送上介）王、錢二位老爺有公書。（外看介）原來是內閣王覺斯、大宗伯錢牧齋⑭兩位老先生公書，待俺看來。（開書背看，點頭介）說的有理，竟不知陳、吳二犯，就是復社領袖。

【紅衲襖】**一箇是定生兄，藝苑豪，一箇是主騷壇，吳次老，為甚的治長無罪拘皋陶⑮？俺怎肯禍興黨錮推又敲。大錦衣，權自操，黑獄中，白日照。莫教名士清流賈禍含冤也，把中興文運凋。**

（轉拱介）陳、吳兩兄，方纔得罪了。（問介）王覺斯、錢牧齋二位老先生，一向交好麼？（末、小生）並無相與。（外）為何發書，極道兩兄文名，囑俺開釋？（末、小生）想出二公主持公道之意。（外）是，

⑬ 超豁：寬免；寬恕。

⑭ 內閣王覺斯大宗伯錢牧齋：指王鐸和錢謙益，錢謙益當時任禮部尚書，這一官職相當於古代的大宗伯。

⑮ 治長無罪拘皋陶：公冶長沒有罪卻被法官拘禁起來。治長，即公冶長，春秋時人，孔子的學生。皋陶，虞舜時主管司法的官員。此處借指法官。

是。下官雖係武職，頗讀詩書，豈肯殺人媚人⑯。（吩咐介）這是冤屈，請一邊候，待俺批回該司，速行釋放便了。（批介）（末、小生一邊坐介）（副淨持朝報送上介）稟老爺，今日科鈔⑰有要緊旨意，請老爺過目。（外看報介）「內閣大學士馬一本，為速誅叛黨，以靖邪謀事。犯官周鑣、雷縯祚，私通潞藩，叛跡顯然，乞早正法，曉示臣民等語。奉旨周鑣、雷縯祚，著監候處決。又兵部侍郎阮一本，為捕滅社黨，廓清皇圖⑱事，照得東林老奸，如蝗蔽日。復社小醜，似蝻⑲出田。蝗為現在之災，捕之欲盡；蝻為將來之患，滅之勿遲。臣編有蝗蝻錄，可按籍而收也等語。奉旨這東林社黨，著嚴行捕獲，審擬具奏，該衙門知道。」（外驚介）不料馬、阮二人，又有這番舉動，從此正人君子無孑遺⑳矣。

【前腔】俺正要**省約法**㉑，**畫獄牢**㉒。那知他**鑄刑書**㉓，**加炮烙**㉔。莫不是**清流欲向濁流拋**㉕，

---

⑯ 殺人媚人：以殺人來取悅別人。

⑰ 科鈔：由六科抄發的朝廷公報。

⑱ 皇圖：皇朝的版圖。

⑲ 蝻：音ㄋㄢˇ。蝗的幼蟲。頭大，僅有翅芽，尚不會飛。

⑳ 孑遺：遺留；剩餘。孑，音ㄐㄧㄝˊ。

㉑ 省約法：減少法律條文。劉邦攻入秦都咸陽，廢除了秦朝繁瑣的法律條文，與當地父老約法三章：殺人者死，傷人及盜抵罪。

㉒ 畫獄牢：指刑律寬緩。傳說上古時民情淳厚，刑法寬鬆。民有犯罪者，官吏在地上畫一圓圈，當作牢獄，令立其中，以示懲罰。

㉓ 鑄刑書：把法律條文鑄在鼎上，為春秋時鄭國國相子產首創。

莫不是黨碑又刻元祐號㉖。這法網，人怎逃；這威令，誰敢拗。眼見復社、東林盡入囹圄㉗也，試新刑，搜爾曹㉘。

（向生等介）下官憐爾無辜，正思開釋。忽然奉此嚴旨，不但周、雷二公定了死案，從此東林、復社，那有漏網之人？（生等跪求介）尚望大人超豁。（外）俺若放了諸兄，儻被別人拏獲，再無生理，且不要忙。（批介）據送三犯，朋謀打點，俱無實跡，俟拏到蔡益所之日，審明擬罪可也。（向生等介）那鎮撫司馮可宗，雖係功名之徒，卻也良心未喪，待俺寫書與他。（寫介）老夫待罪錦衣，多歷年所，門戶㉙黨援㉚，何代無之。總之，君子、小人，互為盛衰；事久則變，勢極必反。我輩職司風紀㉛，不

㉔ 炮烙：商紂王的酷刑之一。將銅柱燒紅，令罪人行走其上。

㉕ 清流欲向濁流拋：唐哀帝時，梁王朱全忠操縱朝政，殺宰相裴樞等七人於滑州白馬驛。朱全忠部將李振對朱說：「此輩自謂清流，宜投於黃河，永為濁流。」見舊五代史梁書李振傳。

㉖ 黨碑又刻元祐號：宋徽宗時，蔡京執政，迫害元祐時的執政大臣，將司馬光等人定為奸黨，並在太學端禮門前立碑，碑上共刻三百餘人的姓名，稱為「黨人碑」。元祐，宋哲宗趙煦的年號。

㉗ 囹圄：音ㄌㄧㄥˊ ㄩˇ。監獄。

㉘ 爾曹：爾輩；你們。

㉙ 門戶：派別；朋黨。

㉚ 黨援：結黨為援。

㉛ 風紀：風教綱紀。

可隨時偏倚㉜，代人操刀。天道好還㉝，公論不泯，慎勿自貽後悔也。（拱介）諸兄暫屈獄中，自有昭雪之日。（淨、雜押生等俱下）（外退堂介）俺張薇原是先帝舊臣，國破家亡，已絕功名之念。為何今日出來助紂為虐㉞。自古道：「知幾不俟終日。」㉟看這光景，尚容躊躕再計乎？（喚介）家僮快牽馬來，我要到松風閣養病去了。（副淨牽馬上）坐馬在此。（外上馬，副淨隨行介）

【解三醒】（外）好趁著晴春晚照，滿路上絮舞花飄，遙望見城南蒼翠山色好，把紅塵客夢全消。且喜已到松風閣，這是俺的世外桃源，不免下馬登樓，趁早料理起來。（下馬登樓介）清泉白石人稀到，一陣松風響似濤。（喚介）叫園丁撐開門窗，拂淨欄檻，俺好從容眺望。（雜扮園丁收拾介）燕泥沾落絮，蛛網罥飛花。稟老爺，收拾乾淨了。（下）（外窺窗介）你看松陰低戶，沁的人心骨皆涼，此處好安吟榻。（又凭欄介）你看春水盈池，照的人鬚眉皆碧，此處好支茶竈。（忽笑介）來的慌了，冠帶袍靴全未脫，卻如此打扮，豈是桃源中人？可笑！可笑！（喚介）家僮開了竹箱，把我買下的箬笠、芒鞋㊱、蘿絛、鶴氅㊲，替俺換了。（換衣帶介）堪投老㊳，纔修完三間草閣，便解宮袍。

㉜偏倚：不公平；偏向一方。
㉝天道好還：意謂天道循環，報應不爽。
㉞助紂為虐：意謂幫助惡人作壞事。紂，殷末暴君。
㉟知幾不俟終日：語出易經，意謂一旦預知事情變化的先兆，就立即有所動作，一天也不能等待。
㊱芒鞋：草鞋。
㊲鶴氅：鶴羽做的道袍。

（淨扮校尉鎖丑牽上）松間批駕帖㊴，竹裏驗公文。方纔拏住蔡益所，聞得張老爺來此養病，只得趕來銷籤㊵。（叫介）門上大叔那裏？（副淨出問介）來稟何事，如此緊急？（淨）稟老爺，拏到蔡益所了，特來銷籤。（繳籤介）（副淨上樓稟介）衙門校尉，帶著蔡益所回話。（外驚介）拿了蔡益所，他三人如何開交？（想介）有了，叫校尉樓下伺候，聽俺吩咐。（副淨傳淨跪樓下介）（外吩咐介）這件機密重案，不可絲毫洩漏，暫將蔡益所羈候園中，待我回衙，細細審問。（淨）是。（將丑拴樹介）（淨欲下介）（外）轉來，園中窄狹，把這匹官馬，牽回喂養。我的冠帶袍靴，你也順便帶去。我還要多住幾時，不許擅來囉唣。（淨應下）（外跌足介）壞了，壞了。衙役走入花叢，犯人鎖在松樹，還成一箇甚麼桃源哩，不如下樓去罷。（下樓見丑介）果是蔡益所哩。（丑跪介）犯人與老爺曾有一面之識。（外）雖係舊交，你容留復社，犯罪不輕。（丑叩頭介）是。（外）你店中書籍，大半出於復社之手，件件是你的贓證。（丑叩頭介）只求老爺超生。（外）你肯捨了家財，纔能保得性命。（丑）犯人情願離家。（外喜介）這等就有救矣。（喚介）家童與他開了鎖頭。（副淨開丑介）（外）你既肯離家，何不隨我住山？（丑）老爺若肯攜帶，小人就有命了。（外指介）你看東北一帶，雲白山青，都是絕妙的所在。（喚介）家童好生看門，我同蔡益所瞧瞧就來。（副淨應下）（丑隨外行介）（外指介）我們今夜定要宿在那蒼蒼翠翠之中。（丑）老爺要去看山，須差人早安公館，那山寺荒涼，如何住宿？（外）你怎曉的，捨了那頂破紗帽，何處

---

㊳ 投老：告老閒居。

㊴ 駕帖：秉承皇帝旨意，由刑科簽發的逮捕人的公文。

㊵ 銷籤：舊時官府捕人，發給差役差籤一支，事畢後繳籤銷差。

巖穴著不的❹這箇窮道人？（丑背介）這是那裏說起？（外）不要遲疑，一直走去便了。

【前腔】眼望著白雲縹緲，顧不得石徑迢遙，漸漸的松林日落空山杳，但相逢幾箇漁樵。翠微❷深處人家少，萬嶺千峰路一條。開懷抱，儘著俺山遊寺宿，不問何朝。

境隔仙凡幾樹桃，纔知容易謝塵囂❸。

清晨檢點白雲署，行到深山日尚高。

41 著不的：裝不下。

42 翠微：翠綠的山色，這裏指遠山。

43 謝塵囂：離開紛繁喧囂的塵世。

# 第三十一齣　草檄❶

乙酉三月

（淨扮蘇崑生上）萬曆年間一小童，崇禎朝代半衰翁。曾逢天啟乾恩蔭❷，又見弘光嗣廠公❸。我蘇崑生，睜著五旬老眼，看了四代時人，故此做這幾句口號❹。你說那兩位嗣廠公，有天沒日，要把正人君子，捕滅盡絕。可憐俺侯公子，做了箇法頭例首❺。我老蘇與他同鄉同客，只得遠來湖廣，求救於甯南左侯。誰想一住三日，無門可入。今日江上大操，看他兵馬過處，雞犬無聲，好不肅靜。等他回營，少不的尋箇法兒，見他一面。（喚介）店家那裏？（副淨扮店主上）黃鶴樓頭仙客少，白雲市上酒家多。客官有何話說？（淨）請問元帥左爺爺，待好回營麼？（副淨）早哩，早哩。三十萬人馬，每日操到掌燈。況今日又留督撫袁老爺、撫按黃老爺，在教場飲酒，怎得便回？（淨）既是這等，替我打壺酒來，慢慢的喫著等他罷。（副淨取酒上）等他做甚，喫杯酒，早些安歇罷。（淨）俺並不張看，你放心閉門便了。（副淨下）（淨望介）你看一輪明月，早出東山，正當春江花月夜，只是興會不佳耳。

❶ 草檄：起草檄文。

❷ 天啟乾恩蔭：意謂天啟年間魏忠賢的乾兒孫得到恩蔭。恩蔭，指遇朝廷慶典，賜予官員子孫入國子監讀書以及入仕等特殊恩惠。此制始於宋初。

❸ 嗣廠公：意指馬士英、阮大鋮等人步魏忠賢的後塵。廠公，指魏忠賢，因其曾掌管東廠，故稱。

❹ 口號：隨口吟出的詩。

❺ 法頭例首：最先受新法懲處的人。

（坐斟酒飲介）對此杯中物，勉強唱隻曲兒，解悶則箇。（自敲鼓板唱介）

【念奴嬌序】❻長空萬里，見嬋娟❼可愛，全無一點纖凝❽。十二闌干光滿處，涼浸珠箔銀屏❾。偏稱，身在瑤臺❿笑斟玉斝⓫，人生幾見此佳景。惟願取年年此夜，人月雙清。

（自斟飲介）這樣好曲子，除了阮圓海，卻也沒人賞鑒。罷了！罷了！甯可埋之浮塵，不可投諸匪類⓬。（又飲介）這時候也待好回營了，待俺細細唱起來。他若聽得，不問便罷；儻來問俺，倒是箇機會哩。（又敲鼓板唱介）

【前腔】孤影，南枝乍冷，見烏鵲縹緲，驚飛棲止不定⓭。（副淨上怨介）客官安歇罷，萬一元帥聽得，連累小店，倒不是耍的。（淨唱介）萬疊蒼山，何處是修竹吾廬三徑⓮。（副淨拉淨睡介）

---

❻ 念奴嬌序：蘇崑生所唱的三段念奴嬌序，是高明的南戲琵琶記中秋翫月一齣中的曲辭，曲中描寫蔡伯喈人贅相府後與新婚夫人牛氏中秋賞月的情景。

❼ 嬋娟：美好貌。此指月亮。

❽ 纖凝：猶纖雲。凝，指雲氣凝聚。

❾ 珠箔銀屏：用珍珠串編成的簾子和銀色的屏風。

❿ 瑤臺：傳說中神仙的住所。此處指牛相國府的華麗樓臺。

⓫ 玉斝：玉製的酒器。斝，音ㄐㄧㄚˇ。

⓬ 投諸匪類：此處意為將曲子唱給不懂音樂的人聽。匪，通「非」。

⓭ 孤影四句：化用曹操詩短歌行中「月明星稀，烏鵲南飛。繞樹三匝，何枝可依」四句的詩意，表現劇中人物充滿矛盾和不安的心情。

（淨）不妨事的，俺是元帥鄉親，巴不得叫他知道，纔好請俺進府哩。（副淨）既是這等，憑你，憑你。（下）（淨又唱介）**追省，丹桂誰攀⑮，嫦娥相愛⑯，故人千里漫同情。惟願取年年此夜，人月雙清。**

（雜扮小卒數人，背弓、矢、盔、甲走過介）（淨聽介）外邊馬蹄亂響，想是回營了，不免再唱一曲。（又敲鼓板唱介）

**【前腔】光瑩，我欲玉簫吹斷，驂鸞歸去，不知何處冷瑤京⑰。**（雜扮小軍四人旗幟前導介）（淨聽介）喝道之聲，漸漸近來，索性大唱一唱。**環佩濕，似月下歸來飛瓊⑱。**（小生扮左良玉，外扮袁繼咸，末扮黃澍冠帶騎馬上）朝中新政教歌舞，江上殘軍試鼓鼙。（外聽介）咦！將軍，貴鎮也教起歌舞來了。（小生）軍令嚴肅，民間誰敢。（末指介）果然有人唱曲。（小生立聽介）（淨大唱介）**那更，香霧雲鬟，清輝玉臂⑲，廣寒仙子⑳也堪並。惟願取年年此夜，人月雙清。**

⑭ 三徑：指隱士屋前的小路。漢代蔣詡隱居後，在庭院的竹林下開闢三條小路，只與隱士求仲、羊仲往來。

⑮ 丹桂誰攀：意謂蔡伯喈科舉及第，考中狀元。舊時以丹桂比喻科第，稱科舉中第為折桂。

⑯ 嫦娥相愛：康熙戊子刻本作「嫦娥獨住」。嫦娥，此處借指牛小姐。

⑰ 我欲玉簫吹斷三句：化用蘇軾水調歌頭中「我欲乘風歸去，又恐瓊樓玉宇，高處不勝寒」三句的詞意。驂鸞，仙人駕馭鸞鳥雲遊。瑤京，指月宮。

⑱ 飛瓊：即許飛瓊，神話中西王母的侍女。

⑲ 香霧雲鬟二句：用杜甫詩鄜州中「香霧雲鬟濕，清輝玉臂寒」兩句詩意，表達對遠方妻子的思念之情。

（小生怒介）目下戒嚴之時，不遵軍法，半夜唱曲。快快鎖拏！（雜打下門，拏出淨，跪馬前介）（小生問介）方纔唱曲就是你麼？（淨）是。（小生）軍令嚴肅，你敢如此大膽。（淨）無可奈何，冒死唱曲，只求老爺饒恕。（外）聽他所說，像是醉話。（末）唱的曲子，倒是絕調。（小生）這人形跡可疑，帶入帥府，細細審問。（帶淨行介）

**【窣地錦襠】**（合）**操江㉑夜入武昌門，雞犬寂寥似野村。三更忽遇擊筑人㉒，無故悲歌必有因。**

（作到府介）（小生讓外、末介）就請下榻荒署，共議軍情。（外、末）怎好攪擾。（同入坐介）（外）方纔唱曲之人，倒要早早發放。（小生）正是。（吩咐介）帶過那箇唱曲的來。（雜帶淨跪介）（小生問介）你把犯法情由，從實說來。（淨）小人來自南京，特投元帥。因無門可入，故意犯法，求見元帥之面的。

（小生）哇！該死奴才，還不實說。（末）不必動怒，叫他說，要見元帥，有何緣故？

**【鎖南枝】**（淨）**京中事，似霧昏，朝朝報讐搜黨人。現將公子侯郎，拏向囹圄困。望舊交，懷舊恩，替新朝，削新忿。**

（小生）那侯公子，是俺世交，既來求救，必有手書。取出我瞧。（淨叩頭介）那日阮大鋮親領校尉，立拏送獄，那裏寫得及書。（外）憑你口說，如何信得。（小生想介）有了，俺幕中有侯公子一箇舊人，

⑳ 廣寒仙子：指嫦娥。月宮又名廣寒宮，故稱。
㉑ 操江：指在江上操練軍隊。
㉒ 擊筑人：此處喻指唱歌的蘇崑生。

煩他一認，便知真假。（吩咐介）請柳相公出來。（雜應介）（丑扮柳敬亭上）肉朋酒友，問俺老柳，待我認來。（點燭認介）呀！原來是蘇崑生，我的盟弟。（各掩淚介）（小生）果然認的麼？（丑）他是河南蘇崑生，天下第一箇唱曲的名手，誰不認的。（小生喜介）竟不知唱曲之人，倒是一箇義士。（拉起介）請坐，請坐。（淨各揖坐介）（丑）你且說侯公子為何下獄？

**【前腔】**（淨）為他是東林黨，復社群，曾將魏崔門戶分。小阮思報前讐，老馬沒分寸㉓。三山街，緹騎狠，驟飛來，似鷹隼。

把侯公子捉入獄內，音信不通，俺沒奈何，冒死求救。幸虧將軍不殺，又得遇著柳兄。（揖介）只求長兄懇央元帥，早發救書，也不枉俺一番遠來。（小生氣介）袁、黃二位盟弟，你看朝事如此，可不恨死人也。（外）不特此也，聞的舊妃童氏，跋涉尋來，馬、阮不令收認㉔；另藏私人，預備采選，要圖椒房之親，豈不可殺。（末）還有一件，崇禎太子，七載儲君，講官大臣，確有證據㉕，今欲付之幽囚。人人共憤，皆思寸磔㉖馬、阮，以謝先帝。（小生大怒介）我輩戮力疆場，只為報效朝廷，不料信用奸

---

㉓ 沒分寸：意謂說話做事沒有尺度和界限。

㉔ 聞的舊妃童氏三句：福王即位南京後，其昔日繼妃童氏由劉良佐等護送至南京，福王不予承認，交錦衣衛治罪，不久死於獄中。

㉕ 崇禎太子四句：朱由崧即位後，有自稱崇禎太子的人從北方南來。弘光帝將其交錦衣衛審訊，自供是假冒者，本名王之明。但左良玉、黃得功等將領均不相信，紛紛上疏辯解。儲君，即太子。

㉖ 寸磔：古代碎解肢體的一種酷刑。磔，音ㄓㄜˊ。

黨，殺害正人，日日賣官鬻爵，演舞教歌，一代中興之君，行的總是亡國之政。只有一箇史閣部頗有忠心，被馬、阮內裏掣肘，卻也依樣葫蘆㉗。賸俺單身隻手，怎去恢復中原。（跌足介）罷，罷，罷！俺沒奈何，竟做要君㉘之臣了。（揖外介）臨侯替俺修起參本㉙。（外）怎麼樣寫？（小生）你只痛數馬、阮之罪便了。（外）領教。（丑送紙筆，外寫介）

**【前腔】朝廷上，用逆臣，公然棄妃囚嗣君。報讎翻案紛紛，正士皆逃遁。尋冶容㉚，教豔品㉛，賣官爵，筆難盡。**

（外寫完介）（小生）還要一道檄文，借重仲霖起稿罷。（揖介）（末）也是這樣做麼？（小生）你說俺要發兵進討，叫他死無噍類㉜。（丑）該！該！（小生）你前日勸俺不可前進，今日為何又來贊成。（丑）如今是弘光皇帝了，彼一時也，此一時也。（小生）是，是。俺左良玉乃先帝老將，先帝現有太子，是俺小主。那馬、阮擅立弘光之時，俺遠在邊方，原未奉詔的。（末）待俺做來。（丑送紙筆，末寫介）

**【前腔】清君側㉝，走檄文，雄兵義旗遮路塵。一霎飛渡金陵，直抵鳳凰門㉞。朝帝宮，**

---

㉗ 依樣葫蘆：此處指沒有什麼改變和創新。

㉘ 要君：要挾和脅迫君主。要，音ㄧㄠ。

㉙ 參本：向朝廷揭發有關官員罪狀的奏章。

㉚ 冶容：豔麗的容貌。

㉛ 豔品：豔美的女子。

㉜ 死無噍類：即斬盡殺絕。噍類，能吃東西的動物，指活著的人。噍，音ㄐㄧㄠˋ。嚼。

**謁孝寢㉟，搜黃閣，試白刃。**

（末寫完介）（小生）就列起名來。（外）這樣大事，還該請到新巡撫何騰蛟㊱，求他列名。（小生）他為人固執，不必相聞，竟寫上他罷了。（外、末列名介）（小生）今夜謄寫停當，明早飛遞投送，俺隨後也就發兵了。（外）只怕遞鋪㊲誤事。（小生）為何？（外）京中匿名文書，紛紛雨集，馬、阮每早令人搜尋，隨得隨燒，並不過目。（小生）如此只得差人了。（末）也使不得，聞得馬、阮密令安慶將軍杜弘域，築起坂磯㊳，久有防備我兵之意。此檄一到，豈肯干休？那差去之人，便死多活少了。（小生）這等怎處？（丑）倒是老漢去走走罷。（外、末驚介）這位柳先生，竟是荊軻之流，我輩當以白衣冠送之。（丑）這條老命，甚麼希罕。只要辦的元帥事來。（小生大喜介）有這等忠義之人，俺左崑山要下拜了。（喚介）左右取一杯酒來。（雜取酒上，小生跪奉丑酒介）請盡此杯。（丑跪飲乾介）（眾拜丑，丑答拜介）

**【前腔】擎杯酒，拭淚痕，荊卿短歌聲自吞。夜半攜手叮嚀，滿座各消魂。何日歸，無**

---

㉝ 清君側：謂清除君王身邊的奸臣。

㉞ 鳳凰門：南京城門名。

㉟ 孝寢：指明太祖朱元璋的陵墓明孝陵。

㊱ 何騰蛟：字雲從，黎平衛（今貴州省黎平縣）人。崇禎朝官至右僉都御史，代理巡撫湖、廣。南明弘光朝任兵部右侍郎，總督湖廣、四川、雲貴、廣西軍務。曾與農民起義軍聯合抗清，兵敗被俘，絕食而死。

㊲ 遞鋪：傳公文的驛站。

㊳ 坂磯：指防禦工事。

處問，夜月低，春風緊。

（各掩淚介）（丑向淨介）借重賢弟，暫陪元帥，俺就束裝東去了。（淨）只願救取公子，早早出獄，那時再與老哥相見罷。（俱作別介）（丑先下）（小生）義士，義士！（外、末）壯哉，壯哉！

渺渺烟波夜氣昏，一樽酒盡客消魂。

從來壯士無還日，眼看長江下海門。

# 第三十二齣　拜　壇❶　乙酉三月

【吳小四】（副末扮贊禮郎，冠帶白鬚上）眼看他，命運差，河北新房一半塌❷。承繼箇兒郎貪戲耍❸，不報冤讐不掙家。窩裏財，奴亂抓。

在下是太常寺一箇老贊禮，住在神樂觀旁，專管廟陵祭享之事。那知天翻地覆，立了這位新爺，把俺南京重新興旺起來。今歲乙酉，改曆建號❹之年，家家慶賀。我老漢三杯入肚，只唱這箇隨心令兒❺。旁人勸我道：「各人自掃門前雪，莫管他家屋上霜。」我回言道：「大風吹倒梧桐樹，也要旁人話短長。」（喚介）孩子們，今日是三月十幾日？（內）三月十九日了。（副末）呵呀！三月十九日，乃崇禎皇帝忌辰。奉旨在太平門❻外設壇祭祀，派著我當執事的，怎麼就忘了，快走，快走。（走介）岡岡巒巒，接接連連，竹竹松松，密密叢叢，不覺已到壇前。且喜百官未到，待俺趁早鋪設起來。（作排案，

❶ 拜壇：此處指設壇拜祭崇禎帝。

❷ 河北新房一半塌：喻指北方淪陷。

❸ 承繼箇兒郎貪戲耍：謂繼承皇位的弘光帝貪圖逸樂，不思進取。

❹ 改曆建號：指帝王即位後更改曆法，建立名號。

❺ 隨心令兒：隨意編唱的小曲。

❻ 太平門：南京城門名，位於南京城東北。

供香、花、燭、酒介）

【普天樂】（淨扮馬士英，末扮楊文驄，素服從人上）舊江山，新圖畫，暮春烟景人瀟灑。出城市，遍野桑麻，哭甚麼舊主升遐，告了箇遊春假。（外扮史可法素服上）這纔去野哭江邊奠杯斝，揮不盡血淚盈把。說甚年時此日，問蒼天，遭的甚麼花甲❼。

（相見各揖介）（淨）今日乃思宗烈皇帝升遐之辰，禮當設壇祭拜。（末）正是。（外問介）文武百官到齊不曾？（副末）俱已到齊了。（淨）就此行禮。（副末贊禮，雜扮執事官捧帛、爵介）（贊）執事官各司其事，陪祀官就位，代獻官就位。（各官俱照班排立介）（贊）瘞毛血❽，迎神、參神❾，伏俯、興，伏俯、興，伏俯、興，伏俯、興。平身❿。（各行禮完，立介）（贊）行奠帛禮⓫，陞壇。（淨秉笏至神位前介）（贊）搢笏⓬，獻帛，奠帛。（淨跪奠帛叩介）（贊）平身，出笏，詣讀祝位，跪。（淨跪介）（贊）讀祝⓭。（副末跪讀介）維歲次乙酉年，三月十九日皇從弟嗣皇帝由崧，謹昭告於思宗烈皇帝曰：仰惟文

❼ 花甲：年月；歲月。

❽ 瘞毛血：亦稱瘞血，古代祭祀的一種儀式。在正祭前一天殺牲口，將部分毛血置於乾淨的器皿中。正祭時，贊禮官唱「瘞毛血」，由執事者將毛血埋在坑中。瘞，音ㄧˋ。埋。

❾ 參神：參拜神靈。

❿ 平身：行跪拜禮後起立站正。

⓫ 奠帛禮：祭祀的一種儀式。將帛供在神位前。

⓬ 搢笏：把笏板插在腰間。

⓭ 讀祝：宣讀祭文。

德克承⑭，武功載纘⑮，御極十有七年，皇綱⑯不振，大宇中傾，皇帝殉社稷，皇后太子俱死君父之難。弟愚不才，忝顏偷生⑰，俯順臣民之請，正位南都，權為宗廟神人主。慟一人之升遐，懲百僚之怠傲，努力廟謨，惴惴憂懼，枕戈飲泣，誓復中原。今值賓天⑱忌辰，敬設壇壝⑲，遣官代祭。鑒茲追慕之誠，歆此蘋蘩之獻⑳。尚饗㉑。（贊）舉哀。（各官哭三聲介）（贊）哀止，伏俯、興，復位。（淨轉下介）（贊）行初獻禮，陞壇。（淨至神位前介）（贊）搢笏，獻爵㉒，奠爵㉓。（淨跪奠爵，叩介）（贊）平身，出笏，復位。（贊）行亞獻禮，終獻，同。（贊）徹饌，送神，伏俯、興。（四拜同）（各官依贊拜完，立介）（贊）讀祝官捧祝，進帛官捧帛，各詣瘞位㉔。（各官立介）（贊）望瘞㉕。（雜焚祝帛介）（贊）

---

⑭ 克承：能夠繼承。

⑮ 載纘：繼續；繼承。

⑯ 皇綱：朝廷的綱紀；王法。

⑰ 忝顏偷生：忍受恥辱苟且求生。

⑱ 賓天：委婉語，謂帝王之死。亦可泛指尊者之死。

⑲ 壇壝：祭祀用的壇場。壝，音ㄨㄟˇ。壇周圍的矮牆。

⑳ 歆此蘋蘩之獻：意謂請享用祭品。蘋蘩，萍草和白蒿，古時祭祀用品，後泛指祭品。

㉑ 尚饗：意謂希望鬼神前來享用祭品。舊時祭文常用此作結語。

㉒ 獻爵：獻上酒。爵，古代酒器。

㉓ 奠爵：灑酒於地，表示祭悼。

㉔ 詣瘞位：到瘞毛血的地方去。

㉕ 望瘞：祭祀儀式之一。由捧祝官與進帛官將祭文與祭帛一起放在瘞毛血的坑中焚化。

禮畢。（外獨大哭介）

【朝天子】萬里黃風吹漠沙，何處招魂魄。想翠華㉖，守枯煤山幾枝花。對晚鴉，江南一半殘霞，是當年舊家。孤臣哭拜天涯，似村翁歲臘㉗，似村翁歲臘。

（副末）老爺們哭的不慟，俺老贊禮忍不住要大哭一場了。（大哭一場下）（副淨扮阮大鋮素服大叫上）我的先帝呀！我的先帝呀！今日是你週年忌辰，俺舊臣阮大鋮趕來哭臨了。（拭眼問介）祭過不曾？（淨）方纔禮畢。（副淨至壇前，急四拜，哭白介）先帝，先帝！你國破身亡，總喫虧了一夥東林小人，如今都去投了北朝，賸下我們幾箇忠臣，今日還想著來哭你，你為何至死不悟呀？（又哭介）（淨拉介）圓老，不必過哀，起來作揖罷。（副淨拭眼，各見介）（外背介）可笑，可笑。（作別介）請了，烟塵三里路，魑魅㉘一班人。（下）（淨）我們皆是進城的，就並馬同行罷。（作更衣上馬行介）

【普天樂】（合）奠瓊漿，哭壇下，失聲相向誰真假。千官散，一路喧譁，好趁著景美天佳，閒講些興亡話。詠歸去，恰似春風浴沂罷㉙，何須問江北戎馬。有那南朝舊例儘風流，只愁春色無價。

㉖ 翠華：以翠羽為飾的旗幟，是皇帝所用的儀仗。此處借指崇禎帝。

㉗ 歲臘：民間年終祭祀祖先及眾神，稱為「歲臘」，又稱「臘祭」。

㉘ 魑魅：音ㄔ ㄇㄟˋ。古代傳說中的山澤鬼怪。這裏指阮大鋮等人。

㉙ 詠歸去二句：語出論語先進：「暮春者，春服既成，冠者五、六人，童子六、七人，浴乎沂，風乎舞雩，詠而歸。」此處言阮大鋮等人出來祭祀如同遊春。

（雜喝道介）（淨）已到雞鵝巷㉚，離小寓不遠，請過荒園，同看牡丹何如？（末）小弟還要拜客，就此作別了。（末別下）（副淨）待晚生趨陪罷。（作到下馬介）（淨）請進。（副淨）晚生隨行。（淨前，副淨後入園介）（副淨）果然好花。（淨吩咐介）速擺酒席，我們賞花。（雜擺席介）（淨、副淨更衣坐飲介）（淨大笑介）今日結了崇禎舊局，明日恭請聖上臨御正殿，我們「一朝天子一朝臣」了。（副淨）連日在江上，不知朝中有何新政？（淨）目下假太子王之明，正在這裏商量發放。圓老有何高見？（副淨）這事明白易處。（淨）怎麼易處？（副淨）老師相權壓中外者，只因擁戴二字。（淨）是，是。（副淨）既因擁戴二字，

**【朝天子】若認儲君真不差**，把俺**迎來主**，**放那搭**㉛。（淨）是，是。就著監禁起來，不要惑亂人心。（問介）還有舊妃童氏，哭訴朝門，要求迎為正后。這何以處之？（副淨）這益發使不得。**自古君王愛館娃**，**繫臂紗**㉜，**先須采選來家**，替**椒房作伐**。（淨）是，是。俺已采選定了，這箇童氏，自然不許進宮的。（又問介）那些東林、復社，捕拏到京，如何審問？（副淨）這班人天生是我們寃對，豈可容情。**切莫剪草留芽**，但**搜來盡殺**，但**搜來盡殺**。

（淨大笑介）有理，有理。老成見到之言，句句合著鄙意。拏大杯來，歡飲三杯。（雜扮班役持本急上，

㉚ 雞鵝巷：南京地名。
㉛ 那搭：口語，哪裏。
㉜ 繫臂紗：指選美女。晉武帝司馬炎自選美女，中選者以紅紗繫臂。事見晉書胡貴嬪傳。

稟介）寧南侯左良玉有本章一道，封投通政司㉝，這是內閣揭帖㉞，送來過目。（淨接介）他有甚麼好本？（看本怒介）呀，呀！了不得！就是參咱們的疏稿。這疏內數出咱七大罪，叫聖上立賜處分，好恨人也。（雜又持文書急上）還有公文一道，差人賚來的。（淨接看驚介）又是討俺的一道檄文，文中罵的著實不堪，還要發兵前來，取咱的首級。這卻怎處？（副淨驚起，亂抖介）怕人，怕人。別的有法，這卻沒法了。（淨）難道長伸頸頸，等他來割不成？（副淨）待俺想來。（想介）沒有別法，除是調取黃、劉三鎮，早去堵截。（淨）儻若北兵渡河，叫誰迎敵？（副淨向淨耳介）北兵一到，還要迎敵麼？（淨）不迎敵，更有何法？（副淨）只有兩法。（淨）請教。（副淨作搊衣㉟介）跑。（又作跪地介）降。（淨）說的也是。大丈夫烈烈轟轟，甯可叩北兵之馬，不可試南賊之刀。吾主意已決，即發兵符，調取三鎮便了。（想介）且住。調之無名，三鎮未必肯去，這卻怎處？（副淨）只說左兵東來，要立潞王監國，三鎮自然著忙的。（淨）是，是。就煩圓老親去一遭。

【普天樂】（合）發兵符，乘飛馬，過江速勸黃、劉駕。舟同濟，舵又同拏，纔保得性命身家。非是俺魂驚怕，怎當得百萬精兵從空下，頃刻把城闕攻打。惟有全憑鐵鎖斷長江，拉開強弩招架。

（副淨）辭過老師相，晚生即刻出城了。（淨）且住，還有一句密話。（附耳介）內閣高弘圖、姜日廣，

---

㉝ 通政司：明清時收受、檢查內外奏章和申訴文書的中央機構，其長官為通政使。

㉞ 內閣揭帖：內閣發出的文告。

㉟ 搊衣：將袍服的前襟提起。搊，音ㄔㄡ。提。康熙戊子本作「摳衣」。

左袒㊱逆黨，俱已罷職了。那周鑣、雷縯祚，留在監中，恐為內應，趁早處決何如？（副淨）極該，極該。（淨拱介）也不送了。（竟下）（副淨出）（雜稟介）那箇傳檄之人，還拏在這裏，聽候發落。（副淨）沒有甚麼發落，拏送刑部請旨處決便了。（上馬欲下介）（尋思介）且不要孟浪。我看黃、劉三鎮，也非左兵敵手，萬一斬了來人，日後難於挽回。（喚介）班役，你速到鎮撫司，拜上馮老爺㊲，將此傳檄之人，用心監候。（雜應下）（副淨）幾乎誤了大事。（上馬速行介）

**江南江北事如麻，半倚劉家㊳半阮家㊴。**
**三面和棋休打算，西南一子怕爭差㊵。**

㊱ 左袒：漢高祖劉邦死後，呂后擅政，大封諸呂以培植勢力。呂后死後，太尉周勃謀誅諸呂，行令軍中說：「為呂氏右袒，為劉氏左袒！」軍中皆脫左袖，露出左臂。事見史記呂后本紀。後稱偏護一方為左袒。

㊲ 馮老爺：指錦衣衛都督馮可宗。

㊳ 劉家：指駐守江北的劉澤清和劉良佐。

㊴ 阮家：指阮大鋮。

㊵ 三面和棋休打算二句：以下棋為喻，表示對北方的清兵以及其他軍事集團採取和談的策略，而在西南一線則必須對左良玉用兵。

# 第三十三齣　會　獄❶

乙酉三月

【梅花引】（生敝衣愁容上）宮槐古樹閱滄田❷，掛寒烟，倚頹垣。末後春風，纔綠到幽院❸。兩箇知心常步影，說新恨，向誰借酒錢。

小生侯方域，被逮獄中，已經半月。只因證據無人，暫羈候審，幸虧故人聯牀，頗不寂寞。你看月色過牆，照的槐影迷離，不免虛庭一步。

【忒忒令】碧澄澄月明滿天，悽慘慘哭聲一片，牆角新鬼帶血來分辯。我與他死同讐，生同冤，黑獄裏，半夜作白眼❹。

獨立多時，忽然毛髮直豎，好怕人也。待俺喚醒陳、吳兩兄，大家閒話。（喚介）定兄醒來。（又喚介）次兄睡熟了麼？（末、小生揉眼出介）

【尹令】（末）這時月高斗轉❺，為何獨行空院，閒將露痕踢徧。（小生）愁懷且捐❻，萬

❶ 會獄：獄中相會。
❷ 滄田：即滄海桑田，指世事的巨大變化。
❸ 末後春風二句：意謂監獄裏的春天來得最晚。末後，最後。幽院，此處指監獄。
❹ 作白眼：晉代阮籍能為青白眼，見禮俗之士，以白眼對之；而對其所敬重的人，則以青眼相看。後以「作白眼」表示蔑視和憎惡。

語千言望誰憐。

（見介）侯兄怎的還不安歇？（生）我想大家在這黑獄之中，三春鶯花❼，半點不見。只有明月一輪，還來相照，豈可捨之而睡。（末）是，是。同去步月一回。（行介）

【品令】（生）冤聲滿獄，鎯鐺夜徽纏❽。三人步月，身輕若飛仙。閒消自遣，莫說文章賤。從來豪傑，都向此中磨煉。似在棘圍瑣院❾，分簾校賦篇❿。

（丑扮柳敬亭枷鎖上）戎馬不知何處避，賢豪半向此中來。我柳敬亭，被拏入獄，破題兒⓫第一夜，便覺難過。（嘆介）噯！方纔睡下，又要出恭⓬。這箇裙帶兒沒人解，好苦也。（作蹲地聽介）那邊有人說話，像是侯相公聲音，待我看來。（起看驚介）竟是侯相公。（喚介）你是侯相公麼？（生驚認介）原來是柳敬亭。（末、小生）柳敬亭為何也到此中？（丑認介）陳相公、吳相公怎麼都在裏邊？（舉手介）阿

---

❺ 月高斗轉：指深夜。斗，即北斗星。

❻ 愁懷且捐：暫且拋開煩惱憂愁。

❼ 三春鶯花：指江南的美好春色。語出南朝梁丘遲與陳伯之書：「暮春三月，江南草長，雜花生樹，群鶯亂飛。」

❽ 鎯鐺夜徽纏：意謂整夜都帶著刑具。鎯鐺，用來鎖繫犯人的鐵索。徽纏，繩索。

❾ 棘圍瑣院：指科舉時代的試院。為了防止傳遞作弊，在試院的圍牆上插上荊棘，並封鎖內外門戶。瑣，通「鎖」。

❿ 分簾校賦篇：意謂被分隔開來考校文章。分簾，明清時科舉試場分內簾、外簾，外簾官負責監考，內簾官負責批閱考卷，內外簾互相隔離，故稱。校賦篇，考校、研究文章。

⓫ 破題兒：原指詩賦的起首幾句，這裏喻指事情的開始。

⓬ 出恭：科舉考試時考生如要上廁所，須領出恭牌。故稱大便為「出恭」。

彌陀佛，這也算「佛殿奇逢」⓭了。（生）難得，難得。大家坐地談談。（同坐介）

【豆葉黃】（合）便他鄉遇故⓮，不算奇緣。這牆隔著萬重深山，撞見舊時親眷。渾忘身累，笑看月圓。卻也似武陵桃洞，卻也似武陵桃洞，有避亂秦人，同話漁船。

（生）且問敬老，你犯了何罪，枷鎖連身，如此苦楚？（丑）老漢不曾犯罪。只因相公被逮入獄，蘇崑生遠赴寧南，懇求解救。那左帥果然大怒，連夜修本，參著馬、阮，又發了檄文一道，託俺傳來，隨後要發兵進討。馬、阮害怕，自然放出相公去的。

【玉交枝】寧南兵變，料無人能將檄傳；探湯蹈火⓯咱情願，也只為文士遭譴。白頭志高窮更堅，渾身枷鎖吾何怨，助將軍除暴解冤，助將軍除暴解冤。

（生）竟不知敬亭喫虧，乃小生所累。崑生遠去求救，益發難得。可感，可感。（末）雖如此說，只怕左兵一來，我輩倒不能苟全性命。（小生）正是，寧南不學無術，如何收救？（皆長吁介）（淨扮獄官執手牌，雜扮校尉四人點燈提繩急上）（淨）四壁冤魂滿，三更獄吏尊。刑部要人，明早處決，快去綁來。（雜）該綁那箇。（淨）牌上有名。（看介）逆黨二名，周鑣、雷縯祚。（雜執燈照生、末、小生、丑面介）不是，不是。（淨喝介）你們無干的，各自躲開。（淨領雜急下）（末悄問介）綁那箇？（小生）聽說要綁周鑣、雷縯祚。（生）嚇死俺也。（丑）我們等著瞧瞧。（淨執牌前行，雜背綁二人，赤身披髮，急拉下）

⓭ 佛殿奇逢：本指元代王實甫西廂記中男女主角在普救寺佛殿的初次相逢。此處借指獄中巧遇。

⓮ 他鄉遇故：即他鄉遇故知。

⓯ 探湯蹈火：猶赴湯蹈火。比喻不怕任何艱險。湯，沸水。

（生看呆介）（末）果然是周仲馭、雷介公他二位。（小生）這是我們的榜樣了。

【江兒水】（生）演著明夷卦⑯，事盡翻，正人慘害天傾陷。片紙飛來無人見，三更縛去加刑典⑰，教俺心驚膽顫。（合）黑地昏天，這樣收場難免。

（生問丑介）我且問你，外邊還有甚麼新聞？（丑）我來的倉卒，不曾打聽，只見校尉紛紛拏人。（末、小生問介）還拏那箇？（丑）聽說要拏巡按黃澍、督撫袁繼咸、大錦衣張薇，還有幾箇公子秀才。想不起了！（生）你想一想。（丑想介）人多著哩。只記得幾箇相熟的，有冒襄、方以智、劉城、沈壽民、沈士柱、楊廷樞。（末）有這許多？（小生）俺這裏邊，將來成一箇大文會了。（生）倒也有趣。

【川撥棹】囹圄裏，竟是瀛洲翰苑⑱。畫一幅文會圖懸，畫一幅文會圖懸，避紅塵一群謫仙⑲。（合）賞春月，同聽鵑，感秋風，同詠蟬⑳。

（丑）三位相公，宿在那一號裏？（生）都在「荒」字號裏。（末）敬老覊在那裏？（丑）就在這後面

---

⑯ 明夷卦：六十四卦之一，即離上坤下，表示昏君在上，賢者遭受艱難或不得志。夷，損傷。

⑰ 刑典：刑罰；刑法。

⑱ 瀛洲翰苑：指人才薈萃之地。瀛洲，傳說中的海上仙山。唐太宗李世民為網羅人才，設文學館，選房玄齡等十八人為學士。人們羨稱被選中者為「登瀛洲」。翰苑，即翰林院。

⑲ 謫仙：謂被罰而降落到人間的仙人。舊時用以稱譽才學優異的人。

⑳ 詠蟬：唐代詩人駱賓王因上書議論政事，觸忤皇后武則天，遭誣下獄，作在獄詠蟬詩，抒發自己品性高潔卻無辜被誣、身陷囹圄的鬱憤。

「藏」字號裏。（小生）前後相近，早晚談談。（生）我們還是軟監，敬老竟似重囚了。（丑）阿彌陀佛，免了上柙牀㉑，就算好的狠哩。（作勢介）

【意不盡】高拱手，礙不了禮數周全，曲肱兒㉒枕頭穩便。只愁今夜裏，少一箇長爪麻姑搔背㉓眠。

（丑）相逢真似島中仙，（末）隔絕風濤路八千。

（小生）地僻偏宜人嘯傲，（生）天空不礙月團圓。

---

㉑ 柙牀：將犯人手足繫住，使之不能轉動的囚牀。

㉒ 曲肱兒：彎曲手臂。

㉓ 長爪麻姑搔背：傳說仙人麻姑的手纖長似鳥爪，可搔背癢。典出晉代葛洪神仙傳。

# 第三十四齣　截磯❶

乙酉四月

（淨扮蘇崑生上）南北割成三分鼎，江湖挑動兩支兵。自家蘇崑生，為救侯公子，激的左兵東來，約了巡按黃澍、巡撫何騰蛟，同日起馬。今日船泊九江❷，早已知會督撫袁繼咸，齊集湖口❸，共商入京之計。誰知馬、阮聞信，調了黃得功在坂磯截殺。你看狼烟❹四起，勢頭不善，少爺左夢庚前去迎敵，俺且隨營打探。正是：地覆天翻日，龍爭虎鬭時。（下）（場上設弩臺、架礮、鐵鎖闌江）

（末扮黃得功戎裝雙鞭，領軍卒上）

【三臺令】北征南戰無休，鄰國蕭牆盡讐，架礮指江州❺，打舳艫❻捲甲倒走。

咱家黃得功，表字虎山，一腔忠憤，蓋世威名，要與俺弘光皇帝，收復這萬里山河。可恨兩劉無肘臂之功，一左為腹心之患。今奉江防兵部尚書阮老爺兵牌，調俺駐札坂磯，堵截左寇，這也不是當耍的。

❶ 截磯：截殺於坂磯。

❷ 九江：即今江西省九江市。

❸ 湖口：即今江西省湖口縣，明時屬九江府。

❹ 狼烟：指戰火。因狼糞烟直而聚，古代多燃狼烟以報警，故名。

❺ 江州：九江的古稱。

❻ 舳艫：指戰船。舳，音ㄓㄨˊ。船後掌舵處。艫，音ㄌㄨˊ。船前安棹處。

（喚介）家將田雄何在？（副淨）有。（末）速傳大小三軍，聽俺號令。（軍卒排立吶喊介）

【山坡羊】（末）硬邦邦敢要君的渠首，亂紛紛不服王的群寇，軟弱弱沒氣色的至尊，鬧喧喧爭門戶的同朝友。只賸咱一營江山守，正防著戰馬北來驟，忽報樓船❼已入浦口。貔貅，飛旌旗控上游；戈矛，傳烽烟截下流。

（黃卒登臺介）（雜扮左兵白旗、白衣，吶喊駕船上）（黃卒截射介）（左兵敗回介）（黃卒趕下）（小生扮左良玉戎裝，白盔、素甲，坐船上）

【前腔】替奸臣復私讐的桀紂，媚昏君上排場的花醜❽，投北朝學叩馬的夷齊❾，吠唐堯聽使喚的三家狗❿。拚著俺萬年名遺臭，對先帝一片心堪剖，忙把儲君來冤苦救。不羞，做英雄到盡頭；難收，烈轟轟東去舟。

俺左良玉領兵東下，只為翦除奸臣，救取太子。叵耐兒子左夢庚，借此題目，便要攻打城池，妄思進取。俺已嚴責再三，只怕亂兵引誘，將來做出事來，且待度過坂磯，慢慢勸他。（淨急上）報元帥，不

❼ 樓船：高大的戰船。

❽ 花醜：即花面。在古典戲劇中多扮演反派人物。這裏指馬士英、阮大鋮等人。

❾ 叩馬的夷齊：指商代孤竹君之二子伯夷和叔齊。武王伐紂時，兩人攔馬勸阻。這裏諷刺叩馬投降清兵的明代官員，但用典不太貼切。叩馬，扣住繮繩，不讓馬走。

❿ 吠唐堯聽使喚的三家狗：用桀犬吠堯的故事，諷刺黃、劉三鎮不明事理，聽從馬士英、阮大鋮的調遣，助紂為虐。

好了。黃得功截殺坂磯，前部先鋒俱各敗回了。（小生驚介）有這等事？黃得功也是一條忠義好漢，怎的受馬、阮指撥，只知擁戴新主，竟不念先帝六尺之孤⓫，豈不可恨！（喚介）左右，快看巡按黃老爺、巡撫何老爺船泊那邊，請來計議。（雜應下）（末扮黃澍上）將帥隨談麈⓬，風雲指義旗。下官黃澍，方纔泊船，恰好元帥來請。（作上船介）（小生見介）仲霖果然到來，巡撫何公如何不見？（末）行到半途，又回去了。（小生）為何回去？（末）他原是馬士英同鄉。（小生）隨他罷了，這也怪他不得。（問介）目下黃得功截住坂磯，三軍不能前進，如何是好？（末）這箇可慮⓭，且待袁公到船，再作商量。（外扮袁繼咸從人上）孽子含冤⓮天慘淡，孤臣舉義日光明。來此是左帥大船，左右通報。（雜稟介）督撫袁老爺到船了。（小生）快請。（外上船見介）適從武昌回署，整頓兵馬，願從鞭弭⓯。（末）目下不能前進了。（外）為何？（小生）黃得功領兵截殺，先鋒俱已敗回。（外）事已至此，欲罷不能，快快遣人游說⓰便了。（小生）敬亭已去，無人可遣。奈何？（淨）晚生與他頗有一面，情願效力。（末）崑生義氣，不亞敬亭，今日正好借重。（小生問介）你如何說他？

⓫ 先帝六尺之孤：指崇禎帝的太子。六尺之孤，多指帝王死後委託大臣輔佐的未成年的太子或繼君。

⓬ 談麈：魏晉人清談時手執的麈尾。這裏指清談。

⓭ 這箇可慮：康熙戊子刻本作「這倒可慮」。

⓮ 孽子含冤：指弘光朝崇禎太子一案。

⓯ 願從鞭弭：意謂願意跟從。鞭，馬鞭。弭，音ㄇㄧˇ。弓。

⓰ 游說：戰國時的策士周遊各國，勸說君主採納其政治主張的活動。後泛指勸說別人採納自己的意見和主張。

【五更轉】（淨）俺只說鷸蚌持，漁人候，旁觀將利收⑰。英雄舉動，要看前和後。故主恩深，好爵自受。欺他子，害他妃，全忘舊。殺人只落血雙手，何必前來，同室爭鬬。

（外）說得有理。（小生）還要把俺心事，講箇明白。叫他曉得奸臣當殺，太子當救，完了兩樁大事，於朝廷一塵不驚，於百姓秋毫無犯。為何不知大義，妄行截殺？（末）正是。那黃得功一介武夫，還知報效，俺們倒肯犯上作亂不成？叫他細想。（淨）是，是。俺就如此說去。（雜扮報卒急上）報元帥，九江城內一片火起，袁老爺本標人馬自破城池了。（外驚介）怎麼俺的本標人馬自破城池？這了不得！（小生怒介）豈有此理！不用猜疑，這是我兒左夢庚做出此事，陷我為反叛之臣。罷了，罷了！有何面目，再向江東⑱？（拔劍欲自刎介）（末抱住介）（小生握外手，注目介）臨侯，臨侯！我負你了。（作嘔血倒椅上介）（淨喚介）元帥甦醒，元帥甦醒！（外）竟叫不應，這怎麼處？（末）想是中惡⑲，快取辰砂⑳灌下。（淨取碗灌介）牙關閉緊，灌不進了。（眾哭介）

【前腔】大將星㉑，落如斗，旗杆摧舵樓㉒。殺場百戰精神抖，凜凜堂堂㉓，一身甲胄。

---

⑰ 俺只說鷸蚌持三句：用「鷸蚌相爭，漁人得利」的故事，說明黃得功截殺左良玉，將會造成清兵乘虛南下的局面。

⑱ 有何面目二句：項羽垓下兵敗後，不肯再回江東，說：「縱江東父老憐而王我，我何面目見之？」這裏指無顏再向東進軍。

⑲ 中惡：中邪。

⑳ 辰砂：辰州出的丹砂，可作藥，有安神定驚之效。

平白的牖下亡㉔，全身首。魂歸故宮煤山頭，同說艱辛，君啼臣吼。

（雜抬小生下）（外）元帥已死，本鎮人馬霎時潰散。那左夢庚據住九江，叫俺進退無門。儻若黃兵搶來，如何逃躲？（末）我們原係被逮之官，今又失陷城池，挐到京中，再無解救。不如轉回武昌，同著巡撫何騰蛟，另做事業去罷。（外）有理。（外、末急下）（淨呆介）你看他們竟自散去，單賸我蘇崑生一人，守著元帥屍首，好不可憐。不免點起香燭，哭奠一番。（設案點香燭，哭拜介）

【哭相思】氣死英雄人盡走，撇下了空船柩。俺是箇招魂江邊友，沒處買一杯酒。

且待他兒子奔喪回船，收殮停當，俺纔好辭之而去，如今只得耐性兒守著。正是：

英雄不得過江州，魂戀春波起暮愁。

滿眼青山無地葬，斜風細雨打船頭。

---

㉑大將星：古人認為，凡帝王將相都和天上的星宿相對應。大將星即象徵大將的星宿。

㉒旗杆摧舵樓：戰船舵樓上的旗杆折斷，古人認為這是主將亡的徵兆。

㉓凜凜堂堂：形容儀表壯偉，令人可敬可畏。凜凜，可敬畏貌。堂堂，形容儀表壯偉。

㉔牖下亡：謂壽終正寢。左傳哀公二年杜預注：「死於牖下，言得壽終。」

# 第三十五齣 誓師

乙酉四月

【賀聖朝】（外扮史可法，白氈、大帽、便服上）兩年吹角列營，每日調馬催征。軍逃客散鬢星星❶，恨壓廣陵城。

下官史可法，日日經略中原❷，究竟一籌莫展。那黃、劉三鎮，皆聽馬、阮指使，移鎮上江，堵截左兵，丟下黃河一帶，千里空營。忽接塘報，本月二十一日北兵已入淮境，本標食糧之人，不足三千，那能抵當得住。這淮、揚一失，眼見京師難保，豈不完了明朝一坐江山也。可惱，可惱！俺且私步城頭，察看情形，再作商量。（丑扮家丁，提小燈隨行上城介）

【二犯江兒水】（外）悄上城頭危徑，更深人睡醒。棲烏頻叫，擊柝❸連聲，女牆❹邊，側耳聽。（聽介）（內作怨介）北兵已到淮安，沒箇瞎鬼兒問他一聲，只捨俺幾箇殘兵死守這座揚州，如何守得住？元帥好沒分曉也。（外點頭自語介）你們那裏曉得，萬里倚長城，揚州父子兵❺。（又聽

---

❶ 鬢星星：兩鬢頭髮花白。

❷ 經略中原：意謂圖謀收復中原。經略，策劃處理。

❸ 柝：音ㄊㄨㄛˋ。夜間打更用的木梆子。

❹ 女牆：城牆上的矮牆。

❺ 萬里倚長城二句：意謂揚州的軍隊團結緊密，是禦敵衛國的萬里長城。父子兵，如同父子一樣緊密團結的

介）（內作恨介）罷了，罷了。元帥不疼我們，早早投了北朝，各人快活去，為何儘著等死？（外驚介）呵呀！竟想投降了，這怎麼處？他**降字兒橫胸，守字兒難成**，這揚州賸了一分景。（又聽介）（內作怒介）我們降不降，還是第二著，自家殺搶殺搶，跑他娘的。只顧守到幾時呀！（外）咳！竟不料情形如此。**聽說猛驚，熱心冰冷**，疾忙歸，**夜點兵，不待明**。

（忙下）（內掌號放礮，作傳操介）（雜扮小卒四人上）今乃四月二十四日，不是下操的口期，為何半夜三更，梅花嶺❻放礮？快去看來。（急走介）（末扮中軍，持令箭提燈上）隔江雲陣列，連夜羽書❼飛。（呼介）元帥有令，大小三軍，速赴梅花嶺，聽候點卯。（眾排列介）（外戎裝，旗引登壇介）月升鴟尾城吹角，星散旄頭帳點兵❽。中軍何在？（末跪介）有。（外）目下北信緊急，淮城失守，這揚州乃江北要地，儻有疎虞，京師難保。快傳五營四哨❾，點齊人馬，各照汛地晝夜嚴防。敢有倡言惑眾❿者，軍法從事。（末）得令。（傳令向內介）元帥有令，三軍聽者。各照汛地晝夜嚴防，敢有倡言惑眾者，軍法

---

軍隊。

❻ 梅花嶺：在揚州廣儲門外。山上廣植梅樹，故名。

❼ 羽書：又稱「羽檄」，插有鳥羽的緊急軍事文書。

❽ 月升鴟尾城吹角二句：描寫深夜點兵的情景。鴟尾，古代宮殿屋脊正脊兩端裝飾性的構件，因外形略似鴟尾翹起，故稱。旄頭，星名，即昴宿。古人以為旄頭星特別亮的時候，將有戰事發生。

❾ 五營四哨：指前、後、左、右、中五營和四面的哨兵。

❿ 倡言惑眾：製造流言，迷惑眾人。

從事。（內不應）（外）怎麼寂然無聲？（吩咐中軍介）再傳軍令，叫他高聲答應。（末又高聲傳介）（內不應）（外）仍然不應，著擊鼓傳令。（末擊鼓又傳，又不應介）（外）分明都有離畔之心了。（頓足介）不料天意人心，到如此田地。（哭介）

【前腔】**皇天列聖，高高呼不省。闌珊殘局⓫，賸俺支撐，奈人心俱瓦崩。**俺史可法好苦命也！（哭介）**協力少良朋，同心無弟兄。**只靠你們三千子弟，誰料今日呵，**都想逃生，漫不關情。讓江山⓬倒像設著筵席請。**（拍胸介）史可法，史可法！平生枉讀詩書，空談忠孝，到今日其實沒法了。（哭介）**哭聲祖宗，哭聲百姓。**（大哭介）（末勸介）元帥保重，軍國事大，徒哭無益也。（前扶介）你看淚點淋漓，把戰袍都濕透了。（驚介）咦！怎麼一陣血腥，快掌燈來。（雜點燈照介）呵呀！渾身血點，是那裏來的？（外拭目介）都是俺眼中流出來。哭的俺**一腔血，作淚零。**

（末叫介）大小三軍，上前看來，咱們元帥哭出血淚來了。（淨、副淨、丑扮眾將上）（看介）果然都是血淚。（俱跪介）（淨）嘗言：「養軍千日，用軍一時。」俺們不替朝廷出力，竟是一夥禽獸了。（副淨）俺們貪生怕死，叫元帥如此難為，那皇天也不祐⓭的。（丑）百歲無常，誰能免的一死，只要死到一箇是處。罷！罷！罷！今日捨著狗命，要替元帥守住這座揚州城。（末）好，好。誰敢再有二心，俺便拏

⓫ 闌珊殘局：此處指南明王朝行將崩潰的政治局勢。

⓬ 讓江山：一作「這江山」。

⓭ 不祐：不保祐。

送轅門，聽元帥千殺萬剮。（外大笑介）果然如此，本帥便要拜謝了。（拜介）（眾扶住介）不敢，不敢。（外）眾位請起，聽俺號令。（眾起介）（外吩咐介）你們三千人馬，一千迎敵，一千內守，一千外巡。（眾）是。（外）上陣不利，守城。（眾）是。（外）守城不利，巷戰。（眾）是。（外）巷戰不利，短接⑭。（眾）是。（外）短接不利，自盡。（眾）是。（外）你們知道，從來降將無伸膝之日，逃兵無回頸之時。（指介）那不良之念，再莫橫胸；無恥之言，再休掛口；纔是俺史閣部結識的好漢哩。（眾）是。（外）既然應允，本帥也不消再囑。（指介）大家歡呼三聲，各回汛地去罷。（眾吶喊三聲下）（外鼓掌三笑）妙，妙。守住這座揚州城，便是北門鎖鑰⑮了。

**不怕烟塵四面生，江頭尚有亞夫營⑯。**
**模黏⑰老眼深更淚，賺出淮南十萬兵。**

⑭ 短接：短兵相接。
⑮ 北門鎖鑰：喻指北方的軍事重鎮。
⑯ 亞夫營：即細柳營，指軍紀嚴明的軍營。
⑰ 模黏：一作「模糊」。

# 第三十六齣　逃難

乙酉五月

【香柳娘】（小生扮弘光帝，便服騎馬，雜扮二監、二宮女挑燈引上）聽三更漏催，聽三更漏催，馬蹄輕快，風吹蠟淚宮門外。咱家弘光皇帝，只因左兵東犯，移鎮堵截，誰知河北人馬，乘虛渡淮，目下圍住揚州。史可法連夜告急，人心皇皇，都無守志。那馬士英、阮大鋮，躲的有影無蹤，看來這中興寶位，也坐不穩了。千計萬計，走為上計。方纔騎馬出宮，即發兵符一道，賺開城門，但能走出南京，便有藏身之所了。趁天街❶寂靜，趁天街寂靜，飛下鳳凰臺，難撇鴛鴦債。（喚介）嬪妃們走動著，不要失散了。似明駝出塞，似明駝出塞，琵琶在懷，珍珠偷灑❷。

（急下）（淨扮馬士英騎馬急上）

【前腔】報長江鎖開，報長江鎖開，石頭將壞❸，高官賤賣沒人買。下官馬士英，五更進朝，纔知聖上潛逃，俺為臣的，也只得偷溜了。快微服❹蚤❺度，快微服蚤度，走出雞鵝街，

❶ 天街：京城裏的街道。

❷ 似明駝出塞四句：暗用昭君出塞的故事，描寫後宮嬪妃逃難的情景。明駝，善走的駱駝。珍珠，喻指眼淚。

❸ 報長江鎖開二句：喻指長江的防線被打破，南京城即將淪陷。

❹ 微服：指帝王和官吏為了隱藏自己的身分而改穿平民服裝。

❺ 蚤：通「早」。

隄防讐人害。（倒指介）那一隊嬌嬈❻，十車細軟❼，便是俺的薄薄宦囊❽，不要叫讐家搶奪了去。（喚介）快快走動。（老旦、小旦扮姬妾騎馬，雜扮夫役推車數輛上）來了，來了。（淨）好，好。**要隨身緊帶，要隨身緊帶，殉棺貨財❾，貼皮恩愛❿。**

（繞場行介）（雜扮亂民數人持棒上）（喝介）你是奸臣馬士英，弄的民窮財盡，今日馱著婦女，裝著財帛，要往那裏跑？早早留下！（打淨倒地，剝衣，搶婦女財帛下）（副淨扮阮大鋮騎馬上）

**【前腔】戀防江美差⓫，戀防江美差，殺來誰代，兵符擲向空江瀨⓬。**今日可用著俺的跑了，但不知貴陽相公，還是跑，還是降？（作遇淨絆馬足介）呵呀！你是貴陽老師相，為何臥倒在地？（淨哼介）跑不得了，家眷行囊，俱被亂民搶去，還把學生打倒在地。（副淨）正是。晚生的家眷行囊，都在後面，不要也被搶去。**受千人笑罵，受千人笑罵，積得些金帛，娶了些嬌艾⓭。**待俺回

❻ 嬌嬈：柔美嫵媚。亦可指美人。
❼ 細軟：輕便而易於攜帶的貴重物品。
❽ 宦囊：指因做官而得到的錢財。
❾ 殉棺貨財：指準備將來陪葬的財貨。
❿ 貼皮恩愛：指丈夫與妻妾間的恩愛。
⓫ 防江美差：當時阮大鋮以兵部尚書的官職負責巡視江防。
⓬ 瀨：音ㄌㄞˋ。從沙石上流過的急水。
⓭ 嬌艾：美貌的少女。

去迎迎。（雜扮亂民持棒，擁婦女抬行囊上）這是阮大鋮家的家私，方纔搶來，大家分開罷。（副淨喝介）好大膽的奴才，怎敢搶截我阮老爺的家私？（雜）你就是阮大鋮麼？來的正好。（一棒打倒，剝衣介）饒他狗命，且到雞鵝巷、褲子襠，燒他房子去。（俱下）（淨）腰都打壞，爬不起來了。（副淨）晚生的臂膊捶傷，也奉陪在此。（合）**嘆十分狼狽，嘆十分狼狽，村拳共捱，雞肋同壞。**

（末扮楊文驄冠帶騎馬，從人挑行李上）下官楊文驄，新陞蘇淞⑭巡撫。今日五月初十出行吉日，束裝起馬，一應書畫古玩，暫寄媚香樓，託了藍田叔隨後帶來。俺這一肩行李，倒也爽快。（雜稟介）請老爺趲行一步。（末）為何？（雜）街上紛紛傳說，北信緊急，皇帝、宰相，今夜都走了。（末）有這等事？快快出城。（急走介）（馬驚不前介）這也奇了，為何馬驚不走？（喚介）左右看來。（雜看介）地下兩箇死人。（副淨、淨呻吟介）哎喲！哎喲！救人，救人。（末）還不曾死，看是何人？（雜細認介）好像馬、阮二位老爺。（末喝介）胡說，那有此事！（勒馬看，驚介）呵呀！竟是他二位。（下馬拉介）了不得，怎麼到這般田地？（淨）被些亂民搶劫一空，僅留性命。（副淨）我來救取，不料也遭此難。（末）護送的家丁都在何處？（淨）想也乘機拐騙，四散逃走了。（末喚介）左右快來扶起，取出衣服，與二位老爺穿好。（雜與副淨、淨穿衣介）（末）幸有閒馬一匹，二位疊騎⑮，連忙出城罷。（雜扶淨、副淨上馬，摟腰行介）請了。無衣共凍真師友，有馬同騎好弟兄。（下）（雜）老爺不可與他同行，怕遇著

⑭ 蘇淞：一作「蘇松」。即蘇州、松江兩府。

⑮ 疊騎：兩人合騎一馬。

讐人，累及我們。（末）是，是。（望介）你看一夥亂民，遠遠趕來，我們早些躲過。（作避路旁介）（小旦扮寇白門，丑扮鄭妥娘，披髮走上）

**【前腔】正清歌滿臺，正清歌滿臺，水裙風帶，三更未歇輕盈態。**（見末介）你是楊老爺，為何在此？（末認介）原來是寇白門、鄭妥娘，你姊妹二人，怎的出來了？（小旦）正在歌臺舞殿，忽然酒罷燈昏，內監宮妃紛紛亂跑，我們不出來，還等甚麼哩！（末）為何不見李香君？（丑）俺三箇一同出來的，他腳小走不動，僱了箇轎子，抬他先走了。（末問介）果然朝廷[16]出去了麼？（小旦）沈公憲、張燕筑都在後邊，他們曉得真信。（外扮沈公憲，披衣抱鼓板；淨扮張燕筑，科頭[17]提紗帽鬚髯，跑上）**笑臨春結綺[18]，笑臨春結綺，擒虎[19]馬嘶來，排著管絃待。**（見末介）久違楊老爺了。（末問介）為何這般慌張？（外）老爺還不知麼？北兵殺過江來，皇帝夜間偷走了。（末）你們要向那裏去？（淨）各人回家瞧瞧，趁早逃生。（丑）俺們是不怕的，回到院中預備接客。（末）此等時候，還想接客？（丑）老爺不曉的，兵馬營裏，纔好掙錢哩。**這笙歌另賣，這笙歌另賣，隋宮柳衰，吳宮花敗。**

---

[16] 朝廷：此處指皇帝。

[17] 科頭：光著頭；不戴帽子。

[18] 臨春結綺：南朝陳後主陳叔寶所建的兩座宮殿名。

[19] 擒虎：指隋朝大將韓擒虎。當韓擒虎率兵攻打金陵時，陳後主還和寵妃張麗華等人在結綺閣上尋歡作樂。唐杜牧臺城曲：「門外韓擒虎，樓頭張麗華。」

（外、淨、小旦、丑俱下）（末）他們親眼看見聖上出宮，這光景不妥了！快到媚香樓，收拾行李，趁早還鄉罷。（行介）

【前腔】**看逃亡滿街，看逃亡滿街，失迷君宰，百忙難出江關外。**（作到介）這是李家院門。（下馬急敲門介）開門，開門。（小生扮藍瑛急上）又是那箇叫門？（開門見介）楊老爺為何轉來？（末）北信緊急，君臣逃散，那蘇淞巡撫也做不成了。**整琴書襆被**⑳**，整琴書襆被，換布韈青鞋，一隻扁舟載。**（小生）原來如此。方纔香君回家，也說朝廷偷走。（喚介）香君快來。（旦上見介）楊老爺萬福。（末）多日不見，今朝匆匆一敘，就要遠別了。（旦）要向那廂去？（末）竟回敝鄉貴陽去也。（旦掩淚介）侯郎獄中未出，老爺又要還鄉，撇奴孤身，誰人照看？（末）如此大亂，父子亦不相顧的。**這情形緊迫，這情形緊迫，各人自裁**㉑**，誰能攜帶。**

（淨扮蘇崑生急上）將軍不惜命，皇帝已無家。我蘇崑生，自湖廣㉒回京，誰知遇此大亂，且到院中，打聽侯公子信息，再作商量。

【前腔】**俺匆忙轉來，俺匆忙轉來，故人何在，旌旗滿眼乾坤改。**來此已是，不免竟入。（見介）好呀！楊老爺在此，香君也出來了，侯相公怎的不見？（末）侯兄不曾出獄來。（旦）師父從何處來

---

⑳ 襆被：裝有衣被的包袱。

㉑ 自裁：此處意為自己決定。

㉒ 湖廣：明代設湖廣布政使司，管轄今湖南、湖北一帶。

的？（淨）俺為救侯郎，遠赴武昌，不料寧南暴卒，俺連夜回京，忽聞亂信，急忙尋到獄門，只見封鎖俱開。**眾囚徒四散，眾囚徒四散，三面網全開**㉓，**誰將秀才害？**（旦哭介）師父快快替俺尋來。（末指介）**望烟塵一派，望烟塵一派，拋妻棄孩，團圓難再。**

（末向旦介）好，好，好！有你師父作伴，下官便要出京了。（喚介）藍田老收拾行李，同俺一路去罷。（小生）小弟家在杭州，怎能陪你遠去？（末）既是這等，待俺換上行衣，就此作別便了。（換衣作別介）萬里如魂返，三年似夢遊。（作騎馬，雜挑行李隨下）（旦哭介）楊老爺竟自去了，只有師父知俺心事。前日累你千山萬水，尋到侯郎。不想奴家進宮，侯郎入獄，兩不見面。今日奴家離宮，侯郎出獄，又不見面。還求師父可憐，領著奴家各處找尋則箇。（淨）侯郎不在院中，自然出城去了，那裏找尋？（旦）定要找尋的。

【前腔】（旦）**便天涯海崖，便天涯海崖，十洲㉔方外㉕，鐵鞋踏破三千界㉖。**只要尋著侯

㉓ 三面網全開：史記殷本紀載，商湯外出，見野外四面張網捕鳥，就下令去掉三面。後以「網開三面」作為寬刑和施仁政的典實。此處借指監獄門被打開。

㉔ 十洲：指古代傳說中仙人居住的十個島。

㉕ 方外：即世外，後世僧道亦稱「方外」。

㉖ 三千界：佛教用語，三千大千世界的省稱。佛家認為，以須彌山為中心，七山八海圍繞，並以鐵圍山為外郭，構成一個小世界。合一千個小世界為一個小千世界，合一千個小千世界為一個中千世界，合一千個中千世界為大千世界，總稱為三千大千世界，亦泛指宇宙。

郎，俺纔住腳也。（小生）西北一帶，俱是兵馬，料他不能渡江。若要找尋，除非東南山路。（旦）就去何妨。**望荒山野道，望荒山野道，仙境似天臺，三生㉗舊緣在。**（淨）你既一心要尋侯郎，我老漢也要避亂，索性領你前往，只不知路向那走？（小生指介）那城東棲霞山㉘中，人跡罕到，大錦衣張瑤星先生，棄職修仙，俺正要拜訪為師，何不作伴同行？或者姻緣湊巧，亦未可知。（淨）妙，妙。大家收拾包裹，一齊出城便了。（各背包裹行介）（旦）**捨烟花舊寨㉙，捨烟花舊寨，情根愛胎㉚，何時消敗。**

（淨）前面是城門了，怕有人盤詰。（小生）快快趁空走出去罷。（旦）奴家腳痛，也說不得了。

（旦）**行路難時淚滿腮，**（淨）**飄蓬斷梗出城來。**

（小生）**桃源洞裏無征戰，**（旦）**可有蓮華並蒂開。**

---

㉗ 三生：佛教語，指前生、今生、來生。

㉘ 棲霞山：位於南京城東北二十餘公里，古名攝山。南朝宋齊間明僧紹隱居於此。明僧紹字棲霞，後此山改名為棲霞山。山上廣植楓樹，霜後漫山紅遍。

㉙ 烟花舊寨：昔日的妓院。這裏指媚香樓。

㉚ 情根愛胎：愛情的根由和基礎。

# 第三十七齣　劫寶❶　乙酉五月

【西地錦】（末扮黃得功戎裝，副淨扮田雄隨上）目斷長江奔放，英雄萬里愁長。何時歡飲中軍帳，把弓矢付兒郎。

俺黃得功坂磯一戰，嚇的左良玉膽喪身亡。賸他兒子左夢庚，據住九江，烏合❷未散，俺且駐札蕪湖❸，防其北犯。（雜扮報卒上）報，報，報！北兵連夜渡淮，圍住揚州，南京震恐，萬姓奔逃了。（末）那鳳淮兩鎮❹，現在江北，怎不迎敵？（雜）聞得兩位劉將軍，也到上江堵截乜兵，鳳、淮一帶，千里空營。（末驚介）這怎麼處？（喚介）田雄，你是俺心腹之將，快領人馬，去保南京。

【降黃龍】司馬❺威權，夜發兵符，調鎮移防。誰知他拆東補西，露肘捉襟❻，明棄淮揚金湯❼，九曲天險，只用蓮舟蕩漾❽。起烟塵，金陵氣暗，怎救宮牆。

---

❶ 劫寶：劫走弘光帝。寶，此處指弘光帝。

❷ 烏合：比喻沒有嚴密的組織，像群鴉一樣暫時聚合。

❸ 蕪湖：即今安徽省蕪湖市。

❹ 鳳淮兩鎮：指鎮守鳳陽的劉良佐和鎮守淮安的劉澤清。

❺ 司馬：此處指任兵部尚書的阮大鋮。

❻ 露肘捉襟：本形容衣衫襤褸，引申為顧此失彼，處境困難。

（下）（小生扮弘光帝騎馬，丑扮太監隨上）

【前腔】〔換頭〕（小生）堪傷，寂寞魚龍❾，潛泣江頭，乞食村莊。寡人逃出南京，晝夜奔走，宮監嬪妃，漸漸失散。只有太監韓贊周，跟俺前來。這炎天赤日，瘦馬獨行，何處納涼？昨日尋著魏國公徐弘基，他佯為不識，逐俺出府。今日又早來到蕪湖。（指介）那前面軍營，乃黃得功駐防之所，不知他肯容留寡人否？奔忙，寄人廊廡，只望他容留收養。（作下馬介）此是黃得功轅門。（喚介）韓贊周，快快傳他知道。（丑叫門介）門上有人麼？（雜扮軍卒上）是那裏來的？（丑）南京來的。（拉一邊悄說介）萬歲爺駕到了，傳你將軍速出迎接。（雜）啐！萬歲爺怎能到的這裏？不要走來嚇俺罷。（小生）你喚出黃得功來，便知真假。浦江邊，迎鑾護駕，舊將中郎❿。（雜咬指介）人物不同，口氣又大，是不是，替他傳一聲。（忙入傳介）（末慌上）那有這事，待俺認來。（見介）（小生）黃將軍一向好麼？（末認，忙跪介）萬歲，萬萬歲！請入帳中，容臣朝見。（丑扶小生升帳坐，末拜介）

【袞遍】戎衣拜吾皇，戎衣拜吾皇，又把天顏仰。為甚私巡⓫，蕭條鞍馬蒙塵⓬狀。失

---

❼ 金湯：即金城湯池。金屬築的城牆，灌滿沸水的護城河，形容堅固不易攻破的城池。

❽ 九曲天險二句：意謂阮大鋮將防守黃河的軍隊調走，使清兵像盪蓮舟一樣輕易地渡過了黃河天險。九曲天險，指黃河。黃河河道曲折，傳說自積石山至龍門一段有九道灣。

❾ 寂寞魚龍：語出杜甫詩秋興：「魚龍寂寞秋江冷。」此處借指倉皇出逃的弘光帝。

❿ 迎鑾護駕二句：意謂黃得功是曾經迎接和護衛過天子車駕的舊將。中郎，將官名。

水神龍⑬，風雲飄蕩。這都是臣等之罪。負國恩，一班相，一班將。

（小生）事到今日，後悔無及，只望你保護朕躬⑭。（末拍地哭奏介）皇上深居宮中，臣好勠力效命；今日下殿而走，大權已失。叫臣進不能戰，退無可守，十分事業，已去九分矣。（小生）不必著急，寡人只要苟全性命，那皇帝一席，也不願再做了。（末）呵呀！天下者祖宗之天下，聖上如何棄的？（小生）棄與不棄，只在將軍了。（末）微臣鞠躬盡瘁，死而後已。（小生掩淚介）不料將軍倒是一箇忠臣。（末跪奏介）聖上鞍馬勞頓，早到後帳安歇。軍國大事，明日請旨罷。（丑引小生入介）（末）了不得，了不得。明朝三百年國運，爭此一時，十五省皇圖⑮，歸此片土。這是天大的干係⑯，叫俺如何擔承？（吩咐介）大小三軍，馬休解轡；人休解甲，搖鈴擊梆，在意小心著。（眾應介）（末喚介）田雄，我與你是宿衛之官⑰，就在這行宮⑱門外，同臥支更⑲罷。（末枕副淨股，執雙鞭臥介）（雜搖鈴擊梆，報更

⑪私巡：指天子不備車駕儀仗，私出巡遊。
⑫蒙塵：舊稱帝王或大臣逃亡在外，蒙受風塵。
⑬失水神龍：喻指失勢的帝王。
⑭朕躬：皇帝自稱之詞。
⑮皇圖：王朝的版圖。
⑯干係：此處指對某事負有責任。
⑰宿衛之官：在宮中擔任值宿、警衛、侍奉皇帝等職責的近侍官員。
⑱行宮：古代京城以外供皇帝出行時居住的宮室。
⑲支更：守夜；打更。

介）（副淨悄語介）元帥，俺看這位皇帝不像享福之器，況北兵過江，人人投順，元帥也要看風行船纔好。（末）說那裏話，常言「孝當竭力，忠則盡命」⑳，為人臣子，豈可懷揣二心。（內傳鼓介）（末驚介）為何傳鼓？（俱起坐介）（雜上報介）報元帥，有一隊人馬，從東北下來，說是兩鎮劉老爺，要會元帥商議軍情。（末起介）好，好，好。三鎮會齊，可以保駕無虞了，待俺看來。（望介）（淨扮劉良佐，丑扮劉澤清騎馬領眾上）（叫介）黃大哥在那裏？（末喜介）果然是他二人。（應介）愚兄在此拱候㉑多時了。（淨、丑下馬介）（淨）哥哥得了寶貝，竟瞞著兩箇兄弟麼？（末）甚麼寶貝？（丑）弘光呀。（末搖手介）不要高聲，聖上安歇了。（淨悄問介）今夜還不獻寶，等到幾時哩？（末）獻甚麼寶？（丑）把弘光送與北朝，賞咱們箇大大王爵，豈不是獻寶麼？（末喝介）哇！你們兩箇要來幹這勾當，我黃闖子怎麼容得！（持雙鞭打介）（淨、丑招架介）（末喊介）好反賊！好反賊！

**【前腔】望風便生降，望風便生降，好似波斯樣㉒。職貢朝天㉓，思將奇貨擎雙掌。倒戈劫君，爭功邀賞。頓喪心，全反面㉔，真賊黨。**

---

⑳ 孝當竭力二句：原出千家文。意謂孝敬父母應當竭盡自己的全部力量，為國盡忠應該不惜犧牲自己的生命。

㉑ 拱候：拱手相候；恭候。

㉒ 波斯樣：古代波斯商人以善於鑑別珠寶著稱。此處諷刺田雄、二劉市儈氣十足，將弘光帝作為投降清兵、爭功邀賞的資本。

㉓ 職貢朝天：此處指投降清朝，朝見清朝皇帝並進貢禮品。職貢，古代指藩屬或外國向朝廷按時納貢。

㉔ 全反面：完全掉轉面孔。此處指叛國投敵。

（淨）不要破口，好好兄弟，為何廝鬧？（末）啐！你這狗彘，連君父不識，我和你認甚麼兄弟？（又戰介）（副淨在後指介）好箇笨牛，到這時候，還不見機㉕！（拉弓搭箭介）俺田雄替你解圍罷。（放箭射末腿，末倒地介）（淨、丑大笑介）（副淨入內，急背出小生介）（小生叫介）韓贊周，快快跟來。（內不應介）（小生）這奴才竟捨我而去。（手打副淨臉介）你背俺到何處去？（副淨）到北京去。（小生狠咬副淨肩介）（副淨忍痛介）哎喲！咬殺我也！（丟小生於地，向淨、丑拱介）皇帝一枚奉送。（淨、丑拱介）領謝，領謝！（齊拉小生袖急走介）（末抱住小生腿叫介）田雄，田雄！快來奪駕。（副淨佯拉，放手介）（淨、丑竟拉小生下）（末作爬不起介）怎麼起不來的？（副淨）元帥中箭了。（末）那箇射俺的？（副淨）是我們放箭射賊，誤傷了元帥。（末）瞎眼的狗才。我且問你，為何背出聖駕來？（副淨）俺要護駕逃走的，不料被他搶去。（末）你與我快快趕上。（副淨笑介）不勞元帥吩咐。俺是一名長解子㉖，收拾包裹，自然護送到京的。（背包裹、雨傘急趕下）（末怒介）呵呸！這夥沒良心的反賊，俺也不及殺你了。（哭介）蒼天，蒼天！怎知明朝天下，送在俺黃得功之手。

**【尾聲】平生驍勇無人擋，拉不住黃袍㉗北上，笑斷江東父老㉘腸。**

罷，罷，罷！除卻一死，無可報國。（拔劍大叫介）大小三軍，都來看斷頭將軍呀。（一劍刎死介）

---

㉕ 見機：意為見機行事。

㉖ 長解子：長途押送犯人的差役。

㉗ 黃袍：此處代指天子。

㉘ 江東父老：指故鄉中年齡大或輩分高的人。

# 第三十八齣 沉江

乙酉五月

【錦纏道】（外扮史可法，氈笠急上，回頭望介）望烽烟，殺氣重，揚州沸喧。生靈盡席捲❶，這屠戮皆因我愚忠不轉。兵和將，力竭氣喘，只落了一堆屍軟。俺史可法率三千子弟，死守揚州，那知力盡糧絕，外援不至。北兵❷今夜攻破北城，俺已滿拚自盡❸，忽然想起明朝三百年社稷，只靠俺一身撐持，豈可效無益之死，捨孤立之君。故此縋下❹南城，直奔儀真❺，幸遇一隻報船❻，渡過江來。（指介）那城闕隱隱，便是南京了。可恨老腿酸軟，不能走動，如何是好？（驚介）呀！何處走來這匹白騾，待俺騎上，沿江跑去便了。（騎騾折柳作鞭介）跨上白騾韉，空江野路，哭聲動九原❼。日近長安遠❽，加鞭，雲裏指宮殿。

❶ 生靈盡席捲：意謂百姓被殺盡。生靈，生民；百姓。
❷ 北兵：指南下的清兵。
❸ 滿拚自盡：一心打算要自殺。拚，音ㄆㄢˋ。
❹ 縋下：繫在繩子上從高處墜下。
❺ 儀真：今江蘇省儀徵市，位於長江北岸南京和揚州之間。
❻ 報船：傳遞情報的船隻。
❼ 九原：九州大地。

（副末扮老贊禮背包裹跑上）殘年還避亂，落日更思家。（外撞倒副末介）（副末）呵喲喲！幾乎滾下江去。（看外介）你這位老將爺，好沒眼色。（外下騾扶起介）得罪，得罪！俺且問你，從那裏來的？（副末）南京來的。（外）南京光景如何？（副末）你還不知麼？皇帝老子逃去兩三日了。目下北兵過江，滿城大亂，城門都關的。（外驚介）呵呀！這等去也無益矣。（大哭介）皇天后土❾，二祖列宗❿，怎的半壁江山也不能保住呀。（副末驚介）聽他哭聲，倒像是史閣部。（問介）你是史老爺麼？（外）下官便是，你如何認得？（副末）小人是太常寺一箇老贊禮，曾在太平門外伺候過老爺的。（外認介）是呀！那日慟哭先帝，便是老兄了。（副末）不敢。請問老爺，為何這般狼狽？（外）今夜揚州失陷，纔從城頭縋下來的。（副末）要向那裏去？（外）原要南京保駕，不想聖上也走了。（頓足哭介）

【普天樂】撇下俺斷篷船，丟下俺無家犬。叫天呼地千百遍，歸無路，進又難前。（登高望介）那滾滾雪浪拍天，流不盡湘纍⓫怨。（指介）有了，有了，那便是俺葬身之地。勝黃土，一丈江魚腹寬展⓬。（看身介）俺史可法亡國罪臣，那容的冠裳而去⓭。（摘帽，脫袍、靴介）摘脫下袍

❽ 日近長安遠：語出世說新語夙惠。晉明帝少時，其父晉元帝問他太陽和長安哪個近？回答說：日近長安遠，因為抬頭可以看到太陽，卻看不到長安。長安這裏借指南京。

❾ 皇天后土：指天地神祇。

❿ 二祖列宗：曾祖父、祖父及各位祖宗。

⓫ 湘纍：指屈原。纍，無罪而冤死。

⓬ 勝黃土二句：意謂投江而死，葬身魚腹，勝於埋身黃土之中。

**靴冠冕。**（副末）我看老爺竟像要尋死的模樣。（拉住介）老爺三思，不可短見呀！（外）你看茫茫世界，留著俺史可法何處安放？**累死英雄，到此日，看江山換主，無可留戀。**

（跳入江翻滾下介）（副末呆望良久，抱靴帽、袍服哭叫介）史老爺呀！史老爺呀！好一箇盡節忠臣。若不遇著小人，誰知你投江而死呀！（大哭介）（丑扮柳敬亭攜生忙上）偷生辭獄吏，避亂走天涯。（末扮陳貞慧，小生扮吳應箕攜手忙上）日日爭門戶，今年傍那家。（生呼介）定兄、次兄，日色將晚，快些走動。（末、小生）來哉。（丑）我們出獄，不覺數日，東藏西躲，終無棲身之地。前面是龍潭⑭江岸，大家商量，分路逃生罷。（末）是，是。（見副末介）你這位老兄，為何在此慟哭？（副末）俺也是走路的，適纔撞見史閣部老爺投江而死，由不的傷心哭他幾聲。（生）史閣部怎得到此？（副末）今夜揚州城陷，逃到此間，聞的皇帝已走，跢⑮了跢腳，跳下江去了。（生）那有此事？（副末指介）這不是脫下的衣服、靴、帽麼？（丑看介）你看衣裳裏面，渾身硃印⑯。（生）待俺認來。（讀介）「欽命總督江北等處兵馬內閣大學士兼兵部尚書印」。（生驚哭介）果然是史老先生。（末）設上衣冠，大家哭拜一番。

（副末設衣冠介）（眾拜哭介）

**【古輪臺】**（合）**走江邊，滿腔憤恨向誰言，頻揮老淚風吹面。孤城一片，望救目穿，使**

⑬ 冠裳而去：穿官服、戴官帽而死。
⑭ 龍潭：地名，位於長江南岸，南京城東。
⑮ 跢：同「跺」。
⑯ 硃印：朱紅色的印記。

盡殘兵血戰。跳出重圍，故國苦戀，誰知歌罷賸空筵。長江一線，吳頭楚尾路三千，盡歸別姓，雨翻雲變。寒濤東捲，萬事付空烟。精魂顯，大招⑰聲逐海天遠。

（生拍衣冠大哭介）（丑）閣部盡節，成了一代忠臣。相公不必過哀，大家分手罷。（生指介）你看一望烟塵，叫小生從那裏歸去？（末）我兩人遠道前來，只為送兄過江。今既不能北上，何不隨俺南行？（生）這紛紛亂世，怎能終始相依，倒是各人自便罷。（小生）侯兄主意若何？（生）我和敬亭商議，要尋一深山古寺，暫避數日，再圖歸計。（副末）我老漢正要向棲霞山去，那邊地方幽僻，儘可避兵，何不同往？（生）這等極妙了。（末、小生）侯兄既有棲身之所，我們就此作別罷。（拜別介）傷心當此日，會面是何年？（末、小生掩淚下）（生問副末介）你到棲霞山中，有何公幹？（副末）不瞞相公說，俺是太常寺一箇老贊禮，只因太平門外哭奠先帝之日，那些文武百官虛應故事⑱，我老漢動了一番氣惱，當時約些村中父老，捐施錢糧，趕著這七月十五日，要替崇禎皇帝建一箇水陸道場。不料南京大亂，好事難行，因此攜著錢糧，要到棲霞山上虔請高僧，了此心願。（丑）好事，好事。（生）就求攜帶同行便了。（副末）待我收拾起這衣服、靴、帽著。（丑）這衣服、靴、帽，你要送到何處去？（副末）我想揚州梅花嶺，是他老人家點兵之所，待大兵退後，俺去招魂埋葬，便有史閣部千秋佳城⑲了。（生）如此義舉，更為難得。（副末背袍靴等，生、丑隨行介）

---

⑰ 大招：楚辭中的一篇，祭祀時用以招喚死亡者之魂。

⑱ 虛應故事：按照舊例敷衍應酬。

⑲ 千秋佳城：指墳墓。

【餘文】山雲變，江岸遷，一霎時忠魂不見，寒食⑳何人知墓田。

（副末）千古南朝作話傳，（丑）傷心血淚灑山川。

（生）仰天讀罷招魂賦㉑，（副末）揚子江頭亂瞑烟㉒。

---

⑳ 寒食：指清明前一天（一說前兩天）的寒食節。相傳春秋時晉文公虧待其功臣介子推，介子推憤而隱於綿山。後文公悔悟，燒山逼介子推出仕，介子推抱樹焚死。後人為悼念介子推，相約於其忌日禁火寒食。

㉑ 招魂賦：楚辭中的一篇，內容是召喚死者靈魂。

㉒ 瞑烟：黃昏的烟霧。

# 第三十九齣　棲真❶　乙酉六月

【醉扶歸】（淨扮蘇崑生同旦上）（旦）一絲幽恨❷嵌心縫，山高水遠會相逢。拏住情根死不鬆，賺他也做游仙夢❸。看這萬疊雲白罩青松，原是俺天台洞。

（喚介）師父，我們幸虧藍田叔，領到棲霞山來。無意之中，敲門尋宿，偏撞著卞玉京做了這樣真庵主，留俺暫住，這也是天緣奇遇。只是侯郎不見，妾身無歸，還求師父，上心❹尋覓。（淨）不要性急。你看烟塵滿地，何處尋覓？且待庵主出來，商量箇常住之法。（老旦扮卞玉京道妝上）

【皁羅袍】何處瑤天笙弄，聽雲鶴縹緲，玉佩玎玲。花月姻緣半生空，幾乎又把桃花種❺。（見介）草庵淡薄，屈尊二位了。（旦）多謝收留，感激不盡。（淨）正有一言奉告，江北兵荒馬亂，急切不敢前行。我老漢的吹歌，山中又無用處，連日攪擾，甚覺不安。（老旦）說那裏話。舊人重到，蓬山路通❻，前緣不斷，巫峽恨濃，連牀且話襄王夢。

---

❶ 棲真：棲身於道觀。真，此處指道觀。
❷ 幽恨：潛藏在心中的怨恨。
❸ 游仙夢：本指神遊仙境。這裏指對幸福愛情的渴求。
❹ 上心：費心；掛在心上。
❺ 幾乎又把桃花種：意謂幾乎又勾引起男女風情之事。

（淨）我蘇崑生有箇活計在此。（換鞋、笠，取斧、擔、繩索介）趁這天晴，俺要到嶺頭澗底，取些松柴，供早晚炊飯之用，不強如坐喫山空麼？（老旦）這倒不敢動勞。（淨）大家度日，怎好偷閒。（挑擔介）腳下山雲冷，肩頭野草香。（下）（老旦閉門介）（旦）奴家閒坐無聊，何不尋些舊衣殘裳，付俺縫補，以消長夏。（老旦）正有一事借重。這中元節，村中男女，許到白雲庵與皇后周娘娘❼懸掛寶旛❽。就求妙手，替他成造，也是十分功德哩。（旦）這樣好事，情願助力。（老旦取出旛料介）（旦）待奴薰香洗手，虔誠縫製起來。（作洗手縫旛介）

**【好姐姐】念奴前身業重❾，綁十指箏絃簫孔❿，慵線懶鍼，幾曾作女紅⓫。**（老旦）香姐心靈手巧，一捻鍼線，就是不同的。（旦）奴家那曉針線，憑著一點虔心罷了。**仙旛捧，懺悔儘教指頭腫⓬，繡出鴛鴦別樣工。**

（共繡介）（副末扮老贊禮，丑扮柳敬亭，背行李領生上）

---

❻ 蓬山路通：語出唐李商隱詩無題：「劉郎已恨蓬山遠，更隔蓬山一萬重。」此處反用其意，意謂相愛的男女能夠見面。蓬山，傳說中的海上仙山。

❼ 皇后周娘娘：指崇禎帝的周皇后，北京城破時自殺而死。

❽ 寶旛：亦作「寶幡」。佛寺道觀中懸掛的旗幡。

❾ 業重：罪孽深重。

❿ 綁十指箏絃簫孔：意謂十指整天都在彈琴吹簫。

⓫ 女紅：又作「女工」、「女功」，指婦女所作的紡織、刺繡、縫紉等事。

⓬ 懺悔儘教指頭腫：意謂以縫製寶幡作為懺悔罪業的實際行動，即使手指腫了也不在乎。

**【皁羅袍】**（生）**避了干戈橫縱，聽颼颼一路澗水松風。雲鎖棲霞兩三峰，江深五月寒風送。**（副末）這是棲霞山了，你們尋所道院，趁早安歇罷。（生看介）這是一座葆真庵，何不敲門一問。**石牆蘿戶⑬，忙尋錬翁⑭；鹿柴⑮鶴徑⑯，急呼道童，仙家那曉浮生⑰慟。**

（副末敲門介）（老旦起問介）那箇敲門？（副末）俺是南京來的，要借貴庵暫安行李。（老旦）這裏是女道住持⑱，從不留客的。

**【好姐姐】你看石牆四聳，畫掩了重門無縫；修真女冠⑲，怕遭俗客閧。**（丑）我們不比遊方僧道，暫住何妨。（老旦）**真經諷⑳，謹把祖師清規㉑奉，處女閨閣一樣同。**

（旦）說的有理，比不得在青樓之日了。（老旦）這是俺修行本等，不必睬他，且去香廚㉒用齋罷。（同

---

⑬ 蘿戶：長著松蘿的門戶。蘿，即女蘿、松蘿，一種蔓生類植物。

⑭ 錬翁：錬丹道士。

⑮ 鹿柴：籬落，亦指隱居之處。

⑯ 鶴徑：比喻隱者來往的小路。

⑰ 浮生：虛浮無定的人生。語出莊子刻意：「其生若浮，其死若休。」

⑱ 住持：主管寺院的僧人或道士。

⑲ 修真女冠：指修仙求道的女道士。女冠，女道士。

⑳ 諷：念；誦。

㉑ 祖師清規：指教派中的清規戒律。祖師，佛家、道家稱其創立宗派的人為「祖師」。

㉒ 香廚：即香積廚，僧寺的廚房。這裏借指道觀的廚房。

下）（副末又敲門介）（生）他既謹守清規，我們也不必苦纏了。（副末）前面庵觀尚多，待我再去訪問。

（行介）（副淨扮丁繼之，道裝提藥籃上）

【皁羅袍】採藥深山古洞，任芒鞋竹杖，踏徧芳叢。落照蒼涼樹玲瓏，林中笋蕨充清供㉓。（副末喜介）那邊一位道人來了，待我上前問他。（拱介）老仙長，我們上山來做好事的，要借道院暫安行李，敢求方便一二。（副淨認介）這位相公好像河南侯公子。（丑）不是侯公子是那箇？（副淨又認介）老兄，你可是柳敬亭麼？（丑）便是。（生認介）呵呀！丁繼老，你為何出了家也？（副淨）侯相公，你不知麼？俺善才遲暮㉔，羞入舊宮，龜年㉕踈嬾，難隨妙工，辭家竟把仙籙㉖誦。（生）原來因此出家。（丑）請問住持何山？（副淨）前面不遠，有一座采真觀，便是俺修煉之所。不嫌荒僻，就請暫住何如？（生）甚好。（副末）二位遇著故人，已有棲身之地。俺要上白雲庵，商量醮事去了。（生）多謝攜帶。（副末）彼此。（別介）人間消孽海，天上禮仙壇。（下）（副淨攜生、丑行介）跨過白泉，又登紫閣，雪洞風來，雲堂雨落㉗。（生驚介）面前一道溪水，隔斷南山，如何過去？（副淨）不妨。靠岸有隻漁船，俺且坐船閒話；等箇漁翁到來，央他撐去。不上半里，便是采真觀了。（同

---

㉓ 清供：清鮮的供品。

㉔ 善才遲暮：意謂樂師晚年。善才，指曹善才，唐代元和年間著名的琵琶高手。遲暮，指晚年。

㉕ 龜年：指唐玄宗時著名的樂師李龜年。

㉖ 仙籙：又稱「仙人籙」，指道教經典和神仙祕籍。

㉗ 跨過白泉四句：寫行走時所見的棲霞山景色。白泉、紫閣、雪洞、雲堂，均為山中的自然景色或建築物。

上船坐介）（丑）我老柳少時在泰州北灣，專以捕魚為業，這漁船是弄慣了的，待我撐去罷。（生）妙，妙。（丑撐船介）（生向副淨介）自從梳攏香君，借重光陪，不覺別來便是三載。（副淨）正是。且問香君入宮之後，可有消息麼？（生）那得消息來？（取扇指介）這柄桃花扇，還是我們訂盟之物，小生時刻在手。

**【好姐姐】把他桃花扇擁，又想起青樓舊夢。天老地荒，此情無盡窮。分飛猛㉘，杳杳萬山隔鸞鳳，美滿良緣半月同㉙。**

（丑）前日皇帝私走，嬪妃逃散，料想香君也出宮門。且待南京平定，再去尋訪罷。（生）只怕兵馬趕散，未必重逢了。（掩淚介）（副淨指介）那一帶竹籬，便是俺的采真觀，就請攏船上岸罷。（丑挽船，同上岸介）（副淨喚介）道僮，有遠客到門，快搬行李。（內應介）（副淨）請進。（讓入介）

（生）**門裏丹臺㉚更不同，**（副淨）**寂寥松下養衰翁。**

（丑）**一灣溪水舟千轉，**（生）**跳入蓬壺㉛似夢中。**

---

㉘ 分飛猛：意謂突然分離。

㉙ 美滿良緣半月同：意謂只有半個月共同生活的美滿生活。

㉚ 丹臺：道士煉丹之臺。

㉛ 蓬壺：即蓬萊山。傳說中的海上三仙山之一。

# 第四十齣 入道

乙酉七月

【南點絳唇】（外扮張薇瓢冠❶衲衣❷，持拂上）世態紛紜，半生塵裏朱顏❸老。拂衣不早，看罷傀儡鬧❹；慟哭窮途，又發鬨堂笑。都休了，玉壺瓊島❺，萬古愁人少。

貧道張瑤星，掛冠❻歸山，便住這白雲庵裏。修仙有分，涉世無緣。且喜書客蔡益所隨俺出家，又載來五車經史，那山人藍田叔也來皈依❼，替我畫了四壁蓬瀛❽。這荒山之上，既可讀書，又可臥遊，

❶ 瓢冠：瓜瓢形的僧帽。

❷ 衲衣：指僧衣。僧徒的衣服常用許多碎布縫製而成，故稱。

❸ 朱顏：紅潤的容顏。

❹ 拂衣不早二句：意謂辭官較晚，看到了許多官場上的紛爭吵鬧。拂衣，拂衣而去，指棄官隱居。傀儡，原指用土木製成的偶像，後用以指木偶人和木偶戲，亦喻指官場。

❺ 玉壺瓊島：泛指神仙所居之處。

❻ 掛冠：棄官；辭官。後漢逢萌愛子被王莽所殺後掛冠於東都洛陽的城門，攜家屬浮海，客居遼東。事見後漢書逢萌傳。

❼ 皈依：一作「歸依」。信仰佛教者的入教儀式，表示對佛、法、僧三寶歸順依附。後泛指虔誠地信奉佛教或參加其他宗教組織。皈，音ㄍㄨㄟ。

❽ 蓬瀛：指海上的仙山蓬萊和瀛洲。

從此飛昇尸解❾，亦不算懵懂神仙矣。只有崇禎先帝，深恩未報，還是平生一件缺事。今乃乙酉年七月十五日，廣延道眾，大建經壇，要與先帝修齋追薦。恰好南京一箇老贊禮，約些村中父老，也來搭醮。不免喚出弟子，趁早鋪設。（喚介）徒弟何在？（丑扮蔡益所，小生扮藍田叔道裝上）塵中辭俗客，雲裏會仙官。（見介）弟子蔡益所、藍田叔稽首了。（拜介）（外）爾等率領道眾，照依黃籙科儀❿，早鋪壇場，待俺沐浴更衣，虔心拜請。正是：清齋朝帝座，直道在人心。（下）（丑、小生鋪設三壇，供香花茶果，立旛掛榜介）

【北醉花陰】**高築仙壇海日曉，諸天群靈俱到，列星眾宿⓫來朝。旛影飄颻，七月中元建醮⓬。**

（丑）經壇齋供，俱已鋪設整齊了。（小生指介）你看山下父老，捧酒頂香，紛紛來也。（副末扮老贊禮，領村民男女，頂香捧酒，挑紙錢、錠錁⓭、繡旛上）

【南畫眉序】**擕村醪，紫降黃檀⓮繡帕包。**（指介）**望虛無玉殿，帝座非遙；問誰是皇子王**

---

❾ 飛昇尸解：飛登仙境而成仙。尸解，謂道教徒遺形骸而仙去。

❿ 黃籙科儀：道士做道場的儀式。黃籙，指做道場。道士設壇祈禱，所用符籙，皆為黃色，故稱。

⓫ 列星眾宿：指天上的眾多星宿。

⓬ 建醮：僧道設壇為亡魂祈禱。

⓭ 錠錁：祭祀時燒的金銀紙錠。

⓮ 紫降黃檀：指紫檀香和黃檀香。紫降，指紫檀香，傳說焚燒後可以降神，故稱。

孫，撇下俺村翁鄉老。（掩淚介）萬山深處中元節，擎著紙錢來弔。

（見介）眾位道長，我們社友俱已齊集了，就請法師老爺，出來巡壇罷。（丑、小生向內介）鋪設已畢，請法師更衣，巡壇行灑掃之儀。（內三鼓介）（雜扮四道士奏仙樂，丑、小生換法衣捧香鑪，外金道冠、法衣，擎淨盞，執松枝，巡壇灑掃介）

【北喜遷鶯】（合）淨手灑松梢⑮，清涼露千滴萬點拋；三轉九迴壇邊繞，浮塵熱惱全澆。香燒，雲蓋飄⑯，玉座層層百尺高。響雲璈⑰，建極寶殿⑱，改作團瓢⑲。

（外下）（丑、小生向內介）灑掃已畢，請法師更衣拜壇，行朝請之禮⑳。（丑、小生設牌位：正壇設故明思宗烈皇帝之位，左壇設故明甲申殉難㉑文臣之位，右壇設故明甲申殉難武臣之位）（內奏細樂介）（外九梁朝冠㉒、鶴補朝服㉓、金帶、朝鞋、牙笏上）（跪祝介）伏以星斗增輝，快覩蓬萊之現。風雷布令，遙瞻

---

⑮ 淨手灑松梢：道士做道場的一種儀式，用松枝蘸淨水四處點灑。

⑯ 雲蓋飄：形容香烟繚繞，如雲團飄於上空。

⑰ 雲璈：即雲鑼，一種打擊樂器。

⑱ 建極寶殿：指皇宮的寶殿。建極，指帝王即位。

⑲ 團瓢：圓形草屋。謂草屋僅占一瓢之地，極其簡陋。

⑳ 行朝請之禮：康熙戊子刻本作「行朝請大禮」。

㉑ 殉難：為了國家而遇難犧牲生命。

㉒ 九梁朝冠：官居極品者所戴的朝冠。九梁，指朝冠上裝飾的九條橫脊。朝冠上的橫脊之多少，視官職之高下而定。

閶闔㉔之開。恭請故明思宗烈皇帝九天法駕㉕及甲申殉難文臣：東閣大學士范景文，戶部尚書倪元璐，刑部侍郎㉖孟兆祥，協理京營兵部侍郎王家彥，左都御史㉗李邦華，右副都御史施邦耀，大理寺卿㉘凌義渠，太常寺少卿吳麟徵，太僕寺㉙丞申佳胤，詹事府㉚庶子㉛周鳳翔，諭德㉜馬世奇，中允㉝劉理順，翰林院檢討㉞汪偉，兵科都給事中吳甘來，巡視京營御史王章，河南道御史陳良謨，提學御史㉟

---

㉓ 鶴補朝服：繡有仙鶴圖案的朝服，為一品文官所穿。補，即補子，明清時官服上標誌品級的徽飾，以金線及彩線繡成，文官繡鳥，武官繡獸，綴於胸前及後背。

㉔ 閶闔：即天門。

㉕ 法駕：天子車駕的一種，天子出行時儀仗隊分大駕、法駕、小駕三種，其儀衛之繁簡各有不同。

㉖ 侍郎：官名。秦漢時為郎中令屬官之一。隋唐以後，中書、門下及尚書省所屬各部均以侍郎為副職長官。

㉗ 左都御史：與下文的右副都御史都為專司彈劾的監察機關御史臺的主要行政長官。

㉘ 大理寺卿：掌管刑獄的官署大理寺的主要行政長官。明清時大理寺與刑部、都察院合稱為三法司，會同處理重大司法案件。

㉙ 太僕寺：官署名，掌管宮廷的輿馬畜牧之事。

㉚ 詹事府：官署名，職掌皇后、太子之事。

㉛ 庶子：官職名。太子屬官。

㉜ 諭德：官名。唐代始設，掌管侍從贊諭之事。

㉝ 中允：官名。掌管侍從禮儀、駁正啟奏之事。

㉞ 檢討：官名。宋代有史館檢討，明時始屬翰林院，地位次於編修，與修撰、編修同稱為史官。

㉟ 提學御史：官名。宋代始設，掌管州縣學政。

陳純德，兵部郎中成德，京部員外郎㊱許直，兵部主事金鉉；武臣：新樂侯劉文炳，襄城伯李國楨，駙馬都尉鞏永固，協理京營內監王承恩等。伏願彩仗隨車，素旗擁駕。君臣穆穆㊲，指青鳥㊳以來臨；文武皇皇㊴，乘白雲而至止。共聽靈籟㊵，同飲仙漿㊶。（內奏樂，外三獻酒，四拜介）（副末、村民隨拜介）

【南畫眉序】（外）列仙曹，叩請烈皇下碧霄㊷。捨煤山古樹，解卻宮縧，且享這椒酒松香，莫恨那流賊闖盜。古來誰保千年業，精靈永留山廟。

（外下）（丑、小生左右獻酒拜介）（副末、村民隨拜介）

【北出隊子】（丑、小生）虔誠祝禱，甲申殉節群僚。絕粒㊸刎頸恨難消，墜井投繩㊹志不

㊱ 員外郎：官名。本指正員以外的郎官。隋時，尚書省二十四司均設員外郎一人，為各司的次官。明清時，各司都設員外郎，位在郎中之下。

㊲ 穆穆：端莊恭敬的樣子。

㊳ 青鳥：借指傳遞消息的使者。

㊴ 皇皇：盛大美好的樣子。

㊵ 靈籟：迎接神靈的音樂。

㊶ 仙漿：指美酒。

㊷ 叩請烈皇下碧霄：意謂拜請崇禎帝從碧空降臨齋壇。烈皇，指崇禎帝，謚號「烈」。碧霄，碧空；青天。

㊸ 絕粒：指絕食。

㊹ 投繩：指上吊。康熙戊子刻本作「投繯」。

撓，此日君臣同醉飽。

（丑、小生）奠酒化財，送神歸天。（眾燒紙牌錢錁，奠酒舉哀介）（副末）今日纔哭了箇盡情。（眾）我們願心已了，大家喫齋去。（暫下）（丑、小生向內介）朝請已畢，請法師更衣登壇，做施食㊺功德。（設焰口㊻，結高壇介）（內作細樂介）（外更華陽巾㊼、鶴氅㊽，執拂子上，拜壇畢，登壇介）（丑、小生侍立介）（外拍案介）竊惟浩浩沙場，舉目見空中之樓閣；茫茫苦海，回頭登岸上之瀛洲。念爾無數國殤㊾，有名敵愾㊿，或戰畿輔(51)，或戰中州(52)，或戰湖南，或戰陝右；死於水，死於火，死於刃，死於鏃(53)，死於跌撲踏踐，死於癘疫(54)饑寒。咸望滾榛莽之髑髏(55)，飛風烟之燐火，遠投法座，遙赴寶山(56)。吸

---

㊺ 施食：為轉障消災、延年益壽而向餓鬼施放食物的一種佛教儀式，俗稱「放焰口」。

㊻ 設焰口：即施食。據說地獄餓鬼腹大如山，一切飲食到口即化為火炭，故稱餓鬼之口為「焰口」。

㊼ 華陽巾：道士所戴的一種帽子。華陽，傳說中神仙居住的洞府。

㊽ 鶴氅：鳥羽所做的裘衣，後也專指道服。

㊾ 國殤：指為國家作戰而死的人。

㊿ 敵愾：對敵人的仇恨。愾，音ㄎㄞˋ。

(51) 畿輔：指京都附近的地區。

(52) 中州：中原地區。

(53) 鏃：音ㄘㄨˋ。箭頭。

(54) 癘疫：瘟疫。

(55) 髑髏：音ㄉㄨˊ ㄌㄡˊ。死人的頭骨；骷髏。

(56) 寶山：對佛僧神道等所居之山的尊稱。

一滴之甘泉，津含萬劫；吞盈掬之玉粒，腹果千春[57]。（撒米、澆漿、焚紙，鬼搶介）

【南滴溜子】沙場裏，沙場裏，屍橫蔓草，殷血[58]腥，殷血腥，白骨漸槁。可憐風旋雨嘯，望故鄉無人拜掃。餓魄饞魂，來飽這遭。

（丑、小生）施食已畢，請法師普放神光，洞照三界[59]，將君臣位業[60]，指示群迷。（外）這甲申殉難君臣，久已超生天界了。（丑、小生）還有今年北去君臣，未知如何結果？懇求指示。（外）你們兩廊道眾，齋心[61]肅立；待我焚香打坐[62]，閉目靜觀。（丑、小生執香，低頭侍立介）（外閉目良久介）（醒向眾介）那北去弘光皇帝，及劉良佐、劉澤清、田雄等，陽數未終，皆無顯驗。（丑、小生前稟介）還有史閣部、左寧南、黃靖南，這三位死難之臣，未知如何報應？（外）待我看來。（閉目介）（雜白鬚、幞頭[63]、朱袍、黃紗蒙面，幢幡細樂引上）吾乃督師內閣大學士兵部尚書史可法。今奉上帝之命，冊為太

---

[57] 吸一滴之甘泉四句：意謂飲一滴甘泉，將永遠不渴；吞一把米粒，將千年不餓。劫，佛教名詞。佛教認為世界經歷若干萬年毀滅一次，然後重新開始，這樣一個週期叫做一「劫」。

[58] 殷血：黑紅色的血。殷，音ㄧㄢ。

[59] 三界：佛教指眾生輪迴的欲界、色界和無色界。

[60] 位業：猶業果，指死者在三界中所居地位及所受果報。

[61] 齋心：祭禱前排除雜念，保持清靜專一的心態。

[62] 打坐：僧道修行的一種方式。打坐時須排除雜念，閉目盤腿而坐，雙手放在一定的位置。

[63] 幞頭：古代的一種頭巾。名稱定於北周武帝時，又稱「四腳」或「折上巾」。初以皂絹三尺裹髮，有四帶，二帶繫於腦後垂之，二帶反繫頭上。隋代開始以桐木為骨架。

清宮64紫虛真人，走馬到任去也。（騎馬下）（雜金盔甲、紅紗蒙面、旗幟鼓吹引上）俺乃寧南侯左良玉，今奉上帝之命，封為飛天使者，走馬到任去也。（騎馬下）（雜銀盔甲、黑紗蒙面、旗幟鼓吹引上）俺乃靖南侯黃得功，今奉上帝之命，封為游天使者，走馬到任去也。（騎馬下）（外開目介）善哉，善哉。方纔夢見閣部史道鄰先生，冊為太清宮紫虛真人；寧南侯左崑山、靖南侯黃虎山，封為飛天、游天二使者。一箇箇走馬到任，好榮耀也。

**【北刮地風】則見他雲中天馬驕，纔認得一路英豪。咭叮噹奏著鈞天樂65，又擺些羽葆66千旄67。將軍刀，丞相袍，掛符牌都是九天名號68。好尊榮，好逍遙，**只有皇天不昧功勞。

（丑、小生拱手介）南無69天尊70，南無天尊！果然善有善報，天理昭彰。（前稟介）還有奸臣馬士英、阮大鋮，這兩箇如何報應？（外）待俺看來。（閉目介）（淨散髮披衣跑上）我馬士英做了一生歹事，那知結果這臺州山中。（雜扮霹靂雷神，趕淨繞場介）（淨抱頭跪介）饒命，饒命。（雜劈死淨，剝衣去介）

64 太清宮：道教謂元始天尊所化法身道德天尊所居之地。亦泛指仙境。宮，原作「官」，據別本改。

65 鈞天樂：天上的音樂。

66 羽葆：即羽蓋，用鳥羽裝飾的車蓋。

67 千旄：旄旗的一種，以旄牛尾飾旗竿，古代儀仗中的一種。

68 九天名號：天上神仙的名號。

69 南無：梵文音譯，歸敬、歸命之意。佛教徒常用來加在佛、菩薩名或經典題名之前，表示對佛法的尊敬。

70 天尊：道教徒對所奉天神中最高貴者的尊稱。佛教中亦稱佛為「天尊」。

（副淨冠帶上）好了，好了。我阮大鋮走過這仙霞嶺，便算第一功了。（登高介）（雜扮山神、夜叉71，刺副淨下，跌死介）（外開目介）苦哉，苦哉。方纔夢見馬士英擊死臺州山中，阮大鋮跌死仙霞嶺上。一箇箇皮開腦裂，好苦惱也。

【南滴滴金】明明業鏡72忽來照，天網恢恢73飛不了。抱頭顱由你千山跑，快雷車偏會找，鋼叉又到。問年來喫人多少腦，這頂漿兩包，不彀犬饕74。

（丑、小生拱手介）南無天尊，南無天尊！果然惡有惡報，天理昭彰。（前稟介）這兩廊道眾，不曾聽得明白，還求法師高聲宣揚一番。（外舉拂高唱介）（副末、眾村民執香上，立聽介）

【北四門子】（外）眾愚民暗室虧心小75，到頭來幾曾饒。微功德也有吉祥報，大巡環睜眼瞧。前一番，後一遭，正人邪黨，南朝接北朝。福有因，禍怎逃，只爭些來遲到早。

（副末、眾叩頭下）（老旦扮卞玉京，領旦上）天上人間，為善最樂。方纔同些女道，在周皇后壇前掛了寶旛，再到講堂參見法師。（旦）奴家也好閒遊麼？（老旦指介）你看兩廊道俗76，不計其數，瞧瞧何

---

71 夜叉：佛教傳說中一種形象醜惡的鬼，勇猛兇暴，能食人。後受佛教化而成為護法神。
72 業鏡：佛教語，謂在天上與地獄中照攝眾生善惡業的鏡子。
73 天網恢恢：語出老子：「天網恢恢，疏而不失。」意謂天道如大網，籠罩一切，作惡者逃不出上天的懲罰。
74 饕：音ㄊㄠ。貪吃。
75 暗室虧心小：在暗室中幹了小小的虧心事。
76 道俗：道士和未出家的俗人。

妨。（老旦拜壇介）弟子卞玉京稽首了。（起同旦一邊立介）（副淨扮丁繼之上）人身難得，大道難聞。（拜壇介）弟子丁繼之稽首了。（起喚介）侯相公，這是講堂，過來隨喜。（生急上）來了。久厭塵中多苦趣，纔知世界有仙緣。（同立一邊介）（外拍案介）你們兩廊善眾，要把塵心(77)拋盡，纔求得向上機緣。若帶一點俗情，免不了輪迴(78)千遍。（生遮扇看旦，驚介）那邊跕的是俺香君，如何來到此處？（急上前拉介）（旦驚見介）你是侯郎，想殺奴也。

**【南鮑老催】**想當日猛然捨拋，銀河渺渺誰架橋，牆高更比天際高。書難捎，夢空勞，情無了，出來路兒越迢遙(79)。（生指扇介）看這扇上桃花，叫小生如何報你。看鮮血滿扇開紅桃，正說法天花落(80)。

（生、旦同取扇看介）（副淨拉生，老旦拉旦介）法師在壇，不可只顧訴情了。（生、旦不理介）（外怒拍案介）哇！何物兒女，敢到此處調情？（忙下壇，向生、旦手中裂扇擲地介）我這邊清靜道場，那容的狡童遊女(81)，戲謔混雜。（丑認介）阿呀！這是河南侯朝宗相公，法師原認得的。（外）這女子是那箇？（小

(77) 塵心：凡俗之心；名利之心。
(78) 輪迴：佛家語。原意為流轉。佛教認為世上眾生各依其善惡業因，在天道、人道、阿修羅道、地獄道、餓鬼道、畜生道這六道之中生死交替，如車輪一樣旋轉不停，故稱。也稱「六道輪迴」。
(79) 迢遙：遙遠的樣子。
(80) 正說法天花落：佛教傳說，佛祖講經時，感動天神，諸天各色香花紛紛下落。
(81) 狡童遊女：狡美的少年和出遊的女子。

生）弟子認的他，是舊院李香君，原是侯兄聘妾。（外）一向都在何處來？（副淨）侯相公住在弟子采真觀中。（老旦）李香君住在弟子葆真庵中。（生向外揖介）這是張瑤星先生，前日多承超豁。（外）你是侯世兄，幸喜出獄了。俺原為你出家，你可知道麼？（生）小生那裏曉得？（丑）貧道蔡益所，也是為你出家。這些緣由，待俺從容告你罷。（小生）貧道是藍田叔，特領香君來此尋你，不想果然遇著。（生）丁、卞二師收留之恩，蔡、藍二師接引(82)之情，俺與香君世世圖報。（旦）還有那蘇崑生，也隨奴到此。（生）柳敬亭，也陪我前來。（旦）這柳、蘇兩位，不避患難，終始相依，更為可感。（生）待咱夫妻還鄉，都要報答的。（外）你們絮絮叨叨，說的俱是那裏話？當此地覆天翻，還戀情根慾種，豈不可笑！（生）此言差矣。從來男女室家，人之大倫(83)，離合悲歡，情有所鍾(84)。先生如何管得？（外怒介）阿呸！兩箇癡蟲。你看國在那裏，家在那裏，君在那裏，父在那裏？偏是這點花月情根，割他不斷麼？

**【北水仙子】堪歎您兒女嬌，不管那桑海變。豔語淫詞太絮叨，將錦片前程，牽衣握手神前告。那知道姻緣簿久已勾銷，**翅楞楞(85)**鴛鴦夢醒好開交，**碎紛紛**團圓寶鏡不堅牢，**羞答答**當場弄醜惹的旁人笑，**明湯湯**大路勸你早奔逃。**

（生揖介）幾句話，說的小生冷汗淋漓，如夢忽醒。（外）你可曉得了麼？（生）弟子曉得了。（外）既

(82) 接引：接待引進。

(83) 大倫：指社會基本的倫理道德。史記儒林列傳：「婚姻者，居室之大倫也。」

(84) 情有所鍾：情有所向，十分專注。

(85) 翅楞楞：形容分離、分散。

然曉得，就此拜丁繼之為師罷。（生拜副淨介）（旦）弟子也曉得了。（外）既然也曉得，就此拜卞玉京為師罷。（旦拜老旦介）（外吩咐副淨、老旦介）與他換了道扮。（生、旦換衣介）（副淨、老旦）請法師升座，待弟子引見。（外升座介）（副淨領生，老旦領旦，拜外介）

**【南雙聲子】芟**86**情苗，芟情苗，看玉葉金枝**87**凋。割愛胞，割愛胞，聽鳳子龍孫**88**號。**水漚漂89，**水漚漂；**石火敲，**石火敲；賸浮生一半，纔受師教。**

（外指介）男有男境，上應離90方，快向南山之南，修真學道去。（生）是。大道纔知是，濃情悔認真。（副淨領生從左下）（外指介）女有女界，下合坎91道，快向北山之北，修真學道去。（旦）是。回頭皆幻景，對面是何人。（老旦領旦從右下）（外下座大笑三聲介）

**【北尾聲】**你看他**兩分襟**92，不把**臨去秋波掉**93，虧了俺**桃花扇扯**碎**一條條**，再不許癡蟲兒**自**

---

86 芟：音ㄕㄢ。割；斬斷。

87 玉葉金枝：指明王室後裔。

88 鳳子龍孫：同「玉葉金枝」。

89 水漚漂：水中漂浮的泡沫，比喻事物不能長久。

90 離：八卦之一，象徵火，為南方之卦。

91 坎：八卦之一，象徵水，為北方之卦。

92 分襟：分離；分別。

93 不把臨去秋波掉：意謂臨別時不再依依不捨。秋波，比喻女子的眼睛，謂其如秋水一樣清澈明亮。

吐柔絲轉萬遭[94]。

白骨青灰長艾蕭[95]，桃花扇底送南朝。

不因重做興亡夢，兒女濃情何處消。

[94] 自吐柔絲轉萬遭：康熙戊子刻本作「自吐柔絲縛萬遭」。

[95] 艾蕭：即艾蒿，臭草。亦比喻小人。

# 續四十齣 餘韻

戊子九月

【西江月】（淨扮樵子挑擔上）放目蒼崖萬丈，拂頭紅樹千枝；雲深猛虎出無時，也避人間弓矢。建業❶城啼夜鬼❷，維揚❸井貯秋屍❹，樵夫賸得命如絲，滿肚南朝❺野史。在下蘇崑生，自從乙酉年同香君到山，一住三載，俺就不曾回家，往來牛首❻、棲霞，採樵度日。誰想柳敬亭與俺同志，買隻小船，也在此捕魚為業。且喜山深樹老，江闊人稀，每日相逢，便把斧頭敲著船頭，浩浩落落❼，儘俺歌唱，好不快活。今日柴擔早歇，專等他來促膝閒話，怎的還不見到？（歇擔盹睡介）（丑扮漁翁搖船上）年年垂釣鬢如銀，愛此江山勝富春❽。歌舞叢中征戰裏，漁翁都是過來人。俺柳敬亭，送侯朝宗修道之後，就在這龍潭江畔，捕魚三載，把些興亡舊事，付之風月閒談。今值秋雨新晴，江光似練，正好尋蘇崑

❶ 建業：南京的舊稱。

❷ 城啼夜鬼：言南京遭清兵洗劫後，一片淒涼陰慘。

❸ 維揚：指揚州。

❹ 井貯秋屍：指清兵屠城後，屍體遍地，無人收葬。

❺ 南朝：指南明弘光朝。

❻ 牛首：山名，又名牛頭山，位於南京西南十五公里，為南京遊覽勝地。因兩峰對峙，狀如牛頭，故名。

❼ 浩浩落落：坦蕩疏闊，不同流俗。

❽ 富春：即富春江，在今浙江省境內，山奇水秀，風景佳麗。東漢嚴光曾隱居此處。

生飲酒談心。（指介）你看，他早已醉倒在地，待我上岸喚他醒來。（作上岸介）（呼介）蘇崑生。（淨醒介）大哥果然來了。（丑拱介）賢弟偏杯❾呀！（淨）柴不曾賣，那得酒來。（丑）愚兄也沒賣魚，都是空囊，怎麼處？（淨）有了，有了。你輸水，我輸柴，大家煮茗清談罷。（副末扮老贊禮，提絃攜壺上）江山江山，一忙一閒。誰贏誰輸，兩鬢皆斑。（見介）原來是柳、蘇兩位老哥。（淨、丑拱介）老相公怎得到此？（副末）老夫住在燕子磯邊，今乃戊子年❿九月十七日，是福德星君⓫降生之辰。我同些山中社友，到福德神祠祭賽⓬已畢，路過此間。（淨）為何挾著絃子⓭，提著酒壺？（副末）見笑，見笑。老夫編了幾句神絃歌⓮，名曰問蒼天，今日彈唱樂神。社散之時，分得這瓶福酒⓯，恰好遇著二位，就同飲三杯罷。（丑）怎好取擾。（副末）這就叫有福同享。（淨、丑）好，好。（同坐飲介）（淨）何不把神絃歌領略一回。（副末）使得，老夫的心事，正要請教二位哩。（彈絃唱巫腔，淨、丑拍手襯介）

**【問蒼天】** 新曆數，順治朝，五年戊子。九月秋，十七日，嘉會良時。擊神鼓，揚靈旗，鄉鄰賽社⓰。老逸民⓱，剃白髮，也到叢祠。椒作棟，桂為楣⓲，唐修晉建。碧和金，

---

❾ 偏杯：不招待客人而獨自一人飲酒。偏，背著。

❿ 戊子年：即清世祖順治五年（一六四八）。

⓫ 福德星君：舊指財神。

⓬ 祭賽：為報答神佑舉行的祭祀。

⓭ 絃子：即三弦，一種撥弦樂器。

⓮ 神絃歌：娛神的歌曲。名稱源出樂府神絃曲。

⓯ 福酒：祭祀所用的酒。

丹間粉，畫壁精奇。貌赫赫，氣揚揚，福德名位。山之珍，海之寶，總掌無遺。超祖禰⑲，邁君師，千人上壽。焚郁蘭⑳，奠清醑㉑，奪戶爭墀㉒。草笠底，有一人，掀鬚長嘆。貧者貧，富者富，造命奚為㉓。我與爾，較生辰，同月同日。囊無錢，竈斷火，不啻㉔乞兒。六十歲，花甲週㉕，桑榆暮矣㉖。亂離人，太平犬，未有亨期㉗。稱㉘玉斝，坐瓊筵，爾餐我看。誰為靈，誰為蠢，貴賤失宜。臣稽首，叫九閽㉙，開聾啟

---

⑯ 賽社：祭土地神。

⑰ 逸民：遁世隱居的人。

⑱ 椒作棟二句：形容廟宇華美。楚辭湘夫人：「桂棟兮蘭橑，辛夷楣兮葯房。」楣，門上的橫木。

⑲ 超祖禰：對財神祭祀的隆重超過了祭祖先和先父。祖，祖廟。禰，音ㄋㄧˇ。父廟。

⑳ 郁蘭：氣味濃烈的香料。

㉑ 清醑：美酒。醑，音ㄒㄩˇ。

㉒ 奪戶爭墀：形容祭神的人很多，擁擠而混亂。

㉓ 造命奚為：意謂上天為什麼這樣不公平。造命，造物主。

㉔ 不啻：無異於；如同。

㉕ 花甲週：這裏指年滿六十歲。

㉖ 桑榆暮矣：喻指人的晚年。日落時，餘光照在桑榆之間，故用作晚暮的代稱。

㉗ 亂離人三句：語本俗諺：「寧作太平犬，莫作亂離人。」言災亂年頭，人顛沛流離，尚不及太平時的狗安寧。亨，通達；幸運。

㉘ 稱：舉起。

聵㉚。宣命司㉛，檢祿籍㉜，何故差池㉝。金闕㉞遠，紫宸高，蒼天夢夢㉟。迎神來，送神去，輿馬風馳。歌舞罷，雞豚收，須臾社散。倚枯槐，對斜日，獨自凝思。濁享富，清享名，或分兩例。內才多，外財少，應不同規。熱似火，福德君，庸人父母。冷如冰，文昌帝㊱，秀士宗師。神有短，聖有虧，誰能足願。地難填，天難補，造化㊲如斯。釋盡了，胸中愁，欣欣微笑。江自流，雲自卷，我又何疑。

（唱完放絃介）丟醜之極！（淨）妙絕！逼真離騷、九歌㊳了。（丑）失敬，失敬。不知老相公，竟是財神一轉哩。（副末讓介）請乾此酒。（淨咂舌介）這寡酒㊴好難喫也。（丑）愚兄倒有些下酒之物。（淨）

㉙九閽：神話傳說中天帝的宮門。
㉚開聾啟聵：意謂喚醒糊塗而思想麻木的人。聵，音ㄎㄨㄟˋ。有目無光。
㉛宣命司：意謂請天帝宣召司命之神。
㉜祿籍：天命所規定的關於人的福祿的簿冊。
㉝差池：參差不齊。或作差錯解，亦通。
㉞金闕：與下句中的紫宸均為天帝的宮殿。
㉟夢夢：不明貌。引申為昏憒。
㊱文昌帝：即梓潼帝君，傳說中主管人間功名利祿的神。
㊲造化：此處為創造化育之意。
㊳離騷九歌：楚辭篇名，均為屈原所作。
㊴寡酒：指飲酒而無佐酒的菜肴。

是甚麼東西？（丑）請猜一猜。（淨）你的東西，不過是些魚鼈蝦蟹。（丑搖頭介）猜不著，猜不著。（淨）還有甚麼異味？（丑指口介）是我的舌頭。（副末）你的舌頭，你自下酒，如何讓客？（丑笑介）你不曉得，古人以漢書下酒，這舌頭會說漢書，豈非下酒之物？（淨取酒斟介）我替老哥斟酒，老哥就把漢書說來。（副末）妙，妙。只恐菜多酒少了。（丑）既然漢書太長，有我新編的一首彈詞，叫做秣陵秋，唱來下酒罷。（副末）就是俺南京的近事麼？（丑）便是。（淨）這都是俺們耳聞眼見的，你若說差了，我要罰的！（丑）包管你不差。（丑彈絃介）六代興亡，幾點清彈千古慨；半生湖海，一聲高唱萬山驚。（照盲女彈詞唱介）

**【秣陵秋】陳隋烟月恨茫茫，井帶胭脂㊵土帶香。駘蕩㊶柳綿沾客鬢，叮嚀鶯舌惱人腸。中興朝市㊷繁華續，遺孽兒孫㊸氣焰張。只勸樓臺追後主㊹，不愁弓矢下殘唐㊺。蛾眉**

---

㊵ 井帶胭脂：即胭脂井。隋滅陳時，陳後主與寵妃張麗華及孔貴嬪藏匿景陽宮井中被擒獲。後因稱此井為「胭脂井」，亦名「辱井」。傳說井邊欄桿，雨後用帛拭拂，便會出現胭脂痕。

㊶ 駘蕩：舒緩飄蕩。

㊷ 中興朝市：指南明弘光朝。

㊸ 遺孽兒孫：指馬士英、阮大鋮等閹黨餘孽。

㊹ 只勸樓臺追後主：意謂馬、阮之流一味誘導弘光帝縱情聲色，荒怠朝政，步陳後主的後塵。後主，指南朝的亡國之君陳後主陳叔寶。

㊺ 不愁弓矢下殘唐：借宋太祖滅南唐故事，諷刺弘光帝恣情享樂，全不慮及清兵的南下。殘唐，指南唐，此處借指南明。

越女纔承選，燕子吳歈㊻早擅場。力士僉名搜笛步，龜年協律奉椒房㊼。西崑詞賦新溫李㊽，烏巷冠裳舊謝王㊾。院院宮妝金翠鏡㊿，朝朝楚夢雨雲牀(51)。五侯閫外空狼燧(52)，二水洲邊自雀舫(53)。指馬誰攻秦相詐(54)，入林都畏阮生狂(55)。春燈已錯從頭認，社黨重

㊻ 燕子吳歈：阮大鋮所作燕子箋用崑曲演唱，故稱「吳歈」。歈，音ㄩˊ。歌曲。

㊼ 力士僉名搜笛步二句：意謂阮大鋮等派人按名單搜羅歌妓、樂師，進宮排演燕子箋，供弘光帝觀賞。力士，唐玄宗時太監高力士。這裏泛指太監。笛步，南京地名，教坊所在地，這裏指舊院。龜年，唐玄宗時著名宮廷樂師李龜年。這裏指內廷教習。椒房，后妃所住宮殿，以椒和泥塗壁，取其香暖，故名。亦可指后妃。僉名，一作「簽名」。

㊽ 西崑詞賦新溫李：宋初西崑派詩人模仿晚唐李商隱、溫庭筠的詩歌，詩風浮靡空疏。此指借指弘光朝文化的衰頹。

㊾ 烏巷冠裳舊謝王：東晉時王、謝等貴族聚居於南京烏衣巷。此處借指弘光朝政治腐敗。

㊿ 院院宮妝金翠鏡：意謂後宮眾多美女著意妝飾以邀寵。

(51) 朝朝楚夢雨雲牀：意謂弘光帝日日縱欲，荒淫無度。

(52) 五侯閫外空狼燧：意謂邊防守將傳警告急卻無人理睬。五侯，借指武將。閫外，郭門之外，此處指前線。閫，音ㄎㄨㄣˇ。狼燧，狼烟。

(53) 二水洲邊自雀舫：意謂朝中君臣仍在白鷺洲的畫舫上恣意遊樂。二水洲，即南京的白鷺洲，在南京西南的江中。李白詩登金陵鳳凰臺：「三山半落青天外，二水中分白鷺洲。」雀舫，即朱雀舫，一種華美的遊船。

(54) 指馬誰攻秦相詐：意謂馬士英如同指鹿為馬的趙高一樣奸詐狠毒，而群臣一味阿附，沒有人敢於揭發。

(55) 入林都畏阮生狂：阮生即阮籍，是西晉「竹林七賢」之一。為人恃才傲物，放蕩不羈，人多畏其狂。此處借

鉤無縫藏56。借手殺讐長樂老57，脅肩媚貴半閒堂58。龍鍾閣部啼梅嶺59，跋扈將軍譟武昌60。九曲河流晴喚渡，千尋江岸夜移防61。瓊花劫62到雕欄損，玉樹歌終63畫殿涼。滄海迷家龍寂寞，風塵失伴鳳徬徨64。青衣啣璧65何年返，碧血濺沙66此地亡。南內67

---

指阮大鋮的猖狂。

56 春燈已錯從頭認二句：意謂阮大鋮反覆無常，曾作春燈謎傳奇表示悔過，一旦依附權奸重新得勢後，又到處拘捕東林、復社人士。

57 長樂老：五代時馮道為宰相，歷仕後唐、後晉、後漢、後周諸朝而不知恥，自號「長樂老」，史稱「奸臣之尤」。這裏藉以諷刺阮大鋮先後依附魏忠賢、馬士英的無恥行徑。

58 脅肩媚貴半閒堂：指阮大鋮對馬士英諂媚逢迎。半閒堂，南宋奸相賈似道的住宅。後人以「半閒堂」指代奸相。此處指馬士英。脅肩，聳起肩膀，形容逢迎的醜態。

59 龍鍾閣部啼梅嶺：指史可法在揚州梅花嶺痛哭誓師。龍鍾，流淚的樣子。閣部，指史可法。

60 跋扈將軍譟武昌：指左良玉憤恨馬士英專權，自武昌發兵征伐。跋扈，強橫的樣子。

61 九曲河流晴喚渡二句：指馬士英、阮大鋮為堵截左良玉東下，將黃河防線上的兵馬撤移，致使黃河一線空虛，清兵得以順利地渡河南下。

62 瓊花劫：指揚州失陷，全城慘遭屠戮。揚州瓊花名聞天下，故以瓊花代指揚州。

63 玉樹歌終：指南明弘光朝的滅亡。玉樹，指陳後主作的玉樹後庭花。

64 滄海迷家龍寂寞二句：指明朝覆亡之後，帝王子孫奔竄流離，無所歸依。龍、鳳，喻指帝王苗裔。

65 青衣啣璧：指弘光帝被擄北去。前趙劉聰擄晉懷帝，令其著青衣（奴僕之服）斟酒侍宴，以示侮辱。啣璧，古代亡國之君，當背縛雙手，口啣玉璧以請降。

湯池(68)仍蔓草，東陵輦路(69)又斜陽。全開鎖鑰淮揚泗(70)，難整乾坤左史黃(71)。建帝(72)飄零烈帝(73)慘，英宗困頓(74)武宗荒(75)。那知還有福王一(76)，臨去秋波淚數行。

（淨）妙，妙。果然一些不差。（副末）雖是幾句彈詞，竟似吳梅村(77)一首長歌。（淨）老哥學問大進，該敬一杯。（斟酒介）（丑）倒叫我喫寡酒了。（淨）愚弟也有些須下酒之物。（丑）你的東西，一定是山殽野蔌(78)了。（淨）不是，不是。昨日南京賣柴，特地帶來的。（丑）取來共享罷。（淨指口介）也是舌

---

(66) 碧血濺沙：指黃得功因南京失守、福王被擄而自殺殉節。

(67) 南內：指南面的皇宮。

(68) 湯池：指宮內溫泉。

(69) 東陵輦路：南京城東明孝陵旁天子車駕所經行的道路。

(70) 全開鎖鑰淮揚泗：意謂淮安、揚州及泗陽等軍事要地全都失守。鎖鑰，喻指軍事要地。

(71) 左史黃：指左良玉、史可法、黃得功。此三人雖忠於明室而無力挽回殘局。

(72) 建帝：指明建文帝朱允炆。明成祖朱棣攻破南京時，他自焚於宮中。有人傳說他從宮中地道中逃出後落髮為僧，雲遊四方。

(73) 烈帝：即明思宗朱由檢，明亡後自縊而死。謚號「烈」。

(74) 英宗困頓：明英宗朱祁鎮，正統十四年（一四四九）瓦剌入侵時率軍親征，兵敗被俘。

(75) 武宗荒：明武宗朱厚照，在位十六年，寵信宦官，專事荒淫嬉遊。

(76) 福王一：言福王（弘光帝）在位僅一年。

(77) 吳梅村：即明末清初著名詩人吳偉業，字駿公，號梅村，太倉（今江蘇省太倉市）人。崇禎進士，復社領袖之一。弘光朝因與馬士英不合而辭官，入清後官國子監祭酒。

頭。（副末）怎的也是舌頭？（淨）不瞞二位說，我三年沒到南京，忽然高興，進城賣柴，路過孝陵，見那寶城享殿，成了芻牧之場[79]。（丑）呵呀呀！那皇城如何？（淨）那皇城牆倒宮塌，滿地蒿萊了。（副末掩淚介）不料光景至此。（淨）俺又一直走到秦淮，立了半晌，竟沒一箇人影兒。（丑）那長橋舊院，是咱們熟遊之地，你也該去瞧瞧。（淨）怎的沒瞧，長橋已無片板，舊院賸了一堆瓦礫。（丑搥胸介）咳！慟死俺也。（淨）那時疾忙回首，一路傷心，編成一套北曲，名為哀江南，待我唱來。（敲板唱弋陽腔[80]介）俺樵夫呵！

【哀江南】[81]【北新水令】山松野草帶花挑，猛抬頭秣陵重到，殘軍留廢壘，瘦馬臥空壕，村郭蕭條，城對著夕陽道。

【駐馬聽】野火頻燒，護墓長楸[82]多半焦；山羊群跑，守陵阿監[83]幾時逃？鴿翎蝠糞滿堂拋，枯枝敗葉當階罩。誰祭掃，牧兒打碎龍碑帽。

---

[78] 野蔌：野菜。蔌，音ㄙㄨˋ。蔬菜。

[79] 芻牧之場：放養牲畜的地方。芻，音ㄔㄨˊ。用草料餵牲口。

[80] 弋陽腔：明代戲曲四大聲腔之一，以源出於江西弋陽而得名。

[81] 哀江南：套曲摘引自明末清初賈應寵木皮詞歷代史略鼓詞，原來六支曲子的標題依次是總起、吊金陵、吊故宮、吊秦淮、吊長橋、吊舊院。

[82] 楸：音ㄑㄧㄡ。一種落葉喬木，樹幹端直高聳。

[83] 阿監：即太監。

【沉醉東風】橫白玉八根柱倒，墮紅泥半堵牆高，碎琉璃瓦片多，爛翡翠窗櫺少，舞丹墀燕雀常朝。直入宮門一路蒿，住幾箇乞兒餓殍84。

【折桂令】問秦淮舊日窗寮85，破紙迎風，壞檻當潮。目斷魂消，當年粉黛，何處笙簫。罷燈船端陽不鬧，收酒旗重九無聊86。白鳥飄飄，綠水滔滔，嫩黃花有些蝶飛，新紅葉無箇人瞧。

【沽美酒】你記得跨青谿半里橋，舊紅板沒一條。秋水長天人過少，冷清清的落照，賸一樹柳彎腰。

【太平令】行到那舊院門，何用輕敲，也不怕小犬哰哰87。無非是枯井頹巢，不過些磚苔砌草。手種的花條柳梢，儘意兒採樵，這黑灰是誰家廚竈？

【離亭宴帶歇指煞】88俺曾見金陵玉殿鶯啼曉，秦淮水榭花開早，誰知道容易冰消。眼看他起朱樓，眼看他讌賓客，眼看他樓塌了。這青苔碧瓦堆，俺曾睡風流覺，將五十年興亡看

---

84 餓殍：餓死的人。殍，音ㄆㄧㄠˇ。

85 窗寮：即窗戶。寮，音ㄌㄧㄠˊ。小窗。

86 收酒旗重九無聊：意謂重陽佳節也買不到酒，深感無聊。酒旗，酒店的布招牌。

87 哰哰：犬吠聲。哰，音ㄌㄠˊ。

88 離亭宴帶歇指煞：康熙戊子刻本作「帶歇拍煞」。

飽，那烏衣巷不姓王，莫愁湖鬼夜哭，鳳凰臺棲梟鳥。殘山夢最真，舊境丟難掉，不信這輿圖換稾[89]。謅一套哀江南，放悲聲唱到老。

（副末掩淚介）妙是絕妙，惹出我多少眼淚。（丑）這酒也不忍入脣了，大家談談罷。（副淨時服[90]，扮皁隸[91]暗上）朝陪天子輦，暮把縣官門。皁隸原無種，通侯豈有根。自家魏國公嫡親公子徐青君的便是，生來富貴，享盡繁華，不料國破家亡，賸了區區一口。沒奈何在上元縣[92]當了一名皁隸，將就度日，今奉本官籤票，訪拏山林隱逸，只得下鄉走走。（望介）那江岸之上，有幾箇老兒閒坐，不免上前討火，就便訪問。正是：開國元勳留狗尾，換朝逸老縮龜頭。（前行見介）老哥們，有火借一箇。（丑）請坐。（副淨坐介）（副末問介）看你打扮，像一位公差大哥。（副淨）便是。（淨問介）要火喫烟麼？小弟帶有高烟[93]，取出奉敬罷。（敲火吸烟奉副淨介）（副淨喫烟介）好高烟，好高烟。（作暈醉臥倒介）（淨扶介）（副淨）不要拉我，讓我歇一歇，就好了。（閉目臥介）（丑問副末介）記得三年之前，老相公捧著史閣部衣冠，要葬在梅花嶺下，後來怎樣？（副末）後來約了許多忠義之士，齊集梅花嶺，招魂薶葬，倒也算千秋盛事，但不曾立得碑碣。（淨）好事，好事。只可惜黃將軍刎頸報主，拋屍路旁，竟無人薶

---

[89] 輿圖換稾：意謂江山易主。輿圖，地圖。

[90] 時服：指清朝的服裝。

[91] 皁隸：指衙役。因衙役著黑衣，故稱。

[92] 上元縣：江寧府的屬縣。清代江寧府（今江蘇省南京市）轄二縣，即上元縣、江寧縣。

[93] 高烟：上好的烟草。

葬。(副末)如今好了，也是我老漢同些村中父老，撿骨殯殮，起了一座大大的墳塋，好不體面。(丑)你這兩件功德，卻也不小哩。(淨)二位不知，那左寧南氣死戰船時，親朋盡散，卻是我老蘇殯殮了他。(副末)難得，難得。聞他兒子左夢庚，襲了前程94，昨日搬柩回去了。(丑掩淚介)左寧南是我老柳知己，我曾託藍田叔畫他一幅影像，又求錢牧齋題贊95了幾句。逢時遇節展開祭拜，也盡俺一點報答之意。(副淨醒作悄語介)聽他說話，像幾箇山林隱逸。(起身問介)三位是山林隱逸麼？(眾起拱介)不敢，不敢。為何問及山林隱逸？(副淨)三位不知麼？現今禮部上本，搜尋山林隱逸。撫按大老爺，張掛告示，布政司行文已經月餘，並不見一人報名。府縣著忙，差俺們各處訪拏，三位一定是了，快快跟我回話去。(副末)老哥差矣，山林隱逸乃文人名士，不肯出山的。老夫原是假斯文的一箇老贊禮，那裏去得。(丑、淨)我兩箇是說書唱曲的朋友，而今做了漁翁樵子，益發不中了。(副淨)你們不曉得，那些文人名士，都是識時務的俊傑，從三年前俱已出山了。目下正要訪拏你輩哩。(副末)啐！徵求隱逸，乃國家盛典，公祖父母，俱當以禮相聘，怎麼要拏起來？定是你這衙役們，奉行不善。(副淨)不干我事，有本縣籤票在此，取出你看。(取看籤票欲拏介)(淨)果有這事哩！(丑)我們竟走開何如？(副末)有理。避禍今何晚，入山昔未深。(各分走下)(副淨趕不上介)你看他登崖涉澗，竟各逃走無蹤。

【清江引】大澤深山隨處找，預備官家要。抽出綠頭籤96，取開紅圈票97，把幾箇白衣山

94 襲了前程：指左夢庚降清後承襲了左良玉的官職。

95 錢牧齋題贊：指錢謙益的題詩。錢謙益有學集中有為柳敬亭題左寧南畫像一詩。

人誆走了。

（立聽介）遠遠聞得吟詩之聲，不在水邊，定在林下，待我信步找去便了。（急下）內吟詩曰：

漁樵同話舊繁華，短夢寥寥記不差。
曾恨紅箋啣燕子，偏憐素扇染桃花。
笙歌西第留何客？烟雨南朝換幾家？
傳得傷心臨去語，每年寒食哭天涯。

96 綠頭籤：官府捕人用的籤。籤頭漆成綠色，故名。

97 紅圈票：官府捕人的證件，上用紅筆在被逮捕人的姓名上加圈。

# 附　錄

## 桃花扇小引

傳奇雖小道，凡詩賦、詞曲、四六、小說家，無體不備。至於摹寫鬚眉，點染景物，乃兼畫苑矣。其旨趣實本於三百篇，而義則春秋，用筆行文，又左、國、太史公也。於以警世易俗，贊聖道而輔王化，最近且切。今之樂，猶古之樂，豈不信哉？桃花扇一劇，皆南朝新事，父老猶有存者。場上歌舞，局外指點，知三百年之基業，隳於何人？敗於何事？消於何年？歇於何地？不獨令觀者感慨涕零，亦可懲創人心，為末世之一救矣。蓋予未仕時，山居多暇，博採遺聞，入之聲律，一句一字，抉心嘔成。今攜遊長安，借讀者雖多，竟無一句一字著眼看畢之人，每撫胸浩歎，幾欲付之一火。轉思天下大矣，後世遠矣，特識焦桐者，豈無中郎乎？予姑俟之。

康熙己卯三月云亭山人偶筆

# 桃花扇小識

傳奇者，傳其事之奇焉者也，事不奇則不傳。桃花扇何奇乎？妓女之扇也，蕩子之題也，遊客之畫也，皆事之鄙焉者也；為悅己容，甘剺面以誓志，亦事之細焉者也；伊其相謔，借血點而染花，亦事之輕焉者也；私物表情，密緘寄信，又事之猥褻而不足道者也。桃花扇何奇乎？其不奇而奇者，扇面之桃花也；桃花者，美人之血痕也；血痕者，守貞待字，碎首淋漓不肯辱於權奸者也；權奸者，魏閹之餘孽也；餘孽者，進聲色，羅貨利，結黨復仇，隳三百年之帝基者也。帝基不存，權奸安在？惟美人之血痕，扇面之桃花，嘖嘖在口，歷歷在目，此則事之不奇而奇，不必傳而可傳者也。人面耶？桃花耶？雖歷千百春，豔紅相映，問種桃之道士，且不知歸何處矣。

康熙戊子三月云亭山人漫書

# 桃花扇本末

族兄方訓公，崇禎末為南部曹；予舅翁秦光儀先生，其姻婭也。避亂依之，羈棲三載，得弘光遺事甚悉；旋里後數數為予言之。證以諸家稗記，無弗同者，蓋實錄也。獨香姬面血濺扇，楊龍友以畫筆點之，此則龍友小史言於方訓公者。雖不見諸別籍，其事則新奇可傳，桃花扇一劇感此而作也。南朝興亡，遂繫之桃花扇底。

予未仕時，每擬作此傳奇，恐聞見未廣，有乖信史；寤歌之餘，僅畫其輪廓，實未飾其藻采也。然獨好誇於密友曰：「吾有桃花扇傳奇，尚秘之枕中。」及索米長安，與僚輩飲讌，亦往往及之。又十餘年，興已闌矣。少司農田綸霞先生來京，每見必握手索覽。予不得已，乃挑燈填詞，以塞其求；凡三易稿而書成，蓋己卯之六月也。

前有小忽雷傳奇一種，皆顧子天石代予填詞。予雖稍諳宮調，恐不諧於歌者之口，及作桃花扇時，天石已出都矣。適吳人王壽熙春，丁繼之友也；赴紅蘭主人招，留滯京邸。朝夕過從，示予以曲本套數，時優熟解者，遂依譜填之。每一曲成，必按節而歌，稍有拗字，即為改製，故通本無聱牙之病。

桃花扇本成，王公薦紳，莫不借鈔，時有紙貴之譽。己卯秋夕，內侍索桃花扇本甚急；予之繕本莫知流傳何所，乃於張平州中丞家，覓得一本，午夜進之直邸，遂入內府。

己卯除夜，李木庵總憲遣使送歲金，即索桃花扇為圍爐下酒之物。開歲燈節，已買優扮演矣。其班名「金斗」，出之李相國湘北先生宅，名噪時流，唱題畫一折，尤得神解也。

庚辰四月，予已解組，木庵先生招觀桃花扇。一時翰部臺垣，群公咸集；讓予獨居上座，命諸伶更番進觴，邀予品題。座客嘖嘖指顧，頗有淩雲之氣。

長安之演桃花扇者，歲無虛日，獨寄園一席，最為繁盛。名公巨卿，墨客騷人，駢集者座不容膝。張施則錦天繡地，臚列則珠海珍山。選優兩部，秀者以充正色，蠢者以供雜腳。凡砌抹諸物，莫不應手裕如。優人感其厚賜，亦極力描寫，聲情俱妙。蓋主人乃高陽相公之文孫，詩酒風流，今時王謝也。故不惜物力，為此豪舉。然笙歌靡麗之中，或有掩袂獨坐者，則故臣遺老也；燈炧酒闌，唏噓而散。

楚地之容美，在萬山中，阻絕入境，即古桃源也。其洞主田舜年，頗嗜詩書。予友顧天石有劉子驥之願，竟入洞訪之，盤桓數月，甚被崇禮。每宴必命家姬奏桃花扇，亦復旖旎可賞，蓋不知何人傳入。或有雞林之賈耶？

歲丙戌，予驅車恆山，遇舊寅長劉雨峰，為郡太守。時群僚高讌，留予觀演桃花扇；凡兩日，纏綿盡致。僚友知出予手也，爭以杯酒為壽。予意有未慊者，呼其部頭，即席指點焉。

顧子天石，讀予桃花扇，引而申之，改為南桃花扇。令生旦當場團圞，以快觀者之目；其詞華精警，追步臨川。雖補予之不逮，未免形予傖父，予敢不避席乎。

讀桃花扇者，有題辭，有跋語，今已錄於前後。又有批評，有詩歌，其每折之句批在頂，總批在尾，忖度予心，百不失一，皆借讀者信筆書之，縱橫滿紙，已不記出自誰手。今皆存之，以重知己之愛。至於投詩贈歌，充盈篋笥，美且不勝收矣，俟錄專集。

桃花扇鈔本久而漫滅，幾不可識。津門佟蔗村者，詩人也。與粵東屈翁山善。翁山之遺孤，育於其家，佟為謀婚產，無異己子，世多義之。薄遊東魯，過予舍，索鈔本讀之，纔數行，擊節叫絕，傾囊橐五十金，付之梓人。計其竣工也，尚難於百里之半，災梨真非易事也。

云亭山人漫題

## 桃花扇凡例

一、劇名桃花扇，則桃花扇譬則珠也，作桃花扇之筆譬則龍也。穿雲入霧，或正或側，而龍睛龍爪，總不離乎珠，觀者當用巨眼。

一、朝政得失，文人聚散，皆確考時地，全無假借。至於兒女鍾情，賓客解嘲，雖稍有點染，亦非烏有子虛之比。

一、排場有起伏轉折，俱獨闢境界。突如而來，倏然而去，令觀者不能預擬其局面。凡局面可擬者，即厭套也。

一、每齣脈絡聯貫，不可更移，不可減少。非如舊劇，東拽西牽，便湊一齣。

一、各本填詞，每一長折，例用十曲，短折例用八曲。優人刪繁就減，只歌五六曲，往往去留弗當，辜作者之苦心。今於長折，止填八曲，短折或六或四，不令再刪故也。

一、曲名不取新奇，其套數皆時流諳習者；無煩探討，入口成歌。而詞必新警，不襲人牙後一字。

一、詞曲皆非浪填，凡胸中情不可說，眼前景不能見者，則借詞曲以詠之。又一事再述，前已有說白者，此則以詞曲代之。若應作說白者，但入詞曲，聽者不解，而前後間斷矣。其已有說白者，又奚必重入詞曲哉。

一、製曲必有旨趣，一首成一首之文章，一句成一句之文章。列之案頭，歌之場上，可感可興，令人擊節歎賞，所謂歌而善也。若勉強敷衍，全無意味，則唱者聽者，皆苦事矣。

一、詞曲入宮調，叶平仄，全以詞意明亮為主。每見南曲艱澀扭挪，令人不解，雖強合絲竹，止可作工尺字譜，何以謂之填詞耶？

一、詞中所用典故，信手拈來，不露餖飣堆砌之痕。化腐為新，易板為活。點鬼垛屍，必不取也。

一、說白則抑揚鏗鏘，語句整練，設科打諢，俱有別趣。寧不通俗，不肯傷雅，頗得風人之旨。

一、舊本說白，止作三分，優人登場，自增七分；俗態惡謔，往往點金成鐵，為文筆之累。今說白詳備，不容再添一字。篇幅稍長者，職是故耳。

一、設科之嬉笑怒罵，如白描人物，鬚眉畢現，引人入勝者，全借乎此。今俱細為界出，其面目精神，跳躍紙上，勃勃欲生，況加以優孟摹擬乎。

一、腳色所以分別君子小人，亦有時正色不足，借用丑淨者。潔面花面，若人之妍媸然，當賞識於牝牡驪黃之外耳。

一、上下場詩，乃一齣之始終條理，倘用舊句、俗句，草草塞責，全齣削色矣。時本多尚集唐，亦屬濫套。今俱創為新詩，起則有端，收則有緒，著往飾歸之義，彷彿可追也。

一、全本四十齣，其上本首試一齣，末閏一齣，下本首加一齣，末續一齣，又全本四十齣之始終條理也。有始有卒，氣足神完，且脫去離合悲歡之熟徑，謂之戲文，不亦可乎？

云亭山人偶拈

# 桃花扇考據

無名氏樵史二十四段

甲申年四月十三日議立福王

四月二十九日迎駕

五月初一日謁孝陵設朝拜相

五月初十日福王監國拜將

五月內閣史可法開府揚州

六月黃得功、劉良佐發兵奪揚州

六月高傑叛渡江

六月高傑調防開洛

乙酉年正月初七日阮大鋮搜舊院妓女入宮

正月初十日高傑被殺

二月賜阮大鋮蟒玉防江

三月捕社黨

三月十九日設壇祭崇禎帝

三月二十五日訊王之明

三月二十七日訊童氏

三月督撫袁繼咸、寧南侯左良玉疏請保全太子

三月殺周鑣、雷縯祚

四月左良玉發檄興兵清君側

四月調黃得功堵截左兵

四月禮書錢謙益請選淑女

四月二十三日大兵渡淮

四月二十四日史可法誓師

四月二十六日弘光帝欲遷都

五月初七日楊文驄升蘇淞巡撫

五月初十日弘光帝夜出南京

侯朝宗壯悔堂集十三首

為司徒公與寧南侯書

癸未去金陵與阮光祿書

答田中丞書

贈陳郎序

書周仲馭集後

祭吳次尾文

金陵題畫扇

寄寧南侯

寄寧南小侯夢庚

燕子磯送吳次尾
秦淮春興
哀史閣部
哀吳次尾

賈靜子四憶堂詩集註十二條

九日雨花臺
別賀都督
贈張尚書
甲申聞新參相公口號
甲申渡京口
燕子磯送吳次尾
海陵署中
我昔詩
寄揚州賀都督
寄寧南侯
哀史閣部
哀吳次尾

賈靜子侯公子傳

錢牧齋有學集十一首

題丁家河房亭子
題金陵丁老畫像
壽丁繼之七十
題楊龍友畫冊
贈張燕筑
左寧南畫像為柳敬亭題
留題丁家水閣絕句
贈侯商邱
金陵雜題絕句
丁老行送繼之
為柳敬亭募葬引

吳駿公梅村集七首

聽女道士卞玉京彈琴歌
贈陽羨陳定生
贈寇白門
楚兩生行并序
冒辟疆壽序
柳敬亭傳
柳敬亭像贊

吳梅村綏寇紀略
楊龍友洵美堂集
冒辟疆同人集二首
得全堂夜讌記
得全堂夜讌後記
沈眉生姑山草堂集四首
劾楊武陵疏
書陳定生遺像
楊維斗稿序
答劉伯宗書
陳其年湖海樓集三首
冒辟疆壽序
左寧南與柳敬亭說劍圖序
哭侯朝宗
龔孝升定山堂集二十首
張瑤星招集松風閣
沈眉生姑山草堂歌
贈方密之序
懷方密之詩八首

壽張燕筑

題丁繼之秦淮水閣

清河道上丁繼之送別即席口號

口號四絕贈阮懷寧歌者朱音仙

贈柳叟敬亭同諸子限韻

九日邀諸君聽張燕筑丁繼之度曲

為趙友沂題楊龍友畫冊

賀新郎詞贈柳叟敬亭

沁園春詞贈柳叟敬亭

石巢傳奇二種

十錯認春燈謎

燕子箋

# 桃花扇綱領

左部

正色

侯朝宗生

間色

陳定生末　吳次尾小生

合色

柳敬亭丑　丁繼之副淨　蔡益所丑

潤色

沈公憲外　張燕筑淨

右部

正色

李香君旦

間色

楊龍友末　李貞麗小旦

合色

蘇崑生淨　卞玉京老旦　藍田叔小生

潤色

寇白門小旦　鄭妥娘丑

部分左右各四色共十六人

奇部

中氣

史道鄰外

戾氣

弘光帝小生

餘氣

高　傑副淨

煞氣

田　雄副淨

偶部

中氣

左崑山小生　黃虎山末

戾氣

馬士英淨　阮大鋮副淨

餘氣

袁臨侯外　黃仲霖末

煞氣

劉良佐淨　劉澤清丑

部分奇偶各四氣共十二人

總部

經星

張道士外

緯星

老贊禮副末

總部經緯各一星前後共三十人

色者，離合之象也。男有其儔，女有其伍，以左右別之，而兩部之錙銖不爽。氣者，興亡之數也。君子為朋，小人為黨，以奇偶計之，而兩部之毫髮無差。張道士，方外人也，總結興亡之案。老贊禮，無名氏也，細參離合之場。明如鑑，平如衡，名曰傳奇，實一陰一陽之為道矣。

云亭山人偶定

# 桃花扇序

嘗怪百子山樵所作傳奇四種，其人率皆更名易姓，不欲以真面目示人。而春燈謎一劇，尤致意於一錯二錯，至十錯而未已。蓋心有所歉，詞輒因之。乃知此公未嘗不知其生平之謬誤，而欲改頭易面以示悔過；然而清流諸君子，持之過急，絕之過嚴，使之流芳路塞，遺臭心甘。城門所殃，洊至荊棘銅駝而不顧。禍雖不始於夷門，夷門亦有不得謝其責者。嗚呼！氣節伸而東漢亡，理學熾而南宋滅；勝國晚年，雖婦人女子，亦知嚮往東林，究於天下事奚補也。當其時，偉人欲扶世祚，而權不在己；宵人能覆鼎餗，而溺於宴安；扼腕時艱者，徒屬之席帽青鞋之士，時露熱血者，或反在優伶口技之中。斯乾坤何等時耶？既無龍門、昌黎之文，以淋漓而發揮之，又無太白、少陵之詩，以長歌而痛哭之。何意六十載後，云亭山人以承平聖裔，京國閒曹，忽然興會所至，撰出桃花扇一書。上不悖於清議之是非，下可以供兒女之笑噱。吁！異乎哉！當日皖城自命以填詞擅天下，詎意今人即以其技，還奪其席，而且不能匿其瑕，而且幾欲褫其魄哉！雖然，作者上下千古，非不鑒於當日之局，而欲餔東林之餘糟也；亦非有甚慨於青蓋黃旗之事，而為狡童黍離之悲也。徒以署冷官閒，窗明几淨，胸有勃勃欲發之文章，而偶然借奇立傳云爾。斯時也，適然而有卻奩之義姬，適然而有掉舌之二客，適然而事在興亡之際，皆所謂奇可以傳者也。彼既奔赴於腕下，吾亦發抒其胸中，可以當長歌，可以代痛哭，可以弔零香斷粉，可以悲華屋山邱，雖人其人而事其事，若一無所避忌者，然不必目為詞史也。猶記歲在甲戌，先生指署齋所懸唐朝樂器小忽雷，令余譜之。一時刻燭分箋，疊鼓競吹，覺浩浩落落，如午夜之聯詩，而性情加鬯。翌日而歌兒持板待韻，又翌日而旗亭已樹赤幟矣。斯劇之作，亦猶是焉。為有所謂乎？無所謂乎？然讀至卒章，見板橋殘照、楊柳彎腰之語，雖使柳七復生，猶將下拜。而謂千古以上，千古以下，有不拍案叫絕，慷慨起舞者哉？

妙矣至矣！蔑以加矣！若夫夷門復出應試，似未足當高蹈之目，而桃葉卻聘一事，僅見之與中丞一書；事有不必盡實錄者。作者雖有軒輊之文，余則仍視為太虛浮雲，空中樓閣云爾。

梁溪夢鶴居士撰

## 世俗人情類

紅樓夢　曹雪芹撰　饒彬校注

脂評本紅樓夢　曹雪芹原著　脂硯齋重評　馬美信校注

金瓶梅　笑笑生原作　劉本棟校注　繆天華校閱

老殘遊記　劉鶚撰　田素蘭校注　繆天華校閱

平山冷燕　天花藏主人編次　張國風校注　謝德瑩校閱

品花寶鑑　陳森著　徐德明校注

野叟曝言　夏敬渠著　黃珅校注

綠野仙蹤　李百川著　葉經柱校注

禪真逸史　方汝浩撰　黃珅校注

海上花列傳　韓邦慶著　姜漢椿校注

九尾龜　張春帆著　楊子堅校注

醒世姻緣傳　西周生輯著　袁世碩、鄒宗良校注

三門街　清・無名氏撰　嚴文儒校注

花月痕　魏秀仁著　趙乃增校注

孽海花　曾樸撰　葉經柱校注　繆天華校閱

魯男子　曾樸著　黃珅校注

遊仙窟　玉梨魂（合刊）　張鷟、徐枕亞著　黃瑚、黃珅校注

筆生花　心如女史著　黃明校注　亓婷婷校閱

浮生六記　沈三白著　陶恂若校注　王關仕校閱

玉嬌梨　天藏花主人編撰　石昌渝校注

好逑傳　名教中人編撰　石昌渝校注

啼笑因緣　張恨水著　束忱校注

歧路燈　李綠園撰　侯忠義校注

## 公案俠義類

水滸傳　施耐庵撰　羅貫中纂修　金聖嘆批　繆天華校注

兒女英雄傳　文康撰　饒彬標點　繆天華校注

三俠五義　石玉崑著　張虹校注　楊宗瑩校閱

七俠五義　石玉崑原著　俞樾改編

楊宗瑩校注　繆天華校閱

小五義　清・無名氏編著　李宗為校注

續小五義　清・無名氏編著　文斌校注

蕩寇志　俞萬春撰　侯忠義校注

綠牡丹　清・無名氏著　劉倩校注

羅通掃北　鴛湖漁叟較訂　劉倩校注

楊家將演義　紀振倫撰　楊子堅校注　葉經柱校閱

萬花樓演義　李雨堂撰　陳大康校注

粉妝樓全傳　竹溪山人編撰　陳大康校注

七劍十三俠　唐芸洲著　張建一校注

包公案　明・無名氏撰　顧宏義校注

謝士楷、繆天華校閱

海公大紅袍全傳　清・無名氏撰

楊同甫校注　葉經柱校閱

施公案　清・無名氏編撰　黃珅校注

乾隆下江南　清・無名氏著　姜榮剛校注

## 歷史演義類

三國演義　羅貫中撰　毛宗崗批　饒彬校注

東周列國志　馮夢龍原著　蔡元放改撰

劉本棟校注　繆天華校閱

東西漢演義　甄偉、謝詔編著　朱恒夫校注

劉本棟校閱

隋唐演義　褚人穫著　嚴文儒校注　劉本棟校閱

說岳全傳　錢彩編次　金豐增訂　平慧善校注

大明英烈傳　楊宗瑩校注　繆天華校閱

## 神魔志怪類

西遊記　吳承恩撰　繆天華校注

封神演義　陸西星撰　鍾伯敬評

楊宗瑩校注　繆天華校閱

濟公傳　王夢吉等著　楊宗瑩校注　繆天華校閱

三遂平妖傳　羅貫中編　馮夢龍增補　楊東方校注

南海觀音全傳　達磨出身傳燈傳（合刊）

西大午辰走人、朱開泰著　沈傳鳳校注

## 諷刺譴責類

儒林外史　吳敬梓撰　繆天華校注

官場現形記　李伯元撰　張素貞校注　繆天華校閱

文明小史　李伯元撰　張素貞校注　繆天華校閱
鏡花緣　李汝珍撰　尤信雄校注　繆天華校閱
二十年目睹之怪現狀　吳趼人著　石昌渝校注
何典　斬鬼傳　唐鍾馗平鬼傳（合刊）
張南莊等著　鄔國平校注　繆天華校閱

## 擬話本類

拍案驚奇　淩濛初撰　劉本棟校注　繆天華校閱
二刻拍案驚奇　淩濛初原著　徐文助校注
繆天華校閱
喻世明言　馮夢龍編撰　徐文助校注　繆天華校閱
警世通言　馮夢龍編撰　徐文助校注　繆天華校閱
醒世恒言　馮夢龍編撰　廖吉郎校注　繆天華校閱
今古奇觀　抱甕老人編　李平校注　陳文華校閱
豆棚閒話　照世盃（合刊）
艾衲居士、酌元亭主人編撰
陳大康校注　王關仕校閱
石點頭　天然癡叟著　李忠明校注　王關仕校閱
十二樓　李漁著　陶恂若校注　葉經柱校閱
西湖佳話　墨浪子編撰　陳美林、喬光輝校注
西湖二集　周楫纂　陳美林校注

型世言　陸人龍著　侯忠義校注

## 著名戲曲選

竇娥冤　關漢卿著　王星琦校注
漢宮秋　馬致遠撰　王星琦校注
梧桐雨　白樸撰　王星琦校注
琵琶記　高明著　江巨榮校注　謝德瑩校閱
第六才子書西廂記　王實甫原著　金聖嘆批點
張建一校注
牡丹亭　湯顯祖著　邵海清校注
荊釵記　柯丹邱著　趙山林校注
荔鏡記　明・無名氏著　趙山林等校注
長生殿　洪昇著　樓含松、江興祐校注
桃花扇　孔尚任著　陳美林、皋于厚校注
雷峰塔　方成培編撰　俞為民校注
倩女離魂　鄭光祖著　王星琦校注